제임스 서버

19 세계문학 단편선

제임스 서버

오세원 옮김

현대문학

차례

에마 인치, 떠나다
The Departure of Emma Inch

에마 인치는 호리호리한 몸매이기는 했지만 지하철에서 스치거나 시골 구멍가게 계산대에 앉아 있을 여느 중년 여인과 다를 바가 없었다. 특별히 기억에 남을 만한 구석이 없었다. 머리칼은 칙칙한 색이었고 숱도 많지 않은 편이었으며 얼굴도 수수했고 목소리는, 뭐랄까, 그저 그런 목소리였다. 그녀는 우리 부부가 여름에 마서스비니어드*에서 지내는 동안 요리를 해 줄 사람이 필요하다는 이야기를 들은 친지가 추천서를 써서 보내 준 사람이었다. 달리 마땅한 사람도 없었으므로 우리는 그녀를 고용했다. 그럭저럭 그 정도면 괜찮아 보였다. 에마 인치가 45번가에 있는 우리 호텔로 찾아온 날은 여행을 떠나기 바로

---

* 미국 매사추세츠 주 케이프코드 연안의 고급 휴양 섬.

전날이었고, 우리는 그녀에게 방을 하나 잡아 주었다. 거기서 좀 멀리 떨어진 주택가 어디쯤에 살고 있기 때문이었다. 그녀는 집으로 돌아가 봐야 한다며 예약한 방은 취소하겠다고 했지만 나는 내가 다 알아서 하겠노라고 말했다.

에마 인치는 낡고 커다란 갈색 여행 가방과 그녀가 필리라고 부르는 보스턴 불테리어 한 마리를 데리고 왔다. 열일곱 살이나 되었다는 놈은 뭐가 못마땅한지 쉴 새 없이 으르렁거리고 킁킁거렸지만 당장 요리사가 필요했던 우리는 거치적거리지 않도록 잘 돌본다는 조건으로 개를 데리고 오는 것을 허락했다. 성가시지 않게 개를 치워 놓는 일은 그다지 힘들지 않았다. 어디든 에마가 데려다 놓은 자리에 누워 그녀가 다시 데리러 올 때까지 으르렁거리기만 했기 때문이다. 나는 도통 놈이 제 발로 돌아다니는 것을 보지 못했다. 에마 인치는 눈에 얼핏 눈물까지 비치며 필리를 강아지일 때부터 키웠노라며 세상에서 유일한 자신의 가족이라고 말했다. 그녀의 말을 듣고 나는 약간 당황했을 뿐 전혀 감동받지는 못했다. 필리 같은 놈을 좋아할 사람은 많지 않을 것 같았다.

에마와 필리가 온 날 밤, 나와 달리 아내는 잠을 설친 모양이었다. 다음 날 아침 아내는 내게 요리사와 개에 대해 생각을 하느라 뜬눈으로 밤을 새웠다고 말했다. 요리사와 개에게서 뭔가 수상한 점이 느껴지지만 그게 뭔지는 모르겠다는 것이었다. 그냥 둘에게서 이상한 느낌이 들 뿐이라고 했다. 출발 준비가 다 되었을 때—짐 싸는 일을 계속 미뤄 온 바람에 벌써 오후 3시였다—나는 에마의 방으로 전화를 했지만 아무도 받지 않았다. 시간이 지날수록 우리는 점점 더 초조해졌다. 타고 갈 배의 출발 시각이 두 시간밖에 남지 않아서였다. 에마와 필리에게 왜 아무 연락이 없는 것인지 이해할 수가 없었다. 4시가 되어서야 궁금증이 풀렸다. 조그맣게 문을 두드리는 소리가 들려 문을 열자 한참을 헤엄쳐 오기라도 한 듯 요란하게 콧소리를 내며 헐떡이는 필리를 안고 에마가 서 있었다.

아내가 에마에게 곧 출발할 테니 짐을 싸라고 말했다. 에마는 짐은 이미 다 쌌는데 다만 선풍기가 가방에 들어가지 않는다고 대답했다.

"선풍기는 가져갈 필요가 없어요." 아내가 말했다. "낮 동안에도 거기는 선선하거든요. 밤에는 추울 정도예요. 어차피 우리가 머물 별채에는 전기도 들어오지 않고요."

그 말을 들은 에마는 뭔가 걱정이 되는 눈치였다. 그녀는 아내의 눈치를 살폈다.

"그럼 뭔가 다른 방법을 찾아야겠네요." 그녀가 말했다. "가령 밤새 물을 틀어 놓을 수도 있고요."

우리 부부는 자리에 앉아 그녀를 바라보았다. 방 안에는 마치 천식에라도 걸린 듯 필리가 낮게 으르렁거리는 소리만 들렸다.

"저 개는 항상 저런 소리를 내나요?" 내가 짜증스럽게 물었다.

"오, 얘는 그저 항상 말을 하고 있을 뿐이에요. 제 방 안에 가둬 두면 돼요. 아무도 성가시게 하지는 않을 거예요."

"개 때문에 신경 쓰일 때는 없어요?"

"그럴 때도 있죠. 밤에는 말이에요. 하지만 전등을 켜 두고 선풍기를 틀어 놓으면 괜찮아요. 불을 켜 놓으면 낮인 줄 알고 코를 골지 않거든요. 선풍기도 필리가 내는 소리를 막아 주죠. 날개와 부딪치도록 마분지 상자 같은 것을 대 주면 필리 소리는 들리지도 않아요. 선풍기를 사용할 수 없으면 밤새도록 방 안의 수돗물을 틀어 놓아도 돼요."

"그렇군요." 나는 일어서서 아내와 나를 위해 술을 한 잔씩 따랐다. 배에 탈 때까지는 술을 마시지 않을 계획이었지만 아무래도 한잔해야 할 것 같았다. 아내는 행선지에 있는 에마의 방에 수도가 없다는 이야기를 그녀에게 하지 않았다.

"당신 때문에 걱정했어요, 에마. 방에 전화를 해도 받지를 않더군요."

"전 원래 전화를 받지 않아요. 언제나 수화기에서 전기가 오르거든요. 어차피 방 안에 있지도 않았고요. 그 방에서는 잠이 안 와서 78번가에 있는 맥코이 부인 댁으로 돌아갔어요."

나는 잔을 입안에 털어 넣었다. "어젯밤에 78번가까지 다시 돌아갔다고요?" 내가 다그치듯 물었다.

"예, 선생님. 맥코이 부인에게 당분간 집을 떠나게 되었다고 말을 해야 했거든요. 맥코이 부인이 집주인이죠. 그리고 저는 호텔에서는 잠을 못 자요." 그녀가 방을 둘러보며 말했다. "호텔에서는 불이 잘 나잖아요?"

알고 보니 지난밤 에마는 78번가까지 그냥 돌아간 것도 아니고 필리를 안은 채 걸어서 갔다. 두어 시간 정도 걸렸는데 필리가 얌전히 안겨 가려고 하지 않았기 때문이다. 얼마 동안 안고 걸은 후에는 보도에 내려놓고 제 발로 걷게 해야 했다. 돌아올 때도 그만큼 시간이 걸렸다. 필리는 보통 오후가 될 때까지 잠자리에서 일어나지 않기 때문에 에마가 그렇게 늦게 호텔로 돌아온 것이었다. 그녀가 미안하다고 말했다. 아내와 나는 서로를 바라보고 다시 필리를 쳐다보며 잔을 비웠다.

에마 인치는 14번 부두까지 택시를 타고 가야 한다는 것을 탐탁지 않아 했다. 10여 분을 어르고 달랜 끝에 간신히 그녀를 택시에 타게 할 수 있었다. "천천히 가 주세요." 그녀가 운전기사에게 말했다. 아직 시간이 넉넉했기에 나도 기사에게 서두르지 말라고 부탁했다. 계속 자리에서 일어서는 에마를 나는 잡아당겨 앉혀야 했다. "이제껏 자동차를 타 본 적이 없어요. 정말 무섭게 빨리 달리네요." 그녀는 가끔 놀라 비명을 질렀다. 기사가 그녀를 향해 뒤돌아보며 미소를 지었다.

"저한테 맡겨 두세요, 아주머니." 기사가 말하자 필리가 그를 향해 으르렁거렸다. 에마는 기사가 고개를 다시 앞으로 돌릴 때까지 기다렸다가 아내에게 몸을 기울이고 속삭였다.

"택시를 운전하는 사람들은 모두 코카인 중독자래요." 필리가 그에게서 들어 보지 못한 새로운 소리—약간 높은 음정의 고통스러운 울부짖음—를 냈다. "노래를 하는 거예요." 그녀가 말하며 킥킥 웃었지만 얼굴 표정은 바뀌지 않았다.

"쉽게 손이 닿는 짐 속에 스카치가 들어 있으면 좋을 것 같아요." 아내가 말했다.

택시는 그럭저럭 넘어갈 수 있었다면 폴리버 해운사의 프리실라호는 에마에게 공포의 대상이었다.

"아무래도 저는 갈 수 없을 것 같아요. 배에 탈 수가 없어요. 배가 이렇게 크리라고는 상상도 못 했거든요." 그녀는 필리를 꼭 부여안고 못 박힌 듯 부두에 서서 움직이려 하지 않았다. 너무 꼭 껴안아서였는지 필리가 갑자기 여자나 낼 법한 비명 소리로 짖는 바람에 우리 모두가 혼비백산했다. "귀 때문이에요." 에마가 말했다. "귀가 아프거든요."

우리는 마침내 그녀를 배에 태웠다. 일단 승선을 한 후 선실에 들어서자 에마의 공포심도 좀 가라앉는 듯했다. 그때 배의 출발을 알리는 세 번의 큰 기적 소리가 맨해튼 아래쪽을 울렸다. 에마는 자리에서 벌떡 일어서서는 여행 가방도 내버려 둔 채 (짐꾼에게도 맡기지 않았던 가방이었다) 필리만을 부둥켜안고 냅다 달리기 시작했다. 나는 그녀가 트랩에 닿기 직전에 아슬아슬하게 붙들었다. 배가 출항하고 나서야 나는 그녀를 잡고 있던 손을 놓았다.

한참 시간이 걸리기는 했지만 나는 에마를 그녀의 선실로 들여보낼 수 있었다. 창이 없는 안쪽의 선실이라는 것에 그녀는 별로 신경 쓰지 않는 눈치였다. 다만 선실이 일반 방처럼 꾸며져 있고 침대와 의자, 세면대까지 갖추어진 것을 보고 놀라는 것 같았다. 바닥에 필리를 내려놓는 에마에게 내가 말했다.

"개를 어떻게 좀 해야 할 것 같아요. 어디 따로 맡기는 장소에 두었다가 내릴 때 찾아오는 것 같던데."

"아뇨, 그럴 리 없어요." 에마가 말했다. 그녀가 그렇다면 그럴지도 모른다는 생각이 들었다. 난 더 이상 그 문제를 생각하지 않기로 했다. 나는 그녀와 필리의 선실 문을 닫아 주고 자리를 떠났다. 우리 선실에 들어오니 아내가 스카치를 스트레이트로 마시고 있었다.

다음 날 쌀쌀한 이른 아침, 폴리버에 도착한 우리는 에마와 필리를 데리고 배에서 내린 후 뉴베드퍼드까지 택시를 타고 가서는 다시 마서스비니어드로 가는 작은 배를 탔다. 각 여정은 모욕을 당했다며 길길이 날뛰는 취객을 나이트클럽에서 끌어내는 것만큼 힘이 들었다. 비니어드로 가는 보트를 탄 에마는 바닷물에서 멀리 떨어질 수 있는 한 최대한 뒤쪽에 자리를 잡고 앉아서는 눈을 감은 채 필리를 안고 있었다. 그녀는 필리에게 모포를 덮어 두었는데 보온을 위해서가 아니라 승무원들이 개를 빼앗아 갈까 두려워서였다. 나는 갑판에 서 있다가 틈틈이 안으로 들어가 그녀를 살폈다. 그녀는 괜찮아 보였다. 아니, 그 정도면 괜찮아 보인 것인지도 모르겠다. 그것도 뉴베드퍼드와 비니어드의 중간 기착지인 우즈홀 부두에 도착하기 5분 전까지는 말이다. 그런데 갑자기 필리가 앓기 시작했다. 적어도 에마는 그렇다고 말했다. 하지만 내가 보기에는 숨소리도 정상인 것 같았고 평상시와 별로 달라 보이지 않았다. 하지만 에마는 놈이 아프다며 눈에 눈물까지 글썽였다.

"필리가 아주 많이 아파요, 서먼 선생님. 집으로 데려가야 할 것 같아요."

그녀가 말하는 집이 어디인지 감이 왔다. 그녀는 78번가에 있는 집을 말하고 있었다.

배가 우즈홀에 정박을 하고 흔들림이 멈추자 갑판에서 일꾼들이 바쁘 짐을 부리기 시작했다.

"전 여기서 내릴게요." 에마가 바늘 하나 들어갈 것 같지 않은 결연한 표정으로 말했다. 나는 30분만 있으면 우리가 집에 도착할 것이고 그러면 모든 일이 잘 해결될 거라고 말했다. 더 바랄 나위 없이, 그곳에 가면 필리도 마치 새로 태어나기라도 한 것처럼 좋아질 거라고, 아픈 개들을 치료하기 위해 보내는 곳이 바로 마서스비니어드라고 꼬드겼다. 하지만 아무 소용이 없었다. "전 여기서 얘를 데리고 내려야만 해요. 필리가 아플 때는 언제나 집으로 데려가야만 하거든요."

나는 계속 마서스비니어드가 얼마나 아름다운지, 얼마나 좋은 사람들, 아름다운 집들이 있는 곳인지, 개들이 얼마나 지내기에 좋은 곳인지 감언이설을 늘어놓았지만 말을 하면서도 소용이 없으리라는 것을 알았다. 그녀의 표정을 보면 알 수 있는 일이었다. 그녀는 우즈홀에서 배를 내릴 것이었다.

"어떻게 이럴 수 있죠?" 나는 화난 얼굴로 그녀의 팔을 흔들었다. 필리가 기운 없이 으르렁거렸다. "수중에 돈도 없고 여기가 어딘지도 모르잖아요? 여긴 뉴욕에서 한참 먼 곳이에요. 누구도 우즈홀에서 뉴욕까지 혼자서 가는 사람은 없어요." 그녀는 내 말은 건성으로 듣는 듯 필리를 어르며 트랩 쪽으로 난 계단을 향해 걸어갔다. "다시 거꾸로 배를 타고 돌아가야 해요. 기차를 타든가. 그런데 지금 가진 돈도 없잖아요. 이렇게 계속 막무가내로 나오면 나는 당신에게 한 푼도 줄 수 없어요."

"제게 돈은 안 주셔도 돼요, 서먼 선생님." 그녀가 대답했다. "한 일도 없는걸요."

나는 잠시 동안 속을 끓이며 그녀를 따라 걷다가 돈을 조금 꺼내 한 사코 거절하는 것을 억지로 쥐어 주었다. 트랩에 도착하자 필리가 가래 끓는 소리를 냈다. 그쯤에는 놈의 눈이 약간 충혈된 듯했고 눈물도 괴는 것 같았다. 아내를 불러 봐야 도움이 되지 않으리라는 생각이 들었다. 필리의 건강이 위태로운 마당에 그녀가 할 수 있는 일은 아무것도 없을 것이다.

"집에는 어떻게 갈 생각이에요?" 트랩을 내려가는 그녀에게 내가 소리치다시피 물었다. "아주머니는 지금 매사추세츠 주 한참 밖에 있다고요."

그녀가 걸음을 멈추고 나를 돌아보았다. "걸어갈 거예요. 필리랑 저는 걷는 게 좋아요." 나는 그 자리에 선 채로 그녀가 내려가는 것을 지켜보았다.

내가 다시 갑판으로 올라가자 배가 항구를 벗어나고 있었다.

"무슨 일 있어요?" 아내가 물었다. 나는 부두 쪽으로 손을 흔들었다. 에마 인치가 그곳에 서 있었다. 여행 가방을 발치에 둔 채로 한 손으로는 필리를 안고 나머지 손을 흔들며 우리에게 잘 가라고 인사를 하고 있었다. 그때까지는 그녀가 웃는 모습을 본 적이 없었지만 그 순간 그녀는 환하게 웃고 있었다.

토파즈 커프스단추 미스터리

The Topaz Cufflinks Mystery

오토바이를 탄 경찰이 어디서 나타났는지 (보통 그들이 나타나는 방식이 그렇기는 하지만) 요란한 엔진 소리와 함께 다가왔을 때 남자는 길가의 풀이 무성한 잔디밭에서 네 발로 기는 자세로 개처럼 짖고 있었다. 여인은 5~6미터쯤 떨어진 채 차를 천천히 몰면서 남자를 쫓아오고 있었다. 차의 헤드라이트는 남자를 비추었다. 갑자기 나타난 경찰에 놀랐는지 중년의 남자는 자리에 일어나 앉았다. 남자가 몸을 일으켰다.

"무슨 일이죠?" 경찰이 물었다. 여자가 쿡쿡 웃음을 터뜨렸다. '이상한 여자군.' 경찰은 생각했다. 그는 여자 쪽은 쳐다보지도 않았다.

"사라진 것 같아." 남자가 말했다. "이젠— 어— 찾긴 글렀어."

"뭘 말이죠?"

"뭘 잃었느냐고요?" 남자가 언짢은 얼굴로 눈을 찌푸리며 말했다. "그러니까, 커프스, 맞아, 커프스단추를 잃어버렸어요. 금 바탕에 토파즈를 박은 거였죠." 남자가 우물쭈물 대답했다. 하지만 경찰은 그 말을 믿지 않는 눈치였다. "아주 고급 프랑스 와인빛이 나는 커프스였어요." 남자가 말하며 손에 들고 있던 안경을 얼굴에 썼다. 여자가 다시 쿡쿡 웃음을 터뜨렸다.

"안경을 벗고 잃어버린 물건을 찾았다고요?" 경찰이 물었다. 그는 다른 차가 지나갈 수 있도록 오토바이를 길가로 끌고 왔다. "차도에서 차를 빼는 게 낫겠어요, 부인." 여자가 차를 도로에서 길가로 옮겼다.

"나는 근시예요." 남자가 말했다. "좀 떨어진 물건은 안경을 쓰고 찾아야지만 가까운 것은 안경을 벗어야 더 잘 찾을 수 있죠." 경찰이 남자가 쭈그리고 있던 곳의 풀들을 무거운 장홧발로 여기저기 찼다.

"저 사람은 짖고 있었어요." 여자가 차 안에서 말했다. "자기가 어디 있는지 내게 알리기 위해서였죠." 경찰이 지지대를 내려 오토바이를 기대 세웠다. 경찰과 남자는 자동차가 있는 곳으로 걸어왔다.

"내가 이해를 할 수 없는 부분은 어떻게 차보다 30미터 앞쪽에서 뭔가를 잃을 수가 있느냐는 거예요. 보통은 뭔가를 잃어버린 다음에 차를 멈추잖아요?"

여자가 다시 웃음을 터뜨렸다. 여자의 남편은 경찰의 눈치를 살피며 천천히 차에 올라탔다. 경찰은 두 사람을 유심히 살폈다.

"파티에 다녀오는 길인가요?" 그가 부부에게 물었다. 시간이 자정을 지나 있었다.

"우리가 취했는지 궁금하신 거라면 그건 아니에요." 여자가 웃으며 대답했다. 경찰이 차 문을 손가락으로 두드렸다.

"두 분, 커프스단추를 잃어버렸다는 건 거짓말이죠?"

"아주 예의 바르게 길에서 네 발로 기면서 짖는 게 불법인가요?" 여자가 따지듯 물었다.

"그건 아닙니다만." 경찰이 대답을 했다. 하지만 그는 오토바이를 타고 그곳을 떠날 기미를 보이지 않았다. 자동차와 오토바이의 엔진 소리들만이 얼마 동안 조용한 사위를 채우고 있었다.

"경관님, 그럼 사실 무슨 일이었는지 말씀드리죠." 남자가 결심을 한 듯 싹싹한 목소리로 말했다. "우리는 내기를 했어요. 무슨 말인지 아시겠어요?"

"그래요? 누가 이겼죠?" 잠시 침묵이 다시 이어졌다.

"아내는," 남편은 마치 새로 고용한 종업원에게 그들 사업의 중요한 단계를 설명하는 사장이라도 된 듯 점잖게 말했다. "아내는 만약 내가 길가에 충분히 몸을 낮추고 있으면 고양이들 눈처럼 내 눈도 밤에 빛이 날 거라며 내기를 하자고 했어요. 고양이를 지나칠 때 분명히 눈에서 빛이 나더군요. 하지만 사람들도 몇 명 지나쳤지만 그들의 눈에서는 아무 빛도 나지 않았죠."

"그건 그 사람들이 헤드라이트 빛 아래가 아니라 위에 있었기 때문이라고요." 부인이 말했다. "사람들의 눈도 고양이와 같은 위치에서 헤드라이트 빛을 받으면 고양이 눈처럼 빛날 거예요." 경찰이 오토바이를 놓아둔 곳으로 가서 오토바이를 타고 지지대를 차올린 뒤 방향을 돌렸다.

"고양이의 눈은 우리 눈과는 달라요." 경찰이 말했다. "개나 고양이, 스컹크, 모두 마찬가지예요. 걔네들은 밤에도 사물을 볼 수 있다고요."

"빛이 하나도 없는 어둠에서는 아니에요." 부인이 반박했다.

"그래도 동물들은 볼 수 있어요." 경찰이 대답했다.

"아뇨, 불가능해요. 빛이 전혀 없는 방 안에서는, 절대 암흑 속에서는 말이죠. 언젠가 그런 주제가 화제로 나온 적이 있었어요. 그곳에 교수가 한 분 계셨는데 그분의 말에 의하면 아무리 희미하더라도 광선이 있어야 그런 일이 가능하다고 했어요."

"그럼 그럴 수도 있겠네요." 경찰이 얼마 동안 곰곰이 생각하더니 장갑을 잡아당겨 끼면서 말했다. "하지만 사람들의 눈은 빛나지 않아요. 나는 이 길을 매일 밤 지나다니죠. 그러면서 수백 마리의 고양이와 그만큼 많은 사람을 만나요."

"사람들이 땅에 충분히 가깝게 있지 않아서 그런 거예요." 여자가 말했다.

"아까 나는 땅바닥에 가까이 있었소." 남편이 말했다.

"이렇게 생각하면 어때요?" 경찰이 말했다. "나는 나무에 올라가 있는 야생 고양이들을 많이 보거든요. 그때도 고양이들의 눈은 광채를 내죠."

"맞아요!" 여자의 남편이 말했다. "그게 답이 되겠네요."

"어째서 그게 답이 된다는 거예요?" 부인이 말했다. 잠시 침묵이 흘렀다.

"나무에 올라가 있는 야생 고양이들의 눈이 사람의 눈높이보다 높이 있다는 얘기요." 경찰은 남편이 무슨 말을 하는지 이해했겠지만 부인은 여전히 한밤중이었다. 하지만 두 사람 다 아무 말이 없었다. 경찰은 오토바이에 올라탄 후 엔진에 시동을 걸고 뭔가를 생각하는 듯하더니 엔진의 속도를 줄였다. 그가 남자에게 몸을 돌렸다.

"안경을 벗고 한번 해 봐요. 헤드라이트가 반사되지 않게요." 그가 말했다.

"맞는 말이에요." 남자가 대답했다. 경찰이 의기양양하게 손을 흔들고 굉음을 내며 사라졌다. 남편이 아내에게 짜증스러운 목소리로 말했다. "혼자 똑똑한 척은 다 하는 친구군."

"하지만 나는 야생 고양이가 뭘 증명한다는 건지 아직도 모르겠어요." 부인이 말했다. 남자는 천천히 차를 몰아 자리를 떠났다.

"그건, 아까 당신이 고양이의 눈이 낮은 위치에 있어서 그렇다고 했잖소. 나는—"

"나는 그렇게 말하지 않았어요. 나는 사람들의 눈이 높은 위치에 있어서……"

이다 고모의 초상
A Portrait of Aunt Ida

　엄마의 고모인 이다 클레먼스 여사가 며칠 전 웨스트에서 돌아가셨다. 그녀는 91세였다. 내가 스무 살 때 본 것을 마지막으로 아주 오랫동안 그녀를 잊고 있었지만 그녀에 대한 기억만큼은 생생하다. 우선, 이다 고모는 전국적 혹은 세계적인 규모의 재난에 큰 관심을 보였다. 타이타닉호의 침몰은 내가 아는 한 그녀에게 가장 의미 있는 비극이었을 것이다. 고모의 언니들인 에마와 클라라와는 달리 그녀는 그런 재난들에서 속도와 쾌락을 추구하는 인간들에 대한 신의 분노를 읽으려 하지 않았다. 대신 고모는 그런 사고들의 원인을 기업들의 이윤 추구라는 복마전 속에서 찾으려 했다. 타이타닉호가 가라앉은 것은 부빙浮氷 때문이라고 아무리 설명해도 그녀를 설득할 수는 없었다. 누가 그런 말도 안 되는 이야기를 믿을까 보냐? 그녀에게 그것은 실상을 숨기기 위해 꾸며진 얄팍한 구실일 뿐이었다. 그렇다고 그녀가 무엇이 타이타닉호를 가라앉혔는지 분명히 알았거나, 알았다 하더라도 설명하려 하지는 않았지만 암흑에 덮인 사건의 중심에는 기만과 타락의 거대한 비밀이 숨어 있으리라는 것이 그녀의 주장이었다. 그것이 사람들의 본성이었기 때문이다. 나중에는 가라앉는 선상에서 담배를 문 채, 배를 탈출하는 사람들에게 미소 지은 얼굴로 손을 흔들어 이별을 고했다던 신사들의 용기도 그녀의 의심의 대상이 되었다. 배에 탑승한 경비병들이 노인들과 못생긴 여자들을 밀치고 구명보트에 올라타지 못하도록 그들을 사살했다는 쪽으로 고모의 생각은 기울어 갔다. 부유하거나 뛰어난 사람들은 그녀에게 단지 기만과 협잡에 능한 경건치 못한 인간들이었다. 그녀가 평생에 걸쳐 신임한 명사는 매킨리 대통령*이 유일했다.

크레이터 판사의 실종이나 홀밀즈 살인, 스타 페이스풀 사건 등 미스터리로 남은 사건들은 고모의 말년을 행복하게 만들었을 것이다. 해결할 수 없는, 그래서 미궁으로 남은 사건들을 그녀는 좋아했다. 그녀의 의견에 의하면 미제 사건들은 우리가 온전히 이해할 수 없는, 신도 우리가 알기를 원치 않는 이 세상의 신비한 힘들에 의해 생긴 것이었다. 그것들은 눈에 보이지 않는, 전기나 무선통신(두 가지 다 그녀에게는 신성을 모독하는 발명이었다) 같은 힘이었지만 그것을 찾아내거나 이용하려고 해서는 안 되었다. 바로 이런 힘들로부터 살인이나 실종, 그 밖에 초자연적인 현상들이 발생한다는 것이 그녀의 주장이었다. 그녀는 유명한 사건들에 조금이라도 관련된 모든 사람이 한통속

* 미국 제25대 대통령. 제국주의의 대명사로 꼽히는 인물로, 1900년에 재선되었으나 암살당한 후 부통령이었던 시어도어 루스벨트가 임기를 이어받았다.

이라고 말했는데 사건을 수사하는 (언제나 '술수'에 능한 인간들인) 담당 검사들도 예외는 아니었다. 아마도 이다 고모는 루스벨트 대통령을 볼 수 있는 기회보다는 월리 스티븐스를, 영국 왕과의 만남보다는 자프시를, 백악관을 둘러보는 것보다는 웬델하우스 방문을 택했을 것이다.

외과 수술과 사후 부검들은 이다 고모가 특별히 관심 있는 분야였지만 그녀는 어떤 수술도 필요하다고 인정하지 않았다. 그녀는 사후 부검도 새로운 사실을 알아내기 위해서라기보다는 무엇인가를 은폐하기 위한 것이라고 생각했다. 그녀에게 의사들은 질병이나 죽음에 얽힌 있는 그대로의 사실들을 애매하게 만들거나 왜곡하는 경향이 있는 무리일 뿐이었다. 고모는 자신의 친구들이나 친척들 중 많은 이의 진정한 사인이 '정부의 기록부'에만 기록이 된 채 서둘러 매장되었다고 믿었고, 스물다섯 살에 사망한 어느 사촌에 관한 길고도 복잡한 이야기를 늘어놓기를 좋아했다. 고모는 30년 동안 그녀의 죽음의 '배후'에는 뭔가 비밀이 있다고 주장했다. 아주 저명한 의사 한 사람이 언젠가, 어쩌면 임종 시에라도, '루스에 관한 진실'을 털어놓을 것이라고 그녀는 확신했다. 문제의 의사가 (물론 별다른 고백도 없이) 사망하자 그의 부고를 신문에서 읽은 고모는 며칠 전 밤 꿈에 그가 나타났다고 말했다. 그는 무언가 말하기 위해 자신을 찾아온 눈치였지만 결국 아무 말도 하지 못했다.

이다 고모는 자신이 뛰어난 예지 능력을 지녔다고 믿었다. 그녀는 경고나 전조, '감'을 느꼈다. 그것들은 항상 닥쳐오는 불운, 질병, 죽음을 암시하는 것들이었다. 모든 것이 잘 풀릴 것이라는 전조 현상은 느껴 본 적이 없었다. 아무개 양이 약혼한 남자와 결혼하지 않을 것이라 든가, 사업차 남아메리카로 여행을 간 할로웰 씨가 돌아오지 않을 것 이라든가, 허친슨 부인이 올해를 넘기지 못할 것(허친슨 부인의 경우 에 관해서는 22년 동안 고모의 예측이 빗나갔지만 결국 들어맞기는 했다)이라든가 하는 식이었다. 파산, 결혼 생활의 문제 등에 관한 전조 는 낮 동안에 고모가 장을 보거나 콩깍지를 벗기고 있을 때 찾아왔지 만 죽음에 대한 암시는 꿈을 통해 전달되었다. 고모 연배의 오하이오 주에 거주하는 여인네들의 꿈은 프로이트식 해석의 대상이 아니었다. 그녀들의 꿈은 순전히 앞일을 알려 주는 예언이었다. 그녀들의 꿈에 는 검은 운구차들과 흰말들이 미끄러지듯 밤을 가로질러 가거나 관이 집 밖으로 나오는 광경, 사람들의 이름과 사망일이 쓰인 묘비, 검은 베 일에 장갑을 낀 얼굴 없는 장신의 여인들이 등장했다. 이다 고모가 꾼 꿈의 대부분은 여자들의 운명과 관련된 것들이었는데 그녀에게는 남 자들보다는 여자들에게 벌어지는 일들이 훨씬 중요했기 때문이다. 남 자들은 대부분 일을 자초하는 존재들이었지만 여자들은 어둡고 음산 한 초자연적인 현상들에 희생되는 존재들이었다.

고모에게 출생은 사망만큼이나 음울한 사건이었다. 사람들이 겉으 로는 무어라고 떠들든 그녀는 대부분의 아기가 사실은 '사고'로 태어 난 것이라 여겼다. 유명하거나 뛰어난 사람들의 아이든 자신의 사촌, 육촌, 팔촌의 아이든 모두가 천치라고 생각했다. 어떤 아이라도 어려 서 죽는 일이 생기면 사인이 무엇이건 그 탓을 부모 탓으로 돌렸다. "그 집에 뭔가 문제가 있어." 고모는 한껏 음울한 목소리로 이런 말을 하곤 했다. 애매하고 불길한 그 '뭔가'는 요원하면서도 손에 잡힐 듯한 것으로 막연하지만 곧 눈앞으로 튀어나오기라도 할 것 같은, 아무도

정확히 이해할 수 없는 복잡한 것이었다. 이다 고모의 가장 흔한 예언은 "그 불쌍한 것이 다시 자리를 털고 일어서지는 못할 거다. 내 말을 기억해 두렴"이라는 말이었지만 대부분의 아이가 회복한 후에도 고모는 전혀 동요됨이 없이 자신의 '감'을 믿었다. 스무 번 중 한 번이라도 그녀의 말이 맞는다면 그 사실이 그녀의 말이 헛소리가 아님을 증명하는 것이었다. 아직 태어나지 않은 아이들의 성별을 맞히는 데에 관한 한 그녀는 절반 정도의 정확성을 보였다.

사후의 삶은 이다 고모에게 추측과 근심, 희열의 원천이었다. 그녀는 죽은 사람들이 다시 이 세상을 찾아온다고 믿었고, 그들이 출몰하는 집들도 줄줄이 댈 수 있었다(그런 집들 중 한 곳에서는 다락 계단으로 사과 바구니들이 굴러떨어지곤 했는데 왜 사자死者들이 그런 짓을 하는지는 분명치 않았다). 하지만 그녀는 영매나 강신회降神會 따위는 믿지 않았는데 그녀가 아는 한 사자들은 그들이 살던 집으로 찾아와서 방들이나 복도를 은밀하게 배회하는 것을 더 좋아했다. 그녀가 언제나 유령이라는 말 대신 '사자'라는 말을 사용한 점으로 미루어 볼 때 이다 고모는 죽은 사람들이 언제나 몸을 지닌 형태로 의관을 갖춘 채 나타난다고 생각했던 것 같다. 그들이 현세로 다시 돌아오는 이유는 뭔가 하지 못한 일이나 말이 있기 때문이었다. 비록 정통 감리교를 믿는 집안의 후손으로 주위 친척들 중에는 목사도 여러 명 있었지만 그녀는 만년에 다양한 종교들, 미신들, 심지어는 사교들에까지도 한동안 심취해 있었다. 점성술, 신新사상*, 부활론 등도 마음에 들어 했다. 이 세상에서 억눌렸던 사람들은 다음 세상에서 다시 한 번 기회를 얻게 될 것이라고 그녀는 믿게 되었다.

이다 고모는 이 세상이 어느 때고 종말을 맞으리라고 믿어 마지않았다. 1910년에 핼리 혜성이 출몰했을 때 그녀는 아침에 신문이 배달될 때마다 파리가 화염에 휩싸였다거나 뉴욕 시가 바다로 휩쓸려 갔다는 기사를 내심 기대했다. 끔찍한 죄의 소굴인 두 도시는 반드시 먼저 종말을 맞을 것이 분명했기 때문이다. 나머지 작은 도시들은 그 안에 살고 있는 경건하고 친절한 사람들 덕분에 두 도시에 비하면 좀 더 인간적인 종말을 맞을 터였다.

이다 고모가 가장 즐겨 하던 말은 "그런 얘기는 살다 살다 처음이다"와 "만약 내가 이 의자에서 일어나지 못하고……"였다. 그녀는 죽음,

---

* New Thought. 19세기 미국에서 시작된 정신 치료 운동.

불운, 슬픔, 부패, 재난에 관한 얘기라면 흥분한 채 과장해서 이야기했는데 종종 이름들, 특히 조, 얼, 네드, 해리, 루이스, 루스, 버트 같은 단순한 이름들을 기억해 내지 못해 애를 먹곤 했다. 그럴 때면 팔촌의 이름이 됐든 무엇이든 옆에 있던 사람들이 그녀가 생각해 내려 애쓰던 것을 가르쳐 주어야 했다. 하지만 그 자리의 아무도 기억하지 못하는 어려운 이름들은 정확히 기억했다. "그이는 셔츠버거와 왈런하임 안장 가게에서 일을 했지." 고모는 말했다. "그이의 이름이 뭐였더라?" 알고 보면 그의 이름은 프랭크 버틀러 같은 평범한 것이었다.

죽는 날까지 이다 고모는 안경을 끼지 않고도 책을 읽을 수 있었고 보통 사람들이 겪는 노환도 그녀와는 아무 상관이 없었다고 한다. 그녀는 피해망상이나 기억상실, 과거로의 퇴행이나 까닭 없는 증오심—담배에 대한 고모의 증오심을 까닭 없는 것이라고 여긴다면 모르겠지만 말이다. 하지만 고모는 흡연으로 인해 하체 마비까지 겪은 젊은이들의 이야기를 실제로 알고 있었다—같은 것도 겪지 않았다. 그녀는 마지막으로 침대에 들기 전에 베고니아에 물을 주고 집세를 내기 위해 수표를 썼다. 다시 침대에서 일어날 수 없게 되자 그녀는 식구들이 청해 온 의사가 실력이 없다고 화를 냈다. 그녀에게는 아직도 사야 할 물건들, 찾아봐야 할 친구들, 마쳐야 할 일들이 남아 있었다. 친구들과 친척들이 찾아오기 시작하자 그녀는 짜증을 냈다. 마치 자기가 진짜로 아파서 누워 있기라도 한 것처럼 유난을 떤다고! 고모가 임종하기 직전 72세의 커츠 여사가 문병을 왔다. 그녀가 돌아간 후 고모는 그녀의 뒷모습을 측은하다는 듯 바라보았다.

"참 딱하군." 고모가 말했다. "건강이 나빠진 게 눈에 확연하잖아?"

운 좋은 사나이, 재드 피터스
The Luck of Jad Peters

에마 고모는 83세로 돌아가실 때까지 현관 응접실 탁자 위에 그녀의 남편이었던 재드 피터스가 수집한 행운의 증표들과 함께 10킬로그램은 족히 나감직한 바윗덩어리를 놓아두었다. 바위는 천막 천 조각, 소나무 쪼가리, 누렇게 변색된 전보지, 오래된 신문기사 조각, 코르크 마개, 수술비 청구서 등 호기심을 일으키는 다양한 잡동사니들 한가운데 놓여 있었다. 에마 고모는 한 번도 탁자 위의 이상한 수집품들에 대해 언급한 적이 없었다. 다만 그녀가 세상을 떠나기 얼마 전, 누군가 탁자 위의 흉한 돌덩이를 치워 줄까 하고 묻자 "리즈베스가 놓아둔 곳에 그대로 놔둬"라고 말했을 뿐이다. 나는 후에 친척들을 통해 그 물건들에 대한 설명을 들었다. 친척들 중 몇몇은 그 돌이 다른 수집품들과 함께 놓여 있는 것이 '볼썽사납다'고 생각했지만 에마 고모의 동생인 리즈베스 고모는 바로 그곳이 그 돌이 놓여 있을 곳이라며 고집을 꺾지 않았다. 사람을 사서 돌덩이를 집 안으로 옮긴 뒤 탁자 위의 물건들 옆에 올려놓은 사람도 바로 그녀였다. 그녀는 "이것도 다른 물건들만큼이나 신의 섭리를 보여 주는 것"이라고 말했다. 그러고는 정색을 하고 안락의자에 앉은 채로 몸을 앞뒤로 흔들거리며 덧붙였다. "하느님을 조롱하면 어떤 결과가 오는지 잘들 보라고." 리즈베스 고모는 아주 종교심이 강한 여인이었다. 큰 키에 수척하고 음울한 표정을 한 그녀를 장례식장에서 가끔 만나곤 했지만 되도록이면 그녀와 말할 기회를 피하려 노력했다. 고모는 장례식을 좋아했고 송장을 보는 것을 좋아했는데 그런 그녀가 나는 왠지 두려웠다.

잡동사니가 놓인 에마 고모의 탁자 뒤편 벽에는 고모의 남편이었던 재드 피터스의 실제 크기만 한 사진이 걸려 있었다. 사진 속의 그는 모자를 쓰고 오버코트를 걸친 채 여행 가방을 들고 있었다. 어릴 때 오하이오 주의 슈거그로브에 있는 고모의 집에 놀러 갈 때마다 그 사진은 나의 호기심을 동하게 했다(그때는 아직 돌덩이를 비롯한 다른 기념품들이 놓여 있지 않았다). 모자를 쓰고 오버코트를 입은 채 가방까지 든 차림으로 사진을 찍은 그의 모습은 어린 내 눈에도 아주 우스꽝스레 비쳤고, 더욱이 사진을 실물 크기로 확대해서 고급 사진틀에 끼워 걸어 놓았다는 것이 신기하게만 느껴졌다. 우리가 몰래 현관 응접실로 숨어 들어가 사진을 보고 있노라면 에마 고모가 따라와 우리를 방에서 쫓아내곤 했다. 사진에 대해 우리가 어떤 질문이라도 할라 치면 고모는 "몰라도 된다"라고만 대답했다. 어른이 된 후에 나는 그 큰 사진에 얽힌 사연과 함께 왜 고모부가 '운 좋은 잭'이라는 별명을 얻게 되었는지도 알게 되었다. 아니, 그 별명은 고모부 자신이 스스로에게 붙인 것이었다. 군수로 출마했을 당시(당선은 되지 못했다) 자신을 소개하기 위한 선전 카드에 '운수 좋은 사내, 재드 피터스'라는 문구를 집어넣은 것이 그였으니까. 하지만 조롱을 했으면 했지 그런 자기소개를 진지하게 받아들인 사람은 아무도 없었다.

재드 고모부가 서른다섯 살이었던 1888년경에는 손을 대고 있던 이런저런 사업마다 꽤 재미를 보고 있었고 사업차 여행도 빈번했다. 한번은 그가 일주일 동안 뉴욕 출장을 갔는데, 그곳에서 뉴포트로 가는 배를 탈 예정이었다. 하지만 공장에 뭔가 긴급한 문제가 생기는 바람에 종업원 한 사람이 그에게 "뉴포트행은 취소하시고 급히 돌아와 주세요"라는 전보를 보냈다고 한다. 고모부의 이야기에 따르면 그가 승선한 배가 막 닻을 올리고 출항하려는 순간 전보가 그에게 도착했다고 한다. 체크아웃을 한 호텔로 전보가 간 것을 친절한 호텔 접수계 직원이 전보를 배달하는 소년을 승선장까지 보냈다는 것이다. 하지만 그건 어디까지나 고모부의 이야기였다. 그의 이야기를 들은 대부분의 사람은 그가 호텔에서, 그것도 배가 출항하기 몇 시간 전에 전보를 받았을 것이라고 생각했다. 고모부는 평소에도 과장해서 꾸며 이야기하기를 좋아했기 때문이다. 출항 전의 배에서 아슬아슬하게 다시 내렸건 그렇지 않건 그가 내린 배는 아홉 시간 후 폭풍을 만나 모든 승객을 태운 채 침몰했다. 그게 바로 그가 사진을 찍어서 확대까지 해 놓은 이유였다. 그의 말에 의하면 사진 속의 모습은 배에서 내렸던 당시 그의 모습을 그대로 담고 있었다. 그게 그가 행운의 증거들을 모으게 된 시발점이었다. 처음 몇 년 동안은 자신이 받았던 전보 쪽지와 배의 침몰 소식을 알리는 신문기사를 성경 안쪽에 집어넣어 둔 것이 다였다.

하지만 어느 날 그는 그것들을 꺼내서는 커다란 유리 진열장 아래 집 어넣었다.

　1888년부터 1920년에 사망할 때까지 고모부는 별다른 사고를 겪지 않았다. 말년의 그는 서서히 사업을 말아먹은 후 결국은 슈거그로브의 작은 농장에 안착한 채 겨우 입에 풀칠이나 하는 수다스럽고 지루한 늙은이로 사람들의 기억에 남았을 뿐이다. 60대에 이른 그는 술을 마시기 시작했고, 에마 고모는 그때부터 비참한 여생을 보내야 했다. 고모부의 쥐꼬리만 한 보험금으로 어떻게 생활을 꾸리는지 알 수 없었지만 고모는 그럭저럭 버텨 나갔다. 주위의 친척들은 차라리 고모부가 지병인 울렁증으로 죽는 편이 그녀에게 도움이 될 거라고 수군거렸다. 에마 고모가 남편에게 별다른 애정을 가지고 있지 않다는 것은 공공연한 사실이었다. 그녀가 고모부와 결혼한 이유는 그가 매주 두 번, 꼬박 7년 동안 그녀에게 청혼했고 그녀도 따로 마음에 두고 있던 사람이 달리 없었기 때문이었다. 고모가 이혼하지 않고 산 이유는 아이들 때문이었고, 한번 결혼했으면 그대로 살아야 하는 줄 아는 사람들에 둘러싸여 살아서였다. 하지만 그녀는 남편과는 달리 세월이 지나가면서 말수가 적은 친절한 여인으로 변해 갔고, 다만 하루 종일 행방불명이었던 남편이 저녁 식사 시간에 식탁에 나타날 때만 약간 입가가 굳어지곤 했다. 고모부는 대부분의 경우 낮 동안 마을 주점에 죽치고 앉아 1888년에 침몰한 배에서 자기가 어떻게 극적으로 살아났는지, 그 후 최근에는 어떤 절체절명의 위기에서 아슬아슬하게 벗어났는지 떠벌리는 게 일이었다. 예를 들자면 그가 맹장 수술을 받은 일도 그중의 하나였다. 그의 주장에 의하면 수술을 받은 후 그가 마취에서 좀처럼 깨어나지 않자 의사가 가망이 없다고 막 포기하려던 차

34

에 그가 정신을 차렸다는 것이다. 수술을 집도했던 벤햄 박사는 그 이야기를 전해 듣고 길에서 마주친 고모부에게 그런 터무니없는 이야기를 그만두라고 요구했지만 고모부는 의사가 청구한 진료비 영수증을 자신의 행운의 수집품 목록에 추가시킬 뿐이었다. 한밤중에 속이 쓰려서 제산제를 먹으려고 일어났다가 실수로 마취제를 마실 뻔한 일도 그가 겪은 위기 중의 하나였다. 제산제 코르크 마개를 열고 약을 들이켜기 전에 왠지 꺼림칙한 느낌이 들어 불을 켜고 병을 확인한 순간 그는 마취제병을 들고 있는 자신을 발견했다는 것이다. 그 자리에서 마취제의 코르크 마개도 그의 수집품 목록에 올랐다.

만년에 고모부는 슈거그로브 인근에서 벌어지는 거의 모든 재난과 사고에서 자신이 어떻게 운 좋게 벗어났는지 설명하는 단계에 이르렀다. 한번은 페어필드에서 열린 농산물 경진 대회에서 돌풍에 천막이 쓰러지는 바람에 두 사람이 죽고 10여 명이 부상당하는 일이 벌어졌다. 고모부는 근 10여 년 동안 매해 그곳에서 열리는 경진 대회에 참석했지만 그해는 그곳에 가지 않았다. 만약 그곳에 갔다 하더라도 고모부는 항상 목요일에 참석했었기에 토요일에 벌어진 사고에 그가 영향받았을 가능성은 전혀 없었다. 그가 참석도 하지 않은 장소에서 천막이 무너져 두 사람이 죽은 게 다였다. 그러나 사고가 난 후 그는 경진회장을 찾아가 무너진 천막의 천 조각을 잘라 와서는 응접실 탁자 위, 마취제병의 코르크 마개 옆에 올려놓았다. 누가 뭐래도 재드 피터스는 행운의 사나이였다!

에마 고모는 결국 고모부가 뭐라고 얘기를 하건 귓전으로 흘려보내는 지경에까지 이르렀던 것 같다. 유일한 예외는 이웃들이 저녁에 놀러 왔을 때 행여 고모부가 자신이 최근에 겪은 구사일생의 경험을 늘어놓을까 봐 그 기회를 차단하기 위해 고모가 대화의 흐름을 이끌어야 할 때뿐이었다. 하지만 고모부는 언제나 용케 기회를 포착했다. 그는 그해의 농작물 작황이나 한창 절정인 베고니아 꽃들, 스펜서가의 정박아 아들에 대한 최근 소식 등 이웃들의 대화에는 아무 주의를 기울이지 않고 기회만 엿보았다. 위아래 이를 딱딱 부딪치며 안락의자에 앉아서 몸을 앞뒤로 흔들다가 사람들의 대화가 소강상태로 접어들 때를 포착하면 그는 헛기침을 하며 목청을 가다듬고는 "그 이야기를 듣자니 닭장을 고치기 위해 각목 몇 개를 사러 풀런네 목재소로 가려던 때가 생각이 나는군" 하고 운을 떼곤 했다. 집에서 게으름을 피우던 그가 목재소로 향하려던 찰나 왠지 한 발자국도 떼고 싶지 않은 이상한 느낌이 들었다. 바로 그날 목재소에 야적되어 있던 나무들이 무너지는 바람에 그랜트 풀런은 심하게 다리를 다쳤고 결국 절단까지 해야 했다. 그가 계속 말을 이으려는 순간 에마 고모가 끼어들어 "설마 아직까지 그 이야기를 듣지 못한 사람은 없겠죠?"라고 억지웃음을 띤 채 너스레를 떨며 덥다는 듯 부채를 부쳤다. 고모부는 뚱한 표정으로 앉아 안락의자를 앞뒤로 흔들며 위아래 이들을 딱딱거렸다. 그는 이웃들이 돌아가려고 자리를 뜰 때도—그들은 항상 이 대목에서 자리를 뜨곤 했다—자리에서 일어서지 않았다. 소나무 쪼가리가 바로 풀런 목재소에서 그가 구사일생으로 살아난 기념품임은 말할 것도 없다.

거친 돌덩어리를 빼곤 고모부가 모아 놓은 수집품들을 얼추 다 설명한 것 같다. 돌덩이에 얽힌 사연은 앞의 것들과는 좀 다르다. 1920년 9월, 슈거그로브 외곽에 맞닿은 호킹 강의 수로 확장 공사를 진행하던 주州의 토목기사들은 마침 강바닥의 암반을 폭파하는 작업 중이었다. 클렘 와든 씨에게서 직접 듣지는 못했지만 간접적으로 들은 바로는 슈거그로브의 대로를 따라 걷고 있던 클렘이 자기 쪽으로 걸어오는 재드를 발견한 것은 오후 3시 45분경이었다고 한다. 클렘은 고모부의 오랜 친구로, 그들 연배에서 고모부를 친구로 대해 주는 얼마 안 되는 이들의 하나였다. 두 사람은 인도에 선 채로 잠시 이야기를 나누었다. 나중에 돌아보니 한 5분 정도 대화를 나눈 것 같았다고 클렘 씨는 이야기했다. 하지만 그들 중 한 사람이 바로 처리해야 할 일이 있는 바람에 고모부는 류머티즘에 걸려 불편한 걸음으로 선술집 방향으로 서서히 발걸음을 떼어 놓았고 클렘 씨는 반대 방향으로 길을 계속 갔다고 한다. 클렘 씨가 열 발자국쯤 걸어갔을 무렵 그는 등 뒤에서 고모부가 자기를 부르는 소리를 들었다.

"이보게, 클렘!" 걸음을 멈추고 뒤돌아보자 고모부가 그를 향해 걸어오고 있었다. 대여섯 걸음쯤 다가왔을 때 재드 고모부는, 클렘 씨의 말에 따르면, 마치 '소금 자루'처럼 매시니 마구 상회 쪽으로 던져져 날아갔다. 클렘이 그에게 이르렀을 때 이미 고모부는 숨이 끊어진 상태였다. 고모부는 자신이 무슨 일을 당했는지 알지도 못했을 것이라고 클렘 씨는 말했다. 다른 사람들도 몇 분이 지난 후에야 무슨 일이 벌어졌는지 깨달을 수 있었다. 모여 선 사람들 가운데 한 명이 길 옆 도랑에 떨어져 있던 진흙투성이의 돌덩이를 발견했다. 유난히 크게 터진 다이너마이트에 튕겨져 나온 암반 덩어리가 엄청난 속도로 허공을 가로질러 날아온 것이었다. 돌덩어리는 4층짜리 잭슨 빌딩 위로 마치 대포알처럼 날아와서는 고모부의 가슴을 정확히 맞혔다.

고모부가 묻힌 지 며칠이 지나지 않아 마을 주점의 사람들은 그 사고에 대해 안됐다는 듯 고개를 저으며 엄숙한 투로 말하던 것을 그만두고 농담을 시작했다. 그중에서도 칼 그레그가 한 농담이 제일 웃겼다. "지금으로서는 아무도 분명히 알 수 없겠지만 재드는 뭔가 특별한 예감을 느꼈기에 가던 발걸음을 돌이켰을 거야."

나는 설리번 졸업생
I Went to Sullivant

지금은 무엇 때문에 그런 생각을 하게 되었는지도 기억나지 않고 그게 대수로운 일도 아니지만 며칠 전 문득 꽤 쌀쌀했던 작년 가을 아침이 생각났다. 그랜드센트럴 역에 갔던 내 눈에 마차에 탄 채 흥분해서 가만있지를 못하는 열 살 정도의 사내아이가 들어왔다. 보스턴 위쪽 어디쯤에 위치한 사내아이들의 기숙학교로 가는 모양이었다. 그는 이제껏 집을 떠나 학교에서 지내 본 적이 없었을 것이다. 마차는 아이들로 넘쳐 날 지경이었다. 하지만 자세히 살펴보면 이미 집을 떠나 학교에서 생활해 본 아이들과 윤이 날 정도로 말쑥하지만 뭔가에 압도된 듯 미세하게 몸을 떠는 신입생들을 구별해 낼 수 있었다. 얼핏 보기에는 그들 모두가 아주 비슷해 보였다. 마차 안의 긴장된 광경을 지켜본 내가 까맣게 잊고 있던 어린 시절에 대한 향수를 이야기하려나 보다고 생각하는 독자가 있다면 착각이다. 나는 어릴 때 사립학교를 다닌 적이 없다. 나는 콜럼버스의 설리번 초등학교를 졸업했다. 호텔로 돌아가면서 나는 내가 다녔던 학교 생각에 잠겼다.

설리번은 평범한 공립학교였지만 내가 이전에 알고 있던 공립학교들과는 전혀 다른 곳이었다. 1900년에서 1908년까지 내가 설리번에서 보낸 시절을 묘사할 만한 형용사를 하나 고르라면 '거친'이라는 단어일 것이다. 설리번 학교는 거친 곳이었다. 설리번에 다니는 학생들의 대부분은 흑인 가정들과 백인 노동자들이 거주하는 센트럴마켓 주위에 살았다. 그 학군에는 상류층 집안들도 몇 집 있었는데 얼마 전만 해도 그 요란한 시장통 근처에 고집스럽게 자리를 고수하고 있던 한두 군데 고급 주택가의 흔적이었다. 그들은 점점 간격을 좁혀 오는 장사꾼들의 손아귀에 자신들의 유서 깊은 주택들을 내놓고 싶지 않았지만 지금은 결국 천박한 상가로 변한 거리에 위치하게 되었다.

설리번 하면 제일 먼저 떠오르는 것은 야구팀이다. 대부분의 초등학교 야구팀들은 7학년이나 8학년생들로 구성되어 있게 마련이다. 어쨌건 당시에는 그랬다. 하지만 설리번 야구팀은 사정이 달랐다. 가장 뛰어난 선수들은 선생님들이 징그러운 4학년이라고 불렀던 4학년생들이었다. 4학년이 되면 분수와 어려운 나눗셈을 공부하게 되는데 많은 아이가 4학년 과정을 통과하지 못하고 시냇물에 떠 있는 통나무처럼 그곳에 머물러 있곤 했다. 가장 뛰어난 야구 선수들은 4학년 과정을 7~8년째 반복하는 중이었다. 흑인 아이들의 경우 더욱 흔한 일이었지만(설리번 초등학교 학생들의 반 정도는 흑인들이었다), 유급을 하지는 않았더라도 이미 10대 중반인 아이들도 많이 있었다. 양복을 입을 나이가 되도록 학교 가는 것을 미루다가 결국은 교육청에 걸려 학교에 나온 아이들이었다. 4학년생 중에 한두 명 있었던 열일곱, 열여 덟 살 먹은 아이들도 그런 아이들이었다. 주장은 스물두 살 먹은 청년 이었는데 5학년생이었다(3, 4학년 담임을 맡았던 선생들은 그와 너 무 오래 같이 붙어 있는 데 물린 나머지 그를 다음 학년으로 진급시켰 다). 그의 이름은 데이나 웨이너로, 이미 콧수염을 기르고 있었다. 왜 그의 부모님이 그를 그토록 오래 학교에 남겨 두었는지 이유는 알 수 없었다. 설리번에는 풀 수 없는 미스터리가 많았다. 내가 아는 한 그가 일을 하러 다니지 않고 학교에 나오는 이유는 그가 야구를 좋아한다 는 것, 선생님들이 진즉 그를 포기한 덕분에 몇 년 전부터 수업 시간이 아주 편해졌다는 게 다이다. 일설에 의하면 그는 설리번 초등학교에 다니는 17년 동안 수업 중에 단 한 번 질문을 받았다. "마침표의 기능 이 무엇일까?"라는 질문에 그가 자신이 앉기에는 너무 옹색한 책상 아 래에서 주섬주섬 긴 다리를 끌어내며 한 대답은 "마춤표는 옷을 맞춘 다음 받는 종이"였다고 한다.

1905년에 설리번 초등학교 야구부는 같은 도시의 몇 개 고등학교 야구부들을 평정한 뒤 주 챔피언의 자리에 올랐다. 엄밀히 말하자면 오를 자격이 없는 자리였다. 선수들은 자신들의 지역을 떠나 데이턴이나 톨레도 나인즈 같은 강팀들과 승부를 겨룸으로써 그들이 최강자로서 정당한 자격이 있음을 증명할 수도 있었을 테지만, 불행히도 폭력 사태 때문에 시즌이 일찍 막을 내리는 바람에—마운트 스털링, 피쿠아, 혹은 제니아 어디에서였는지는 잘 기억이 나지 않지만 우리 팀의 일루수였던 데이나 웨이니가 판정에 불만을 품고 심판의 머리를 배트로 때리는 바람에 싸움이 일어났다—그럴 기회를 얻지 못했다. 싸움은 4회 때 벌어졌으므로 경기를 제대로 끝내지는 못했으나(폭력 사태는 도시의 상업 지역에까지 번져서 몇 시간 동안이나 계속되었고 많은 재산 피해를 초래했다) 이미 설리번이 17대 0으로 리드하고 있었기 때문에 결과는 뻔했다. 폭력 사태로 인한 사상자는 발생하지 않았다. 우리는 우리 학교 팀이 오하이오 주립대도 꺾을 수 있다고 확신했지만 두려움 때문에 그들은 우리와 시합하려 들지 않았다.

웨이니는 초등학교 야구팀원들 중 가장 덩치가 크다거나 과격한 축은 아니었다. 그는 그저 팀에서 가장 나이가 많은 중견수였을 뿐이다. 도움닫기를 하지 않고도 선 자리에서 1.5미터를 도약할 수 있던 플로이드는 웨이니보다 한 살 아래였다. 아무도 플로이드가 그의 진짜 이름인지 혹은 그것이 그의 성인지 이름인지조차도 알지 못했다. 한번은 교육위원회에서 조사해 보려 했지만 아무 소득이 없었다. 이름인지 성인지는 몰랐으나 플로이드라는 이름이 그가 가진 전부였다. 그는 부모도 없었고 아무도, 심지어는 그 자신조차도 그의 거처를 알지 못하는 것처럼 보였다. 선생님들이 그에게 이름이든 성이든 다른 이

름이 있을 것 아니냐고 추궁할라 치면 그는 입을 내밀고 험악한 분위기를 연출했고, 선생님들은 대개 그쯤에서 질문을 그만두게 마련이었다. 수위인 해리건 씨가 어느 날 아침에 몸소 체험한 바지만 플로이드는 학교에서 싸움이 벌어지는 경우 아주 위험한 인물이었기 때문이다. 그날 아침 해리건 씨는 고래고래 비명을 지르는 여선생(당시 선생님들은 모두 여자였다)을 도우러 그녀의 교실로 뛰어 들어갔다. 자신의 종아리를 때리려던 선생님에게 화가 난 플로이드가 책상을 뒤엎는 것을 시작으로 교실을 풍비박산 내는 중이었다. 플로이드는 자신을 때리려던 선생님의 작은 회초리를 빼앗아 산산조각을 냈다(어떤 아이들의 말에 의하면 그가 그것을 삼키기까지 했다고 하지만 마침 그날 내가 볼거리로 학교를 결석한 바람에 그 말이 사실인지는 확인할 수 없었다). 해리건은 증기기관차의 화부로 일해 온 집안의 자손으로 건장한 체격에 강철 같은 근육으로 뭉친 사람이었다. 하지만 그런 그조차도 선생님의 회초리질에 극도로 화가 난 상태의 플로이드에게는 상대가 되지 못했다. 그는 싸움이 벌어진 지 얼마 지나지 않아 플로이드에게 깔린 채 앞으로는 까불지 않겠다는 약속을 하고 "다 내가 자초한 일"이라고 열 번이나 다짐을 하고 나서야 그에게서 놓여날 수 있었다.

플로이드가 아니었으면 나는 설리번 초등학교를 무사히 졸업할 수 없었을 것이다. 무슨 이유에선지 그는 자처해서 내 보호자가 되어 주었는데 나로서는 정말 다행이었다. 플로이드가 내 편이라는 사실을 아는 한 학교 안의 누구도 감히 내게 집적대거나 하굣길에 나를 괴롭힐 수 없었다. 나는 설리번 초등학교 전체에서 교과 내용을 제대로 이해하는 열댓 명 아이들 가운데 하나였다. 내 생각에 플로이드는 이 세상에 대륙이 몇 개나 있는지, 태양에 사람이 살고 있는지 따위를 아는 영리한 아이들에게 호감을 가지고 있었던 듯하다. 미국 역사 시간에는 학생들이 돌아가면서 교재를 큰 소리로 읽곤 했는데 내가 책을 읽을 순서가 되었을 때 나온 듀케인Duquesne*이란 단어의 의미를 내가 알고 있었고 발음도 듀케인이라고 제대로 할 줄 알았다는 사실이 그를 매료시켰던 것 같다. 책상 위에 몸을 구부정하게 기울인 채 연필 자국투성이의 낡은 교과서를 따라 읽고 있던 그가 수업이 끝난 후 내게 물었다.

"야, 꼬마. 그게 듀케인이라는 걸 어떻게 알았냐?"

"나도 잘 몰라." 내가 대답했다. "그냥 그런 것 같았어."

그가 휘둥그레진 눈으로 나를 쳐다봤다. "와, 그건 정말 굉장한데."

그 시간 이후로 아무라도 나를 건드리면 플로이드가 치도곤을 먹이

* 미국 펜실베이니아 주의 지명. 1754년 프랑스에 의해 요새가 세워졌으며, 현재는 이곳에 포인트 주립공원이 조성되어 있다.

44

겠다는 소문이 돌았다. 나는 여덟 살 때부터 안경을 꼈고 공부도 잘하는 편이었다. 설리번 초등학교에서는 지내기에 아주 어려운 조건들이었다. 그에게는 이상한 버릇이 하나 있었다. 1900년대 초에는 거의 팔꿈치까지 닿을 정도로 긴 푹신한 장갑이 소년들 사이에 유행이었는데 플로이드는 학교에서 가장 큰 장갑을 1년 내내 끼고 다녔다.

야구팀의 또 다른 흑인 팀원이었던 딕 피터슨은 팀은 물론이고 학교 전체에서도 플로이드를 능가하는 인물이었다. 그는 수업을 하다가도 느닷없이 "끼얏호—!" 하고 우렁찬 목소리로 소리를 지르고는 했다. 한번은 한 손으로 자기랑 덩치가 비슷한 아이들을 세 명이나 때려눕힌 적도 있었다. 과장이 아니라 말 그대로 한 손이었다. 싸우는 내내 다른 한쪽 손으로는 만돌린을 들고 있었으니까. 물론 만돌린은 멀쩡했다. 딕과 플로이드가 실제로 싸움이 붙은 적은 없었으므로 누가 상대를 때려눕힐 수 있을지는 아무도 알 수 없었지만 그에 관한 한 학생들의 의견은 거의 양분되어 있었다. 그것을 둘러싼 말싸움은 곧잘 하굣길에 몸싸움으로 이어졌다. 어쨌든 하굣길에 싸움이 벌어지지 않는 날은 없었다. 때로는 오크 가와 6번가 사이의 귀퉁이나 그로부터 네 블록 정도 떨어진 리치 가와 4번가 모퉁이에서 대여섯 건의 싸움이 벌어졌다. 그것만으로는 부족한 듯 가끔 전교생이 몰려나와 아무 이유도 없이 마을 근처 5번가에 있는 홀리크로스아카데미 학생들과 패싸움을 벌이기도 했다. 겨울에는 눈 뭉치와 얼음덩어리로, 다른 계절이라면 주먹이나 벽돌 조각, 몽둥이가 동원되었다. 딕 피터슨은 고함을 지르거나 노래를 부르며, 또는 끼얏호, 괴성을 지르며 언제나 무리의 앞에 섰는데 큰 동작으로 상대를 때리려다가 헛방을 놓으면 팽이처럼 몸 전체가 돌아가곤 했다. 그는 야구부에서 투수를 맡았는데 자신이 주장이라는 이유에서였다. 하지만 애초에 그가 주장이 된 것도 자신이 주장을 해야겠다는 그의 의견에 감히 반대할 사람이 없었기 때문이다. 물론 플로이드라면 반대할 수도 있었겠지만 투수가 되기에 그는 너무 게을렀고 누가 주장이 되건 관심도 없었다. 그는 주위에서 돌아가는 상황들조차 제대로 파악하지 못했다. 한번은 스팀파이프 시공업자의 아들 얼 바텍이 마운드스트리트 학교의 야구팀을 상대로 6회째 완벽하게 투구하고 있었다. 하지만 딕이 그를 마운드에서 끌어내린 후 자신이 직접 등판했다. 그는 상대 팀에게 타격을 허용했고 점수를 내주었다. 그러나 이미 점수 차가 크게 벌어진 상황이어서 승패에는 영향을 미치지 않았다. 설리번 야구팀은 5년 동안 다른 초등학교들과의 시합에서 한 경기도 패한 적이 없었다. 6학년에 재학 중이던 딕 피터슨은 어느 술집에서 벌어진 싸움에 휘말려 죽임을 당했다.

콜럼버스를 방문할 때마다 나는 설리번 초등학교를 지나간다. 하지만 학교가 파할 때쯤 지나가 본 적은 없어서 요새는 그곳 아이들이 어떨지 알 수가 없다. 플로이드가 아직도 그 학교를 다니고 있다면 모를까 플로이드나 딕 피터슨 같은 학생들은 더 이상 없을 것이다. 야구장은 아직 풀 한 포기 없이 자갈로 덮여 있고, 플라타너스 나무들이 학교와 오크 가를 가르는 담장을 따라 줄지어 서 있다. 학교를 지나가는 전차선은 보통 위험하다고 여겨지게 마련이지만 내가 학교를 다니는 동안 단 한 명도 다친 일이 없었다. 하지만 거의 부상을 입을 뻔한 사람은 한 명 생각이 난다. 그는 오크 가를 오가는 전차의 운전수로, 한번은 그의 차가 6번가의 모퉁이에 승객들을 하차시키기 위해 정차할 때 그가 야구부에서 삼루를 맡고 있던 슈티 데이비드슨에게 길을 비키라고 고함을 질렀다. 슈티는 열네 살의 백인 소년이었지만 나이에 비해 덩치가 있었다. 그는 전찻길 한복판에 선 채 씹는담배를 물고 "어디 전차에서 내려서 이리로 한번 와 보시지. 제대로 맛을 보여 줄 테니까!"라며 설리번 야구부 특유의 목소리로 으르렁댔다. 전차 운전기사는 슈티가 천천히 전찻길 밖으로 걸어 나갈 때까지 기다렸다가 그가 길을 벗어난 후에야 전차를 출발했다. 그에겐 다행이었다. 당시에는 거친 녀석들뿐이었으니까.

그랜트 장군이
애퍼매톡스*에서 술을 마셨다면

If Grant Had Been Drinking at Appomattox

1865년 4월 9일의 아침이 아름답게 동트기 시작했다. 미드 장군은 동쪽 하늘에 붉은 기운이 비치자마자 기상했다. 후커 장군과 번사이드 장군도 8시 15분까지는 모두 기상해서 식사를 마쳤다. 날씨는 계속 화창했고 어느덧 11시가 되어 갔지만 율리시스 S. 그랜트 장군은 아직 잠자리에서 일어나지를 않았다. 그는 숙소의 침실 바닥 위에 높이 설치한 자신의 유명한 해군용 그물 침대에 잠들어 있었다. 숙소는 난장판이었다. 서류들이 어지러이 흩어져 있었고 열린 창문에서 불어 들어오는 바람에 스파이들의 비밀 보고서가 이리저리 날아다녔다. 엎어진 포도주병에서 흘러나온 포도주가 중요한 전황 지도 위에 분홍빛

---

* 미국 남북전쟁 당시 남군 총사령관이었던 리 장군이 북군 총사령관 그랜트 장군에게 항복한 장소.

자국을 남겨 놓았다.

그랜트 장군의 당번병인 65 오하이오 지원병 연대의 슐츠 상병이 그를 찾아 숙소에 들어온 후 한숨을 내쉬었다. 침실에 들어온 그가 장군의 그물 침대를 거칠게 흔들었다. 장군이 한쪽 눈을 게슴츠레 떴다.

"실례합니다, 각하." 슐츠 상병이 말했다. "하지만 오늘은 항복 예식이 있는 날입니다. 이제 일어나셔야만 합니다."

"손을 떼지 못하겠나?" 그의 그물 침대를 계속 흔들고 있는 당번병에게 장군이 쏘아붙이듯 말했다. "지금 속이 말이 아니야." 한 마디 더 내뱉고는 몸을 돌려 누운 채 장군이 다시 눈을 감았다.

"리 장군이 지금 당장이라도 도착할지 모릅니다." 당번병 역시 물러설 기미 없이 다시 그물 침대를 흔들었다.

"제발 그만 좀 두지." 장군이 목소리를 높였다. "내가 토하는 꼴을 봐야 속이 시원할 텐가?" 슐츠가 일어선 장군에게 구두 굽을 부딪치며 경례를 붙였다. "그래, 뭐 때문에 리 장군이 여기를 찾아온다고?" 장군이 물었다.

"항복 예식이 있는 날입니다, 각하." 슐츠가 대답했다.

"북군에만도 350명의 장군이 있는데 하필 왜 나한테 온다는 거지? 그나저나 지금 몇 신가?"

"각하께서 총사령관이시니까요. 그게 이유입니다. 11시 25분입니다, 각하."

"말도 안 되는 소리. 총사령관은 링컨 대통령이야. 점심도 되기 전에 항복한 사례가 역사에 있나 좀 찾아보라고. 항복을 하더라도 일단 배라도 채우고 해야지. 리 장군은 그런 것도 모르는 거야?" 그랜트는 다시 담요를 머리 위로 뒤집어쓰고 자리에 누웠다.

"남군의 장군들이 곧 들이닥칠 겁니다." 상병이 말했다. "이제는 진짜 일어나셔야 합니다."

그랜트가 팔을 머리 위로 뻗고는 하품을 했다.

"알았어, 알았다고." 그는 대답을 하고 자리에서 일어나 앉아서는 방 안을 둘러보았다. "엉망이군." 그가 인상을 찌푸렸다.

"굉장한 밤을 보내셨나 봅니다, 각하." 슐츠가 주제넘게 한 마디 거들었다.

"그래." 그랜트는 옷을 찾는지 방 안 여기저기를 훑어보았다. "웬 장군 한 명과 레슬링을 했지. 턱수염이 있는 친구였는데."

슐츠는 북군 야전 사령관이 옷을 찾는 것을 도와주었다.

"양말 한 짝은 어디로 간 거야?" 그랜트가 말했다. 슐츠가 양말을 찾아 헤매는 동안 장군은 비틀비틀 테이블로 가서 술 한 잔을 따랐다.

"지금 술을 드시는 건 현명한 행동이 아닙니다, 각하." 슐츠가 말했다.

"내 걱정은 말게." 그랜트가 한 잔을 더 따르며 말했다. "마실 수 없으면 손대지도 않아. 내가 술을 너무 많이 마신다고 대통령에게 불평하러 찾아간 친구 이야기를 들어 본 적이 있나? '아무개가 그러던데 그랜트가 술을 너무 많이 마신다는군요.' 그 친구가 대통령에게 말하자 대통령께서는 '그 아무개라는 친구는 멍청이야'라고 대답하셨지. 그러자 그 친구가 다시 그 뭐시깽이에게 가서는 대통령이 말한 것을 고해바쳤다잖아. 그 친구가 열이 나서 대통령에게 따졌다는군. '대통령 각하께서 아무개에게 제가 멍청이라고 말하셨다면서요?' 그러자 대통령이 뭐라고 하셨는지 아나? '아니, 그도 이미 알고 있는 것 같아서 말일세.'" 그랜트가 생각에 잠긴 듯 미소를 지었다. 그는 술 한 잔을 더 따랐다. "내가 대통령 각하와 그런 사이란 말야." 그가 자랑스러운 듯 말했다.

열린 창문을 통해 부드러운 말발굽 소리가 들려왔다. 슐츠가 창으로 달려가 밖을 내다봤다.

"말발굽 소리라." 그랜트 장군이 뭐가 재미있는지 껄껄 웃었다.

"리 장군과 참모들입니다." 슐츠가 말했다.

"이리로 안내하게." 술 한 잔을 더 마시며 장군이 말했다. "취사병들이 점심으로 뭘 내놓을 건지도 좀 알아보고."

슐츠가 절도 있게 문으로 다가가서는 문을 열고 경례를 붙인 뒤 문 옆으로 물러섰다. 푸른 4월의 하늘을 배경으로 예복을 차려입은 리 장군은 위엄 있는 모습으로 잠깐 문에 서 있었다. 그가 걸어 들어오자 부관들이 그의 뒤를 따랐다. 머리를 굽혀 인사한 뒤 그들은 아무 말 없이 서 있었다. 그랜트 장군은 말없이 그들을 쳐다보았다. 한쪽 발에만 장화가 신겨지고 상의 단추는 풀어 헤친 채였다.

"나는 당신이 누군지 아오." 그랜트가 말했다. "시인 로버트 브라우닝이죠?"

"이분은 로버트 E. 리 장군이십니다." 그의 부관 한 명이 쌀쌀맞게 대답했다.

"오." 그랜트가 말했다. "나는 로버트 브라우닝이라고 생각했는데. 하지만 생긴 모습은 영락없는 로버트 브라우닝이군. 리, 브라우닝이라고, 당신에게 알려 줄 만한 시인이 있소. 혹시 이 시를 들어 본 적은 있소? 「그들이 그 희소식을 겐트에서 에익스까지 어떻게 가져왔는가」라는 시요. 몇 줄 읊자면—"

"바로 할 일부터 하는 건 어떻겠소?" 리 장군이 어수선한 방 안 꼴을 한심하다는 듯 쳐다보며 말했다.

"어젯밤 여기서 몇 명이 레슬링 판을 벌였지. 내 기억에는 내가 셔먼인가, 어쨌든 셔먼 장군과 비슷한 친구를 메다꽂았는데 확실치는 않소. 한밤중이라 잘 보이지 않았거든." 방 안 꼴을 설명이라도 하려는 듯 그랜트가 말한 뒤 스카치위스키 한 병을 남군 사령관에게 건넸다. 하지만 술을 받아 든 리 장군은 놀라움과 당황스러움이 교차하는 표정으로 술병을 들고 멍하니 서 있었다. "거기, 누가 술잔 좀 가져오게." 그랜트 장군이 롱스트리트 장군을 정면으로 쳐다보며 소리쳤다. "혹시 우리 콜드하버에서 만난 적 있지 않소?" 그가 물었다. 롱스트리트 장군은 아무 대답도 하지 않았다.

"나는 가능한 한 빨리 할 일부터 해치웠으면 하오만." 리 장군이 말했다. 그랜트 장군이 무슨 말인지 모르겠다는 듯 멍하니 슐츠 상병을 쳐다보자 상병이 인상을 찌푸린 채 그에게 다가왔다.

"항복 예식을 말하는 겁니다, 각하." 슐츠 상병이 그의 귀에 속삭였다.

"오, 물론이지." 그랜트가 말했다. 그는 술 한 잔을 더 입에 털어 넣었다. "좋소. 자, 이제 시작합시다." 그랜트 장군이 슬픈 표정으로 천천히 그의 칼집을 허리춤에서 풀었다. 그는 놀란 표정의 리 장군에게 자신의 칼을 건넸다. "자, 받으시오, 장군." 그랜트가 말했다. "하지만 우리가 당신 군대를 거의 이길 뻔했다는 것은 잊지 마시오. 내가 조금만 컨디션이 좋았다면 아마 우리가 승리했을 거요."

개에 대한 추억
Snapshot of a Dog

    며칠 전 오래된 물건들을 뒤적이다가 우연히 놈의 사진을 발견했다. 벌써 25년이 지난 사진이었다. 렉스는 10대 초반의 우리 삼 형제가 합심해서 이름을 지어 준 불테리어였다. 다른 사람들이 키우는 흔해 빠진 영국 불도그들과는 차원이 다른 "진정한 미국의 불테리어"라고 부르며 우리는 녀석을 자랑스러워했다. 반점에 둘러싸인 한쪽 눈 때문에 녀석은 얼핏 광대처럼 보이거나 중산모자 차림에 시가를 문 정치인을 떠올릴 때가 있었다. 기우뚱하게 얹힌 안장처럼 등에 나 있는 반점과 양말을 신은 듯 보이는 뒷다리의 반점을 제외한 몸의 나머지 부분은 흰색이었다. 꼴은 어떨지 몰라도 놈에게는 기품이 있었다. 근육질의 커다란 덩치, 렉스는 멋진 놈이었다. 녀석은 우리 형제들이 시키는 터무니없는 짓거리들을 할 때조차 위엄을 잃지 않았다. 그런 장난들 중의 하나는 3미터가 넘는 나무 빗장을 물고 뒷문을 통해 들어오게 하는 것이었다. 우리는 골목으로 막대기를 던진 후 녀석에게 물어 오라고 명령했다. 렉스는 레슬링 선수처럼 힘이 셌고 그의 큼지막한 입으로 물어 오거나 끌고 오지 못할 것들은 별로 없었다. 놈은 빗장의 가운데를 물어서 들어 올리고는 뒷문을 향해 종종걸음으로 의기양양하게 달려왔다. 물론 뒷문의 폭은 1미터가 조금 넘을 정도였기 때문에 막대기를 가로로 문 채 바로 들어올 수는 없었다. 눈에 불똥이 일 만큼 큰 충격을 여러 차례 주둥이에 느꼈겠지만 놈은 쉽게 포기하려 들지 않았다. 몇 차례의 시행착오를 반복한 후 렉스는 마침내 방법을 깨달은 듯 막대기의 끝을 물고 끙끙거리며 끌고 들어왔다. 임무를 마친 녀석은 자신의 일에 사뭇 만족한 듯 꼬리를 치며 기뻐했다. 우리는 렉스를 잘 모르는 아이들에게 아무리 높이 던진 공도 우리 개는 다 잡을 수 있다며 내기를 걸곤 했다. 대부분의 경우 렉스는 우리를 실망시키지 않았다. 그는 마치 씹는담배라도 문 듯 한쪽 입으로 너끈히 공을 물 수 있었다.

녀석은 싸움에도 뛰어났다. 하지만 먼저 싸움을 거는 경우는 결코 없었다. 비록 투견의 혈통을 타고났지만 싸움을 즐기는 것 같지도 않았다. 싸움을 하더라도 렉스는 상대의 목 대신 한쪽 귀만을 공격(마치 그 정도로도 충분히 정신을 차렸을 것이라고 생각하듯)했는데 지그시 눈을 감고 몇 시간이고 상대의 귀를 물고 늘어졌다. 어느 일요일이었던가, 한번은 저녁이 될 무렵 싸움을 시작해서 한밤중까지 끌고 간 적도 있었다. 콜럼버스의 이스트메인 가에서 덩치 큰 흑인이 기르던 개와 벌어진 싸움이었는데 무슨 종인지도 알 수 없었지만 몸집이 크고 성질이 더러운 놈이었다. 요란스레 얼마간 싸움이 진행된 후 렉스가 마침내 놈의 귀를 물자 상대 개가 끔찍한 소리로 울부짖기 시작했다. 정말 지켜보기 안쓰러운 광경이었다. 상대 개의 주인이었던 흑인이 대담하게 두 놈을 들어 올려서는 떼어 놓으려 했지만 소용이 없자 마치 해머던지기 시합에서처럼 몇 미터 밖으로 두 놈을 던져 버렸다. 둔탁한 소리를 내며 땅에 던져졌을 때조차 렉스는 상대의 귀를 놓치지 않고 물고 있었다.

물고 물린 채 두 놈은 전차가 다니는 길 한복판까지 진출했고 덕분에 전차 두세 대가 멈춰 서기까지 했다. 운전기사가 막대기로 렉스의 입을 벌리려 했지만 소용이 없자 누군가가 막대기에 불을 붙여 렉스의 꼬리에 갖다 대었다. 하지만 녀석은 신경도 쓰지 않았다. 마침내 인근의 모든 주민과 상점 주인이 몰려나와 이렇게 해 보라느니 저러면 어떻겠냐느니 훈수를 두기 시작했다. 그때 렉스는 편안하게 싸움을 즐기는 것처럼 보였다. 싸우는 내내 흐뭇한 표정을 짓고 있던 녀석은 포악함과는 거리가 멀어 보였다. 눈앞에서 벌어지는 소동만 아니라면 눈을 감은 채 느긋한 얼굴은 마치 잠든 것처럼 보일 정도였다. 누군가가 오크 가의 의용소방대를 불렀고—왜 진즉 그 생각을 하지 못했는지 모르겠다—대여섯 점의 화재 진압 장비들과 함께 소방대장이 현장에 도착한 후 살수차에서 강력한 물살이 개들을 향해 쏟아졌다. 바다로 쏟아져 들어가는 강물 속의 통나무처럼 물줄기를 맞으면서도 몇 분 동안 꿋꿋하게 버티던 렉스는 애초에 싸움이 벌어졌던 장소에서 수백 미터나 떨어진 곳에 이르러서야 마침내 상대의 귀를 놓았다.

호메로스의 대서사시에나 나올 법한 렉스의 싸움 이야기가 온 동네에 퍼졌고, 몇몇 친척들은 그것이 마치 우리 집안에 오점이라도 되는 양 개를 없애라고 주장했지만 우리는 렉스가 아주 만족스러웠고 무슨 얘기를 들어도 결코 그를 포기할 생각이 없었다. 렉스를 없애느니 우리들은 차라리 어디로든 그를 데리고 마을을 떠나는 편을 선택했을 것이다. 만약 렉스가 싸움을 좋아하거나 말썽거리를 찾는 개였다면 물론 얘기가 달랐을지도 모른다. 하지만 렉스는 점잖은 개였고, 녀석이 왕성하게 살아서 활동을 한 10년 동안 한 번도 사람들을 물거나 사람들에게 짖어 본 적이 없었다. 물론 수상한 사람들을 제외하곤 말이다. 렉스에게는 고양이들을 죽이는 버릇이 있었지만 특별히 고양이에게 악의가 있어서라기보다는 사람들이 특정한 동물들을 도축하듯 고통 없이 빨리 그들을 보내곤 했다. 그것만이 우리가 유일하게 고칠 수 없었던 녀석의 행동이었다. 렉스는 다람쥐들조차 쫓거나 죽이지 않았다. 우리로서는 렉스의 행동을 이해할 수 없었지만 놈도 나름대로의 철학이 있었을 터였다. 렉스는 마차나 자동차를 쫓는 일도 없었다. 자신이 따라잡을 수 없는 것들을 왜 쫓아 달려가야 하는지, 아니 따라잡을 수 있다 하더라도 자기가 아무런 일을 할 수 없는 것들을 왜 쫓아가야 하는지 이해할 수 없다는 투였다. 그의 턱이 아무리 강하다 할지라도 마차를 물어 올 수는 없는 일이었다. 그는 그것을 알고 있었고 따라서 마차는 그의 세상에서 배제되었다.

수영은 렉스가 즐긴 여가활동이었다. 처음으로 알룸 시내를 보았을 때 잠시 동안 불안한 듯 시냇가를 따라 달리던 렉스는 이내 물을 향해 거칠게 짖어 대기 시작했다. 하지만 어느 순간 그는 2미터가 넘는 둑에서 물을 향해 뛰어들었다. 나는 녀석이 처음으로 물에 뛰어들던 그 빛나는 순간을 결코 잊지 못할 것이다. 물에 뛰어든 놈은 마치 사람이 수영을 즐기듯 강을 거스르며 헤엄치다가는 다시 돌아오곤 했다. 거친 물살을 가르며 힘겨운 듯 으르렁거리면서 강을 거슬러 올라가는 렉스를 지켜보는 일은 아주 흥미로웠다. 렉스는 내가 알던 어떤 사람들보다도 물을 즐겼다. 놈이 물에 들어가게 막대기를 던질 필요조차 없었다. 물론 그랬더라도 렉스는 막대기를 물어 왔을 것이다. 만약 우리가 피아노를 물로 던졌더라도 렉스는 그것을 물고 돌아왔을 것이다.

이 말을 하다 보니 어느 달이 환하게 뜬 날 밤, 자정이 지나 산책을 나갔던 그가 어디에서 발견했는지 조그만 옷장을 하나 물어 왔던 일이 생각난다. 집에서 얼마나 떨어진 곳에서 그것을 발견한 것인지 아무도 짐작할 수 없었다. 하지만 렉스라면 2킬로미터 밖이라도 가능한 일이었을 것이다. 녀석이 그것을 집으로 가져왔을 무렵에는 서랍이 모두 빠진 상태였고 옷장 자체도 썩 훌륭한 것은 아니었다. 누가 사용하던 걸 물어 온 것도 아니었고 쓰다가 내버린 허접스러운 싸구려 가구였을 뿐이니까. 하지만 그것은 렉스가 원한 물건이었다. 어쩌면 물고 오기 어렵다는 점이 오히려 놈의 마음을 사로잡았을지도 모른다. 자신의 기개를 드러내기 위한 기회처럼 보였을 수도 있다. 한밤중 렉스가 현관에 옷장을 끌어 들여오려고 소동을 피우는 통에 우리는 그가 무슨 일을 벌이고 있었는지 알게 되었다. 여러 명의 인부가 들이닥쳐 집을 허물기라도 하는 듯한 소리에 놀라 잠이 깬 우리들은 아래층으로 내려가 현관 불을 켰다. 렉스는 현관 계단 꼭대기에 선 채 옷장을 끌어 올리고 있었는데, 옷장이 마지막 계단에서 무언가에 걸린 듯 꼼짝도 하지 않았지만 녀석은 계속 버텼다. 만약 우리가 녀석을 돕지 않았더라면 그는 그 상태로 동이 틀 때까지 버티고 있었을 것이다. 다음 날 우리는 렉스가 물어 온 옷장을 몇 킬로미터 떨어진 곳에 가져다 버렸다. 근처의 골목에 버린다면 자신의 성실성을 증명해 보이기라도 하듯 그가 다시 옷장을 집으로 물고 올 것이 분명했기 때문이다. 어쨌건 렉스는 무거운 물건들을 물어 오도록 훈련받았고 그런 자신이 자랑스러운 듯했다.

렉스가 정식으로 훈련받은 경찰견들이 도약하는 모습을 보지 못해서 다행이다. 녀석이 아마추어였다는 점을 감안하면 그는 이제껏 내가 본 개들 중 가장 대담하고 끈질기게 도약할 줄 알았다. 렉스는 우리가 가리키는 담장은 어느 것이든 뛰어올랐다. 2미터 정도는 쉽게 뛰어넘었고, 한참을 달려와 점프한 후에 발을 버둥거리며 안간힘을 쓰면 2.5미터 높이의 담장까지 넘을 수 있었다. 하지만 그는 죽을 때까지 3.5미터, 아니 4~5미터의 담장이라도 자신이 넘을 수 없다고는 생각하지 않았을 것이다. 과한 높이의 담장들을 뛰어넘게 시킨 후 얼마가 지난 다음 우리는 녀석을 억지로 담장에서 떼어 내어 집으로 안고 와야 했다. 렉스는 포기를 모르는 개였다.

렉스의 세상에는 불가능이란 없었다. 죽음조차 놈을 주눅 들게 하지는 못했다. 물론 그도 죽음을 피할 수는 없었다. 하지만 그를 사랑했던 어떤 이의 말에 따르면 그는 '죽음의 사자'조차 한 시간여 동안 자기 몸에 손을 대지 못하도록 버텼다. 어느 날 오후, 10년 동안 한결같이 경쾌하게 집으로 뛰어 돌아오던 녀석이라고는 믿을 수 없을 정도로 천천히 집에 돌아온 렉스를 본 우리는 모두 그가 곧 죽을 것임을 직감했다. 누군가에게 심하게 매질을 당한 모습이었는데 아마 싸움이 붙은 개의 주인이었으리라. 머리와 온몸에 상처가 나 있었고, 수년간의 싸움을 통해 상대방 개들의 잇자국이 난 묵직한 가죽 목 끈도 엉망이었다. 목 끈에 박혀 있던 구리 징들조차 느슨하게 빠져나와 있을 정도였다. 우리의 손을 핥은 다음 놈은 비틀거리며 쓰러졌지만 이내 다시 자리에서 일어섰다. 우리는 녀석이 누군가를 찾고 있다는 것을 알 수 있었다. 그의 세 주인 중 한 명이 아직 집에 돌아오지 않은 것이었다. 주인은 한 시간이 지나서야 집으로 돌아왔다. 그 한 시간 동안 렉스는 알룸 시내의 차가운 격류를 거슬러 헤엄치던 때처럼, 3미터가 넘는 담장을 넘기 위해 안간힘을 쓰던 것처럼 죽음과 대치했다. 마침내 그가 기다리던 주인이 휘파람을 불며 문간으로 들어서다가 그를 보고 휘파람을 멈추었을 때 렉스는 주인을 향해 비틀거리며 몇 걸음 걸어가서는 그의 손등에 입을 부빈 후 다시 쓰러졌다. 녀석은 다시 일어나지 않았다.

편애
The Catbird Seat

마틴은 월요일 밤 브로드웨이에서 손님이 가장 많이 몰린 담뱃가게에 들러 캐멀 한 갑을 샀다. 극장에서 공연을 하는 시간이어서 일고여덟 명의 손님이 몰려와 담배를 사고 있었다. 점원은 담배를 코트 주머니에 넣고 가게를 나서는 그를 향해 눈길조차 주지 않았다. F & S 사의 직원들 중 누구라도 그가 담배를 사는 모습을 보았더라면 깜짝 놀랐을 것이다. 마틴은 담배를 피우지 않는 사람으로 주위에 알려져 있었고 실제로도 그는 이제껏 담배를 피워 본 적이 없었다. 담뱃가게에서 그가 담배를 사는 것을 본 사람은 아무도 없었다.

마틴이 얼진 배로스를 지워 버리기로 한 것은 정확히 일주일 전이었다. '지워 버리다'라는 표현이 그는 마음에 들었다. 그 말은 실수를 정정한다는 단순한 의미만을 지니고 있을 뿐이었기 때문이다. 이번 경우에는 그 실수가 피트와일러 사장이 저지른 것이기는 했지만. 마틴은 지난 일주일 동안 밤마다 계획을 세우고 점검하며 보냈다. 집으로 걸어가면서도 그는 머릿속으로 자신의 계획을 다시 살펴보고 있었다. 아무리 여러 번 궁리를 해 보아도 그 계획에 불확실성의 여지, 추측에 의지할 수밖에 없는 요소들이 존재한다는 것에 화가 났다. 그의 계획은 자연스럽고도 대담한 것이었으며 틀어질 가능성도 상당히 컸다. 계획의 어디에서든 일이 잘못될 수가 있었다. 하지만 그게 바로 그가 꾸민 음모가 뛰어난 부분이었다. 아무도 그 계획안에서 조심성 있고 꼼꼼한 그의 손길을 눈치챌 수 없을 것이다. 물론 그가 계획을 실행하다가 현장에서 적발되는 경우를 제외한다면 말이다.

아파트에서 우유 한 잔을 마시며 마틴은 지난 일주일 내내 그랬듯 얼진 배로스를 왜 지워 버려야 하는지 다시 생각했다. 그녀의 거위 같은 목소리와 당나귀 울음 같은 웃음소리가 F & S 사의 복도를 더럽히기 시작한 것은 1941년 3월 7일이었다(마틴은 날짜를 기억하는 데 일가견이 있었다). 인사부장 로버츠가 배로스를 데리고 와서 피트와일러 사장의 특별 고문으로 이번에 새로 임명되었다며 소개했다. 그녀를 보자마자 역겨운 느낌이 들었지만 마틴은 그런 속내를 내비치지 않았다. 그저 옅은 미소를 띤 채 그녀와 악수한 후 짐짓 그녀에게 관심을 기울이는 듯한 표정을 지었다. 그때 그의 책상 위에 쌓인 서류 더미를 본 그녀가 말했다. "도랑에 빠진 마차라도 끌어내는 중인가요?"* 우유를 마시며 그때를 떠올리던 마틴은 잠시 몸서리가 쳐졌다. 하지만 그는 사소한 인격적인 결함보다는 특별 고문으로서 그녀가 회사에 저지

* 대단치도 않은 일을 하면서 요란을 떤다는 의미.

른 악행들에 집중해야만 했다. 마틴은 자신의 마음에 스스로 이의를 제기하며 객관적인 자세를 유지하려 애썼지만 쉬운 일이 아니었다. 여자로서의 그녀의 결점들이 그의 마음속에서 다루기 힘든 목격자처럼 계속 지절대고 있었다. 그녀는 벌써 2년째 그를 괴롭혀 왔다. 복도, 엘리베이터를 가리지 않았고, 심지어는 그의 사무실로 서커스 말처럼 요란하게 걸어 들어와서는 "도랑에 빠진 마차라도 끌어내는 중인가요?" "텃밭이라도 파헤치고 있는 건가요?" "저수통 안에다 고함이라도 지르고 있는 건가요?"* "피클통 바닥이라도 긁고 있는 건가요?"** "캣버드 자리라도 차지하고 있는 건가요?" 등의 헛소리들을 그에게 지껄였다.

그녀가 무슨 말을 지껄이는 것인지 알려 준 이는 마틴 밑의 직원들 중의 한 명인 조이 하트였다.

"그 여자는 다저스 팀의 팬이 분명해요." 조이가 설명했다. "라디오에서 다저스 팀을 중계해 주는 레드 바버가 그런 표현들을 사용하거든요― 남부 지방에서 그런 표현들을 배웠다고 하더라고요."

그의 말에 따르면 '텃밭을 파헤친다'는 것은 한바탕 난리를 치는 것을 의미했고, '캣버드 자리에 앉아 있는 것'은 볼 스리에 스트라이크는 하나도 허용하지 않은 타자처럼 유리한 형편에 처해 있다는 뜻이라고 했다. 마틴은 애써 이런 말들을 무시하려 했다. 그녀의 말을 들으면 화도 나고 정신도 산만해졌지만 그렇다고 그렇게 유치한 이유로 살인을 계획할 만큼 마틴은 분별없는 사람이 아니었다. 마틴은 자신이 그런 말을 들으면서도 꿋꿋하게 견뎌 낸 것은 정말 잘한 일이었다고 여겼

* 아무도 듣는 사람이 없는데 혼자 떠든다는 의미.
** 마지막 처절한 노력을 기울인다는 의미.

다. 그는 항상 예의 바른 모습을 지키기 위해 노력했다. 그 휘하의 또다른 직원인 페어드 양이 "저는 부장님도 그 여자와 같은 편이라고 생각했어요"라고까지 말할 정도였다. 그녀의 말을 듣고 그는 빙긋 미소만 지었다. 그는 이내 얼진 배로스의 진짜 죄목들을 심각하게 고려하기 시작했다.

마틴의 마음속 재판정에서 판사가 망치를 몇 차례 두드린 다음 본건 심의가 재개되었다. 얼진 배로스는 고의적이고 명시적으로 F & S 사의 효율성과 조직을 파괴하기 위해 지속적으로 노력한 혐의로 그곳에 기소되었다. 그녀가 갑자기 등장해서 회사의 실세가 된 과정은 기소되기에 충분하고 중요하며 관련성 있는 증거로 삼을 수 있는 것이었다. 마틴은 그 이야기도 페어드 양을 통해서 알게 되었다. 페어드 양은 회사 안에서 벌어지는 모든 일을 알고 있었다. 그녀에 따르면 피트 와일러 사장은 어느 파티에서 배로스를 알게 되었는데, 술에 취해서 그를 왕년의 유명한 미식축구 코치로 오인하여 붙들고 놓아주지 않던 한 건장한 손님에게서 배로스가 사장을 구해 주었다고 한다. 소파 의자로 사장을 데려간 그녀가 그에게 무슨 수작을 부렸는지는 모르겠지만 노쇠한 사장은 바로 그 순간, 그 자리에서 그녀야말로 자신과 회사로부터 최대의 장점을 이끌어 낼 만한 능력이 있는 훌륭한 여인이라고 결정했다. 일주일 후 사장은 그녀를 자신의 특별 고문으로 임용했다. 바로 그날부터 회사에 먹구름이 드리우기 시작했다. 타이슨 양, 브런디지, 바틀릿이 파면당했고 먼슨은 모자를 집어 쓰고 몰래 빠져나가듯 회사를 나간 지 얼마 후 사직서를 우편으로 보내 왔다. 로버츠가 용기를 내어 사장에게 먼슨이 맡고 있던 부서에 "약간 문제가 생겼다"며 다시 이전의 시스템으로 돌아가는 것이 어떻겠느냐고 직언했지만 사장은 단호하게 거절했다. 그는 얼진 배로스를 맹신하고 있었다. "조금만 더 참고 익숙해지면 돼. 조금만 더 견뎌 보라고"가 사장의 지시였다. 로버츠도 그쯤에서 포기하고 손을 놓았다. 마틴은 배로스에 의해 벌어진 모든 일을 하나하나 마음속으로 자세히 되새김질해 보았다. 분명한 것은 회사의 천장을 야금야금 뜯어내기 시작한 그녀가 이제는 건물의 기초에 곡괭이질을 하고 있었다.

마틴은 그의 기억을 불과 일주일 전인 1942년 11월 2일, 월요일 오후로 돌렸다. 그날 오후 3시, 배로스는 느닷없이 그의 사무실로 뛰어들듯 들어와서는 "와우!" 소리를 질렀다. "피클통 바닥이라도 긁고 있는 건가요?" 마틴은 초록색 차양 아래로 그녀를 올려다보았지만 아무 말도 하지 않았다. 그녀는 과장되게 눈을 부릅뜨고 사무실 여기저기를 돌아다니며 살펴보더니 갑자기 윽박지르듯 말했다. "그런데 이렇게 많은 서류 캐비닛들이 정말 다 필요한 거예요?"

"F & S를 유지하기 위해서는 어떤 캐비닛 하나도 중요하지 않은 것이 없어요." 그가 대답했다.

"텃밭이라도 파헤치고 있는 척하지 말아요." 당나귀 울음소리만큼이나 역겨운 소리로 그녀가 맞받아쳤다. 사무실을 나가는 듯하다가 문 앞에 걸음을 멈춰 서서 그녀가 다시 호통이라도 치듯 떠들었다. "하지만 여긴 어쨌든 쓸데없는 잡동사니가 너무 많네요."

마틴은 운명의 손가락이 이제 자신이 사랑하는 부서를 향하고 있음을 부인할 수가 없었다. 그녀가 들어 올린 곡괭이가 어느 때라도 그의 부서를 향해 떨어질 것이었다. 지금까지는 그녀의 손이 그의 부서에 미치지 않았다. 아직은, 그 역겨운 여자에게 넋을 빼앗긴 사장에게서 그녀의 머리에서 나왔음에 분명한 헛소리로 가득한 통첩을 받아

본 적이 없었다. 그러나 분명 머지않아 사장에게서 그런 문서가 날아올 것이었다. 꾸물거릴 시간이 없었다. 얼마 남지 않은 시간 중에서 이미 일주일이 지나가 버렸다. 마틴은 우유 잔을 들고 거실에서 몸을 일으켰다. "배심원 여러분," 그가 자신의 마음 법정에 서서 선포했다, "이 끔찍한 여자에게 사형을 요청하는 바입니다."

다음 날 마틴은 아무 일도 없다는 듯 평소대로 일과를 진행했다. 평소와 다른 점이라면 안경알을 좀 더 자주 닦았고 이미 심이 뾰족한 연필을 다시 한 번 깎았다는 것이 다였다. 페어드 양까지도 그에게서 아무런 다른 점을 깨닫지 못했다. 그날, 그는 곧 그의 희생자가 될 인간의 모습을 한 번밖에 보지 못했다. 복도에서 그를 스쳐 지나가던 그녀가 마치 선심이라도 쓰듯, "하이!"라고 인사를 건넸다. 5시 반이 되자 그는 평소대로 걸어서 귀가했고 우유를 한 잔 마셨다. 진저에일이 그 중 가장 술에 가까웠을까? 그는 평생 동안 알코올이 든 음료를 마셔본 적이 없었다. F & S의 공동 창업자였지만 이제는 고인이 된 샘 슐로서는 직원회의 석상에서 "술도 담배도 하지 않는 우리 회사의 가장 능률적인 직원"이라며 마틴의 절제된 삶을 칭찬한 바 있었다. "그런 절제된 삶의 결과는 언젠가 밖으로 드러나는 법"이라고 그는 덧붙였다. 피트와일러 사장도 옆자리에 앉아 공감한다는 듯 고개를 끄덕였다.

5번가에서 슈래프트 식당을 향해 걸어가면서도 마틴은 여전히 그가 칭찬을 받던 날의 기억에 잠겨 있었다. 여느 때와 마찬가지로 8시에 그는 가게에 도착했다. 식사를 마치고 일간지 경제면을 다 읽자 역시 여느 때와 마찬가지로 8시 45분이 되었고, 그는 습관적으로 산책을 위해 식당을 나섰다. 그날만은 5번가를 따라 천천히 발걸음을 옮겼다.

장갑을 낀 손이 촉촉하면서도 따뜻하게 느껴졌지만 이마는 선선한 느낌이 들었다. 그는 캐멀 담배를 외투 주머니에서 윗도리 주머니로 옮기며 자신이 지나치게 예민한 것이 아닌지 생각해 봤다. 배로스는 럭키스 상표의 담배만을 피웠다. (그녀를 지운 후) 립스틱이 묻은 럭키스 담배꽁초들 옆에다가 캐멀 담배꽁초를 재떨이에 남겨 두어서 수사에 혼선을 주려는 것이 그의 계획이었다. 하지만 그건 좋은 계획이 아닐지도 몰랐다. 시간이 추가로 더 걸리고 꽁초를 남기려 담배를 피우다 요란하게 기침할지도 모르는 문제였다.

　마틴은 12번가에 있다는 그녀의 집을 본 적이 없지만 마치 눈앞에 있는 것처럼 그려 볼 수 있었다. 운 좋게도 그녀는 시간만 나면 그림 같은 3층 벽돌 건물의 1층에 있다는 자신의 매력적인 집에 대해 자랑을 늘어놓았다. 그 집에는 2, 3층의 임차인들 외에는 도어맨도 없을 것이다. 걸으며 계산해 보니 9시 반도 되기 전에 그녀의 집에 도착할 것 같았다. 원래 그는 식당에서 나온 후 일부러 북쪽을 향해 좀 걷다가 10시나 되어서 그녀의 집에 도착할 예정이었다. 그 시간이면 드나드는 사람들이 별로 없을 터였기 때문이다. 하지만 그런 경로는 가능하면 자연스러워 보이도록 행동을 하려는 그의 계획과 어긋나는 것이었다. 그래서 그는 그 경로를 포기했다. 사실, 그 시간에 출입을 하는 사람이 있을지 여부는 미리 알 수 있는 문제가 아니었다. 어떤 시간에 가도 사람들과 마주칠 수 있었다. 만약 다른 사람들을 보게 된다면 그는 그녀를 지우려는 계획을 미완 파일 홀더에다가 영구 보존할 수밖에 없었다. 그녀의 집에 손님이 있는 경우도 마찬가지였다. 그 경우에는 잠깐 근처를 지나는 길에 그녀의 아름다운 집을 보고는 생각이 나서 들렀다고 둘러댈 수밖에 없을 것이다.

마틴이 12번가로 접어들었을 때는 9시 18분이었다. 남자 한 명, 다음에는 얘기를 주고받으며 걷던 남녀 한 쌍이 그가 지나친 사람의 전부였다. 그가 집 앞에 이르렀을 때는 사방 30미터 안에 아무 인적이 없었다. 몇 개의 계단을 올라 현관 앞에 선 그는 얼진 배로스의 이름이 붙어 있는 벨을 눌렀다. 문이 열리는 소리가 들리자 바짝 다가선 그는 문이 열리자마자 안으로 재빨리 들어가 문을 닫았다. 천장에서 드리운 초롱 안에 든 알전구에서 눈이 부시게 밝은 빛이 뿌려지고 있었다. 왼쪽 벽을 따라 올라가는 계단에는 아무도 보이지 않았다. 오른쪽 벽에 붙은 복도 끝 쪽에서 문이 열렸다. 그는 발꿈치를 들고 재빨리 그쪽을 향했다.

"세상에, 별일이네. 이게 누구예요?" 배로스가 기차 화통 같은 소리로 그를 맞았다. 그녀의 당나귀 울음 같은 웃음소리가 마치 총소리처럼 복도에 울렸다. 마틴은 미식축구의 방어진을 뚫고 들어가기라도 하듯 그녀를 밀치고 집 안으로 들어갔다.

"왜 사람을 밀치고 그래요!" 그녀가 그의 뒤로 문을 닫으며 말했다. 그녀의 거실은 수백 개의 전등을 켜 놓은 듯 환했다. "도대체 무슨 일이에요? 마치 도깨비라도 본 얼굴이군요."

그는 말을 할 수가 없었다. 심장이 목까지 올라와서 박동하는 것 같았다.

"아— 맞아요." 그가 마침내 내놓은 대답이었다. 배로스는 한편으로는 떠들어 대고 한편으로 웃어 젖히며 그가 웃옷을 벗는 것을 도우려 했다. "아니, 아니. 괜찮아요." 그가 그녀에게 말했다. "제가 여기에 벗어 놓을게요." 그는 외투를 벗어 문 옆의 의자에 놓았다.

"모자하고 장갑도 벗어요." 그녀가 말했다. "숙녀의 집에 왔으면 예의는 지켜야죠."

마틴은 모자를 벗어 외투 위에 올려놓았다. 가까이서 본 배로스는 그가 평소 생각했던 것보다 덩치가 있었다. 그는 장갑은 벗지 않았다. "그냥 근처를 지나가는 길이었어요." 그가 입을 열었다. "그러다 문득— 혹시 여기 누구 다른 사람이 있나요?"

그녀가 더 큰 소리로 웃으며 대답했다. "아무도 없어요. 우리뿐이에요. 그나저나 얼굴은 왜 그렇게 백지장처럼 하얀 거예요. 웃기는 양반이군요. 도대체 무슨 일이기에. 가만, 칵테일을 한 잔 만들어 줄게요." 그녀가 방 건너편의 문 쪽을 향했다. "스카치 앤드 소다 어때요? 잠깐, 술을 안 마신다고 하지 않았나?" 그녀가 몸을 돌이켜 재미있다는 표정으로 그를 바라다보았다. 마틴은 냉정을 유지하려 애썼다.

"스카치 앤드 소다, 좋아요." 그가 말했다. 그는 그녀가 주방에서 웃는 소리를 들을 수 있었다.

마틴은 무기로 쓸 만한 것을 찾기 위해 거실을 둘러보았다. 아무거라도 한 가지쯤은 발견할 수 있겠거니 싶었다. 쇠로 된 장작 받침과 부지깽이가 눈에 띄었고 거실 구석에는 체조용 곤봉이 놓여 있었다. 하지만 그것들은 적당치 못했다. 그런 식으로 일을 처리해서는 안 되었다. 그는 거실을 서성이다가 책상 앞에 걸음을 멈췄다. 책상에는 정교하게 손잡이가 장식된, 편지를 개봉하는 데 사용하는 칼이 놓여 있었다. 날이 충분히 날카로운지 살펴보기 위해 칼을 향해 손을 뻗다가 마틴은 놋쇠로 된 작은 단지를 넘어뜨렸다. 안에 들어 있던 우표들이 방바닥으로 요란한 소리를 내며 떨어지자 주방에서 배로스가 소리를 질렀다. "뭐예요, 텃밭이라도 파헤치고 있는 건가요?" 마틴의 입에서 이상한 웃음이 흘러나왔다. 칼끝을 왼손 손목에 슬쩍 대어 봤지만 날이 너무 무뎠다. 쓸모가 없었다.

배로스가 술잔 두 개를 들고 다시 나타났을 때 여전히 장갑을 낀 채로 서 있던 마틴은 자기가 꾸민 계획이 갑자기 너무 비현실적이고 터무니없게 느껴졌다. 주머니에 들어 있는 담배, 그를 위해 배로스가 내온 술잔? 모든 게 너무 현실 같지 않았다. 아니, 그 이상이었다. 이것은 애초에 불가능한 계획이었다. 바로 그 순간, 그의 마음 깊은 곳에서 희미하지만 새로운 아이디어가 태동하더니 곧 조그만 싹을 틔웠다.

"제발 그 장갑 좀 벗을 수 없어요?" 배로스가 말했다.

"난 집에서도 장갑을 벗지 않아요." 마틴의 마음속에 싹튼 생각은 이내 이상하지만 아름다운 꽃으로 피어났다. 그녀는 소파 앞의 차탁에 잔들을 내려놓았다.

"이리 와서 앉아요, 이상한 양반." 그녀의 부름에 마틴은 그녀 옆에 자리를 잡고 앉았다. 서툰 동작으로 그는 담뱃갑에서 담배를 꺼내 물었다. 그녀가 웃으며 그에게 불을 내밀었다. "원, 세상에." 그녀가 그에게 술잔을 내밀었다. "정말 오래 살고 볼 일이네요. 당신이 술을 마시고 담배를 다 태우다니." 마틴은 담배를 한 모금 그럭저럭 어색하지 않게 빤 후 술도 조금 마셨다.

"술 마시고 담배 피우는 게 어제오늘 일도 아닌데요, 뭐." 그는 그녀의 잔에 자신의 잔을 부딪쳤다. "늙은 허풍선이 피트와일러를 위해." 그가 다시 술을 한 모금 마셨다. 끔찍한 맛이었지만 그는 인상을 쓰지 않았다.

"뭐라고요, 마틴?" 그녀의 목소리와 자세가 갑자기 경직되었다. "당신 지금 사장님을 모욕하는 거예요?" 그녀는 어느새 사장의 특별 고문의 자세로 돌아가 있었다.

"난 폭탄을 만들고 있어요." 마틴이 말했다. "그 늙은 염소 같은 인간을 지옥으로 날려 버릴 거라고요." 그는 약간의 술을 마셨을 뿐이었다. 그것도 별로 독하지도 않은 술을. 따라서 그가 하는 말은 술기운 때문이 아닐 것이었다.

"혹시 마약이나 이상한 약물을 먹은 건 아니에요?" 배로스가 차가운 목소리로 물었다.

"헤로인을 좀 오래 맞긴 했죠." 그가 대답했다. "어느 날이든 한 대 헤로인을 맞은 후에 그 늙은 퇴물을 없애 버릴 거예요."

"마틴!" 그녀가 벌떡 일어서며 소리를 질렀다. "그만 말해요. 그리고 당장 여기서 나가요."

마틴은 들고 있던 잔에서 한 모금 술을 더 마신 다음 담배를 재떨이에 떨고는 담뱃갑을 차탁에 올려놓았다. 자리에서 일어나는 그를 배로스가 노려보았다. 걸어가서 외투를 걸치고 모자를 쓴 후 그가 입술에 손가락을 대고 그녀에게 말했다. "오늘 들은 이야기는 당신만 알고 있어요." 배로스는 "그걸 말이라고!" 외에 달리 할 수 있는 말이 없었다. 그는 문손잡이에 손을 얹다가 다시 말했다. "나는 지금 캣버드 자리를 차지하고 있다고요." 그는 그녀에게 혓바닥을 놀리듯 내보이고는 그녀의 아파트를 떠났다. 그가 그곳을 떠나는 것을 본 사람은 아무도 없었다.

마틴은 11시가 되기 한참 전에 그의 아파트로 걸어 돌아왔다. 그는 집에 들어오면서 아무도 마주치지 않았다. 양치를 하고 우유 두 잔을 마시자 그는 기분이 한껏 좋아졌다. 술기운 때문은 아니었다. 그는 취한 상태도 아니었고 집까지 걸어오는 동안 그나마 남아 있던 위스키의 영향도 모두 날아갔다. 침대에 든 그는 잠시 잡지를 읽다가 자정 이전에 잠이 들었다.

다음 날 아침, 마틴은 여느 날처럼 8시 반에 사무실로 출근했다. 보통은 10시 이전에는 출근하지 않던 얼진 배로스가 8시 45분쯤 그의 사무실 문을 박차듯 밀고 들어왔다. "지금 피트와일러 사장님께 보고하러 가는 길이에요!" 그녀가 소리를 질렀다. "경찰에 넘겨져도 다 당신이 자초한 일이니까 당연한 줄 알아요!"

마틴은 갑자기 벌어진 일에 어안이 막힌 표정으로 그녀를 쳐다봤다. "무슨 말씀이신지?"

배로스는 그를 향해 콧방귀를 뀌고는 발소리도 요란하게 사무실을 나갔다. 페어드 양과 조이 하트가 그녀가 나간 쪽을 멍하니 바라봤다. "저 미친 여자가 오늘은 또 무슨 일이죠?" 페어드 양이 물었다.

"글쎄, 나도 모르지." 옆으로 치워 놓았던 일감을 다시 붙들며 마틴이 대꾸했다.

두 사람은 마틴을 쳐다본 후 서로의 얼굴을 다시 쳐다보았다. 자리에서 일어난 페어드 양은 사무실 밖으로 나가서 귀를 쫑긋 세운 채 문닫힌 피트와일러 사장실 앞을 지나쳤다. 배로스가 뭔가 큰 소리로 떠드는 소리가 들리기는 했지만 예전처럼 당나귀 울음 같은 그녀의 웃음소리는 들리지 않았다. 이야기의 내용을 파악하기가 어렵다고 생각한 페어드 양은 그쯤 해서 다시 자신의 자리로 돌아갔다.

45분 후에 사장실을 나온 배로스가 문소리도 요란하게 문을 닫고 자신의 방으로 들어갔다. 30분이 지났을까, 피트와일러 사장이 사람을 보내 마틴을 불렀다. 깔끔하고 과묵하며 주의 깊은 문서 기록실의 책임자가 곧 사장의 책상 앞에 대령했다. 창백한 얼굴을 한 피트와일러 사장은 무엇 때문인지 초조한 기색이었다. 그가 안경을 벗어서 만지작거리기 시작했다. 막상 하려던 말이 잘 나오지 않는지 헛기침을 했다.

"마틴." 그가 마침내 입을 열었다. "우리와 함께 일한 지가 벌써 20년이지?"

"22년입니다, 사장님." 마틴이 대답했다.

"그동안," 사장이 말을 이었다. "자네가 해 온 일이나 업무 자세는 모든 사람의 귀감이 되기에 충분했네."

"감사합니다, 사장님."

"내가 알기로는," 사장이 다시 말문을 열었다. "자네는 술과 담배를 멀리한다고."

"네, 맞습니다."

"역시 그렇군." 사장이 안경을 닦으며 말했다. "어제 사무실을 나간 후 무슨 일을 했는지 혹시 좀 얘기해 줄 수 있겠나?"

마틴은 잠깐 어리둥절한 표정을 지었으나 이내 사장의 물음에 답했다. "물론이죠, 사장님. 저는 걸어서 집으로 갔습니다. 저녁은 슈래프트 식당에서 먹었고 식사를 마친 후 다시 걸어서 집으로 돌아와 침대에 좀 일찍 들었습니다. 잡지를 조금 읽다가 11시 이전에 잠들었습니다."

"역시 그렇군." 사장은 문서 기록실 책임자에게 해야 할 적당한 말을 찾기라도 하듯 잠시 침묵을 지켰다. "배로스가 말일세," 그가 마침내 다시 입을 열었다. "너무 열심히 일한 것 같아, 지나치게 말일세. 이런 말을 하기가 참 괴롭지만 그녀가 심각한 신경쇠약에 걸린 것 같네. 환각을 동반하는 피해망상 증세를 보이고 있거든."

"정말 안타깝습니다, 사장님."

"그녀가 겪고 있는 망상에 따르자면 자네가 어제저녁 자신의 집을 찾아와서는 아주, 그러니까…… 좀 흉한 방식으로 처신했다고 하더군." 그는 마틴이 놀라 입을 열려고 하자 자신의 입술에 손가락을 가져다 대어 그의 말을 막았다. "원래 그 정신질환의 전형적인 증세네. 가장 그럴 법하지 않고 결백한 사람을 자신에게 해를 끼치려는 인물이라고 생각하지. 물론 우리 같은 보통 사람들이 그런 내용을 자세히 알 수는 없겠지만 말일세, 마틴. 방금 내 주치의인 피치 박사에게 전화를 넣었네. 확답을 주지는 않았지만 내 심증을 확인하기에는 충분할 만큼 일반적인 설명을 해 주었지. 그녀가 아침에 나를 찾아와서 그녀의, 뭐랄까, 주장을 하고 난 다음에 나는 그녀에게 피치 박사를 한번 찾아가 보라고 권유했지. 바로 그런 증상을 눈치챘으니까 말일세. 유감스럽게도 그녀가 불같이 화를 내더군. 내게 당장 자네를 대령시켜서는 심문을 하라고 다그치지 않겠나. 자네는 몰랐겠지만 그녀는 자네가 맡고 있는 부서를 구조 조정 하려는 중이었네. 물론 내가 승인을 하면 말이지. 아마 그 때문에 다른 사람이 아니라 자네를 그녀 자신의 망상에 끌어들인 것이겠지. 물론 이런 일은 피치 박사가 다루어야 할 일이긴 하지만 말일세. 그래서 하는 말이네만, 마틴, 배로스가 이제 회사에서 할 수 있는 일은 여기까지가 끝인 것 같군."

"정말 뭐라고 드릴 말씀이 없습니다, 사장님." 마틴이 대답했다.

바로 이때 도시가스관이 폭발이라도 하듯 문을 밀치며 배로스가 방 안으로 뛰어 들어왔다. "지금 그 생쥐 같은 인간이 부인을 하고 있는 건가요?" 그녀가 소리를 질렀다. "그렇게 쉽게 빠져나갈 순 없을걸요!" 마틴은 자리에서 일어나 조심스레 사장의 옆쪽으로 가서 섰다. "당신이 어제 내 아파트에서 술을 마시고 담배를 피우지 않았어?" 그녀가 고래고래 악을 썼다. "사장님을 허풍선이라고 부르고 언젠가 사장님을, 마약에 취해서 폭탄으로 날려 버릴 거라고 하지 않았느냔 말이야!" 잠시 숨을 돌리려 말을 멈춘 그녀의 툭 튀어나온 눈에 새로이 광기가 어른거렸다. "나도 당신이 지질하고 흔해 빠진 쪼다가 아니었다면 이런 일을 고의로 꾸몄다고 생각했을지도 몰라. 내게 혀를 내밀고 자기가 캣버드 자리를 차지하고 있다며 지껄이는 둥, 다른 사람들이 당신이 했으리라고 전혀 믿지 않을 행동들을 일부러 하면서 말이야. 맙소사! 그러고 보니 정말 완벽한 계획이네!" 그녀가 갑자기 신경질적으로 당나귀 울음 같은 웃음을 터뜨린 후 다시 바로 노기가 등등해졌다. 그녀가 피트와일러 사장을 노려보며 말했다. "이 어리석은 영감탱이, 저 인간이 우리를 속이고 있다는 걸 모르겠어요? 저 잔꾀가 눈에 보이지 않느냐고요!"

하지만 그녀가 떠드는 동안 사장은 그녀가 모르게 책상 밑의 모든 비상벨을 눌러서 F & S의 전 직원이 사장실로 뛰어오도록 조처했다.

"스톡턴." 사장이 다급하게 말했다. "자네와 피시베인은 배로스 양을 방으로 데리고 가게. 파월, 자네도 함께."

고등학교 때 동네에서 미식축구를 했던 스톡턴이 마틴을 향해 달려드는 배로스를 막아섰다. 그와 피시베인 두 사람이 힘을 합한 후에야 간신히 배로스를 무슨 일인지 구경하러 나온 속기사들과 사환들로 가득한 복도로 몰아낼 수 있었다. 배로스는 여전히 마틴을 향해 무슨 말인지 분명치 않은 얼토당토않은 욕을 퍼부으며 길길이 날뛰고 있었다. 하지만 그녀가 만들어 내는 소음은 점차 복도 먼 곳으로 옮겨 갔다.

"이런 일이 일어나서 유감이네, 마틴." 피트와일러 사장이 말했다. "오늘 벌어진 모든 일을 잊어 달라는 말밖엔 할 말이 없군."

"알겠습니다, 사장님." 마틴이 대답을 하고 알아서 문을 향하며 말했다. "다 지워 버리겠습니다."

사장실 문을 닫은 후 그는 경쾌한 걸음으로 복도를 걸었다. 자신의 사무실이 가까워지자 마틴은 그의 예의 발걸음으로 속도를 늦춘 후 조용히 문을 열고 진지한 표정으로 그의 손길을 기다리고 있는 서류 파일을 향했다.

세상에서 가장 위대했던 친구
The Greatest Man in the World

그 일이 일어난 지 한참 시간이 지난 1940년, 현재 시점에서 다시 과거를 돌이켜 보면 그때까지 그런 일이 일어나지 않았다는 사실이 오히려 더 믿기지 않을 정도이다. 키티호크에서 라이트 형제가 실험 비행을 한 것을 필두로 미국은 조만간 그로 인해 낭패를 맛볼 것들을 부지런히 준비 중이었다. 오랜 시간 체공하거나 또는 장거리 비행에 성공함으로써 그에 따르는 엄청난 영예를 누릴, 아둔하고 보잘것없는 배경의 국민 영웅이 언젠가는 분명 하늘에서 굉음을 내며 나타날 것이었다. 다행스럽게도, 린드버그와 버드*는 국가의 위신과 국제 우호 증진에 도움이 되는 신사들이었다. 다른 유명한 비행사들도 그 점에

---

* 대서양을 처음으로 횡단한 찰스 린드버그 소령과 첫 북극 비행을 한 리처드 버드 제독.

서는 마찬가지였다. 그들은 우아하게 월계관을 쓰고 사람들의 시선을 견뎌 내었고, 보통은 명망 있는 집안의 훌륭한 규수들과 결혼한 뒤 조용히 각자의 삶을 찾아 은퇴했다. 그들은 명성의 정점이라는 위태한 위치에서도 자신들의 완벽한 처신에 오점을 남길 만한 부적절하거나 세상의 이목을 끄는 행위를 하지 않았다. 하지만 그런 관례는 깨지게 마련이었다. 1937년 7월, 아이오와 주 웨스트필드의 조그만 정비소에서 정비사의 조수로 일하던 잭 ('펠') 스머치가 엔진이 하나 달린 낡은 단엽비행기인 브레스트헤이븐 드래건플라이 3호를 타고 중간에 한 번도 기착하지 않고 전 세계를 일주했을 때 실제로 그런 일이 벌어졌다.

스머치의 비행은 비행 역사에 길이 남을 위업이었다. 스머치가 목숨을 건 보조 연료통은 뉴햄프셔의 괴짜 천문학자인 찰스 루이스 그레섬 박사가 발명한 것으로 세상으로부터 별다른 관심을 받지 못하던 물건이었다. 1937년 7월 초, 루스벨트 필드 공항에 매력이라고는 약에 쓸래도 찾아볼 수 없는, 왜소한 체격에 부루퉁한 얼굴을 한 스물두 살의 젊은이가 한입 가득 입담배를 씹으며 나타나서는 "비행이 뭔지 한번 보여 주지"라고 떠벌렸을 때 신문들은 4만 킬로미터를 비행하겠다는 그의 허황한 계획을 조롱하듯 짧게 다루었을 뿐이다. 비행기와 자동차 전문가들은 그의 말을 사람들의 관심을 끌기 위한 헛수작이라며 한마디로 실현 가능성이 없다고 잘라 말했다. 그레섬 보조 연료통은 제대로 작동하지 않을 테고 그의 계획은 그저 웃음거리에 불과한 것이었다.

자신의 '깔치'라고 후일 설명한, 브루클린의 종이 상자 공장에서 일하는 여자에게 전화를 한 통 건 후, 스머치는 역사에 길이 남을 1937

년 7월 7일 동이 틀 무렵, 늘 하는 일이기라도 하듯 비행기에 올라탔다. 차가운 공기를 가로질러 씹는담배즙을 한 줄기 뱉어낸 그는 1갤런의 밀조된 진과 6파운드의 살라미 소시지만을 싣고 이륙했다.

그 정비공이 대양을 가로질러 상당한 거리를 비행하자 신문들은 그에 관한 기사를 쓸 수밖에 없었다. 기사의 내용은 정신이 온전하지 않은 것 같은 무명의—그의 이름은 다양한 방식으로 오기되었다—젊은이가 엔진이 하나뿐인 엉성한 비행기를 타고 미치광이 교수가 만든 장거리 주유 장치에 의지한 채 온 세상을 한 바퀴 돌겠다는 터무니없는 생각을 가지고 길을 떠났다는 게 고작이었다. 하지만 그로부터 9일 후, 비록 당장이라도 엔진이 멈출 듯 털털거리며 불안한 모습이기는 했지만, 뉴욕을 향하고 있는 정비공의 작은 비행기가 샌프란시스코 만 상공에 모습을 드러냈을 때 그 믿을 수 없는 장엄한 광경을 전하기 위해 신문들은 이제까지 볼 수 없었던 크기로 헤드라인을 뽑아냈다. 사실, 이미 며칠 전부터 신문 1면에서는 일리노이 주 주지사가 빌레티 갱에게 총격을 받은 사건을 포함한 다른 기사들은 찾아볼 수 없었고 오직 스머치의 비행에 관한 기사만 25단, 30단짜리로 계속해서 실리고 있었다. 하지만 이상하게도 비행 역사의 한 획을 그을 만한 사건을 보도하는 기사에서 정작 비행사 본인에 대한 기술은 눈에 띌 만치 빈약했다. 그 이유는 그 영웅에 대한 사적인 사실을 구하기 어려워서라기보다는 그런 사실들이 너무 분명하게 그를 나타내서였다.

스머치의 비행기가 프랑스의 작은 해안 도시 설리르메에서 처음 포착되었을 때 위대한 비행 영웅의 삶에 관한 기사를 쓰기 위해 아이오와 주로 몰려갔던 신문기자들은 기사화할 만한 내용이 아무것도 없음을 곧 알아차렸다. 웨스트필드 캠핑지의 다 쓰러져 가는 식당 주방에서 일하고 있던 뚱한 표정의 그의 어머니는 아들에 관해 질문을 퍼붓는 기자들에게 "그 빌어먹을 놈, 어디 물에 빠져 뒈지기라도 했으면 좋겠수"라고 화가 난 듯 내뱉었다. 아버지는 근처의 관광객들 차에서 헤드라이트와 무릎 덮개를 훔치다 붙잡혀 철창신세를 지고 있었고, 약간 정신이 모자란 그의 동생은 최근 아이오와 주 프레스턴에 있는 소년원을 탈출한 후 우체국에서 빈 수표 용지들을 훔쳐 달아난 죄로 현상 수배가 되어 있었다. 당장이라도 조종간을 붙잡은 채 곯아떨어질 것 같은 팰 스머치가 초점을 잃은 눈으로 주린 배를 움켜쥔 채 이때까지 그 누구도 경험해 보지 못한 영예가 그를 기다리는 뉴욕을 향해 고물 비행기를 몰고 지나가던 그 시각, 땅 위에서는 그의 안타까운 사생활이 속속 드러나고 있었다.

그가 어떤 일을 해 왔고 어떤 사람인지에 대해 무슨 내용이든 기사를 올려야 했던 신문사들은 큰 위기를 맞았다. 스머치에 관해 사실대로 기사를 쓴다는 것은 불가능했다. 세계 일주 비행 중인 그의 비행기가 유럽 대륙을 가로질러 가고 있을 무렵 국민들 사이에서는 그 젊은 영웅에 대한 관심과 인기가 걷잡을 수 없는 들불처럼 번지기 시작했기 때문이다. 할 수 없이 신문들은 그를 금발 머리의, 과묵하지만 친구들과 처자들 사이에 인기가 좋은 젊은이로 묘사해야 했다. 놀이공원의 싸구려 스튜디오에서 가짜 자동차의 운전대를 잡은 채 찍은 그의 유일한 사진은 원래의 야비한 표정 대신 꽤 핸섬한 모습으로 보정되었다. 물론 사진 속의 능글맞고 천박한 웃음도 싱그러운 미소로 바뀌어 있었다. 이런 식으로 그에 관한 진실은 그에게 폭발적인 관심을 보이고 있는 대중으로부터 감추어졌다. 아이오와의 촌 동네에서조차 스머치의 가족은 이웃들로부터 무시를 당하거나 기피의 대상이고, 국민들이 영웅이라고 생각하는 그 젊은이 자신도 수많은 불미스러운 행적으로 인해 웨스트필드 지역에서는 골칫거리 불량배로 여겨지고 있다는 사실을 일반인들은 상상조차 할 수 없었을 것이다. 고등학교 시절, 그가 교장 선생님의 목을 칼로 찌른 적이 있다는 사실도 드러났다. 물론 치명상을 입힌 것은 아니었지만 칼로 찌른 것은 사실이었다. 한번은 교회에서 제단에 놓인 보자기를 훔치다가 인기척에 놀라 교회지기의 머리를 부활절 장식용 백합 화병으로 내리친 적도 있었다. 물론 각각의 사건들로 그는 소년원 생활을 해야만 했다.

비록 그게 얼마나 끔찍한 일인지는 그들도 잘 알았지만, 뉴욕과 워싱턴의 관리들은 내심 자신들의 딱한 사정을 통촉하시는 신이 목하 전 세계 문명사회의 거주민들로부터 광적인 찬양의 대상이 되고 있는 그 유명한 조종사와 그가 몰고 있는 낡은 비행기가 착륙하기 전에 적당히 처리해 주시기를 기도했다. 평소의 인격에 비추어 볼 때 사람들로부터 주목을 받고 치켜세워지면 그 조종사는 곧 자신이 엄청난 명성을 감당할 만한 지적, 도덕적 능력이 없는, 타고난 쓰레기라는 것을 드러낼 것이었다.

"나는 확신합니다." 국가적인 난제를 논의하기 위해 은밀히 소집된 내각회의에서 국무장관이 말했다. "그의 어머니의 기도가 응답받을 것이라고 말이죠." 아들이 물에 빠져 뒈졌으면 좋겠다던 에마 스머치 부인의 말을 염두에 둔 발언이었다.

하지만 그런 소망이 이루어지기엔 때가 늦은 터였다. 그 시각 스머치는 이미 대서양을 건넌 후 태평양도 마치 동네 연못이라도 건너듯 지나쳤다. 1937년 7월 17일 오후 2시 3분, 자동차 정비공은 자신만큼이나 모자라 보이는 비행기를 루스벨트 공항에 안착시켰다.

물론 세계사에 남을 업적을 세운 비행사에게 조촐한 행사를 베풀어 주고 얼렁뚱땅 넘어간다는 것은 가당치도 않은 일이었다. 그는 전 세계가 들썩일 만큼 성대하고 요란한 환영회를 받았다. 다행스러운 것은, 피곤에 절어 녹초가 된 영웅이 착륙하자마자 곯아떨어지는 바람에 사람들에 의해 조종석에서 끌어내진 뒤 입 한 번 뻥긋할 기회도 없이 숙소로 옮겨졌다는 점이다. 덕분에 육해군의 장관들, 마이클 J. 모리어리티 뉴욕 시장, 캐나다 수상과 패니먼, 그로브스, 맥필리, 크리치필드 등의 주지사와 기라성 같은 유럽의 외교관 등 수다한 명사가 참석한 첫 번째 환영식은 꼴사나운 모습을 연출하지 않고 무사히 끝날 수 있었다. 그다음 날, 시청에서 성대한 환영식이 열릴 때까지도 스머치는 자리에서 일어나지 못했다. 서둘러 눈에 띄지 않는 요양소로 실려 간 그는 침대에 붙박여 있었다. 그가 자리 밖으로 나오기까지는—아니, 엄밀하게 얘기하자면 자리 밖으로 나와도 좋다고 허락을 받기까지는—꼬박 9일이 걸렸다. 한편 그사이 나라의 원로들은 도시, 주, 정부의 관료들을 은밀히 불러들여 심각한 회의를 열었다. 영웅에 어울리는 덕성과 태도를 스머치에게 가르치기 위해서였다.

그 왜소한 자동차 수리공이 마침내 2주 만에 처음으로 자리에서 일어나 옷을 입고 커다란 씹는담배 한 조각을 씹어도 좋다고 허락을 받은 날, 그는 기자회견도 허락받았다. 하지만 그것은 일종의 테스트였다. 스머치는 기자들이 질문을 하기도 전에 먼저 입을 열었다.

"어이, 형씨들,—그의 말에 《타임스》지 기자의 눈살이 저절로 찌푸려졌다—형씨들도 내가 린드버그의 세상을 뒤집어 놓았다는 걸 알 수 있겠죠? 아니, 그게 다가 아니지, 내가 개구리 두 마리도 묵사발을 만들어 버렸으니까."

그 두 마리의 개구리는 세계 일주 비행을 하던 중 채 반을 돌지 못하고 2주일 전 안타깝게도 바다에서 실종된 두 명의 용감한 프랑스 비행사를 가리킨 말이었다. 이런 종류의 인터뷰를 할 때 지켜야 할 기본적인 예의 정도는 가르쳐 주는 것이 낫겠다고 생각한 《타임스》 기자가 다른 사람들의 업적을—특히 그들이 외국인일 경우에는 더욱—깎아내리는 것은 보기에 좋지 않다고 그에게 말해 주었다.

"아, 젠장." 스머치가 대꾸했다. "그럼 내가 한 일이 도대체 뭐란 말이오? 내가 한 일을 내 입으로 말도 하지 말라고?" 그는 자신이 해낸 일을 장황스럽게 떠들어 대기 시작했다.

이 꼴사나운 인터뷰는 물론 기사화되지 않았다. 그 대신에 이런 일이 있을 경우를 대비하여 구성된, 정치인들과 신문 편집인들로 이루어진 비밀 이사회는 그의 소식을 듣고자 안달이 난 대중에게 '재키'가 자신이 아주 행복하다는 것, 그리고 자신이 한 일은 누구라도 할 수 있는 일이었다는 것만을 그들에게 전해 달라고 했다고 밝혔다. 재키는 스머치에게 친근함을 더하기 위해 대충 만들어진 별명이었다. "외람스럽지만, 제가 한 일은 좀 과장된 측면이 있는 것 같습니다."《타임스》기자가 묘사한 재키는 겸손한 미소를 머금은 채 애써 자신의 공을 감추려 했다. 이런 기사들을 스머치는 볼 수 없었지만 그와 상관없이 그의 불만은 점점 커져만 갔다. 상황은 점점 어려운 지경으로 치달았다. 펠 스머치는 그의 말마따나 '열나게' 세상 밖으로 나가고 싶다며 난리를 쳤다. 그를 떠받들고 싶어 폭동이 일어날 지경인 세상에서 그를 떼어 놓는 데도 한계가 있었다. 루시타니아호의 침몰 이래 미합중국은 가장 절박한 위기에 봉착했다.

7월 27일 오후에 스머치는 시장, 주지사, 정부 관료, 행동심리학자, 신문 편집인들이 모여 있는 모처의 회의실로 옮겨졌다. 그는 모인 사람들과 시큰둥한 태도로 악수하며 "안녕하쇼?" 인사를 건네곤 예의 썩은 미소를 날렸다. 그가 착석하자 뉴욕 시장이 자리에서 일어나 세상에 소개될 때 스머치가 무슨 말을 해야 할지, 어떤 행동을 취해야 할지 설명했지만 그 스스로도 자신의 말이 영웅에게 아무런 영향이라도 미칠지 반신반의하는 모습이었다. 어쨌거나 뉴욕 시장은 스머치의 용기와 덕성을 치하하는 말로 연설을 마쳤다. 다음에는 뉴욕 주지사인 패니먼이 일어나 무한한 신뢰를 보내며 파리 미국대사관에 근무하는 2등 서기관 캐머런 스포티스우드를 소개했다. 앞으로 열릴 거국적인 환영식들에서 행여 스머치가 분위기를 망치지 않게 옆에 붙어서 코치하도록 선발된 사람이었다. 셔츠 위 단추를 풀어 헤친 채 꼬질꼬질한 노랑 넥타이를 손에 든 스머치는 손으로 만 담배를 피우며 능글맞은 미소를 띤 얼굴로 사람들의 말을 듣고 있었다.

"알았어, 알았다고요." 발언하고 있던 사람의 말을 느닷없이 가로막고 그가 끼어들었다. "형씨들은 나보고 샌님처럼 굴라는 거 아니요? 그러니까, 거 뭐냐, 그 젖 냄새 나는 린드버그처럼 말요. 택도 없지." 그의 말을 듣고 있던 모든 사람이 순간적으로 숨을 멈추었다. 깊은 탄식과 좌절감이 사람들 사이에서 느껴졌다.

"미스터 린드버그와," 분노로 얼굴이 파랗게 질린 상원 의원 한 명이 일어나 입을 열었다. "미스터 버드는—," 잭나이프로 손톱을 다듬고 있던 스머치가 다시 상대의 말을 자르며 소리쳤다.

"버드? 그 세상에 둘도 없는 병—" 스머치가 상소리를 더 이어 가지 못하도록 누군가 급히 그를 만류했다. 그 순간 방으로 들어온 인물을 맞이하기 위해 모든 사람이 자리에서 기립했다. 그쪽으로는 눈길도 주지 않은 채 손톱을 다듬는 데 골몰해 있던 스머치가 자리에서 일어날 기미를 보이지 않자 옆 사람이 엄한 어조로 그에게 말했다.

"스머치 씨, 미합중국 대통령께서 들어오셨소!"

젊은 영웅의 경거망동을 제어하기 위한 방도의 일환으로 언론의 협조 아래 대통령이 그 비밀 회의장에 나타난 것이었다.

망연자실한 상태로 지켜보는 사람들의 눈을 의식했는지 스머치가 눈을 들어 대통령을 쳐다보았다.

"잘 지내쇼?" 인사를 한 그는 새 담배를 말기 시작했다. 방 안은 깊은 침묵 속으로 빠져들어 갔다. 누군가 질식할 것 같은 정적을 견디기 힘들다는 듯 일부러 헛기침을 했다. "쪄 죽겠구먼, 안 그래요?" 스머치가 입을 열었다. 그는 셔츠 앞 단추 두 개를 더 풀었다. 털이 무성한 가슴에는 하트 모양의 문신 안에 '새디'라는 이름이 새겨져 있었다. 방 안에 있던 정치, 경제, 문화, 예술계의 굵직한 인사들은 근래 미국이 처한 가장 큰 위기를 맞이하여 인상을 찌푸린 채 속수무책으로 서로의 얼굴만 쳐다볼 뿐이었다. 아무도 다음에 무슨 일을 해야 할지 알지 못하는 듯했다. "이봐요들." 스머치가 입을 뗐다. "축하 파티들에는 도대체 언제나 가게 해 줄 거요? 거기서 날 기다리고 있는 것들이 있어서 말요." 그가 무언가를 암시하는 듯한 표정으로 엄지와 집게손가락을 비벼 보였다.

"돈을 말하는 거요?" 상원 의원 한 명이 충격을 받은 듯 창백한 얼굴로 말했다.

"당근이지." 스머치가 피우던 담배꽁초를 손가락으로 튕겨 창밖으로 날리며 대답했다. "그것도 삼태기로 말야." 그가 다시 새 담배를 말기 시작했다. "아니, 가마니가 낫겠군." 그가 중얼거렸다. 담배를 입에 꼬나문 채 의자 등에 깊숙이 몸을 기댄 그가 한 명 한 명 주위의 인사들을 능글맞은 눈길로 쳐다봤다. 자신의 힘을 한껏 의식하고 있는 야수, 애완동물 가게에 풀어놓은 표범의 미소가 그의 입가에 맴돌았다. "자, 이제 그만들 하고 좀 시원한 곳으로 옮깁시다. 지난 3주 동안 충분히 짱 박혀 있었으니까!"

자리에서 일어선 스머치가 활짝 열린 창으로 가 9층 아래의 거리를 내려다보았다. 그의 이름을 외치는 기자들의 목소리가 그의 귓가에까지 희미하게 들려왔다.

"죽이는데!" 양쪽 귀에 걸리도록 입이 벌어진 스머치가 기쁜 표정을 감추지 못했다. 난간 너머 창밖으로 위태롭게 몸을 내민 그가 아래쪽을 향해 소리를 질렀다. "사람들에게 말해요! 기분 째진다고!"

　그의 뒤에 서 있던 한 무리의 사람들 사이에 순간적인 분노의 충동이 치밀어 올라왔다. 아무도 입 밖으로 드러내지는 않았지만 간절한 염원이나 명령이 손에 잡힐 듯 느껴졌고, 그럼에도 바늘 떨어지는 소리도 들릴 만큼 방 안은 정적에 휩싸였다. 순간 스머치의 바로 옆에 서 있던 뉴욕 시장의 비서, 찰스 브랜드가 뭔가 동의를 구하는 듯한 눈으로 대통령을 쳐다보았다. 핼쑥한 얼굴의 대통령이 어두운 표정으로 짧게 고개를 끄덕였다. 다음 순간, 러트거스 대학 시절 미식축구 선수였던 거구의 브랜드가 성큼 다가서서는 세상에서 가장 유명한 사내의 왼쪽 어깨와 엉덩이를 양손으로 움켜쥔 뒤 창밖으로 던졌다.

　"맙소사, 그가 창밖으로 발을 헛디뎠어요!" 눈치 빠른 편집자 한 명이 소리를 질렀다.

　"그만 가지!" 대통령의 말이 끝나기가 무섭게 몇 명의 사람이 건물 옆에 난 비밀통로로 그를 둘러싼 채 안내했다. 이런 일을 처리하는 데 익숙한 신문연합회의 편집장이 나머지 일 처리를 맡았다. 그는 즉시 남아야 할 사람들과 떠나야 할 사람들을 지정했고, 모든 신문사가 동의할 만한 기사 내용을 불러 주는 한편 사람들을 거리로 보내 비극의 현장을 수습하게 했다. 상원 의원 한 명에게는 눈시울을 적시게 했고, 다른 하원 의원 두 명에게는 망연자실한 채 어쩔 줄 모르는 모습을 연출하도록 했다. 그는 그렇게 다음 단계, 즉 가장 걸출하고 멋있었던 한 인물의 돌연한 사망 소식을 세상에 전하는 막중한 임무를 착착 진행했다.

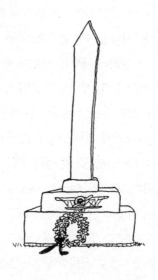

　장례식은 미합중국 역사상 가장 엄숙하고 슬프고 화려하고 멋지게
진행되었다. 흰색 대리석에 작은 비행기를 새겨서 알링턴 국립묘지에
세운 그의 기념비에는 추모객들이 끊이지 않았다. 전 세계 국가들은
미국의 영웅 재키 스머치의 걸출한 업적에 치하를 마지않았다. 미리
정한 시각에는 미국 전역에서 2분 동안 묵념도 행해졌다. 무슨 일이
벌어진 것인지 채 알지도 못하는 아이오와의 작은 마을 웨스트필드
주민들도 묵념을 올렸다. 법무부 요원들이 모두 미리 손을 쓴 덕택이
었다. 그중의 한 명은 특별히 마을 밖 캠핑장의 식당 문턱에 배치되어
감시의 눈길을 늦추지 않고 있었다. 묵념 시간을 알리는 사이렌이 울
리자 자신을 쳐다보는 감시의 눈을 의식한 에마 스머치 여사는 그에
게서 얼굴을 돌린 채 햄버거 스테이크가 지글거리는 그릴 앞에서 마
지못한 듯 고개를 숙였다. 어디에선가 낯익은 비열하고 능글맞은 미
소가 그녀의 입가에 감돌았다.

삶의 파괴적인 힘들
Destructive Forces in Life

심적 능력을 향상시켜 준다는 책들은 어떻게 하면 소위 '완전한 적 응'에 도달할 수 있는지를 자세히 설명한다. 하지만 내가 보기에는 그들이 다루는 문제들은 대부분 따분하고 시시한 것들이다. 아침 식사 시간에 벌어지는 소동, 흔한 사무실 내에서의 문제들, 건강과 금전 문제— 우리가 일상적으로 접하고 보통은 별다른 노력이나 고통 없이 도 처리해 버리는 잡다한 문제들이 그런 것들이다. 전형적인 경우로 박식한 데이비드 시베리* 씨의 사례를 들어 보자. 그는 『무엇이 우리를 별나게 보이도록 만드는가』『속마음 드러내기』『정신 줄을 놓지 마라』『삶에 자신감을 키워 나가기』『어떻게 성공적으로 걱정할 것인가』

---

* 미국 심리학자로, 자기계발 지침서들을 주로 펴냈다.

등의 책을 저술했다. 나는 그의 책에서 다음 구절을 임의로 선택했다. "프랭크 펄섬은 읽고 있던 책을 역겹다는 표정으로 내던지고 아내를 경멸에 찬 시선으로 쳐다보았다. 그 작은 여인네는 얼굴을 두 손으로 가린 채 방을 뛰쳐나갔다. 그렇게 잔인한 말을 퍼붓다니, 프랭크가 틀림없이 자기를 증오하고 있는 것이라고 여인은 생각했다. 하지만 사실 프랭크는 그녀에게 화를 낸 것이 아니었다. 단지 그의 멍청한 상사의 턱을 한 방 먹이고 싶은 울화가 엉뚱한 데서 터져 나왔을 뿐이다." 이런 상황은 시베리가 그리는 전형적인 것이다. 그의 책에 나오는 많은 여인들은 〈벤 볼트〉의 앨리스*처럼 "당신이 그녀에게 미소를 지으면 기쁨으로 눈물을 흘리고 당신이 인상을 찌푸리면 공포로 몸을 떠는" 여인을 연상시킨다. 하지만 우리가 아는 자그마한 여인네들은 얼굴을 양손으로 가리고 방을 뛰쳐나가기보다는 그 즉시 프랭크 펄섬에게 대들 것이다. 프랭크는 턱에 주먹을 한 방 맞지나 않는다면 다행이다. 어쨌든 상황은 3분이면 종료될 것이다. "사실 남편은 그녀에게 화가 난 것이 아니었다"라는 식의 상황은 현재의 부인들에게는 시베리가 생각하는 것만큼 그리 흔히 일어나지 않는다. 심리학자들이 말하는 남편들의 잠재 내용**은 그들의 부인들에게는 현재 내용***만큼이나 뻔히 들여다보인다.

나는 사람들이 그들의 삶에 완벽하게 적응할 수 없도록 방해하는 심각한 걸림돌들—사람들의 생각을 바꿔 준다며 밥을 벌어먹고 사는 이들의 생각이 미처 미치지 못한—을 십여 개는 댈 수 있다. 그들이

---

* 토머스 던 잉글리시의 시를 개작한 노래 〈벤 볼트〉의 주인공.
** 꿈이나 사고의 감추어져 있는 부분.
*** 무의식의 소망이 꿈 등으로 나타나는 외현적 부분.

생각해 낸 것들과는 달리 내가 생각하는 상황들은 분석하기에도, 해법을 찾아내기에도 만만치 않은 것들이다. 내가 아는 지인의 경우를 생각해 보자. 그는 '마음의 규율'을 습득했고 '실패하려는 의지'를 극복했으며 '삶의 기예'들을 터득한, 한마디로 완벽한 적응의 단계에 이른 사람이었다. 어느 날 오후 5시경 그는 버트 스커시라는 사람으로부터 전화를 한 통 받았다. 내가 아는 지인이—그냥 그를 해리 코너라고 하자—전화를 처음부터 받은 것은 아니었고 그의 부인이 먼저 전화를 받았다. 나중에 스커시에게 들은 이야기에 의하면 그가 그레이든 호텔에 있는 코너의 아파트에 전화를 걸었을 때 그는 그저 코너와 잠깐 이야기를 하려고 했을 뿐 다른 용무는 없었다. 하지만 전화를 받은 사람이 부인인 루이즈인 것을 알게 되었을 때 버트 스커시는 자신도 모르게 자기가 흑인 여성의 목소리로 그녀에게 말하고 있다는 것을 깨달았다. 스커시는 흉내를 아주 잘 내는 사람이었고, 흑인 여성 목소리는 그중에서도 그의 특기였다.

"여보세요."

코너 부인이 말을 하자 스커시는 애원하는 듯한 목소리로 "시방 거기가 콤머 씨 댁인감유?"라고 물었다.

"예, 코너 씨 부인입니다." 루이즈가 대답을 했다. "실례지만 누구시죠?"

"저는 이디스 럼멈이구먼유." 스커시가 말했다. "저는 선상님들 옆집에 사는 친구분들 댁에서 일을 했었슈."

코너 부인은 당연히 그녀가 무슨 말을 하는지 알 수가 없었기에 좀 짜증이 난 목소리로 누가 전화하는 것인지, 용건이 무엇인지 재차 따지듯 물었다. 짐짓 겁먹어 울먹이는 목소리를 내어서 스커시는 마침내 그의 친구 부인으로 하여금 자신이 이디스 럼럼이라는 흑인 가정부로서 몇 년 전 코너 부부가 사우스노워크에 살 때 그들의 친구들 집에서 일을 했다고 믿게 만들었다.

"그래, 원하는 게 뭐죠, 이디스?" 코너 부인이 물었다. 그녀는 이제 그 사기꾼에게 완전히 넘어가서 사우스노워크에 사는 그녀의 친구들의 이름을 제대로 듣지 못했음에도 아무 신경도 쓰지 않았다. 스커시─아니, 이디스─는 처량한 목소리로 주저하며 일거리도 떨어지고 돈도 없어서 어찌해야 좋을지 모르겠노라고 대답했다. 남편은 전차에서 칼부림을 벌여 감옥에 들어가 있다고도 했다. 스커시도 잘 알고 있는 바였지만 코너 부인은 심성이 고운 사람이었기에 이디스에게 맡길 빨랫감을 찾아보마고 말했다.

"알겠시유." 이디스가 대답했다. "빨랫감들 말이쥬?"

그 순간 아내의 뒤쪽 방에서 해리가 고함을 치듯 말하는 목소리가 또렷하게 들려왔다.

"여보, 제발, 이제껏 본 적도 들어 본 적도 없는 사람에게 우리 옷들을 맡기는 짓일랑 하지 말아요."

그의 선언은 그가 이제껏 마음과 인격을 다루는 책들에서 배운 논리적인 행동에 꼭 부합하는 것이었다. 거기에서는 '약하게 되려는 의지' '셔츠를 망치려는 숨은 욕망' '자신의 삶을 제대로 조직화하지 못한 흑인 여인에 대한 거짓 동정심', 어느 것도 찾아볼 수가 없었다.

하지만 코너 부인은 남편의 우월한 정신적인 규율에도 불구하고 종종 남편의 말을 듣지 않는 여인이었기에 이번에도 남편의 말을 무시했다.*

"이디스, 지금 어디에 있죠?" 그녀가 물었다. 갑작스러운 질문에 당

마음의 규율을 갖춘 남편과 그렇지 못한 아내

황한 스커시는 잠깐 말문이 막혔지만 이내 "야, 바로 근처구먼유, 콤머여사님"이라고 대답을 했다.

"그럼 그레이든 호텔로 오겠어요? 우리 집은 7층에 있는 아파트 7-A호예요."

"야, 알았구먼유."

이디스가 대답하자 부인은 전화를 끊었고 스커시도 수화기를 내려놓았다. 하지만 그는 자신이 난관에 봉착했음을 깨달았다. 그는 머셀 박사가 말하는 정돈된 마음의 소유자가 아닌, '혼란스러워지려는 의지'를 지닌 사람이었기에 자기가 수습할 수 없는 장난을 치고 만 것이었다. 하지만 현실감이 부족한 공상가들, 익살꾼들, 현실도피자들이 흔히 그렇듯 그는 장난을 계속하고 싶었다. 그는 현실보다는 공상을 더 좋아하는 사람이었는데 그것은 분명 퇴행, 일탈, 논리적인 붕괴의 증상이었다. 그는 결국 다시 코너 부부 집으로 전화를 걸었다.

---

* 때로는 남편이 정신적으로 한쪽으로 치우치고, 아내가 그렇지 않은 경우도 일어나곤 한다. [원주]

"에구머니나, 콤머 여사님." 그가 당황스러운 목소리로 말했다. "댁을 못 찾겠구먼유."

"지금 있는 곳이 어디예요?" 코너 부인이 물었다.

"증말 모르겠슈." 이디스가 말했다. "시방 그레이든 호텔에 오긴 혔는디 당최 몇 층에 있는 건지를 모르겠슈."

"이디스, 내 말 잘 들어요. 엘리베이터를 탔었죠?"

"야, 그랬슈." 이디스가 무슨 말인지 모르겠다는 듯 말했다.

"그럼 다시 엘리베이터로 가서 엘리베이터 보이에게 7층에서 내려달라고 해요. 내가 그 앞에서 기다리고 있을 테니까."

"알겠구먼유." 제대로 알아들은 건지 아닌지 확신이 가지 않는 목소리로 이디스가 대답했다. 그때 코너의 우렁찬 목소리가 스커시에게 들렸다.

"도대체 그 여자가 지금 어디 있다는 거요?" 논리적인 추론 기술을 배운 사람답게 코너가 따지듯 물었다. "만약 이 빌딩 안에서 전화를 걸고 있다면 남의 아파트로 가 있는 게 틀림없잖소!"

이디스의 위치를 더 이상 설명하고 싶지 않은 스커시는 그쯤에서 전화를 끊었다.

하지만 잠깐 생각을, 아니 산만한 생각들이 주마등처럼 그의 머리를 스쳐 간 후, 스커시는 다시 코너 씨 집으로 전화를 걸었다. 그는 루이즈가 엘리베이터에 가서 엘리베이터 보이에게 질문하는 것을 막고 싶었다. 이번에는 스커시의 생각대로 해리 코너가 전화를 받았다. 해리는 아내에게 자신이 일을 맡아 해결하겠다고 통보하고 나선 참이었다.

"여보세요!" 코너가 다소 짜증이 섞인 목소리로 말했다. "누구요?"

스커시는 이번에는 이디스의 역을 그만두고 쓸데없이 깐깐한 남자 목소리를 흉내 냈다.

"코너 씨인가요? 여기는 관리 사무실입니다. 죄송하지만 여기 이 흑인 여자를 빌딩에서 좀 내보내 주셔야 할 것 같습니다. 아무 아파트나 들어가서는 전화를 쓰겠다고 설치고 다니거든요. 아시다시피 우리 그레이든 호텔에서는 일어나서는 안 될 일이죠."

남자의 말과 어투는 코너를 화나게 만들었다.

"그것 말고도 챙겨야 할 그레이든에 어울리지 않는 일들이 꽤 많이 있을 텐데요!" 그가 소리를 질렀다.

"어쨌든 로비로 내려오셔서 상황을 좀 수습해 주셔야겠습니다." 사내가 심술궂은 목소리로 대답을 했다.

"말 잘하셨소, 내 당장 내려가리다!" 코너가 고함을 지르고는 수화기를 부서져라 내려놓았다.

의자에 느긋하게 앉아서 자신이 만들어 낸 상황에 만족감을 느끼던 버트 스커시는 자신의 아파트에서 그리 멀지 않은 그레이든 호텔로 직접 가서 어떤 일이 벌어질지 봐야겠다고 결정을 내렸다. 개탄스럽게도, 그의 산만한 마음이 즐거워할 모든 혼란의 가능성을 담고 있는 상황이었기 때문이다. 호텔에서는 실제로 그런 일이 벌어지고 있었다. 그는 코너가 벤트라는 이름의 관리실 직원에게 자신을 모욕했다며 펄펄 뛰고 있는 것을 발견했다. 마침 로비에 있던 몇 명의 사람들이 흥미롭다는 듯 그들을 지켜보고 있었다.

"하지만, 코너 씨," 관리실 직원이 그에게 말했다. "저는 도무지 무슨 말씀을 하고 계신지 알 수가 없군요."

"내 말을 잘 들어 보면 알 거요." 해리 코너가 고함을 질렀다. "우선, 그 흑인 여자를 호텔로 불러들인 것도 내 생각은 아니었다는 거요. 나는 이제껏 그 여자를 본 적도 없고 보고 싶지도 않아요! 죽을 때까지 그런 여자는 몰라도 좋단 말이오!" 그는 이미 마음과 인격을 수양하기 위한 책들에서 배운 내용—절대로 목소리를 높이지 말고 하고 싶은 말의 요점에 집중할 것—을 까맣게 잊은 지 오래였다. 벤트는 코너가 실성한 것이라고밖에는 생각할 수 없었고 공연히 그를 자극하기보다는 우선 비위를 맞추기로 했다.

"그런데, 그 흑인— 그러니까— 여자는 어디 있죠, 코너 씨?" 그가 조심스럽게 물었다. 얼굴이 창백해진 그는 종잇조각을 만지작거리고 있었다. 그도 심리학책을 즐겨 읽는 사람이었던 만큼 흑인 여인이 종종 성적 방종의 상징이라는 것을 알고 있었고, 코너가 자신도 모르게 아내에 대한 사랑을 잃은 것은 아닌가 생각했다. (실제로는 코너 씨 내외는 전국에서 가장 행복한 부부들 중의 하나라 할 만했지만 그날 이후로 벤트는 그들에 대한 자신의 생각을 고수했다.)

"나도 그녀가 어디에 있는지 몰라요!" 코너가 소리를 질렀다. "위층 어딘가에서 내 아내에게 전화질을 해 대고 있을 거요! 아까는 모든 걸 다 아는 것처럼 이야기하더니 갑자기 왜 그러는 거요? 어쨌든 나하고는 상관이 없는 일이에요. 나는 처음부터 반대한 일이었다고. 내가 반대를 했건 안 했건 당신이 나를 모욕할 일도 아니잖소?"

"물론 당연하신 말씀입니다. 그렇고말고요!" 벤트가 뒷걸음을 치면서 대답했다. 그는 이 미치광이를 어떻게 처리해야 좋을지 난감한 눈치였다.

멀찌감치 떨어져서 벌어지는 꼴을 구경하던 스커시가 코너에게 다가가 그의 팔을 붙잡았다. "여보게, 무슨 일인가?"

"버트, 잘 지냈나?" 코너가 뚱한 표정으로 대답을 했다. 그러고는 코너가 갑자기 눈을 가느스름하게 뜨고는 스커시의 표정을 살피기 시작했다. 스커시는 전화로만 남을 속일 수 있을 뿐 맞대면한 상태에서 시치미를 떼는 데는 젬병이었다. 그의 얼굴에 겸연쩍은 미소가 떠올랐다. "자네—" 스커시가 그동안 남의 흉내를 내며 저질러 왔던 실없는 장난들이 그제야 생각나는 듯 코너가 애써 한 마디를 내뱉고는 바로 걸음을 돌려 엘리베이터로 향했다. 스커시가 그를 따라 엘리베이터에 올라타려 하자 코너가 그를 밖으로 밀쳐 냈다. 그것이 코너 부부와 버트 스커시의 우정의 끝이었다. 아니, 끝난 것은 그뿐만이 아니었다. 해리 코너가 그레이든에 머무는 생활도 끝이 났다. 더 나아가서는 그가 뉴욕에 머무는 일도 끝이었다. 그와 그의 부인은 현재 오리건 주에 살고 있다. 그곳에서 그는 뉴욕에서 맡았던 일보다는 좀 한직에서 근무하고 있는데 이디스 사건이 그로 하여금 스커시, 벤트, 그레이든, 아니 대도시 생활 전체에 염증을 느끼게 만들었기 때문이다.

누구든 프랭크 펄섬 같은 이들은 상대하기가 쉽다. 하지만 버트 스커시 같은 인간들은 만만하지가 않다. 우리의 마음을 잘 단속하여 스커시 같은 이들의 허튼짓거리들이 마치 오리털에 뿌려진 물방울들처럼 아무 영향도 미치지 못하고 떨어져 나가게 할 수 있을 것인가? 내 생각에는 그렇지 않다. 영감을 불어넣는 책들의 저자들도 그렇게 생각하지는 않을 테지만 그들은 두려워 그런 주제를 다루지 못한다. 그들은 아무도 그런 주제를 언급하지 않기만을 바라 왔을 것이다. 하지만 이 세상을 살아가자면 버트 스커시 같은 사람들을 만날 수밖에 없고, 그에 따라 세상에 대한 생각을 바꿀 수밖에 없다. 나도 이제껏 수십 명 스커시 같은 이들을 만나 왔다. 그들에게 희생당한 사람들은 어떻게 되었을지 나는 종종 궁금해한다. 예를 들자면 장난을 좋아하는 내 친구에게 실수로 전화를 건 사람이 있었다.

"잘신어 신발 가게죠?" 전화를 건 사람이 제대로 전화를 했는지 반신반의하는 투로 물었다.

"예, 잘신어 신발 가게입니다. 안녕하세요!" 내 친구가 밝은 목소리로 대답했다.

"실은 일주일 전 그 가게에서 산 신발이 엉망이어서 전화를 했어요. 어째 신발이 마분지로 만든 것 같죠? 가게로 가져가서 보여 줄게요. 나는 만족할 만한 신발을 원했다고요!"

"원하시는 대로 해 드리겠습니다!" 내 친구가 대꾸했다. "저희 가게 신발은, 말하자면, 겉만 번지르르하죠. 그렇잖아도 항의가 엄청나게 쏟아지고 있거든요. 어떻게 된 신발이 신기만 하면 종잇장처럼 터져 버리니. 당연히 환불을 해 드려야죠."

기차역과 비슷한 전화번호를 가지고 있는 덕에 밤중에 자다가 기차 시간을 묻는 전화를 자주 받았던 친구도 있었다.

"버펄로로 가는 기차가 몇 시에 있죠?" 뚱한 목소리의 여인이 한번은 마치 따지듯이 아침 7시에 전화를 했다.

"내일 새벽 2시에 출발합니다, 부인." 내 친구가 말했다.

"말도 안 돼!" 여자가 소리를 질렀다.

"좀 시간이 애매하긴 하죠. 저희도 그런 사실을 잘 알고 있습니다. 그래서 기차 삯에 시간에 맞추어 역으로 모셔 오는 택시비까지 포함이 되어 있는 거죠. 댁이 어디시죠?"

약간 기세를 누그러뜨린 여인이 주소를 불러 주었다.

"저희가 댁으로 출발 30분 전에 택시를 보내 드리겠습니다, 부인. 운전기사가 부인의 짐도 모두 처리해 드릴 테니까 몸만 타시면 됩니다."

"정말이죠?"

부인의 물음에 내 친구는 말했다. "틀림없습니다, 부인. 정확히 1시 반에 모시러 가겠습니다."

그 통화로 인해 그녀의 인격에 어떤 변화가 생겼을지 나로서는 알 수가 없다. 하지만 그 일이 그녀의 삶의 빛깔과 방향, 그녀의 생각의 유형, 그녀의 천성의 전체 모양에 영향을 미쳤을 수도 있다. 흐트러짐 없는 마음을 갖추고 새로운 삶, 새로운 규율에 눈을 뜬 사람일지라도 틀린 전화번호처럼 아주 사소하고 예측 못 한 일들로 인해 공들인 노력이 산산조각 날 수가 있는 것이다. 하지만 애초에 트릿한 마음의 소유자들이라면 새벽 2시에 버펄로행 기차를 타겠다든지 하자가 있는 신발을 샀다고 해서 신발 가게로 찾아가 보상을 요구할 결연함을 갖추지 못했을 것이다. 그래서 그런 이들은 의도가 방해를 받는다든가 계획이 틀어진다든가 전체 틀, 체계가 흐트러질 위험을 덜 겪게 되는 것이다. 결국 트릿한 마음의 소유자들이 흐트러짐 없는 마음의 소유자들보다 이 복잡다단한 세상에 훨씬 더 잘 적응한 사람들이다. 이 세상은 흐트러짐 없는 마음의 소유자들이 살 곳이 아니다.

윈십 부부의 결별
The Breaking Up of the Winships

고든 윈십 부부를 갈라놓은 문제는 처음에는 유리창에 낀 성에―다음 날 햇살만 조금 비치면 곧 사라질―같이 사소한 문제처럼 보였다. 나는 그들의 문제를 웃어넘기려 했다. 고든과 마샤, 양쪽 모두 친구였던 나는 두 사람을 따로 만나서 자신들의 문제가 얼마나 하찮은 것인지 깨닫고 웃고 넘어가게 하려 했다. 고든은 그의 클럽에서 스카치를 들이켜며 줄담배를 피우고 있었고 마샤는 번잡스럽고 웃음이 헤픈 고든이 사라져 갑자기 더 휑하고 쓸쓸해 보이는 아파트에 홀로 있었다. 하지만 그런 내 노력은 아무 소용이 없었다. 두 사람은 완강했다. 그들이 별거를 시작한 지 벌써 6개월이 지난 지금 그들이 다시 합치게 될지에 대해 나는 점점 더 회의가 든다.

일의 발단은 리어나도의 집에 초대를 받아 저녁 식사를 하고 베네딕틴*를 마시며 담소를 나눌 때였다. 처음에는 양쪽 다 웃으면서 아무 뜻 없이 다정하게 시작한 부부간의 대화가 시간이 지나면서 얼어붙기 시작했고 날카롭고 상대를 후벼 파는 말들로 바뀌었다. 고든 부부는 식사를 하러 오기 전에 〈춘희〉를 관람했다. 고든은 별 감흥을 느끼지 못했지만 마샤는 평소 그레타 가르보의 열광적인 팬이었으므로 큰 감명을 받았다고 했다. 그녀는 열기를 지나쳐 광기라고 할 만큼 그레타 가르보를 좋아하는 많은 사람들 중의 한 명이었다. 그 일이 있기 전에는 고든도 그레타 가르보를 좋아했을 것이다. 하지만 마치 그녀가 영화에서든 연극에서든 이 세대의 전무후무한 존재라도 되는 듯 떠받드는 아내의 확신이 그날 밤 고든의 심기를 불편하게 만들었다. 고든은 과장하는 사람들을 싫어하고 초연한 태도를 보이는 사람들을 존경한다. 그는 여성의 매력에 있어서도 무심한 듯한 태도가 한 부분을 차지한다고 여긴다. 그는 자신의 아내가 아무것도 아닌 일에 '입에 거품을 무는' 게 싫었는데 리어나도의 집에서 딱하게도 그 표현을 써서 아내를 비난했다.

남편의 말에 마샤는 다소 큰 목소리로(그들은 계속 스카치와 소다수를 마시고 있었다) 감정을 터놓을 줄 모르는 남자, 아무 일에든 열정이라곤 찾아볼 수 없는 남자는 남자라고 할 수도 없다고 말한 후 다소 초연한 것이 좋다는 고든의 생각은 비판적인 감상 능력, 또는 예술 전반에 대한 이해의 부족을 숨기기 위한 것이라고 주장했다. 길고 현란한 문장에 정중한 단어들을 사용하기 시작한 그녀에게 고든은 피식피식 콧방귀를 뀌기 시작했다(나는 항상 그의 이런 태도가 마음에 들

* 베네딕트회 수도원의 수사 돔 베르나르드 방세리가 만든 달콤한 맛의 리큐어.

지 않았다). 그는 아내의 말에 대답을 하기는커녕 주의 깊게 들으려 하지도 않았다. 물론 그의 이런 태도는 마샤를 더욱 격분하게 했고 마침내 그에게 "콧방귀는 당신만 뀔 수 있는 줄 알아요? 흥!"이라고 소리를 치게 만들었다. 고든이 아내에게 "제발 목소리 좀 낮추지 못하겠소? 권투 도박판 심판처럼 소리는 지르고 난리요?"라고 쏘아붙이자 화가 난 그녀는 뿔도마뱀처럼 작고 끔찍한 동물이라도 쳐다보는 표정으로 도끼눈을 뜨고 한참 동안 그를 쏘아봤다.

칵테일파티, 1937

두 사람은 손가락 하나 까딱하지 않고 한참 동안을 뚱한 표정으로 말없이 앉아 있었다. 마침내 입을 연 마샤가 차분한 목소리로 고든에게 도대체 어떤 배우가—영화에서든 무대에서든, 살아 있든 혹은 죽었든—가르보보다 위대하다고 생각하느냐고 물었다. 잠깐 생각을 하는 듯 뜸을 들이던 고든은 마샤만큼 차분한 목소리로 대답했다.

"도널드 덕."

나는 그가 당시 진심으로 그 말을 했다고 생각하지 않는다. 하지만 사정이야 어떻든 그의 아내는 남편을 조롱 섞인 시선으로 쳐다보며 그가 얼마나 지적으로 부족한지, 그의 상상력이 얼마나 빈곤한지를 그 대답이 제대로 보여 준다고 말했다. 고든은 아내에게 남들의 구경거리가 되는 짓일랑 그만두라고—그녀는 목소리를 살짝 높였다—한 후 도널드 덕의 진가를 알아보지 못하는 그녀야말로 자신이 얼마나 유머 감각이 없는 여자인지를 결정적으로 보여 주는 것이라고 말했다. 항상 그러하다고 생각해 왔지만 오늘에서야 비로소 확실하게 알게 되었다는 이야기도 덧붙였다. 그녀는 남편을 한 대 갈기고 싶은 충동을 느꼈지만 다시 자리를 잡고 앉아 모나리자의 미소를 머금고—하지만 이번 경우에는 신비로운 미소가 아니라 경멸감이 드러나는—그를 쳐다봤다. 그녀의 미소에 화가 난 고든은 다시 도널드 덕이 가르보보다 열 배는 위대하고, 머리가 제대로 박힌 사람은 그런 사실을 바로 인정할 수밖에 없을 거라고 말했다. 윈십 부부는 그런 식으로 옥신각신을 계속했고 그러는 동안 증오심은 커지고 자존감은 낮아져만 갔다. 그들의 다툼은 마샤가 혼자 택시를 타고 집으로 돌아가는 것으로 일단락이 나는 듯했다(서둘러 가는 바람에 화장품 가방과 장갑도 한 짝 식당에 벗어 놓은 채였다). 고든은 늦도록 술집들을 전전하다가 새벽이 되어서야 그의 클럽에 도착했다. 클럽에서 집으로 돌아가는 길에 그는 택시 기사에게 그레타 가르보와 도널드 덕 중 누가 더 좋으냐고 물었다. 그레타 가르보가 더 좋다는 대답이 돌아오자 그는 기사에게 "흥, 당신도 별수 없군"이라고 못마땅하다는 듯 중얼거리고는 곯아떨어졌다.

다음 날 대부분의 부부가 그렇듯 두 사람은 어제 일들을 후회했지만 마음 한구석에는 상대방이 사용했던 험한 언사와 차가운 눈길, 거친 몸동작들이 아직 앙금처럼 남아 있었다. 걱정이 된 마샤는 남편의 회사로 전화를 했다. 그러고 싶지 않았지만 걱정스러운 마음을 누를 수 없었다. 고든이 퇴근 후 바로 집으로 돌아오지 않자 틀림없이 클럽으로 갔으리라는 생각이 들기는 했지만 심하게 다쳐서 도랑에 자빠져 있거나 탁자 아래 쓰러져 있는 남편의 모습이 자꾸 떠올라 그녀는 다시 8시쯤 그에게 전화를 했다. 남편이 뚱한 목소리로 "누구슈?" 하고 전화를 받자 그녀는 마음이 놓였다. '살아 있었네. 감사합니다, 하느님.'

고든도 사실은 그녀의 전화를 받고 어느 정도 마음이 가벼워지기는 했겠지만 그럼에도 그는 여전히 기분이 나쁜 상태였다. 그는 그런 자신의 기분이 순전히 아내 탓이라고 생각했다. 마샤는 미안하다며 어제는 둘 다 무척 어리석게 행동을 한 것 같다고 말했다. 고든은 수그러진 아내의 태도에도 불구하고 불만스러운 목소리로 어리석은 행동을 했다는 것을 지금이라도 깨달았으니 다행이라고 대꾸했다. 그런 그의 태도는 마샤의 말에 다시 가시를 돋게 만들었지만 그녀는 애써 참으며 오늘은 집으로 들어올 거냐고 물었다. 그는 당연히 집으로 갈 거라고 말한 후 그 집이 누구의 소유인데 안 들어가겠느냐고 덧붙였다. 마샤는 남편에게 그렇게 툴툴거리지 말고 자던 잠이나 계속 자라고 쏘아붙이고 전화를 끊었다.

다음 사달은 며칠 후 클라크의 파티에서 벌어졌다. 윈십 부부는 꽤 기분이 좋은 상태로 파티장에 도착했다. 칵테일 잔을 든 손님들 대부분이 키가 크고 늘씬한 여인의 주위를 맴돌았는데 그날 파티의 주빈이었던 저명한 소설가였다. 파티가 느지막한 시간으로 접어들 무렵 여인이 고든에게 관심을 보이자 두 사람은 다른 사람들과 좀 떨어진 곳으로 가서 술을 마시며 이야기를 나누었다. 약간 취하기도 했고 기분도 좋았던 고든은 남편들이 흔히 그러듯 가벼운 마음으로(사실 그는 그럼으로써 빨리 그 생각을 자신의 무의식에서 지워 버리고 싶었다) 최근 아내와 자신이 가르보와 도널드 덕 중 누가 더 나은가에 관해 말다툼을 벌인 이야기를 들려주었다. 키가 큰 여류 소설가는 그의 기분을 맞춰 주려는 듯 담뱃대를 입에서 뗀 뒤 자신도 고든의 편이라고 말해 주었다. 마침 얼마 떨어지지 않은 곳에서 턱수염을 기른 손님과 이야기를 나누고 있던 마샤는 두 사람의 대화 분위기는 파악하지도 못한 채 그녀에게까지 들려온 몇 마디 말만 주워듣고는 남편이 공개적으로 자신을 망신 주기 위해 일부러 옛 상처를 다시 건드린다고 성급하게 결론을 내렸다. 하지만 사실 고든은 그때 기분이 꽤 좋았다. 고든은 곧 아내를 자신의 곁으로 불러서 어깨에 팔을 두르고 그 여인 앞에서 자신의 '잘못'을 시인하려는 참이었던 것 같다. 사정이야 어쨌건 자신을 노려보는 아내의 얼음장 같은 시선을 느낀 고든은 가슴이 철렁 내려앉았다. 그와 동시에 사그라졌던 그의 분노도 다시 솟구쳐 올랐다.

집으로 돌아가는 택시 안에서 다시 싸움이 벌어진 것은 당연했다. 마샤는 여류 소설가를 험하게 공격했고(그녀는 칵테일을 좀 과하게 마신 상태였다) 가르보를 옹호하는 한편 고든을 비난하고 도널드 덕을 물어뜯었다. 고든은 처음에는 아내의 오해를 풀어 주려고 애를 썼지만 이내 오해를 받는 남편 특유의 불같은 분노로 그녀와 맞서게 되었다. 순간적인 감정을 이기지 못한 마샤가 남편의 뺨을 때렸다. 잠시 눈을 내리깔고 그녀를 쳐다보던 고든은 차가운 목소리로 말했다.

"이게 끝이오. 어쨌거나 당신이 아무리 이 세상에 오래 머물더라도 무덤으로 갈 때에는 도널드 덕이 가르보보다 스무 배는 더 낫다는 것을 알고 가기를 바라오. 무엇이 가치가 있는 것인지도 모르면서 오래 사는 것이 무슨 의미가 있을지 모르겠지만!" 고든은 운전사에게 차를 세워 달라고 한 뒤 애써 거드름을 피우며 내렸다.

"만화! 캐리커처!" 그의 뒤에 대고 마샤가 소리를 질렀다. "당신과 도널드 덕은 우스꽝스러운 존재들일 뿐이야! 당신은—" 운전사가 차를 출발했다.

내가 고든을 마지막으로 만난 것은 그가 클럽으로 그의 짐을 옮기고 있을 때였다(서둘러 챙긴 탓인지 한 벌 옷들 중 바지를 빼놓거나 면도기도 두고 왔다). 그는 마샤와의 문제가 자신의 명예, 인격에 관련된 것이라고 확신하고 있었다. 절대로 없던 일로 치부하고 넘겨 버릴 수가 없노라고 했다. 자신은 진심으로 도널드 덕이 루이스 캐럴의 작품에 나오는 어떤 동물들만큼이나, 아니 그들보다 더 위대한 창작물이라고 생각한다고 말했다. 술잔을 기울이는 그의 눈빛에 광기가 비치는 듯했다. 초연한 태도를 좋아하던 이전의 고든은 어디로 갔느냐고 내가 묻자 그는 초연 따위는 개나 줘 버리라고 했다. 그의 말을 듣고 내가 웃음을 터뜨렸지만 그는 표정을 허물지 않았다.

"만약," 그가 음울한 얼굴로 말했다. "그 스웨덴 여자 배우만이 위대한 인물이고 도널드 덕은 그저 인간이 꾸며 낸 하찮은 캐릭터라는 생각을 마샤가 바꾸지 않는다면 나는 진심으로 그녀와 다시는 같이 살 수 없을 걸세. 나는 도널드 덕이 훌륭하고 그를 만들어 낸 사람은 천재, 아니 우리 시대의 유일한 천재라고 생각하네. 그레타 가르보는 그저 평범한 여배우들 중의 한 명일 뿐이고 말이야. 신께 맹세코 내 생각에는 변함이 없어! 마샤는 내가 눈물을 홀쩍이며 다시 돌아와서 가르보가 훌륭하고 도널드 덕은 만화에 불과하다고 말하길 바랄지도 모르지. 하지만 그런 일은 절대로 있을 수 없네!" 그는 스카치 잔을 벌컥벌컥 들이켰다. "암, 절대로 안 되고말고!" 그를 조롱해서 정신을 차리게 하려던 내 계획은 소용이 없었다. 나는 그를 내버려 두고 마샤를 찾아 갔다.

　얼굴은 핼쑥했지만 차분하면서도 고든만큼이나 결연한 모습의 마샤가 나를 맞았다. 그녀는 촌스러운 옷을 입은 데다가 개성이나 지성이라고는 하나도 없이 허세만 가득한 그 어정쩡한 여자 소설가 앞에서 고든이 일부러 자신을 망신 주려 했다고 주장했다. 나는 클라크의 집에서 벌어진 파티에서 고든의 행동은 그런 뜻이 아니었다고 그녀를 설득시키려 했지만, 그녀는 자신은 고든을 속속들이 잘 안다며 자기와 이혼하고 그 멍청한 군상과 결혼을 하든 말든 관심 없다고 말했다. 밤이건 낮이건 하루 종일 붙어 앉아서 그 잘나 빠진 만화 주인공 도널드 덕에 대해 이야기하라지. 나는 마샤에게 그렇게 하찮고 말도 안 되는 일로 흥분할 필요가 뭐가 있느냐고 했지만 그녀는 지금 자신에게는 그 일이 하찮고 말도 안 되는 일이 아니라고 주장했다. 한때는 하찮고 말도 안 되는 때가 있었을지도 모르지만—그녀는 그것만큼은 인정했다—지금은 아니라는 것이었다. 이번 일을 통해서 그녀는 고든이 어떤 사람인지를 분명히 알게 되었다고 했다. 얍삽하고 자기중심적이고 증오심에 가득한 철부지인 데다 글도 제대로 쓰지 못할, 뼈만 앙상하고 꼴 보기 싫은 낯선 여인 앞에서도 자기 아내를 기꺼이 흥보려 하는 인간이 바로 그였다. 게다가 가르보의 위대성에 대한 그녀 자신의 신념은 그녀가 고든 원십과 한지붕 아래 살기 위해 타협할 수 있는 문제가 아니었다. 그 모든 문제는 여성으로서 그리고, 에, 또, 어쨌든 여성으로서의 그녀의 진실성에 밀접히 연관된 문제였다. 그녀는 다시 일을 나갈 수도 있었다. 고든도 곧 알게 될 것이다.

　더 이상 내가 할 수 있는 일이 없었다. 나는 그렇게 집으로 돌아왔다. 그날 밤, 나는 내가 생각만큼이나 그 모든 일들을 그저 어처구니없는 일로 넘겨 버리지 못했음을 깨달았다. 꿈을 하나 꾸었기 때문이다. 두 사람의 일을 무시하려 했지만 어느새 두 사람 사이에 벌어진 일은 내 뇌리 깊숙이 자리를 잡고 있었던 것이다. 꿈에서 나는 윈십 부부와 사냥을 나갔다. 눈 덮인 벌판을 걷던 중 마샤가 토끼를 발견했고, 재빨리 총을 조준하여 놈을 쓰러뜨렸다. 우리 모두가 사냥물을 향하여 달려갔지만 제일 빨리 도착한 내가 손을 뻗어 토끼를 집어 들었다. 하지만 나는 깜짝 놀라서 토끼를 떨어뜨리고 말았다. 죽은 흰색의 토끼는 조끼를 입고 시계를 차고 있었다. 나는 놀라 잠에서 깼다. 그 꿈이 고든의 편에 유리한 것인지 마샤의 편을 든 것인지는 확실하지 않다. 그렇다고 꿈을 분석하고 싶지도 않다. 그저 이 모든 딱한 사태를 잊으려 노력할 뿐이다.

아홉 개의 바늘
Nine Needles

　안타깝게도 내가 지난 몇 년 동안 놓친 구경거리들 중 볼만했을 것 한 가지가 오하이오 주 콜럼버스에 있는 내 친구의 친구 집에서 벌어졌다. 어느 날 아침 욕실에 있는 약품 진열장에서 뭔가를 찾고 있던 앨버트로스 씨는 아내가 배앓이를 할 때마다 복용해 온 매약* 한 병을 발견했다. 앨버트로스 씨는 매약뿐 아니라 많은 것들에 두려움을 지닌 조심성 있는 사람이었다. 몇 주 전 그는 소비자 보호 잡지에서 그 약이 건강에 해로울 수 있다는 기사를 읽은 적이 있었다. 그는 아내에게 당장 남아 있는 약을 버리고 다시는 구입하지 말라고 말한 터였다. 그녀는 그러마고 약속해 놓고 이곳에 그 위험한 약 한 병을 숨겨 놓은

---

* 상표를 등록하고 성분을 비밀에 부쳐 처방전 없이 판매되는 약품.

것이다. 욱하는 성질의 앨버트로스 씨는 흥분해서 내 친구에게 거의 고함을 지르듯이 그 일을 이야기했다 : "약병을 집어 화장실 창밖으로 집어 던지고도 분이 풀리지 않아서 약품 진열장을 통째로 창밖으로 던져 버렸네." 그 장면은 충분히 구경할 만한 가치가 있었다.

그다음에 약상자는!

보통 어느 집이나 약품 진열장들에는 남자들을 당혹스럽고 혼란스럽게 만드는 이상한 병들과 정체를 알 수 없는 물건들로 가득 차 있어서 욕실에 들어간 미국 남편들은 그것을 벽에서 떼어 내어 창밖으로 내던지고 싶은 충동을 느끼게 마련이다. 영국이나 프랑스인들의 집에 있는 약품 진열장은 분명 우리 것보다 간단하고 정돈이 잘되어 있을 것이다. 빈 병이든 뭐든 버리지 않고 쟁여 두는 미국인들의 습관이 자

잘한 물건들은 약품 진열장에, 부피가 있는 물건들은 다락에 정신 사납게 쌓이게 만드는지도 모른다. 나는 어느 집 약품 진열장이든 치실, 붕산, 면도날들, 과산화수소수, 접착테이프, 코코넛 오일 등의 잡동사니가 150~200개 정도 들어 있지 않은 집을 본 적이 없다. 아무리 깔끔한 주부라도 지금 당장 처리해야 할 더 중요한 일이 있다거나 더 흥미 있는 일이 있다며 한사코 약품 진열장은 정리하려 들지를 않는다. 얼마 전에 나는 그런 아내와 남편이 사는 집에서 약품 진열장 때문에 곤혹을 치른 적이 있다.

그들 부부의 집에서 즐겁게 주말을 보낸 나는 그 여파로, 정작 집주인 부부가 월요일 아침에 출근한 후에도 일어나 씻고 출근할 마음이 들지 않았다. 오후 2시 반이 되어서야 자리에서 일어난 나는 욕실로 가서 세면대에 가득 뜨거운 물을 받아 놓고 면도를 하기 위해 얼굴에 비누거품을 칠했다. 하지만 면도를 하다가 실수로 귀를 베였다. 면도하다가 귀를 베는 사람들은 드물지만 나는 중학교 때 손목 놀림이 자유로운 스펜서*식 필기법을 배웠기 때문인지 자주 귀를 베였다. 면도날로 베인 귀에서는 피도 많이 나지만 지혈하기도 힘들다. 귀가 아픈 것보다는 나의 바보 같은 짓에 화가 난 내가 지혈 용품을 찾기 위해 약품 진열장을 좀 과격하게 열어젖힌 탓인지 맨 위쪽 칸에 있던 아홉 개의 바늘이 담긴 조그만 검은색 종이 봉지가 떨어졌다. 그 집 안주인은 바늘이 담긴 봉지를 약품 진열장에 보관하는 모양이었다. 세면대에 받아 놓은 거품 가득한 물로 떨어진 봉지는 이내 물에 풀어져 버렸고, 아홉 개의 바늘이 세면대 이곳저곳으로 흩어졌다. 당연한 말이지

* 미국 펜글씨 습자의 대가 플래터 스펜서.

만 나는 세면대에 빠진 바늘들을 찾기에는 심신이 온전한 상태가 아니었다. 얼굴에는 온통 비누거품 칠을 하고 귀에서는 피가 철철 흐르는 상태로는 어떤 남자도 바늘은커녕 아홉 개의 장작을 찾는 일도 감당하기 어려울 것이다.

세면대의 마개를 올려 바늘들을 배수구 아래로 흘려보내는 것은 좋은 생각 같지 않았다. 그로 인해 집 안 전체의 배관이 막히고 심지어는 집 안의 전기 퓨즈도 끊어지는 장면이 떠올랐기 때문이다(나는 전기에 대해 아는 것이 별로 없지만 내 생각이 얼마나 터무니없는지에 대한 설명을 따로 듣고 싶지도 않다). 마침내 나는 조심스레 세면대 바닥을 더듬어 한쪽 손바닥에 네 개, 다른 쪽 손에 세 개의 바늘을 찾아 올려놓을 수 있었다. 즉 두 개의 바늘이 아직 행방불명이었다. 만약 내가 제대로 생각할 수 있는 상태였더라면 그런 일을 하지는 않았을 것이다. 귀에서는 피가 흐르고 얼굴은 비누거품으로 범벅인 채 한 손에는 네 개, 다른 한 손에는 세 개의 바늘을 들고 엉거주춤 서 있는 남자는 효율적인 일 처리와는 그다지 상관이 없는 그림일 것이다. 그저 멍청히 서 있는 것 외에 그가 할 수 있는 일이란 달리 없다. 나는 내 왼손에 있는 바늘들을 오른손으로 옮기려 했다. 그러나 물에 젖은 바늘은 손바닥에서 떨어지려 하지 않았다. 결국 나는 욕조 위에 걸린 타월에 바늘이 묻은 손을 닦았다. 욕실에서 찾을 수 있는 타월은 그게 다였다. 손에 남은 물기는 바닥의 깔개에 닦을 수밖에 없었다. 타월에서 일곱 개의 바늘을 찾는 일은 이제껏 내가 한 일들 중에서 가장 따분하고 지겨운 일이었다. 내가 찾을 수 있었던 바늘은 다섯 개가 다였다. 세면대의 두 개를 더하자면 네 개의 바늘들의 소재가 불분명했다. 타월 어딘가, 혹은 욕조에 숨어 있는 두 개와 세면대 바닥에 가라앉아 있는 두 개의 바늘을 떠올리자 두려운 생각이 밀려들었다. 만약 내가 바늘들을 다 찾지 못한다면 앞으로 이 타월이나 세면대, 욕조를 사용할 사람에게 어떤 일이 생길까? 하지만 나는 결국 바늘들을 찾을 수 없었다. 욕조 가장자리에 걸터앉아 잠시 고민했지만 내가 할 수 있는 유일한 일은 타월을 신문지에 싸서 가져가는 것뿐이었다. 세면대와 욕조에 있을지도 모르는 바늘들에 대해서는 집주인들에게 메모를 남겨 상세히 설명하고 주의를 당부하기로 했다.

아파트를 다 뒤져 보았지만 타자기나 연필, 펜 한 자루를 찾을 수가 없었던 나는 어디에서 그런 생각이 났는지—아마 영화나 소설에서 그런 장면을 봤으리라—립스틱으로 메모를 남기면 되겠다는 방안이 떠올랐다. 안주인은 틀림없이 여분의 립스틱이 있을 것이고 그렇다면 그것이 있을 곳은 욕실의 약품 진열장밖에 없다고 결론을 내린 나는 다시 약품 진열장을 뒤지기 시작했다. 립스틱의 뚜껑처럼 보이는 것을 발견한—그것은 쌓여 있는 잡다한 물건들 사이에 끼어 있었다—나는 손가락 끝으로 그것을 잡고 천천히 끄집어냈다. 그런데 갑자기 모든 것이 기우뚱하더니 바닥으로 쏟아져 내리기 시작했다. 세면대에 부딪친 병들이 깨져 바닥으로 쏟아지고 빨간색, 갈색, 흰색 액체가 사방으로 튀었다. 손톱을 다듬는 줄, 가위, 면도날, 온갖 다양한 물건들이 바닥에 떨어지며 요란한 소리들을 냈다. 나는 향수와 과산화수소수, 콜드크림으로 범벅이 되었다.

바닥에 흩어진 잔해들을 욕실 한가운데 모으는 데만 한 시간이 걸렸다. 그중 아무것이라도 다시 약품 진열장으로 돌려놓을 엄두는 나지도 않았다. 그 일은 나보다 찬찬한 손길을 지닌, 차분한 성정의 사람이 해야 할 일이었다. 난장판이 된 욕실을 뒤로한 채 (한쪽만 면도한 채로) 그들의 집을 나서면서 타월은 내가 가져간다는 것, 욕조와 세면대에는 바늘이 있을지 모른다는 것, 그들에게 곧 전화를 걸어서 자초지종을 다 이야기해 주겠다는 것 등의 내용을 칫솔 끝에 요오드를 묻혀서 메모로 남겼다. 그러나 미안하게도 나는 아직 그들에게 전화를 하지 않았다. 전화를 걸 용기도, 전화한다 한들 무슨 일이 벌어진 것인지를 설명할 마땅한 말들도 생각나지 않아서이다. 어쩌면 그들은 내가 자기들의 욕실을 일부러 파괴했고 자기네 타월을 훔쳐 갔다고 믿고 있을지도 모른다. 그들로부터도 아무 연락이 오지 않기 때문에 확실치는 않지만.

햄버거 몇 개

A Couple of Hamburgers

검붉은 구름이 꽤 오랫동안 차가운 비를 차분하게 뿌리고 있었다. 두 사람은 오전 일찍 출발했지만 아직도 200킬로미터 정도 더 운전해야 했다. 시간은 벌써 오후 3시로 접어들었다.

"배가 고파요." 여자가 말했다.

비에 젖은 굽잇길에서 잠깐 눈을 떼고 남자가 여자에게 말했다. "포장마차에 잠깐 섰다 가지."

여자가 짜증이 나는 태도로 자리를 고쳐 앉았다. "포장마차라는 말을 꼭 써야 해요?"

남자가 경적을 울리며 천천히 가는 앞차를 앞질렀다. "하지만 그게 맞는 말이잖아." 그가 대답했다. "포장마차."

얼마간 뜸을 들인 후 여자가 입을 열었다. "교양 있는 사람들은 간이 식당이란 말을 사용할 거예요." 잠시 후 여자가 다시 한 마디를 덧붙였다. "당신이 간이식당이라고 부른다고 내가 그런 곳들을 좋아하지는 않겠지만 말이에요."

남자가 속력을 높여 언덕을 올라갔다.

"하지만 그곳 음식들이 다른 곳보다 더 맛있다고." 남자가 말했다. "어쨌건 나는 밤이 되기 전에 집에 가고 싶은데 레스토랑에 들르면 너무 시간이 오래 걸리잖아. 간단하게 햄버거 몇 개로 때우자고."

여자가 담배에 불을 붙였고 남자도 여자에게 담배 한 개비에 불을 붙여 달라고 부탁했다. 여자는 신중하게 담배에 불을 붙여 남자에게 건네주었다.

"한 끼 때운다고 말하는 게 얼마나 듣기 싫은지 알아요?" 여자가 말했다. "당신도 내가 그 말 쓰는 걸 싫어한다는 사실을 잘 알잖아요? 마치 '밥통을 채우자'란 말처럼 들린다고요. 왜 자꾸 그런 말은 쓰는지 몰라."

남자가 미소를 지었다. "둘 다 오랜, 정겨운 표현들이잖아. 개척자들이 사용했던 암퇘지 배때기*란 말도 그렇지만 말이야. 암퇘지 배때기."

"우리 조상들도 개척민들이었어요. 그게 그렇게 상스러운 말을 써야 되는 이유는 아니잖아요?"

"당신 조상들은 우리 조상들처럼 먼 변방까지 가지는 않았어. 진정한 개척민들은 암퇘지 배때기에 의지해서 먼 길을 갔지." 말을 마친 남자가 크게 웃었다. 여자는 아무 말 없이 창밖으로 지나가는 젖은 나무들과 간판들, 전신주들을 쳐다봤다. 그들은 몇 킬로미터를 한 마디도

* 염장한 돼지 뱃살.

하지 않고 지나쳤다. 남자만이 가끔씩 뭐가 즐거운지 혼자 껄껄 웃었다.

"이상한 소리 들리지 않아요?" 여자가 갑자기 남자에게 물었다. 차에서 이상한 소리가 난다고 말할 때마다 남자는 화를 냈다.

"또 무슨 이상한 소리가 난다는 거야?" 그가 다그치듯 말했다. "왜 당신만 항상 이상한 소리가 난다고 난리야?"

여자가 잠깐 웃었다.

"베어링이 타면 그런 소리가 난다고 당신이 말하지 않았어요?" 여자가 남자를 일깨워 주었다. "저번에도 내가 말해 주지 않았으면 몰랐을 거잖아요."

"나도 다 듣고 있었다고."

"물론 그랬겠죠." 여자가 비웃듯 말했다. "이미 문제가 심각해진 다음에 말이에요." 여자는 남자가 혼자 껄껄대고 웃을 때마다 타 버린 베어링 이야기를 꺼내곤 했다.

"당신이 그 소리를 들었을 때도 이미 손쓸 여지가 없었잖아?" 잠시 후 남자가 다시 입을 열었다. "그래, 이번엔 무슨 소리가 난다는 거야? 운전 중에는 엔진에서 이상한 소리들이 나게 마련이라고."

"그건 나도 알아요. 이번엔 어떤 소리냐 하면— 그러니까, 마치 옷핀들을 집어넣은 물컵을 흔들 때 나는 소리라고나 할까?"

여자의 말을 들은 남자가 코웃음을 쳤다. "그건 당신 머릿속에서 나는 소리라고. 차에서는 옷핀들 따위가 움직이는 소리 같은 건 절대로 나지 않으니까. 그건 내가 확실하게 알지."

여자가 창밖으로 담배꽁초를 던졌다.

"물론이죠." 여자가 말했다. "당신이 모르는 게 뭐가 있겠어요?"

두 사람은 아무 말 없이 차를 운전해 갔다.

"아무 데나 차를 세우고 요기를 좀 하자고요!" 여자가 목소리를 높여 말했다.

"알았어, 알았다고! 계속 포장마차를 찾는 중이라고. 보면 몰라? 하지만 가게들이 없는 걸 어쩌라고. 나보고 가게를 하나 차려 내기라도 하라는 거야?" 들이치는 비를 막기 위해 여자가 창문을 끝까지 올렸다.

"아무 식당에나 세우지는 말아요." 여자가 말했다. "나는 깔끔한 곳으로 갈 거라고요."

남자가 고개를 돌려 여자를 쳐다봤다. "어떤 곳이라야 된다고?"

"내가 무슨 말을 하는지 잘 알잖아요?" 여자가 대답했다. "말끔하고 제대로 된 식당 말이에요. 우유를 너무 많이 집어넣은 것도 모자라 던지듯 주는 커피는 마시고 싶지 않다고요."

"알았어." 남자가 말했다. "말끔한 곳으로 가자고. 하지만 나는 봐도 모를 테니까 당신이 고르라고." 그 말이 뭐가 웃긴지 남자가 다시 혼자 껄껄 웃음을 터뜨렸다.

"잘났어요." 여자가 말했다.

8킬로미터 정도 떨어진 곳에 샘스 디너라는 식당이 모습을 보였다. "자, 드디어 식당이 나타났군." 남자가 차의 속도를 줄이며 말했다. 가게를 흘끗 건너다본 여자가 말했다.

"나는 사람들의 이름이 들어간 가게는 싫어요."

차를 길가에 세운 남자가 여자에게 다분히 조롱 섞인 말투로 자못 궁금하다는 듯 물었다. "그래, 사람들의 이름을 사용하는 게 뭐가 마음에 들지 않는다는 거지?"

"그런 가게들은 언제나 그리스인들이 주인이라고요."

"그런 가게들은 언제나 그리스인들이 주인이라." 남자가 여자의 말을 되뇌었다. 어금니를 꽉 깨문 남자가 다시 차의 시동을 켰다. "샘이 그리스인이라." 그가 마치 노래라도 하듯 말을 했다. "코네티컷 주에서 잔뼈가 굵은 샘이 그리스인이라."

"당신은 그의 성이 뭔지도 모르잖아요?" 여자가 쏘아붙였다.

"그럼 윈스럽이라 하자고." 남자가 말했다. "새뮤얼 캐벗 윈스럽, 그리스식 포장마차의 주인장 말야." 남자는 허기가 점점 더 심하게 느껴졌다.

다음 마을의 입구에서 남자가 차의 속도를 줄이자 여자가 말했다. "여긴 어쩐지 공단 같아요." 그곳에 들르고 싶지 않다는 그녀의 속마음을 알아챈 남자가 계속 차를 몰아 마을을 지나쳤다. 다시 큰길로 나왔을 때 그녀가 담배에 불을 붙였다. 남자도 차의 속도를 좀 줄이고 담배를 한 대 입에 물었다.

"내가 공단 따위를 들를 순 없지!" 그가 으르렁대듯 말했다.

16킬로미터 정도 더 가자 마을 하나가 다시 나타났다. "토링턴이라." 남자가 중얼거렸다. "마침 저 마을에 포장마차가 하나 있는 걸 알아. 밥과 함께 들렀던 적이 있거든. 당신 마음에 꼭 들 만큼 깔끔한 곳이기도 했고 말이지."

"내가 언제 물어봤어요?" 여자가 쌀쌀맞게 대꾸했다. "자기가 아주 재미있는 말이라도 하는 줄 아나 봐." 잠시 후 여자가 다시 입을 열었다. "당신이 말하는 데는 나도 알아요. 길에서 약간 틀어져 앉은, 마을 한가운데 있는 식당이잖아요? 그런 가게들은 왠지 모르지만 항상 변변찮더라고요." 여자를 노려보느라 남자는 인도 위로 차를 몰고 갈 뻔했다.

"길에서 틀어져 앉았다는 게 도대체 무슨 헛소리야?" 그는 화가 머리 끝까지 치밀었다.

"그렇게 웃긴 얘기만은 아니에요." 여자가 대답했다. "길에서 약간 틀어져 있는 가게 몇 군데를 알고 있어요. 제대로 된 부지에 가게를 차릴 돈이 없어서 그렇게 옹색한 곳들에 자리를 잡은 거예요. 길을 똑바로 바라보도록 지은 가게들이 제대로 된 곳들이라고요."

남자는 입술을 꽉 다문 채 토링턴을 지나쳤다. "길에서 틀어진 각도라고? 원 세상에!" 그가 으르렁거렸다. 그녀는 아무 말 없이 창밖을 내다봤다.

다음 마을에 채 못 미쳐 엘리트 디너라는 식당이 나타났다. "여기는 그래도 그나마—" 여자가 입을 열었다.

"알았어, 알았다고!" 남자가 말을 막았다. "내겐 이제까지 지나친 식당들보다 하나도 나아 보이지는 않지만—"

이번에는 여자가 남자의 말을 막았다. "왜 그렇게 심통을 부리고 그래요?"

식당 옆에 차를 댄 남자가 여자를 향해 얼굴을 돌렸다. "내 말 잘 들어. 식당에 식탁보가 깔려 있든 아니든 상관없이 나는 햄버거를 좀 먹을—"

"제발 목소리 좀 낮춰요. 배가 고프다고 아이처럼 철없이 굴지 좀 말아요. 그 좋아하는 햄버거를 먹든 말든 내가 알게 뭐람."

가게에 들어선 두 사람은 카운터에 자리를 잡고 앉았다. 카운터 점원이 행주로 카운터를 훔치며 그들 쪽으로 다가왔다.

"뭘 드실라우?" 그가 물었다. "오리들이나 좋아할까, 오늘 날씨가 영 그러네."

"햄버거 몇 개—" 남편이 주문하는 순간 아내가 말을 끊었다.

"난 담배 한 갑만 사면 돼요."

화가 난 남자가 천천히 몸을 돌려 담배 자판기에 동전을 집어넣어 럭키 스트라이크 한 갑을 꺼내고 있는 아내를 노려봤다. 남자는 다시 카운터 점원 쪽으로 몸을 돌렸다.

"햄버거 서너 개만 줘요. 겨자를 뿌리고 특히 양파는 좀 많이 넣어서요."

여자는 양파 냄새를 싫어했다.

"차에 가서 기다릴게요." 자신의 말을 남자가 들은 체도 하지 않자 여자는 밖으로 나갔다.

남자는 햄버거와 커피를 느긋하게 먹고 마셨다. 커피는 형편없었다. 식사를 마친 그가 만족한 듯 〈누가 크고 못된 늑대를 두려워하랴〉*를

---

* 디즈니의 만화영화 〈아기 돼지 삼 형제〉에 나오는 동요로, 연극 〈누가 버지니아 울프를 두려워하랴〉가 이 노래에서 제목을 따온 것으로도 유명하다.

콧노래로 흥얼거리며 천천히 차를 몰았다. 얼마 후 그가 아내에게 물었다. "그래, 엘리트 디너에서는 뭐가 또 여사님 마음에 들지 않은 거지?"

"그 사람이 카운터를 훔치던 행주도 못 본 거예요? 생각만 해도 끔찍해!" 그녀가 몸서리를 쳤다.

"하지만 카운터 위에다 바로 음식을 차린 것도 아니잖아?" 그는 자신의 대답이 마음에 들었는지 웃음을 터뜨렸다.

"당신은 바로 눈앞에서 벌어지는 일도 못 보네요. 정말 더러운 행주였다고요. 그것조차 알지 못하다니."

"그 식당 커피가 아주 맛있었다는 것만은 확실하게 알게 됐지." 그가 말했다. "정말 끝내주더군." 여자는 커피를 좋아했다.

그는 다시 콧노래를 흥얼거리기 시작했다. 다음에는 휘파람을 불다가 급기야는 큰 소리로 노래를 부르기 시작했다. 여자는 화가 난 표시를 내지 않았지만 남자가 자신이 화가 났음을 안다는 것도 알고 있었다.

"몇 시인지 시간이나 알려 줘요." 여자가 말했다.

"크고 못된 늑대, 크고 못된 늑대, 5시 5분, 담디리 담." 남자가 노래를 하며 시간을 말해 줬다. 여자는 의자에 몸을 기대고 담배를 한 개비 꺼내어 담뱃갑에 톡톡 두들겼다.

"난 집에 갈 때까지 참겠어요." 그녀가 말했다. "속도나 좀 더 내 줄래요?" 남자는 같은 속도를 유지했다.

얼마 후 남자는 〈누가 크고 못된 늑대를 두려워하랴〉를 부르는 걸 멈추었고 잠깐 동안 침묵을 지켰다. 그러다가 그는 다시 큰 목소리로 〈해리건〉*을 부르기 시작했다. 여자는 이를 앙 물었다. 남자가 부르기

---

* 1907년 조지 코헨이 만든 브로드웨이 뮤지컬 〈보스턴에서부터 50마일〉에 나오는 노래로 아일랜드 혈통을 자랑하는 내용이다.

좋아하는 노래들 중 〈바니 구글〉만큼이나 그녀가 끔찍이 싫어하는 노래였다. 그 노래가 끝나면 틀림없이 남자는 〈바니 구글〉을 부를 것이다. 갑자기 여자가 앞으로 머리를 기울였다. 그녀의 입꼬리가 살짝 올라가며 가벼운 미소를 띠었다. 유리컵 안에서 굴러가는 옷핀들 같은 소리가 그녀에게 들려왔다. 확연히 아까보다도 커진 소리가 지속적으로 불길하게 이어졌다.

"수치와는 전혀 관련이 없는 이름, 해리건, 그게 바로 나죠!"

남자는 자신의 노래에 도취해서 아무 소리도 듣지 못하고 있었다. 여자는 만족한 듯 의자에 깊숙이 등을 기대고 일이 벌어지기를 느긋하게 기다렸다.

펠프스 여사

Mrs. Phelps

얼마 전 오하이오 주의 콜럼버스에 갈 일이 생겼을 때 나는 어느 날 오후 시간을 내어서 엄마의 오랜 친구분이신 제시 노튼 여사를 방문했다. 노튼 여사는 70대였지만 정신이 맑으셨다(안경이 없으면 잘 볼 수가 없어서 항상 안경을 찾아다니는 것 빼고는 말이다). 그녀는 내가 가면 찻잔을 앞에 두고 항상 이런저런 이야기를 들려주었다. 내가 그녀의 집을 나서기 전에는 찻잎으로 내 운수를 점쳐 주었는데 그녀의 점괘는 20년 동안 한결같이 내가 금발 미녀를 만나게 된다는 것이었다. 바다를 조심하라는 말과 함께 말이다. 심령술사답게 노튼 여사는 이상한 일들을 겪어 왔다. 엄마는 그녀가 일곱 살 때부터 심령술사였다고 했다. 밤중에 의미를 알 수 없는 목소리를 듣는가 하면 죽은 지오래된 사람들이 그녀의 꿈에 나타났다. 때로는 낮 동안에도 불가해

한 일들을 겪었다고 한다.

내가 이번에 방문했을 때 그녀가 들려준 이야기는 몇 달 전 겪은 아주 특이한 일에 관한 것이었다. 어느 바람이 심하게 불어온 날, 전깃줄이 흐느끼는 소리를 내고 아무 이유 없이 전화기가 울리는가 하면 방문과 창문에서 이상한 소리들이 나는 그런 날, 잠자리에 들었을 때였다. 그녀는 뭔가가 일어날 것이라는 전조를 느꼈다. 평생 동안 그녀는 뭔가 일어날 것 같다는 전조를 느낀 후 아무 일도 없이 지난 적이 한 번도 없었다. 콜럼버스 대홍수가 일어나거나 윌리엄 매킨리 대통령 암살 사건이 벌어졌는가 하면 그녀의 늙은 고양이 플라운스가 사라졌다.

내가 지금 이야기하려고 하는 일이 벌어진 날, 햄프턴코트라고 불리는 넓은 아파트에 홀로 살고 있던 그녀는 새벽 3시에 누가 집 뒷문을 두드리는 소리에 잠이 깼다고 한다. 그녀의 집 뒤쪽에는 그곳 단지의 모든 집 뒤편이 다 그렇듯 다소 황량한 뜰이 있었다. 그 뜰을 중심으로 네 개의 건물이 모여서 단지를 이루었다. 창밖을 내다보니 어디선가 희미하게 비쳐 오는 빛 가운데에 여인 두 명이 서 있었다. 그녀는 잠깐 그들이 혼령인 줄 알았지만 그중 한 명이 자신의 이름을 부르는 것을 듣고 자신이 착각했음을 깨달았다. 목소리의 주인공은 역시 햄프턴코트에 살고 있던, 백발의 통통하고 명랑한 여인네인 스토크스 여사였다. 그곳에는 많은 미망인이 홀로 외로운 삶을 살아가고 있었다.

"끔찍한 일이 생겼어요." 스토크스 여사가 말했다. 옆의 여인은 아무 말 없이 숨죽여 울고 있는 듯했다. 잠깐 기다리라고 한 뒤 노튼 여사는 가운을 걸치고 그들이 들어오도록 문을 열어 주었다.

사정을 들어 본즉 스토크스 여사와 같이 온 펠프스 여사의 아버지가 불과 몇 분 전 그녀의 아파트에서 세상을 떠났다는 것이었다. 펠프스 여사는 최근에 아파트로 이사를 온 참이었다. 전날 딸을 만나러 왔던 그녀의 아버지가 이제는 유명을 달리한 것이다. 소리를 죽여 흐느끼는 펠프스 여사는 작은 체구에 흰머리를 한 부드러운 성격의 소유자였는데 일이 벌어지자 가장 가까운 이웃인 스토크스 여사에게 우선 달려간 모양이었다. 스토크스 여사는 돌아가신 분에게 가기 전에 먼저 노튼 여사에게 가 보자고 제안했는데 갑작스레 밤중에 사람이 죽었을 때는 일단 심령술사에게 가 보는 것이 나을 듯하다는 생각에서였다. 펠프스 여사는 아버지가 침실에서 쓰러지는 소리가 들려서 급히 들어가 보니 이미 돌아가신 다음이었다고 했다. 그 점은 분명하므로 의사를 부를 필요조차 없다고 말한 그녀는 노튼 여사에게 장의사를 불러 줄 수 있느냐고 부탁했다.

아직 잠기운이 남아 있던 노튼 여사는 두 사람에게 우선 차를 한잔 마시자고 제안했다. 차를 끓이면서 자신도 생각할 여유를 얻고 두 사람도 차를 마시면 좀 진정이 될 것 같아서였다. 펠프스 여사가 좋은 생각이라고 맞장구를 쳐서 노튼 여사는 차를 준비했고 세 여인은 느긋하게 차를 마시면서 눈앞의 비극 외의 다른 일들에 관해 이야기를 나누었다. 펠프스 여사는 다소 진정이 되는 눈치였다. 노튼 여사가 생각해 둔 장의사가 있느냐고 묻자 그녀가 이름 하나를 댔다. 여기서는 편의상 벨링거라는 이름을 사용하기로 하자. 노튼 여사의 전화를 받은 벨링거 장의사 사람은 잠에 겨운 목소리로 곧 펠프스 여사의 아파트로 사람을 보내겠노라고 했다. 두 사람에게 펠프스 여사가 말했다.

"전 먼저 돌아가서 아버지와 잠깐 따로 있을게요. 죄송하지만 두 분은 조금만 있다가 와 주시겠어요?" 노튼 여사가 옷을 챙겨 입는 대로 뒤따라가겠노라고 대답하자 펠프스 여사는 문을 나섰다.

"아주 상냥한 사람이에요." 스토크스 여사가 말했다. "사실 나도 오늘 처음으로 그녀와 말을 한 사이거든요. 정말 안됐어요, 이런 한밤중에 말이에요."

노튼 여사는 안된 일이기는 하지만 펠프스 여사의 아버지가 매우 고령이라는 점을 고려하면 충분히 있을 수 있는 일이라고 대답했다. 펠프스 여사가 적어도 예순 중반으로 보였기에 그렇게 답한 것이었다.

노튼 여사가 옷을 차려입은 후 두 여인은 황량한 정원을 느릿느릿 거슬러 펠프스 여사의 아파트 뒷문을 노크했다. 아무 대답이 없자 두 사람은 번갈아, 혹은 같이 더 크게 문을 두드렸다. 하지만 집 안에서는 여전히 아무 인기척이 없었다. 집 안에 불은 켜져 있었지만 안에서는 아무 소리도 들려오지 않았다. 당혹감과 두려움에 두 사람은 바로 옆에 있는 스토크스 여사의 집을 통과해서 펠프스 여사 집 정문 쪽으로 가 초인종을 눌렀다. 요란한 소리가 나는 초인종을 몇 차례나 눌렀는

데도 문은 열리지 않았다. 복도에 불이 켜져 있다는 것은 알 수 있었지만 집 안에서는 어떤 움직임도 느껴지지 않았다.

그때 벨링거 장의사에서 사람이 도착했다. 자신에게는 너무 큰 듯한 외투를 입은 작은 체구의 퉁명스러워 보이는 사내였다. 이번에는 그가 나서서 몇 차례 초인종을 울렸지만 아무런 반응이 없기는 마찬가지였다. 투덜대면서 그가 문손잡이를 돌리자 잠가 두지 않았던 듯 문이 열렸고 세 사람은 복도로 들어갔다. 노튼 여사와 스토크스 여사, 장의사 세 사람이 펠프스 여사 이름을 불렀으나 그들을 맞는 사람은 아무도 없었다. 여인들이 두려운 표정으로 장의사를 쳐다보자 그가 자신이 한 바퀴 둘러보겠다고 나섰다. 여인들은 장의사가 아래층에서부터 위층까지 방마다 돌아다니며 문들을 여닫고 가끔 "아주머니!" 하고 부르는 소리들을 들을 수 있었다. 아래층 현관으로 돌아온 그는 산 사람이든 죽은 사람이든 집 안에 사람이라곤 찾아볼 수 없다고 말했다. 그는 화가 나 있었다. 잠을 자다가 끌려 나온 터라 당연한 일이었을 것이다. 그는 누가 몹쓸 장난질을 한 것이라고 말했다. 아주 빌어먹을 짓을. 여인들은 장난이 아니라고 말했지만 그는 "픽이나 그러시겠수"라며 문 쪽을 향했다. 손잡이를 잡은 그는 여인들을 향해 다시 몸을 돌린 후 서른세 해를 벨링거 장의사에서 일해 왔지만 시체가 없는 초상집에 불려 오기는 처음이라고 했다. 성큼성큼 문밖으로 걸어 나간 그는 차에 올라탄 후 떠나갔다. 여인네들도 서둘러 그를 따라 집을 나왔다.

두 사람은 다시 노튼 여사의 아파트로 돌아와서 차를 마시며 그날 밤 겪은 이상한 일들에 대하여 흥분해 이야기를 나누었다. 스토크스 여사는 자신도 펠프스 여사를 잘 알지는 못하지만 상냥하고 친절한 이웃으로만 보였다고 했다. 노튼 여사도 펠프스 여사와는 고개인사나

할 정도였지만 좋은 사람으로 보였다고 동의했다. 스토크스 여사가 경찰을 불러야 하는 것 아니냐고 말했지만 노튼 여사는 이런 심령 현상에 관련된 문제에 경찰을 개입시키는 것은 전혀 부질없는 짓이라고 대답했다. 두 사람은 우선 잠을 좀 자고 나서 아침에 날이 밝으면 다시 펠프스 여사의 집을 찾아가 보기로 결정을 내렸다. 스토크스 여사가 자신의 아파트로 돌아가기가 무섭다고 하여—그녀는 집에 가려면 펠프스 여사의 집을 지나야만 했다—노튼 여사가 방을 하나 내주었다.

그날 밤에 겪은 일들로 녹초가 된 두 사람은 이내 곯아떨어졌고 아침 10시가 되어서야 잠을 깼다. 서둘러 옷을 차려입고 펠프스 여사 집 뒷문으로 간 그녀들이 노크를 하자 기다렸다는 듯 문이 열렸고 펠프스 여사가 웃는 얼굴로 그들을 맞았다. 그녀는 제대로 옷을 갖춰 입은 상태였고 전혀 피곤하거나 상심한 얼굴이 아니었다.

"어머나! 어쩐 일들이세요, 저를 다 찾아오시고. 자, 어서들 들어오세요!"

펠프스 여사가 그들을 거실로 안내했다. 말끔하게 정리가 잘된 거실에 들어간 그녀들은 의자 가장자리에 엉덩이를 붙이고 앉은 채 펠프스 여사가 어젯밤 일을 해명하기를 기다렸다. 펠프스 여사는 기분이 좋은 듯 자신의 창가에 놓인 베고니아는 브리커 여사가 준 줄기 하나를 기른 것이라며 저렇게 잘 자라는 화초를 본 적이 있느냐는 둥, 차머스 씨네 아이들이 홍역에 걸린 것을 아느냐는 둥 이런저런 이야기를 늘어놓았다. 얼마 동안 그녀의 앞에 앉아 가끔 맞장구를 쳐 주며 이야기를 듣고 있던 두 여인네는 이제 그만 돌아가 봐야겠다며 자리에서 일어섰다. 펠프스 여사는 찾아와 줘서 고맙다고 인사하며 아무 때나 다시 찾아와 놀다 가라고 말했다. 뜰을 가로질러 노튼 여사의 집 문 앞에 이를 때까지 입을 다물고 온 두 사람은 그제야 서로를 쳐다보았다.

감질나게 노튼 여사의 이야기는 거기에서 멈추었다. 아니, 그런 일을 겪은 후 일주일이 지났을까, 스토크스 여사가 무서워서 더 이상은 못 살겠다며 햄프턴코트에서 이사를 간 사실까지는 이야기해 주었다. 노튼 여사는 영혼을 들여다보는 일 따위는 믿지 않는다. 물론 영혼이 그녀에게 나타날 때에는 기꺼이 쳐다보겠지만 그게 다이다. 펠프스 여사가 '아버지에게 간다고 돌아간 다음' 그녀에게 무슨 일이 벌어진 것인지에 대해 노튼 여사는 달리 설명할 말이 없었다. 펠프스 여사가 홀연히 사라진 사실은 그날 밤 벌어진 일 전체에 잘 어울리는 것 같았고 그럼 그것으로 됐다고 그녀는 생각했다. 지금은 노튼 여사와 펠프스 여사는 꽤 친한 친구가 되어서 차를 마시러 자주 왕래하는 사이라고 한다. 두 사람 사이에는 아무런 특이한 일도 더 이상 일어나지 않았다. 그날 이후로 펠프스 여사가 그녀의 아버지 이야기를 꺼낸 적도 없다. 노튼 여사가 그녀에 대해 알게 된 것이라고는 고향이 오하이오 주의 벨폰테인이라는 것, 가끔 그녀가 그곳을 그리워한다는 것 정도가 전부였다. 애매한 구석이 있었지만 나는 노튼 여사의 이야기를 있는 그대로 받아들였다. 그녀의 이야기는 찻잎에서 위태로운 미래를 가늠하고, 그녀의 문을 노크하는 불길한 존재의 속삭임에 귀를 기울이는 외롭고 지루한 그녀의 삶에 딱 어울리는 이야기였다. 내가 그녀의 집을 떠나기 전에 노튼 여사는 잔 속의 찻잎으로 내 미래를 읽어 주었다. 작은 체형의 금발 미녀가 내게 나타날 것이고 물을 조심하라는 점괘였다.

레밍과의 인터뷰
Interview with a Lemming

겨울에 북유럽 산악 지대를 걷고 있던 과학자가 지쳐서 배낭을 내려놓고 막 바위에 앉으려 할 때였다.

"조심해요, 형씨." 어디선가 목소리가 들려왔다.

"아, 미안." 과학자는 자기가 앉으려던 바위 위에 이미 자리를 잡고 있던 나그네쥐*가 그에게 말을 했다는 것을 깨닫고는 놀라서 중얼거렸다. "정말 경이를 금치 못하겠군." 그가 나그네쥐 옆에 앉으며 말했다. "네가 말을 할 수 있다니."

"당신네 인간들은 언제나 감탄하곤 하죠." 쥐가 말했다. "아무 동물들이라도 당신들이 할 수 있는 일을 할 줄 안다는 것을 알면 말이에요.

---

* 레밍은 나그네쥐라고도 부른다.

하지만 동물들은 할 수 있지만 인간들은 할 수 없는 일들도 많이 있거든요. 예를 들면 귀뚜라미처럼 마찰음을 낸다든지 말이죠. 귀뚜라미들에게는 하찮은 일이지만 인간들은 동물의 내장이나 말 꼬리털로 만든 줄이 있어야 그런 소리를 낼 수 있죠."

"인간은 다른 것들에 의지해야만 살아갈 수 있는 존재이기는 하지." 과학자가 인정했다.

"인간은 정말 놀라운 동물이에요." 나그네쥐가 말했다.

"우리도 너희에 대해 같은 생각이야." 과학자가 말했다. "동물들 중에 가장 신비로운 존재들이지."

"만약 우리가 인간들에 대해 우선 머리에 떠오르는 대로 말을 하자면, 파괴적, 적응하지 못하는, 악의 있는, 심술궂은, 어리석은 같은 형용사들이에요."

"너도 우리가 너희에 대해 이해하지 못하는 것만큼이나 우리를 이해할 수 없다고 생각하니?"

"흔히 하는 말로, 제대로 짚으셨네." 나그네쥐가 말했다. "인간들은 서로를 살해하고 불구로 만들고 고문하고 가두고 굶겨 죽이죠. 자신들의 뿌리인 대지를 시멘트로 발라 버리고 아름드리 느릅나무들을 잘라서는 정신이 온전치 못한 사람들을 수용할 시설을 만들죠. 바로 그런 자연 훼손이 마음이 그런 사람들을 만들어 내는 것도 모르고 말이죠. 인간들은—"

"인간들의 잘못과 멍청한 짓거리들을 읊느라고 밤을 새워도 모자랄 것 같군."

"밤을 새우고도 모자라 내일 오후 4시까지는 계속해야 할 거예요. 마침 내가 소위 그 고등동물에 대해 평생 연구해 온 덕분이죠. 한 가지만 제외하곤 인간에 대해서라면 모든 것을 꿰뚫고 있어요. 아주 음울하고 따분하고 역겨운 지식이긴 하죠."

"우리 종에 대해 평생 연구를 해 왔다고?" 과학자가 쥐에게 물었다.

"예, 맞아요." 쥐가 과학자의 말을 가로채듯 대답했다. "나는 인간들이 잔인하고 교활하고 육식성이고 음흉하고 이기적이고 탐욕스럽고 잔꾀가 많고—"

"숨 좀 쉬어 가면서 하지그래." 과학자가 조용히 말했다. "흥미가 있을지 모르지만 네가 평생을 인간 연구에 바쳐 온 것처럼 나도 나그네쥐들에 대해 평생 연구를 해 왔어. 나도 너처럼 딱 한 가지 이해를 하지 못하겠는 점이 있지."

"그게 뭐죠?"

"내가 이해할 수 없는 건," 과학자가 말했다. "왜 너희들은 바다로 떼를 지어 몰려가서는 물에 빠져 죽는 거지?"

"정말 신기하네요." 나그네쥐가 말했다. "나도 인간들에 대해 이해할 수 없는 한 가지가 바로 그것이었는데. 왜 인간들은 그렇게 하지 않는 거죠?"

닥 말로

Doc Marlowe

워낙 어릴 때 닥 말로를 처음 알게 되어서인지 나는 그를 경배하는 수준으로 따랐다. 그가 죽었을 때도 나는 열여섯 살밖에 되지 않았으니까. 그는 67세로 세상을 등졌다. 나이 차도 나이 차지만 우리는 살아온 배경도 판이했다. 닥 말로는 약장수였다. 물론 그 이전에도 그는 다채로운 직업들을 거쳤다(서커스에서 일하기도 했고 코니아일랜드에 있는 매점을 운영했는가 하면 살롱을 차린 적도 있었다). 하지만 50대에 이르렀을 때 그는 천막을 치고 공연하는 유랑단과 함께 여행을 떠났다. 유랑단원 중에는 단검의 명수였던 멕시코인 치카릴리와 존스 교수라고 불리던 밴조 연주자가 있었다. 그들의 공연이 끝나면 닥 말로가 무대로 나와 청중에게 일장 연설을 늘어놓으며 만병에 효과가 있는 약들을 팔았다. 이런 이야기들은 그가 죽기 얼마 전 혹은 그가 죽은 후에야 조금씩 주위에서 주워들은 것이다. 그를 처음 알게 되었을 때 그는 나에게 거친 서부를 떠올리는 인물이었고 그래서 나는 그에게 홀딱 빠졌다.

나는 닥 말로를 윌러비 아줌마네 하숙집에서 처음 만났다. 그녀는 우리 집에서 보모로 일했던 사람으로, 그녀를 따랐던 나는 격주에 한 번 정도 주말에 그녀의 집을 찾아가곤 했다. 내가 열한 살 무렵의 일이다. 닥 말로는 흠집투성이 가죽 바지를 입고 있었고 상의는 인디언들에게 얻었다는 밝은색의 구슬 조끼 차림이었다. 머리에는 밴드를 따라 성냥을 끼워 넣은 카우보이모자를 썼는데, 195센티미터의 장신에 우람한 어깨를 지닌 그는 길게 늘어진 콧수염을 길렀고 커스터 장군처럼 머리도 장발이었다. 그는 인디언들이 사용하던 잡다한 물건들과 리볼버 권총들을 기념품으로 지니고 있었으며 거친 서부에서 겪었던 무용담들을 내게 들려주곤 했다. 그는 지금 어떤 사람들이 "좋았어!" 혹은 "제기랄" 대신 "핫도그"나 "독곤"을 사용하듯 "헤이, 보이!" 또는 "헤이, 보이기!"라는 감탄사들을 잘 사용했다. 한번은 말을 타고 손도끼 싸움을 벌인 끝에 노란손이라는 이름의 인디언 추장을 죽인 적도 있다고 말했다. 어린 나는 그가 이제껏 만났던 사람들 중에 가장 위대한 존재라고 생각했다. 그가 사망한 후 그의 장례를 치르기 위해 뉴저지에서 온 그의 아들의 입을 통해서야 비로소 나는 그가 서부에는 발도 들여놓은 적이 없다는 사실을 알게 되었다. 그는 브루클린 출신이었다.

내가 그를 알게 되었을 무렵에 닥 말로는 떠돌이 생활을 청산한 후였지만 여전히 그가 '약'이라고 부르는 것들을 취급했다. 그가 다루던 상품은 떠돌이 약장수를 할 당시 뱀 기름이라고 불렀던 연고제였다.

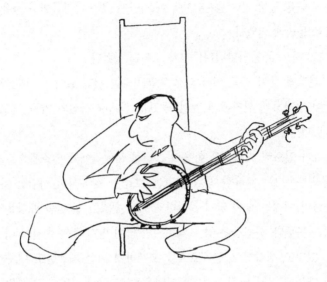

곰스 교수라 불렸던 사나이

하지만 콜럼버스에 정착하면서 그는 약 이름을 블랙호크 연고라고 바꾸었다. 닥은 하숙비와 식대를 내기에 충분할 만큼 약을 팔지는 못했기 때문에 윌러비 아줌마는 걸핏하면 몇 주씩이나 늦게 하숙비를 받곤 했지만 30년 동안 그녀를 괴롭혀 온 오른팔이 그의 약을 바른 후 완치가 되어서 별로 신경을 쓰지 않는 눈치였다. 닥이 그의 약을 사용하여 마사지를 해 준 후 사람들이 그 전에는 움직이지 못하던 팔다리를 움직이는 것을 나는 여러 차례 보았다. 그의 환자들은 날품팔이 노동자들, 전차 차장의 부인들 같은 이들이 대부분이었다. 어떤 이들은 닥이 마사지해 준 후 비명을 지르거나 울음을 터뜨렸지만 이전에 걷지 못하던 사람들이 걷게 되는 경우들도 있었다. 그중의 한 사람은 7년 동안 어느 쪽으로도 목을 돌리지 못하고 있었다. 하지만 닥이 그의 목에 약을 듬뿍 발라 준 후 30분이 지나자 그는 나만큼이나 자유로이 목을 돌리게 되었다.

"오, 하느님, 감사합니다!" 그가 소리를 질렀다.

"연고에 들어 있는 비밀 성분 덕분이라는 것만 알아 두시오, 친구." 닥이 상냥하게 환자에게 말했다. 그는 언제나 자신의 약을 연고라고 불렀다.

그가 일으킨 기적들은 마을의 가난한 사람들에게 입소문으로 퍼져 갔지만—그는 부유한 사람들(그는 그들을 '상류사회 사람들'이라고 불렀다)에게는 줄이 닿지 않았다—고정 수입이 될 만큼 매상을 올리지는 못했다. 사람들은 약도 약이지만 닥이 만져 주는 손길이 더 효험이 있다고 생각했고, 블랙호크를 조제하기 위한 재료들도 너무 비쌌기 때문에 그가 남길 수 있는 이익은 얼마 되지 않았다. 가끔씩 그의 심부름으로 화학약품 도매상에 가서 재료들을 사다 주었기 때문에 나는 그런 속사정을 꿰고 있었다. 그의 연고에 들어가는 재료들은 모두 정품에다가 비싼 것들이었다(모두 잘 알려진 재료들이기도 했다). 재료상에서 일하는 직원들 중 한 사람은 그렇게 만든 약을 한 병에 36센트씩 받고 팔아서 닥이 수지나 맞추겠느냐고 했다. 그러나 아무리 돈에 쪼들릴 때도 닥은 재료들을 뺀다거나 더 질이 낮은 것으로 바꾼다거나 하는 일이 없었다. 윌러비 아줌마가 한번은 그가 약을 만드는 것을 돕다가 넌지시 그런 이야기를 하자 그가 화를 내려고 하면서 "닥은 자기가 정해 놓은 기준에 맞추어 약을 만드는 것이 굉장히 중요하다고 생각하나 봐"라고 말했다.

나중에 알게 된 사실이지만 닥은 부족한 수입을 도박으로 벌충했다. 토요일 저녁이면 프렉 살롱에서 시장 사람들과 철도 노동자들과 함께 포커를 치며 그는 꽤 많은 돈을 따곤 했다. 그가 사기도박을 벌였다는 사실을 나는 몇 년이 지나서야 알게 되었다. 그가 내게 자기만 알아볼 수 있는 표시를 해 놓은 카드에 대해 알려 주며 직접 실물을 보여 주기 전까지 나는 그런 것들이 있는지조차도 몰랐다. 어느 비 오는 날 오후, 그가 월러비 아줌마와 다른 하숙생인 페이퍼 영감님과 세븐업 카드게임을 하고 난 다음이었다. 약간의 푼돈도 걸려 있었다(닥은 도박이 아니면 카드게임을 하려 하지 않았고 월러비 아줌마는 판돈이 너무 많으면 부담스러워했다). 결국 코딱지만 한 돈이 왔다 갔다 하는 게임이었다. 물론 닥이 모든 돈을 땄다. 늙은 사람들을 상대로 그가 몰래 표시해 놓은 카드를 사용했다는 사실이 떠오르자 나는 어처구니가 없다는 생각과 함께 화가 치밀어 올랐다.

"설마 그분들을 상대로 사기를 친 건 아니겠죠, 그렇죠?"

"얘야, 지미." 그가 내게 말했다. "앞일을 내다보는 사람이 돈을 따는 건 당연하단다."

눈을 반짝이며 대답하는 그는 분명히 내가 화난 것이 재미있다는 표정이었다. 하지만 나는 다른 방도가 없었다. 나는 월러비 아줌마에게 닥이 세븐업 게임을 하면서 사기를 쳤다고 솔직히 알려 줄 수가 없었다. 아줌마도 좋아했지만 닥도 좋아했기 때문이다. 닥은 내게 독립기념일에 폭죽을 사라고 거금 1달러를 준 적도 있었다.

월러비 아줌마네서 머물던 어느 날, 한밤중에 닥은 잠자리에서 일어나야 했다. 딸이 아파서 정신이 반쯤 나간 어느 가난한 여인 때문이었다. 닥이 연고를 발라 자신의 좌골 신경통을 고쳐 주었노라는 그녀의 말을 듣자 닥은 그녀를 알아보았다. 그때도 그녀는 연고나 다른 치료제들의 값을 한 푼도 지불하지 못했다. 닥은 일어나 옷을 입고 그녀의 집으로 갔다. 아이는 결장에 걸린 것 같았다. 닥도 아이가 무엇 때문에 고통받는지 정확히 알 길이 없었을 테지만 연고를 듬뿍 환부에 발랐다. 그는 아예 한 병을 전부 붓다시피 했다. 두 시간 후 집으로 돌아온 그는 자기가 "아이의 고통을 덜어 주었다"고 말했다. 그 작은 소녀는 잠이 들었고, 다음 날 잠에서 깨었을 때는 아무 일도 없었다는 듯 멀쩡했다. 닥의 치료가 효과가 있었던 것인지 그렇지 않은지는 나도 알 수 없었다.

"정말 감사합니다, 박사님."

다음 날 오후 그를 찾아온 소녀의 엄마는 떨리는 목소리로 고마움을 전했다. 그는 그녀에게 '특진료'를 받기는커녕 한 병의 연고제를 공짜로 더 주었다. 그는 가난해서 약값을 낼 수 없는 많은 환자들을 마사지해 주고 약을 나누어 주었다. 월러비 아줌마는 그에게 너무 사람이 좋을뿐더러 남에게 쉽게 이용당한다고 말했지만 그는 웃음을 터뜨리며 내게 윙크를 보냈다. 카드게임에서 아줌마를 속였다고 내게 말해 주었을 때처럼 눈에는 장난기가 가득했다.

한번은 어느 토요일 오후에 그와 함께 시내를 나간 적이 있었다. 날이 꽤 더웠으므로 나는 얼마 지나지 않아 소다수가 마시고 싶어졌다. 닥도 별 이견이 없었기에 우리는 근처 약국으로 들어갔다. 나는 초콜릿 탄산수를 주문했고 그는 레몬 사이다를 선택했다. 음료수를 다 마신 그가 내게 제안했다.

"애야, 지미. 누가 음료수값을 낼지 내기하지 않으련?"

그는 내게 25센트짜리 동전 하나를 건네주고는 내가 동전을 튕기면 어느 면이 앞으로 올지를 맞히겠다고 말했다. 동전의 앞면을 부른 그는 내기에서 이겼고 나는 별수 없이 두 사람의 음료수값을 지불해야 했다. 덕분에 내 수중에는 달랑 10센트짜리 동전 하나만 남았다.

내가 열다섯 살이 되었을 때 닥은 자신의 선전지를 만들었다. 닥 덕분에 부인의 병을 고친 인쇄업자가 2,000장의 선전 팸플릿을 아주 저렴한 가격에 만들어 주겠다고 제안해서였다. 하지만 선전지에는 블랙호크 연고에 대한 광고 문구는 별로 들어 있지 않았다. 닥 자신에 대한 소개와 그가 겪은 '거친 서부에서의 삶'에 대한 이야기가 선전지의 대부분을 차지했다. 어느 날 그의 수많은 친구들 중의 한 명인 사진사를 대동하고 프랭클린 공원에 간 그는 한 손에는 밧줄을, 한 손에는 리볼버를 든 자신의 사진을 수십 장 찍게 했다. 그곳에는 나도 동행했다. 그렇게 만들어진 팸플릿에는 그가 나무 뒤에 은신한 채 밖을 내다보는 장면, 수풀에 숨어 있는 장면, 밧줄을 돌리거나 권총을 겨냥하는 장면 등이 실려 있었다. 사진들에는 〈닥터 H. M. 말로, 인디언 사냥에 나서다〉나 〈닥터 H. M. 말로, 말 도둑들을 추적하다〉 같은 제목이 붙어 있었다. 그는 그 전단지들을 아주 자랑스러워했고 외출할 때는 언제나 한 뭉치씩 들고 다니며 길거리 사람들에게 나누어 주기도 했다.

죽기 2년 전쯤 그는 금방이라도 꺼질 듯한 엔진 소리를 내는 캐딜락을 어디에선가 얻었다. 차를 타고 다시 여행을 떠날 요량이라고 말했지만 실천으로 옮기지는 못했는데 자동차가 너무 낡아서 채 1.5킬로미터도 가기 전에 서 버리곤 했기 때문이다. 이때쯤 하드먼이라는 이름의 남자가 아내와 함께 윌러비 아줌마네 하숙집에 머물고 있었다. 그는 랭커스터 지역에서 농사를 짓던 땅을 모두 팔아 치우고 올라온 참이었다. 쾌활해서 좋다며 닥을 마음에 들어 한 부부는 그가 들려주는 이야기들에도 매료되어 있었다. 닥은 하드먼 부인의 오랜 요통을 고쳐 주었고 치료비도 받지 않았다. 부부는 닥이 훌륭한 신사라고 여겼다. 어느 날 부부가 아들이 사는 세인트루이스로 가서 정착하기로 결정을 했다고 발표하자 닥은 기차 대신 괜찮은 차를 몰고 가는 것이 어떠냐고 제안했다. 값도 적당한 데다 차를 타고 가면 경치를 감상하는 호사도 누릴 수 있을 것이라고 꼬드겼다. 그런 차를 구할 수 있는지 마침 자신이 알고 있다고 했다.

닥은 부부에게 쉽사리 낡아 빠진 캐딜락을 팔아 넘겼다. 차는 닥에게서 어머니의 사타구니 통증 치료를 받은 어떤 자동차 정비소 주인의 차고 뒤편에 공짜로 보관되어 있었다. 뭘 어떻게 했는지는 잘 모르지만 정비소 주인은 자동차에 뭔가 수작을 부린 게 분명했다. 닥이 하드먼 씨 부부를 태우고 시험 주행을 하는 동안 자동차는 꽤 멀쩡한 것처럼 보였으니까. 닥은 자동차와 정이 들어 이별하기 싫지만 100달러만 받고 부부에게 넘기겠다고 말했다. 나는 물론 닥도 분명히 자동차가 오래가지 못하리라는 것을 잘 알고 있었다.

10여 일이 지나고 닥은 세인트루이스에 있는 하드먼 씨 내외로부터 편지를 한 통 받았다. 부부는 콜럼버스에서 25킬로미터쯤 떨어진 웨스트제퍼슨에서 그 고물 자동차를 포기해야만 했다. 닥은 안경 너머로 장난기 가득한 눈을 들어 나를 바라보면서 그들에게서 온 편지를 큰 소리로 "헤이, 보이!" 또는 "헤이, 보이기!"라는 감탄사들을 추임새로 섞어 가며 읽어 주었다. "이것만은 알아 두시오, 말로 박사. 내가 당신 같은 저질 사기꾼을 얼마나 경멸하는지 말이오(헤이, 보이기!). 웨스트제퍼슨에 있는 자동차 정비소 사람이 말하길 당신의 쓰레기 같은 자동차가 사람들의 눈을 속이기 위해 잠시만 지탱하도록 교묘하게 조작되어 있다고 하더군. 어떤 짐승 같은 인간도 같은 백인들끼리 이런 비열한 행동을 하지는 않을 거요(헤이, 보이!)." 편지를 받고 마음이 불편하기는커녕 닥은 아주 재미있어했다. 편지를 다 읽고 난 닥은 안경을 벗고 손은 이마에 댄 채 눈을 감고 껄껄 웃었다. 나는 그를 보고 꽤 화가 치밀어 올랐다. 나는 하드먼 씨 내외를 좋아했었고 그들도 닥을 좋아했다. 닥 말로는 편지를 조심스레 접어 봉투에 넣은 후 마치 그것이 귀중품이라도 되듯 외투 안주머니에 깊이 집어넣고는 혼자 카드의 패를 떼어 보기 시작했다. "나하고 세븐업 게임이나 한 판 치지 않을래, 지미?" 하고 그가 물었지만 나는 "아저씨 같은 사기꾼하고는 안 쳐요!"라고 대답한 후 쿵쿵 요란한 발소리를 내며 방을 나와서는 문짝이 부서져라 닫았다. 문 뒤에서 껄껄 웃는 그의 웃음소리가 들려왔다.

내가 마지막으로 그를 본 것은 그가 임종하기 며칠 전이었다. 나는 죽음에 대해서 아직 아무것도 몰랐지만 그가 죽어 간다는 것은 알 수 있었다. 그의 목소리는 아주 약했고 얼굴은 굳어 있었다. 그가 많은 고통을 겪고 있다고 주위 사람들이 말해 주었다. 내가 떠나려 할 때 박사는 내게 자신의 서랍장에 있는 양철 상자를 가져다 달라고 부탁했다. 떨리는 손가락으로 내가 가져다준 상자를 이리저리 뒤지던 그는 마침내 그가 찾던 것을 끄집어냈다. 그는 그것을 내게 건네주었다. 그것은 혹시 가짜였을지도 모르지만 25센트짜리 동전처럼 보였다. 동전은 앞면만 두 개였다.

"지미야, 절대로 상대방이 먼저 동전이 어느 면인지 말하게 해서는 안 된다."

그의 눈에 왕년의 장난스러움이 희미하게 묻어났고 그의 목소리에도 예의 웃음소리가 섞여 있는 듯했다. 나는 아직도 그가 준 25센트짜리 동전을 가지고 있다. 오랫동안 그나 그가 준 동전에 대해 떠올리고 싶지 않았다. 하지만 오늘은 그가 생각이 난다.

자전거를 탄 제독
The Admiral on the Wheel

며칠 전 아침 흑인 하녀가 내 안경을 밟아 망가뜨렸다. 이제는 고인이 된 토머스 에디슨의 79번째 생일 이후 처음으로 내 안경이 망가진 것이다. 아직 신문사에서 일하던 나는 그날 아침 웨스트오렌지로 가서 에디슨을 인터뷰하기로 되어 있었다. 그날을 특별히 잘 기억하고 있는 이유이다. 일 때문에 일찍 일어났던 내가 으레 그러듯 안경을 찾기 위해 침대 아래로 손을 뻗었지만 기르고 있던 스카치 테리어들 중 한 놈이 일찍 일어나서는 심각한 표정으로 내 안경을 쓰고 있었다. 거북이 껍질로 만들어진 양쪽 귀걸이 부분을 다 먹어 치운 지니는 사뭇 권태롭다는 표정으로 안경알들을 가지고 놀았다. 그날 안경도 없이 저지로 향하던 나는 내 온전치 못한 시야(나쁜 시력)가 특별한 이익을 가져다주기도 한다는 것을 깨달았다. 그 전에는 안경이 망가지면 그것을 고칠 때까지 침대에 누워 빈둥거리는 게 다였다. 안경 없이는 사물들에 부딪치거나 길을 잃거나 밀려오는 두통 때문에 한 블록도 가지 못하리라는 불안이 들었기 때문이다. 하지만 실제로 길을 나서 보니 그런 걱정들은 부질없는 것들이었고 미처 생각지 못했던 다른 많은 일들을 경험하게 되었다. 국립 은행에 쿠바 국기가 휘날리는 모습, 회색빛 양산을 든 명랑한 할머니가 트럭 밑을 통과해서 걸어가는 장면, 줄이 쳐진 작은 통 안에서 뒹구는 고양이, 다리들이 풍선처럼 한가로이 하늘 높이 올라가는 모습들을 볼 수 있었다.

그런 놀라운 장면들을 보기 위해서는 적당한 시력을 지녀야 한다. 나는 언젠가 안과 의사에게서 교정 장치(안경) 없이는 내 시력이 정상 시력의 5분의 2에 불과하다는 말을 들은 기억이 있다. 만약 그보다 시력이 더 좋았다면 쿠바 국기는 미국 국기로, 명랑한 할머니는 쓰레기통을 등에 진 청소부로, 고양이는 바람에 날리는 정육점 포장지로, 허공에 떠 있는 다리들은 통통배의 엔진에서 나오는 연기들로 제대로 보였을 것이다. 시력이 좋다면 우리는 알렉산더 셀커크*가 그의 무인도에 갇혔듯 1937년의 미국이라는 진부한 일상에 꼼짝없이 사로잡혀 현실의 노예로 살아갈 수밖에 없을 것이다. 매처럼 예리한 시력을 지닌 사람의 삶에는 환상의 영역으로 뿌옇게 번져 가는 부드러운 경계들이 존재하지 않을 것이다. 그런 사람들의 눈에는 용접공이 낮 동안에 하늘로 로켓을 쏘아 올리는 화려한 복장의 어릿광대로 보이지 않을 것이다. 반半장님들이 사는 세상은 『오즈의 마법사』나 『이상한 나라의 앨리스』, 프왁테스메**의 세상 같다. 우리가 상상하는 어떤 것이

---

* 『로빈슨 크루소의 모험』의 원전이었던 무인도 생활 체험기의 저자.
** Poictesme. 판타지 소설에 자주 등장하는 중세와 비슷한 시대.

든, 아니 상상치도 못했던 많은 일들이 그곳에서는 일어난다.

하녀가 방을 청소하면서 안경을 밟은 후—내가 침대 밑으로 깊숙이 안경을 집어넣지 않은 탓이다—사흘 동안 나는 안경을 고치러 시내로 나가지 않고 집에서 일을 했다. 이 기간 동안에 나는 아주 훌륭하게 생긴 체서피크 스패니얼 한 마리를 발견했다. 창밖을 내다보다가 우연히 내 눈에 띈 놈은 5번가에 자리한 브라운스톤 주택의 출입구 위 난간에 자리를 잡고 누워 있었다. 녀석은 사흘 밤낮을 같은 자리에 꼼짝하지 않고서 점잖고 범접할 수 없는 자세로 먹지도 자지도 않으며 경계의 눈길을 늦추지 않고 있었다. 애초에 보통 개였다면 그렇게 높은 난간에 올라가지도 못했을 것이다. 그런 개의 주인도 필시 보통 사람은 아닐 터였다. 그런 개의 곁을 아무것도 눈치채지 못하고 지나치는 사람들이야말로 그저 아무 생각도 없는 보통 사람들인 것이다. 결국 나는 안경을 고쳐 왔지만 지금은 개가 있던 쪽을 쳐다보지는 않는다. 뉴욕 5번가의 몇 남지 않은 우아한 고택들 중 한 채를 꼼짝도 않고 지켜보며 경계를 늦추지 않던 개의 자리에 어떤 평범한 사물이 앉아 있는지 보고 싶지 않은 까닭이다. 칠을 하지 않은 긴 화분이나 위층에 사는 칠칠치 못한 하인이 떨어뜨려 놓은 빨래가 그 자리에 있을지도 모른다. 환상이 깨지는 순간이 내게는 너무 견디기 힘들지도 모른다. 나는 더 이상 개가 있던 쪽 창문을 내다보지 않는다.

어떤 날 밤에는 비록 안경을 끼고 있더라도 나는 믿지 못할 광경들을 목도한다. 주로 다른 사람이 운전하는 자동차를 타고 갈 때 생기는 일이다(나는 절대로 밤에는 운전하지 않는다. 혹여 이상한 수도원의 현관에라도 주차한 후 다시 세상으로 돌아오지 못하게 될까 봐 걱정되어서다). 바로 지난여름의 일이다. 누군가의 차를 얻어 타고 교외

길을 달리던 나는 갑자기 운전을 하는 사람에게 조심하라고 소리를 질렀다. 그는 차의 속도를 줄이고 왜 그러느냐고 화난 목소리로 물었다. 정작 본인의 눈에는 아무것도 보이지 않는데 다른 이가 조심하라고 고함칠 때처럼 딱한 순간도 없을 것이다. 차를 운전하던 이는 보지 못했지만 내 눈에는(5분의 2의 시력은 밤에 마술처럼 놀라운 일을 보여 준다) 성장盛裝을 한 늙은 해군 제독 한 사람이 자전거를 타고 우리가 탄 차의 옆구리를 향해 달려오고 있었다. 어쩌면 나무 뒤에서 빛나

는 별들이나 입간판이었을지도 모른다. 무엇이 사실이었는지는 모르지만—우리는 그가 자전거를 타고 내려오던 길을 빠르게 지나쳤다—그를 다시 만나면 바로 알아볼 자신이 있다. 바람에 날리는 턱수염, 멋을 부리기 위해 비티 제독*처럼 비껴쓴 모자. 그는 아주 즐거운 듯 보였다. 당시 운전석에 있던 사람은 그날 이후로 나를 대하는 태도가 뻣뻣해지더니 관계가 소원해졌다. 딱히 그를 탓할 수는 없는 일이다.

* 제1차 세계대전 당시 영국 해군의 제독이었던 데이비드 비티.

안경을 쓰지 않은 내가 낮에 겪었던 일들에 대해 이야기를 계속하자면, 혹시 조약돌들로 열다섯 마리의 작은 흰색 중닭들을 죽인 사내의 이야기를 들어 본 적이 있는가? 내가 바로 그 사람이다. 나와 맞닥뜨린 그 불쌍한 닭들은 살아남을 가능성이 없었다. 몇 년 전 뉴욕의 제이에 살 때 있었던 일이다. 당시 살던 하숙집 뒤쪽에는 20미터쯤 떨어진 곳에 채소밭이 하나 있었는데, 주인아주머니는 내게 쉬는 시간에 혹여 이웃집에서 건너와 밭을 헤집어 놓는 닭들을 보면 쫓아 달라고 부탁을 했다. 어느 날 아침, 타자기에서 몸을 일으킨 나는 집 뒤로 어슬렁어슬렁 바람을 쐬러 나갔다가 한 무리의 흰 닭들이 채소밭을 덮고 있는 것을 보았다. 물론 나는 안경을 어디 두었는지 찾지 못해 그냥 나온 상태였지만 그럴 경우를 대비해 모아 둔 조약돌로 놈들을 혼내 줄 수 있을 만큼은 사물을 분명히 볼 수 있었다. 내가 돌들을 다 던졌을 무렵에는 그 전날 하숙집 아주머니가 서리를 막기 위해 신문지와 종이 봉지들을 덮어 둔 토마토 줄기들이 모두 망쳐진 상태였다. 내 침침한 시야가 가져다준 가장 암울한 기억들 중의 하나라 할 만했다.

어떤 때, 즉 구름이 짙어지고 비가 내리거나 현실의 압박이 견디기 어려워질 때는 나는 일부러 안경을 벗고 거리를 배회할 것이다. 어쩜 그 이후로 내 소식을 들을 수 없을지도 모른다(나는 앰브로즈 비어스*가 실종된 것은 그의 변덕이 아니라 시력 때문이었을 것이라고 항상 생각해 왔다). 어떤 처지가 되든 나는 훌륭한 시간을 보낼 것이다.

---

* 미국의 작가이자 언론인. 멕시코 혁명에 대한 정보를 얻기 위해 취재 여행을 갔다가 1914년 1월 11일에 흔적도 남기지 않고 증발했다.

쏙독새
The Whip-Poor-Will

쏙독새가 울기 시작했을 때는 밤의 가장자리가 희미하게 밝아 올 무렵이었다. 들판과 그 뒤쪽의 좁은 숲을 바라보는 1층 뒷방에서 잠들었던 킨스트레이는 눈먼 사람이 문을 두들기는 소리, 뿔나팔을 부는 소리, 어떤 여인이 "도와주세요! 경찰을 불러 줘요!"라고 외치는 소리를 들었다. 회색 군복을 입은 상사는 대검으로 편지를 뜯고 있었다. "거기 그냥 있어, 거기 그냥 있어, 거기 그냥 있어!" 그가 킨스트레이에게 노래를 하듯 말했다. "거기 그냥 있어, 목을 칼로 그어, 목을 칼로 그어, 휩푸어월*, 휩푸어월, 휩푸어월!" 킨스트레이는 잠에서 깨어났다.

* whip-poor-will. 쏙독새의 영어명으로, 이 새의 울음소리를 본떠 이름이 지어졌다.

몇 분 동안 눈을 뜬 채로 그는 몸을 움직이지 않고 꿈속에 나왔던 어수선한 상징들과 소리들로부터 새로 맞은 하루의 활기찬 시작을 구분해 내려 했다. 방 안에 희미한 여명이 스며들었다. 킨스트레이는 헝클어진 머리카락 사이로 눈을 찌푸리며 손목시계를 쳐다봤다. 바늘이 4시 10분을 가리키고 있었다. "휩푸어윌, 휩푸어윌, 휩푸어윌!" 새소리가 아주 가까운 데서 들렸다. 창밖의 풀숲에서 들리는 소리일지도 몰랐다. 킨스트레이는 자리에서 일어나 맨발 바람으로 창문으로 가서 밖을 내다봤다. 놈이 어디에서 울고 있는지 분간할 수가 없었다. 새의 울음소리는 사방에서 들려왔다. 믿을 수 없을 만큼 크면서도 절절하게 폐부를 파고드는 소리였다. 킨스트레이는 이제껏 쪽독새의 울음을 이렇게 가까이에서 들어 본 적이 없었다. 어릴 때 오하이오 주의 시골에서 들어 보았던 쪽독새의 울음은 언덕과 들판 어디쯤 먼 곳에서 희미하고 애처롭게 울다가 이내 그치곤 했다. 생각해 보니 그나마 오하이오에서는 쪽독새가 자주 보이지도 않는 새였고 울타리 어디쯤에 앉아 사람들의 잠을 설치게 하는 저놈처럼 배짱이 두둑하게 인가나 외양간 근처까지 내려와 우는 법도 없었다. "휩푸어윌, 휩푸어윌, 휩푸어윌!" 침대에 다시 몸을 누인 킨스트레이는 새의 울음소리를 세기 시작했다. 새는 스물일곱 번을 한 번도 쉬지 않고 울었다. 놈의 폐는 아마도 펠리컨의 부리 주머니로 만들어졌거나 펭귄, 바다오리, 또는 페미컨*이나 전사戰士 같을 것이다…… 환한 아침이 되어서야 킨스트레이는 다시 잠에 빠져들었다.

아침 식사 시간에 흰색 실내복 차림의 매지 킨스트레이는 숙면을

---

* 북미 원주민의 요리로, 말린 쇠고기를 과실과 지방과 섞어 빵처럼 굳힌 것.

취한 듯 개운한 모습으로 기품 있게 잔에 커피를 따랐다. 킨스트레이가 두 번째로 쏙독새를 언급하자 그녀는 신기하다는 듯 조금 눈썹을 올렸다(그녀는 그가 처음 쏙독새에 대해 이야기할 때 길고 예민한 손가락으로 커피 잔에 보이는 미세한 금을 살피느라 건성으로 들었다).

"쏙독새라고요?" 그녀가 말했다. "아니, 나는 듣지 못했어요. 내 방이 집 앞쪽에 있으니까 분명 새소리를 들어야 했을 텐데. 아마 당신이 푹 자고 난 후 일어날 때가 되어서 새소리가 들린 거겠죠. 그렇지 않았더라면 듣지 못했을 거예요."

"일어날 때가 되었었다고? 새벽 4시에? 채 세 시간도 잠을 자지 못했을 때였어."

"어쨌거나 나는 못 들었어요." 킨스트레이 부인이 말했다. "나는 밤에 나는 소리들을 잘 못 들어요. 귀뚜라미나 개구리 소리조차 못 듣는걸요."

"그건 나도 마찬가지야." 킨스트레이가 말했다. "하지만 이번엔 다르다고. 이놈은 거의 화재 경보 소리만큼이나 시끄러워. 1~2킬로미터 밖에서도 소리를 들을 수 있을 거야."

"어쨌든 나는 새소리를 듣지 못했어요." 얇게 구운 식빵에 버터를 바르며 그녀가 말했다.

킨스트레이는 더 이상 대화하고 싶지 않아 인상을 찌푸리고 어제 날짜《헤럴드 트리뷴》지의 제목들로 눈길을 돌렸다. 하지만 그의 아내가 네 귀퉁이에 기둥과 천장이 있는 우아한 침대에서 숙면을 취하는 모습이 신문의 음울한 제목들에 겹쳤다. 매지는 언제나 거의 몸을 뒤척이지 않고 얌전히 잠을 잤다. 이불 위로 똑바로 내놓은 양손의 손가락들조차도 긴장을 푼 것처럼 보였다. 그녀는 사람들이 자면서 몸을 뒤척이는 것을 이해할 수 없다는 태도였다.

"다 마음의 문제예요." 그녀가 킨스트레이에게 말했다. "불안감에 지면 안 돼요. 의지를 굳게 하라고요."

"음, 음." 킨스트레이는 건성으로 크게 대답을 했다.

"예, 나리?" 킨스트레이의 흑인 집사인 아서가 블루베리 머핀 접시를 내려놓으며 물었다.

"아무것도 아니네." 킨스트레이가 아서를 쳐다보며 말했다. "아서, 어젯밤 쏙독새가 우는 소리를 들었나?"

"아뇨, 나리. 못 들었습니다." 아서가 대답했다.

"마거릿은 혹시 들었으려나?"

"제 생각엔 아닌 것 같습니다만. 그런 얘기는 없었습니다."

다음 날 새벽, 쏙독새는 전날과 같은 시간에 밝아 오는 날을 가로지르는 메아리의 동심원을 그리기라도 하듯 다시 울기 시작했다. 킨스트레이는 꿈속에서 자신을 향해 굴렁쇠를 굴려 보내려는, 턱수염이 무성한 세 명의 사내에게 시달림을 당했다. 그는 거대한 대관람차에 올라타려 했는데 흔들리는 객실의 좌석은 헝클어진 침대들이었다. 발 대신 바퀴가 달린 뚱뚱한 경찰관이 그를 향해 굴러 오면서 소리를 질렀다. "윌파워윌, 윌파워윌, 휩푸어윌!"

눈을 뜬 킨스트레이는 천장을 바라보며 새의 울음을 세기 시작했다. 한번은 쉰세 번을 쉬지 않고 새가 울어 댔다. 물방울이 똑똑 떨어지는 소리나 눈을 뜰 수 없을 만큼 환한 빛처럼 쏙독새의 울음소리에는 사람을 미치게 만드는 구석이 있었다. 그 소리를 계속 들으니 무슨 고백이라도 다 할 수 있을 것 같았다. 몇 년 동안 생각하지 않았던 것들이 갑자기 떠올랐다. 엄마의 지갑에서 25센트를 훔쳤던 일, 아버지에게 온 편지에 증기를 쐬어 몰래 뜯어보았던 일. 8학년 때 선생님에게서 온 편지였다. 선생님 이름이— 그러니까— 미스 윌풀, 미스 휩푸어, 미스 윌파워, 미스 윌모트— 맞다. 윌모트.

그가 20대에 저질렀던 부끄러운 행동들에까지 생각이 접어들었을 무렵 갑자기 새 울음소리가 멈추었다. 그것도 '윌'이 아니라 '푸어'에서. 아마도 무엇인가 새를 놀라게 한 모양이다. 킨스트레이는 침대에 앉아서 담배에 불을 붙인 채 귀를 기울였다. 분명 오늘은 울기를 다 한 모양이었다. 하지만 그는 다시 잠을 청할 수가 없었다. 이미 환하게 날이 밝아 버렸기 때문이다. 그는 일어나서 옷을 입었다.

"나는 당신이 식전에 담배를 태우는 일은 벌써 그만둔 줄 알았어요." 잠시 후 매지가 말했다. "침실 재떨이에 보니까 꽁초가 네 개 있더군요."

잠들기 전에 피운 담배들이라고 말해 봤자 매지에게는 통하지 않을 것이다. 매지를 속일 수는 없었다. 그녀는 언제나 그를 꿰뚫고 있었다. "그 망할 놈의 새 때문에 또 잠을 설쳤어." 그가 말했다. "이번에는 다시 잠들 수도 없었다고." 그는 아내에게 빈 커피 잔을 건네주었다. "오늘 아침에는 쉰세 번을 한 번도 쉬지 않고 울더군. 어떻게 숨은 쉬는지 몰라."

커피 잔을 건네받은 그의 아내가 잔을 소리 나게 내려놓았다. "커피를 세 잔씩이나 마시면 안 돼요. 그렇게 잠도 제대로 자지 못하면서 말이에요."

"물론 당신은 새가 우는 소리를 못 들었겠지?" 그가 말했다.

매지는 자신의 잔에 커피를 좀 더 따르며 대답했다. "네. 못 들었어요."

마거릿도 듣지 못했지만 아서는 새소리를 들었다. 킨스트레이는 아침 식사 후 설거지를 하는 그들 부부에게도 같은 질문을 했다. 하지만 아서는 잠에서 깨었다가 곧바로 다시 곯아떨어졌다고 했다. 아마도 요새 바다에서 불어오는 바람 때문인 모양이라고 그는 말했다. 마거릿은 원래 잠이 들면 업어 가도 모를 정도라고 했다. 난리법석을 떠는 사람들이 근처에 있다면 모를까 그녀의 잠을 방해하는 것이란 존재하지 않았다. 마거릿은 자신이 새소리를 듣지 못한 것이 다행이라고 말했다. 그녀가 자란 고향에서는 인가 근처에서 쏙독새가 울면 초상이 난다고 했다. 아서도 그런 말을 들어 본 적이 있다고 했다. 아마도 그의 할머니에게서였던 것 같지만 아닐 수도 있었다.

킨스트레이는 만약 쏙독새가 집 근처에서 우는 것이 초상이 날 징조라면 그 소리를 듣건 못 듣건 무슨 차이가 있겠느냐고 말했다. "사다리 밑을 지날 때 그것을 깨닫는 것이나 모르고 지나치는 것이나 결국 아무 차이가 없듯이 말이지."* 그가 담배에 불을 붙이며 자신의 말이 마거릿에게 어떤 반응을 불러일으킬지 짐짓 지켜보았다. 접시들을 찬장에 올리던 그녀가 눈이 휘둥그레져서 뒤를 돌아다보고는 눈알을 굴렸다.

"주인님이 당신을 놀리는 거야, 매그." 아서가 웃으며 말했다. 그는 미신 따위는 전혀 두렵지 않은 눈치였다. 저 친구는 꽤 똑똑한 것 같아, 킨스트레이가 생각했다. 약간 불필요할 정도로 말이지. 그는 자기들 부부가 대화를 나누는 방을 드나들던 아서가 아내의 말을 주워들

---

* 사다리 밑을 지나면 불운이 따른다는 미신을 이야기하고 있는 것.

고는 입꼬리를 슬며시 올리던 것을 떠올렸다. 가령 "새 때문에 잠을 못 자는 마당에 커피를 세 잔씩이나 마시면 안 돼요"처럼 그가 해야 할 일과는 전혀 상관이 없는 말들이었다. 가만, 그녀가 그렇게 말했던가?

"커피 더 없어?" 그가 좀 짜증이 난 목소리로 말했다. "벌써 다 쏟아 버리기라도 한 거야?" 그는 그들이 이미 남은 커피를 버렸다는 것을 알고 있었다. 아침 식사가 끝난 지 벌써 한 시간은 지난 참이었다.

"새로 끓여 드릴까요?" 아서가 물었다.

"됐네." 그가 말했다. "그렇게 모든 걸 다 알고 있는 것처럼 굴지 말라고. 인생이란 그런 게 아니니까."

오전 중에 그가 우체국을 가기 위해 문을 나서는 순간 매지가 2층에서 그를 불렀다. "어디 가요?" 꽤나 다정한 목소리였다. 그는 인상을 찌푸리고 그녀를 올려다봤다.

"박제 가게!" 대답을 마치고 그는 길을 나섰다.

따뜻한 햇볕을 등에 받으며 걸어가자니 자기가 방금 했던 못난 행동이 마음에 걸렸다. 잠을 좀 못 잤기로서니, 아니 어쩌면 커피를 원하는 만큼 마시지 못했다고 그런 짓을 하다니. 하지만 그건 그의 잘못이 아니었다. 모두가 그 망할 놈의 새 때문에 빚어진 일이었다. 몇백 미터쯤 길을 걷던 그는 쏙독새의 울음이 그의 마음속에서 집요하게 되풀이되고 있다는 것을 깨달았다. 하지만 노래의 리듬은 같았지만 내용은 좀 달랐다. 페이탈벨, 페이탈벨, 페이— 탈벨. 어디서 그런 가사가 떠오른 걸까? 그는 한참 후에야 답을 찾아낼 수 있었다. 그것은 『맥베스』에 나오는 말이었다. 그 작품에는 죽음을 알리는 야경꾼*이 밤에

---

* fatal bellman. 부엉이를 뜻함.

우는 내용이 나온다. "그 죽음을 알리는 야경꾼이 밤을 새워 울었다"라는 식의 문장이었다. 던컨 왕이 살해되던 밤에 울던 것도 부엉이였다. 책을 읽은 지 한참 시간이 지난 후 이런 생각이 떠오르다니 희한한 일이었다. 그는 그 책을 대학교 때 읽었다. 어리석은 마거릿이 쏙독새가 집에 와서 울면 초상이 난다는 미신을 말한 덕분이다. 1942년이 된 지금도 그런 것을 믿는 사람들이 있다니.

다음 날 새벽, 쏙독새의 울음이 불러온 꿈들은 더 길고 더욱 고통스러웠다. 알 수 없는 위험들과 짙은 절망감이 가득한 악몽이었다. 비명을 지르려다가 그는 잠을 깼다. 숨을 헐떡이며 자리에 누워 그는 새의 울음소리를 세었다. 하나, 둘, 셋, 넷, 다섯……

어느 순간 그는 침대에서 벌떡 일어나 창가로 달려가서는 고함을 지르며 유리창을 두들기기 시작했다. 블라인드까지 올렸다 내렸다 하며 그는 목이 쉴 때까지 소리를 지르고 욕을 퍼부어 댔다. 하지만 새는 아무 관심도 없다는 듯 그동안에도 계속 울음을 멈추지 않았다. 그가 창문을 부서져라 닫고 몸을 돌리자 아서가 문간에 서 있었다.

"무슨 일이시죠, 주인님?" 아서는 낡은 잠옷 자락 끝을 만지작거리며 졸음을 쫓기 위해서인 듯 눈을 껌뻑거렸다. "무슨 일이 생겼나요?"

킨스트레이는 그를 노려보고는 소리를 질렀다. "어서 이 방에서 나가게. 가서 커피나 좀 끓여 오라고. 아님 브랜디나 뭐 마실 것을 가져오든가."

"커피를 불에 올려놓겠습니다." 아서가 아직도 잠이 깨지 않은 걸음으로 슬리퍼를 끌며 주방으로 갔다.

"지금은 짜증을 다 부린 다음이라면 좋겠네요." 아침 식사 시간에 매지 킨스트레이가 커피를 마시며 남편에게 말했다. "버릇없는 아이가 떼를 쓰기라도 하듯 고래고래 소리를 지르고. 그런 장관은 처음이에요."

"장관을 어떻게 귀로 들었다는 거요?" 킨스트레이가 냉랭하게 말을 받았다. "장관은 눈으로 볼 때 하는 말이오."

"무슨 말을 하는지 모르겠어요." 아내가 말했다.

물론 모르겠지, 킨스트레이는 생각했다. 한 번도 그래 본 적이, 본 적이, 본 적— 이, 본 적— 이 없지. 이 지랄 같은 리듬을 머리에서 몰아낼 수는 없을까? 어쩌면 매지는 의식이란 게 없을지도 모른다는 생각이 갑자기 그의 머리를 스쳤다. 바닥에 등을 기대면 눈이 감기고 일어나면 저절로 눈이 떠지는 인형처럼. 그녀의 마음이 작동하는 방식은 열려 있거나 닫혀 있거나 둘 중 하나인 시가 상자처럼 간단할지 모른다. 그 외에는 그녀의 마음에는 아무것도, 아무것도, 아무것도……

모든 문제가 아주 사소한 것에 달려 있는지도 몰라. 그날 밤, 잠자리에 든 킨스트레이는 침대 머리를 손가락으로 두드리며 생각에 잠겼다. 그가 겪고 있는 것이 윌리엄 제임스*나 그의 동생인 헨리 제임스도 흥미를 지닐 만한 문제인 것처럼 보였다. 난 이 문제를 무시하고, 이 문제에 적응하고, 무감각해져야 해. 이 문제와 싸움을 하고 문제를 부풀려선 안 돼. 이 문제에 소리를 지르기 시작하면 나는 곧 맨발로 이슬에 젖은 들판을 가로질러 뛰어가서는 마치 독일군들의 참호로 뛰어들 듯 새에게로 돌을 던지며 함성을 외치며 돌진하려 할 거야. 이 문제

* 미국 심리학자. 프래그머티즘(실용주의) 철학의 확립자이며, 『나사의 회전』의 작가 헨리 제임스의 형이다.

를 계속 부풀려선 안 돼. 새 울음이 생각날 때마다 나는 다른 것을 생각할 거야. 다저스 팀의 내야수들 이름을 반복해서 생각하자. 카밀리, 허먼, 리스, 보건, 카밀리, 허먼, 리스……

킨스트레이는 쏙독새의 울음소리에 둔감해지는 데 성공하지 못했다. 새벽에 시작된 놈의 울음소리는 마치 심장을 쪼는 독수리처럼 그의 꿈을 쪼아 대었고 그의 꿈속에 반복되는 악몽을 새겨 놓았다. 꿈속에서 킨스트레이는 우산에 의해 공격을 받았는데 그가 손잡이를 잡으려 할 때마다 오히려 그의 손을 잡아채려 했다. 다시 자세히 보면 그것은 우산이 아니라 갈까마귀였다. 그의 마음의 황량한 통로를 따라 놈의 슬픈 울음소리가 퍼져 갔다.

네버모어*, 네버모어, 네버모어, 휩푸어월, 휩푸어월……

어느 날, 킨스트레이는 우체국에서 일하는 텟포드에게 시간이 지나면 쏙독새가 어디론가 떠나가는지 물어보았다. 텟포드는 눈을 가늘게 뜨고 그를 쳐다보며 말했다. "자네는 햇볕에 전혀 타지 않은 것 같구면. 글쎄, 그놈들이 사라지는지 아닌지는 모르겠네. 여기저기 마음대로 옮겨 다니는 새지. 나는 쏙독새 소리가 좋던데. 금방 익숙해지는 소리지."

"그건 그렇죠." 킨스트레이가 말했다. "하지만 할머니들이나 환자들처럼 쉽게 그 새들의 울음소리에 적응을 못 하는 사람들이라면 어떨까요?"

"내가 알기로는 새소리를 싫어한 사람은 퍼디 양이 유일했지. 그녀

---

* nevermore. 에드거 앨런 포의 시 「갈까마귀」에서 갈까마귀가 반복하는 대사.

가 자기 집 근처 수풀에서 새를 쫓아낸다며 불을 지른 통에 섬 전체가 다 탈 뻔했었네..총을 몇 방 놓아 주면 딴 데로 도망을 가지 싶네만 덫을 놓아 잡기도 어렵지 않을 걸세. 다른 곳에다 풀어 주면 되지. 하지만 보통은 몇 밤 지나면 대부분 익숙해진다네."

"그렇겠죠." 킨스트레이가 말했다. "분명히 그럴 거예요."

그날 저녁 거실에서 아서가 쟁반에 가져온 찻잔을 집어 드는 순간 킨스트레이의 손이 떨려 접시에서 요란한 소리가 났다.

매지 킨스트레이가 웃음을 터뜨렸다. "당신 손이 마치 나뭇잎처럼 떨리네요."

커피를 단숨에 들이켠 킨스트레이가 사나운 얼굴로 그녀를 올려다 보았다. "하룻밤 푹 자고 나면 괜찮아질 거야. 망할 놈의 새. 할 수만 있으면 목을 비틀어 버리고 싶군."

"웃기지 마요." 매지가 조롱하듯 말했다. "당신은 파리 한 마리도 죽이지 못하는 사람이에요. 웨스트포트의 집에서 쥐를 잡았을 때 기억나요? 당신이 쥐를 마당에 가지고 가서 풀어 주었던 거 말이에요."

"당신의 문제는 말야—" 그는 말을 멈추었다. 그는 시가 상자 뚜껑을 열었다가 닫은 후 다시 뚜껑을 열었다가 반사적으로 다시 닫았다. "이 정도로 단순하다고."

그녀는 우습다는 표정을 바로 거두고 쏘아붙이듯 말했다. "당신은 저 멍청한 새를 놓고 아이처럼 굴고 있어요. 아니, 아이보다도 못해요. 오후에 배리 씨네 집에 갔는데 그 집 아기 앤도 그렇게 난리법석을 치지는 않더라고요. 첫날은 쏙독새 울음소리를 듣고 무서워했지만 지금은 아예 새가 우는지도 모른대요."

"나는 무서워서 이러는 게 아니라고!" 킨스트레이가 소리를 질렀다.
"무서워하는 게 아니면 용기 있는 거고, 자지 않으면 깨어 있는 거고,
열려 있지 않으면 닫혀 있는 거고— 당신에겐 모든 게 흑백이야."

"글쎄요." 그녀가 말했다. "나는 그게 좋아요."

"내 생각엔 새 울음소리를 듣고 모두 잠에서 깼을 거야. 아서와 마거
릿까지 모두."

"그러면 우리가 거짓말을 한다는 거예요?" 그녀가 물었다. "도대체
무엇 때문에 우리가 그런 짓을 해요?"

"뭔가 잘난 척을 하고 싶은 걸지도 모르고. 아니면, 글쎄, 나도 잘 모
르겠어."

"나를 하인들과 같이 취급하지 않으면 고맙겠어요." 그녀가 냉랭한
목소리로 말했다. 그는 담배에 불을 붙여 문 채 아무 말도 하지 않았
다. "당신이 지금 얼마나 유치하고 어이없는지 알아요?" 그녀가 다시
말했다. "마치 휠체어에 앉아 있는 사람처럼 아무것도 아닌 일에 난리
법석을 치고 말이에요."

"아무것도 아니라니." 자리에서 일어나 방을 나서려는 그녀의 등에
대고 킨스트레이가 말했다.

그녀가 문가에서 그를 향해 몸을 돌렸다. "테드 배리가 테니스 게임
에 당신을 데려가겠대요, 물론 당신 새가 당신을 너무 진을 빼놓지만
않으면 말이죠." 그녀가 계단을 올라간 후 방문을 닫고 들어가는 소리
가 들렸다.

그는 울적한 얼굴로 혼자 앉아 한참 동안 담배를 태우다가 「갈까마
귀」에 나오는 남자의 아내가 남편처럼 침실 문 바로 위에 놓인 창백한
아테나의 흉상에 내려앉아 있는 것을 보기나 했을까 하는 엉뚱한 생

각에 빠져들었다. 아마 아닐 것이다. 잠자리에 든 그는 오랫동안 눈을 뜬 채 「갈까마귀」의 마지막 줄을 떠올리려 노력했다. 하지만 "꿈꾸는 악마처럼"이라는 구절만이 그의 머릿속에서 끝없이 반복될 뿐 그 밖에는 아무것도 더 이상 생각해 낼 수가 없었다. "미치광이 같으니." 그가 마침내 자기도 모르게 큰 소리로 말했다. 하지만 마치 자신이 아닌 다른 사람이 그 말을 한 것 같은 이상한 기분이 들었다.

킨스트레이는 매지가 머리를 양 갈래로 묶은 운동복 차림의 계집아이로 나타났지만 놀랍지가 않았다. 길고 칙칙한 색의 병실은 휠체어를 탄 채 길고 섬세한 손가락으로 빈 커피 잔의 테두리를 잡고 있는 딱한 남자들로 가득했다. "푸어월, 푸어월." 매지가 손가락으로 그를 가리키며 노래를 불렀다. "자 당신 안경, 자 당신 안경." 환자들 중의 한 명은 아서였다. 킨스트레이를 향하여 활짝 미소를 짓던 아서는 한 손으로 그를 붙들어서 팔과 다리를 꼼짝 못 하도록 만들었다. "파릴 죽여 봐요, 파릴 죽여 봐요." 매지가 노래했다. "그를 때려 줘요, 그를 때려 줘요!" 그녀가 소리를 질렀다. 그녀는 머리 위로 검은 우산을 쓴 채 코트 옆의 높은 심판 의자에 앉아 있었다. 러브서티, 러브포티, 포티원, 포티투, 포티스리, 포티포. 그는 네트의 이쪽 편, 굳히는 중인 콘크리트에 발이 빠진 채 서 있었고 매지는 네트 건너편에서 라켓 대신 프라이팬을 들고 그가 있는 쪽을 쳐다보았다. 아서가 그를 누르고 있었다. 지금 그는 머리에서 발끝까지 콘크리트에 빠져 있다. 매지가 웃으며 그를 향해 카운트다운을 시작했다. 레퍼스리, 레퍼포, 레퍼파이브, 레퍼월, 레푸어월, 휩푸어월, 휩푸어월, 휩푸어월……

맨발에 파자마 바람으로 주방에 서서 자신이 무엇 때문에 그곳에

온 것인지 의아해하는 킨스트레이의 마음에 간밤의 꿈이 거미줄처럼 남아 있었다. 그는 수도를 틀어 차가운 물을 한 잔 받았지만 한 모금만 마시고 내려놓았다. 그는 수돗물을 튼 채로 내버려 두고는 빵 상자에서 기름종이로 싼 빵 반 덩어리를 꺼냈다. 서랍을 열어서 빵 칼을 꺼낸 그는 다시 칼을 집어넣고 길고 날카로운 스테이크용 칼을 꺼냈다. 한 손에 빵을, 다른 손에는 칼을 들고 멍하니 서 있을 때 식당 문이 열렸다. 아서였다. "누구를 먼저 할까?" 킨스트레이가 잠긴 목소리로 중얼거렸다.

해변으로 가기 위해 스테이션왜건을 타고 집 앞을 나서던 배리의 가족들은 10시 45분이 되었는데도 킨스트레이의 하인들이 우유를 들여가지 않은 것을 보고 깜짝 놀랐다. 집 뒤쪽 작은 현관에 놓여 있던 우유병은 배리의 손에 따뜻하게 느껴졌다. 문을 두드리고 이름을 불러도 아무 대답이 없자 그는 지하실 입구 문을 타고 올라가 부엌 창문을 들여다보았다. 그가 아내를 향해 빨리 차 안으로 돌아가라고 날카롭게 일렀다……

지역과 주 경찰이 하루 종일 그 집을 들락거렸다. 아침부터 삼중 살인과 자살 사건으로 출동하는 것은 흔히 있는 일이 아니었다.

주 경찰 소속인 베어드와 레넌이 그 집의 현관을 나와 집 앞 도로에 주차한 그들의 차로 향했을 때는 벌써 날이 어두워지고 있었다. 집 뒤쪽에서, 아마도 작은 숲 속에서 들리는 것 같다고 레넌은 생각했다. 쏙독새가 울기 시작했다. 레넌은 새소리에 잠시 귀를 기울였다. "옛날 노인들이 쏙독새가 집 근처에서 울면 초상이 난다고 하던 말 들어 본 적 있나?" 그가 물었다.

베어드가 별 싱거운 소리를 다 듣는다는 듯 콧소리를 내고는 운전석에 올랐다. 레넌이 그 옆에 자리를 잡고 앉았다. "저런 끔찍한 일이 고작 쏙독새 때문에 생긴다고?" 베어드가 차에 시동을 걸며 말했다.

맥베스 살인 미스터리*
The Macbeth Murder Mystery

"정말 멍청한 실수였어요." 레이크컨트리의 호텔에서 만난 미국 여인이 말했다. "서점 카운터에 펭귄 출판사에서 출간된 다른 책들—그, 왜, 6페니짜리 조그만 페이퍼백들 있잖아요—과 함께 놓여 있더라고요. 저는 탐정소설인 줄 알았어요, 다른 책들처럼 말이죠. 하지만 그 책 외의 다른 책들은 모두 제가 이미 읽은 것들이었어요. 그래서 별생각도 없이 집어 든 거죠. 나중에 제가 셰익스피어 책을 샀다는 걸 발견하곤 얼마나 화가 나던지 상상이나 하시겠어요?"

나는 몇 마디 위로의 뜻을 중얼거렸다.

"펭귄 출판사에서는 무슨 생각으로 셰익스피어 작품을 탐정소설들

---

* 제임스 서버의 「맥베스 살인 미스터리」를 풀기 전에 윌리엄 셰익스피어의 『맥베스』를 추리해 보기를 권한다.

하고 똑같은 판형으로 낸 건지 모르겠어요." 그녀가 말을 이었다.

"다른 색의 표지로 나온 것도 있는 것 같던데요." 내가 말했다.

"글쎄요, 제 눈에는 보이지 않았어요. 어쨌든 그날 밤, 재미있는 탐정소설을 읽는다는 기대에 부풀어 침대에서 편안하게 자리를 잡고 책을 펼친 순간 내 손에 쥔 책이 다름 아닌 『맥베스의 비극』—『아이반호』*처럼 고등학생들이나 읽을 법한 그런 책이란 걸 발견한 거죠."

"『로나 둔』** 같은 책 말이죠?"

"맞아요." 미국 여인이 대답했다. "저는 정말로 애거사 크리스티의 작품 같은 것들을 생각하고 있었다고요. 에르퀼 푸아로가 제가 제일 좋아하는 탐정이죠."

"토끼처럼 소심한 사람 말인가요?" 내가 물었다.

"아니에요." 내 앞의 범죄소설 전문가가 대답했다. "그 사람은 벨기에인이에요. 아마 미스터 핑커튼***을 생각하고 계신 것 같네요, 불 경감을 돕는 역할이었죠. 그 사람도 꽤 훌륭하긴 해요."

두 잔째 차를 마시며 그녀는 도저히 범인을 짐작할 수 없었던 탐정소설 이야기 하나를 늘어놓기 시작했다. 하지만 나는 처음부터 주치의가 수상스럽다고 생각했다. 나는 그녀의 말을 막고 화제를 다른 곳으로 돌렸다. "그래서, 『맥베스』를 읽으셨나요?"

"다른 방도가 없었어요. 방 안에는 그 책 외에는 아무것도 없었으니까."

"읽어 보니 재미있던가요?" 내가 물었다.

* 영국 작가 월터 스콧이 1819년에 발표한 역사소설.
** 영국 작가 리처드 블랙모어가 1869년에 발표한 역사로맨스소설.
*** 영국 추리소설가 제니스 브라운이 데이비드 프룸이라는 가명으로 발표한 〈에번 핑커튼 탐정 시리즈〉의 주인공. 토끼같이rabbity 소심한 홀아비로 묘사된다.

"아뇨, 재미없었어요." 그녀가 딱 잘라 말했다. "우선, 전 잠깐이라도 맥베스가 그랬다고 생각한 적이 없어요."

나는 의아해서 그녀를 쳐다봤다. "그랬다니요?"

"전 잠깐이라도 맥베스가 왕을 죽였다고는 생각을 하지 않았다고요." 그녀가 대답했다. "맥베스의 아내도 그 일에 연루되지 않았을 거고요. 물론 그 두 사람이 가장 의심스럽기는 하겠죠, 하지만 그 두 사람은 절대로 죄가 없어요. 아니, 죄가 있어서는 안 돼요."

"죄송하지만," 내가 입을 열었다. "그게 무슨—"

"정말 모르시겠어요?" 미국 여인이 물었다. "누가 일을 저질렀는지 바로 알아챌 수 있다면 책을 읽는 재미가 없을 거예요. 그런 짓을 셰익스피어가 할 리는 없잖아요? 제가 아는 바로는 '햄릿'이란 인물을 제대로 파악한 사람이 거의 없다고 하더군요. 셰익스피어가 맥베스라고 파악하기 쉬운 인물로 남겨 두었겠어요?"

나는 파이프에 담배를 채워 넣으며 그녀의 말을 생각해 보았다. "그럼 누가 의심스러웠죠?" 내가 불쑥 물었다.

"맥더프요." 그녀가 마치 준비라도 하고 있었던 듯 대답을 했다.

"세상에." 나도 몰래 탄성이 내 입에서 흘러나왔다.

"맞잖아요, 맥더프." 살인 전문가인 여인이 말했다. "에르퀼 푸아로라면 단박에 알아챘을 거예요."

"도대체 그걸 어떻게 알아낸 거죠?" 내가 다그치듯 물었다.

"저도 바로 알아챈 건 아니에요." 그녀가 대답했다. "처음엔 뱅코우를 의심했죠. 그런데 아시다시피 그가 두 번째로 죽임을 당하잖아요. 그건 정말 교묘한 대목이었어요. 사람들이 첫 번째 살인을 저지른 범인으로 지목한 사람은 언제나 두 번째 희생자가 되죠."

"그런가요?"

"당연하죠. 계속 독자들의 허를 찔러야 하니까요. 두 번째 살인이 벌어지고 난 후에는 저도 살인자가 누구인지 한참 동안 감을 잡을 수가 없었어요."

"맬컴이나 도널베인이나 왕의 아들들은 의심스럽지 않았나요?" 내가 물었다. "제 기억으로는 살인이 일어난 후 그들 모두 도망을 친 것 같은데."

"너무 수상한 행동이잖아요?" 미국 여인이 말했다. "도망을 가는 건 너무 눈에 띄는 행동이에요. 보통 도망을 가는 사람들은 범인이 아니죠. 그건 거의 믿어도 좋아요."

"브랜디를 한잔 하고 싶군요." 내가 웨이터를 불렀다. 눈을 반짝이며 여인이 내게 몸을 기울였다. 찻잔을 잡은 손이 약간 떨리는 것 같았다. "누가 던컨의 시체를 발견했는지 아세요?"

나는 미안하지만 기억이 나지 않는다고 말했다.

"맥더프가 발견을 하죠." 그녀가 현재형 시제를 사용하여 말했다. "그는 계단을 달려 내려오며 소리를 지르죠. '혼란이 신의 기름 부은 성전에서 일어났다. 불경한 살인이 최고의 작품을 만들어 냈다' 등 등……" 여인이 내 무릎을 톡톡 쳤다. "미리 연습한 거예요. 만약 시체와 우연히 마주쳤다면 머리에서 나오는 대로 그런 말들을 할 수는 없었을 거예요. 만약 당신이 그런 상황이었다면 그렇게 말할 수 있었겠어요?" 그녀는 내게 반짝이는 눈을 고정시켰다.

"나는—" 내가 입을 열었다.

"그렇죠?" 그녀가 내 말문을 막았다. "물론 그렇죠. 미리 연습하지 않는 한 그런 말들을 할 수는 없을 거예요. 보통 사람이라면 '맙소사, 여

176

기 사람이 죽었어요!'라고 말을 할 거예요." 그녀가 의기양양한 눈으로 자세를 바로잡았다.

나는 잠깐 생각에 잠겼다. "그러면 세 번째 살인자에 대해서는 어떻게 생각하죠?" 내가 물었다. "아시겠지만, 세 번째 살인자는 『맥베스』를 연구하는 학자들을 300년 동안이나 혼란에 빠지게 했죠."

"그건 그 사람들이 맥더프를 떠올리지 못했기 때문이에요." 미국 여인이 말했다. "그건 맥더프가 분명해요. 시시껄렁한 잡배 한두 사람 손에 사람들을 당하게 할 수는 없는 거죠. 그보다는 뭔가 비중이 있는 사람이 살인을 맡아야만 하는 거예요."

"그럼 연회 장면은 어떻게 설명해야 하죠?" 잠시 뜸을 들인 후 내가 다시 말했다. "뱅코우의 유령이 나타나서 그의 자리에 앉았을 때 맥베스가 켕기는 듯 행동한 이유를 어떻게 설명하겠어요?"

여인은 내게 몸을 기울여서 다시 무릎을 툭툭 쳤다. "유령이라곤 애초에 없었어요." 그녀가 말했다. "그 사람처럼 강하고 건장한 사람이 유령 따위를 볼 일은 없죠. 더군다나 수십 명의 사람이 동석한, 대낮처럼 불을 밝힌 연회장에서 말이에요. 그는 누군가를 숨기기 위해 그런 행동을 했을 거예요."

"그가 누구를 숨기려 한 건데요?" 내가 물었다.

"당연히 자기 부인이죠. 그는 아내가 한 일이라고 생각하고 자기가 죄를 뒤집어쓰려고 한 거예요. 부인이 사람들의 의심을 받을 때 남편들이 으레 하는 일이죠."

"그럼 잠을 자다가 걸어 다니는 장면은 어떻게 설명을 하죠?" 내가 다시 물었다.

"모양새만 다르지 똑같은 이야기예요." 나와 합석을 한 여인이 말했다. "그때는 부인이 그를 지켜 주려 한 거죠. 그녀는 사실 잠이 들지도 않았어요. '맥베스 부인, 촛불을 든 채 등장'이라고 쓰인 대목 기억하세요?"

"네." 내가 대답했다.

"몽유병에 걸린 사람들은 촛불을 들고 돌아다니지 않거든요! 그들은 제2의 감각을 지니고 있어요. 잠결에 촛불을 들고 다니는 사람들 이야기를 들어 보신 적 있어요?" 여인이 물었다.

"아뇨. 그런 이야기는 들어 본 적이 없어요."

"그러니까요. 그녀는 잠들지 않았어요. 맥베스를 보호하기 위해서 자책을 느끼는 듯 연기한 거죠."

"아무래도 전 브랜디를 한 잔 더 마셔야겠습니다." 나는 웨이터에게 손짓했다. 웨이터가 내온 술잔을 급히 들이켜고 나는 자리를 뜨기 위해 일어섰다. "제 생각에는 당신이 뭔가를 발견한 것 같아요. 『맥베스』를 좀 빌릴 수 있을까요? 다시 한 번 읽어 보고 싶군요. 어쩐지 제대로 읽어 보지 않은 것 같은 느낌이 드네요."

"가져다 드릴게요." 여인이 말했다. "제 말이 옳다는 걸 아실 수 있을 거예요."

나는 그날 밤 자세히 책을 읽었고, 다음 날 아침 식사를 마친 후 골프장에 나가 있는 그녀를 찾아갔다. 그녀에게 조용히 다가간 나는 그녀의 팔을 잡았다. 깜짝 놀라는 그녀에게 내가 목소리를 낮춰 "잠깐 둘이서만 이야기를 좀 나눌 수 있을까요?"라고 물었다. 그녀는 조심스럽게 머리를 끄덕이고는 사람들의 시야에서 벗어난 장소로 나를 따라왔다.

"뭔가 찾아내신 게 있어요?" 그녀가 은밀한 목소리로 물었다.

"찾아냈어요!" 내가 의기양양하게 말했다. "살인자가 누군지 말이에요."

"그럼 맥더프가 아니라는 말인가요?"

"맥더프는 살인을 저지르지 않았어요. 맥베스와 그의 부인과 마찬가지로 말이죠." 나는 들고 온 책을 열어 2막 2장이 있는 곳을 펼쳤다. "여길 보세요. 맥베스 부인이 이렇게 말하고 있잖아요? '내가 미리 단검들을 빼놓아 두었으니 그걸 못 볼 리는 없었을 것이다. 그가 잠든 모습이 아버님을 닮지 않았던들, 나는 틀림없이 그 일을 했을 것을.' 무슨 말인지 알겠어요?"

"아뇨." 미국 여인이 퉁명스럽게 대답했다. "무슨 말인지 모르겠어요."

"하지만 알고 보면 간단해요!" 나는 소리를 높였다. "왜 몇 년 전 이책을 읽었을 때 이걸 깨닫지 못했는지 모르겠어요. 던컨의 잠든 모습이 맥베스 부인의 아버지를 닮은 이유는 사실 그가 그녀의 아버지였기 때문인 거였어요!"

"맙소사!" 여인이 나직이 말했다.

"맥베스 부인의 아버지가 왕을 살해한 거죠." 내가 말했다. "그리고는 누군가의 인기척이 들리자 시체를 침대 밑으로 숨긴 후 자신이 침대로 올라가 누운 거예요."

"하지만 이야기에 한 번밖에 나오지 않는 사람을 살인자로 삼을 수는 없어요. 그건 불가능해요." 여인이 반박했다.

"그건 저도 알아요." 내가 대답했다. 나는 책의 2막 4장을 펼쳤다. "여길 보면 '로스가 늙은 남자와 등장'이라고 쓰여 있잖아요? 이 노인이 누구인지는 책에서 한 번도 밝혀진 바가 없어요. 나는 이 사람이 딸을 왕비로 만들고 싶어 하는 늙은 맥베스라고 믿어요. 충분한 살인 동기죠."

"그렇더라도 그 사람은 여전히 중요한 등장인물이 아니잖아요." 여인이 소리를 높였다.

"그가 그 이상한 자매들 중 한 명이 변장한 사람이라는 사실을 알았다고 해도요?" 내가 유쾌하게 말했다.

"세 명의 마녀들 말씀이세요?"

"바로 그 말이에요." 내가 대답했다. "그 노인의 말을 주목해서 들어 보세요. '지난 화요일, 자신의 자랑스러운 장소에서 솟구치던 매가 쥐나 쫓는 부엉이에 의해 사냥을 당해 죽었다.' 누가 하는 말처럼 들려요?"

"세 명의 마녀가 했을 법한 말처럼 들리긴 하네요." 여인이 마지못해 인정했다.

"바로 그거예요!"

"좋아요. 당신 얘기가 맞는다고 치면—"

"저는 제 말이 맞는다는 자신이 있어요. 제가 지금 뭘 할 건지 알아요?"

"아뇨." 그녀가 말했다. "뭘 하시게요?"

"『햄릿』을 한 부 사서 그 책의 미스터리도 해결할 거예요!"

여인의 얼굴이 밝아졌다. "그럼, 당신은 햄릿이 살인을 저지른 게 아니라고 생각하는 거예요?"

"맞아요." 내가 대답했다. "그가 저지른 일이 아니라고 100퍼센트 확신해요."

"그럼 누가 의심스러운 거죠?"

나는 수수께끼 같은 표정으로 그녀를 바라보았다. "모두가요." 그러고 나서 나는 그곳에 들어왔을 때처럼 소리 없이 숲 속으로 사라졌다.*

* 『맥베스』의 줄거리는 다음과 같다. 스코틀랜드의 무장 맥베스는 승전을 거두고 뱅코우 장군과 함께 귀향하던 중 자신이 왕이 되고, 뱅코우는 그 후손이 왕이 될 거라는 세 마녀의 예언에 현혹된다. 아내의 부추김에 넘어간 맥베스는 결국 던컨 왕을 살해한 후 왕위에 오르고, 뱅코우 부자도 죽이려 하지만 뱅코우만 죽고 아들 폴리언스는 다행히 목숨을 구한다. 죄책감 때문에 정신착란에 시달리던 맥베스는 던컨 왕의 충성스러운 신하 맥더프의 손에 최후를 맞이하게 되고, 잉글랜드로 피신했던 던컨 왕의 아들 맬컴이 왕이 되며 비극은 막을 내린다. 이 작품에서 맥베스의 죽음은 괄호 표시로만 간결하게 묘사되어 의문거리를 남기기도 했다.

월터 미티의 이중생활
The Secret Life of Walter Mitty

"뚫고 나가자!" 중령의 목소리는 살얼음이 깨지는 소리처럼 들렸다. 그는 정복 차림이었고 화려하게 수놓인 모자를 비스듬하게 쓰고 있어서 한쪽 눈이 보이지 않았다.

"제 생각엔 불가능합니다, 중령님. 허리케인을 정면으로 돌파하는 것과 마찬가지입니다."

"버그 중위, 난 귀관의 의견을 물은 적이 없네." 중령이 말했다. "조명을 더 강하게! 8,500까지 올리도록! 우리는 뚫고 나간다!"

배의 엔진 속도가 빨라졌다. 쿵쿵 쿵칙 쿵칙 쿵칙칙 쿵칙칙. 중령은 조타실의 유리창에 성에가 끼는 것을 쳐다보았다. 그는 계기판으로 가서 복잡한 다이얼들을 조절했다. "8번 보조엔진 가동!" 그가 소리쳤다.

"8번 보조엔진 가동!" 버그 중위가 반복했다.

"3번 포탑 장전!" 중령이 다시 소리를 질렀다.

"3번 포탑 장전!"

허공을 가르는 거대한 8엔진 수상 비행정에서 각자의 임무에 분주하던 승무원들은 서로를 쳐다보며 미소를 지었다. "저 노장이 우리를 잘 이끌어 줄 거야." 그들은 서로의 용기를 북돋웠다. "노장은 두려움이 전혀 없거든……!"

"속도 좀 줄여요! 너무 빠르잖아요!" 미티 부인이 말했다. "뭣 때문에 그리 서두르는 거죠?"

"음?" 월터 미티가 대답했다. 그는 옆 좌석에 앉은 아내를 보고 새삼 깜짝 놀랐다. 마치 미지의 군중 속에서 그에게 소리를 지른 처음 본 여인처럼 그녀가 낯설게 보였다.

"지금 시속 90킬로미터로 달리고 있었다고요." 그녀가 말했다. "내가 65킬로미터 이상으로 달리는 걸 싫어하는 거 당신도 잘 알잖아요? 방금 90킬로미터까지 속력을 높였다고요."

월터 미티는 워터베리를 향해 아무 말 없이 차를 몰았다. 해군 비행 역사상 20년 만에 맞은 최악의 폭풍을 뚫고 비행하는 SN202호의 거대한 굉음이 그의 마음속 먼 곳의 항로를 따라 잦아들었다.

"다시 긴장을 하고 있는가 보네요." 미티 부인이 말했다. "때가 돌아왔나 봐요. 렌쇼 박사에게 진찰을 받아 보는 게 좋겠어요." 월터 미티는 아내가 머리를 매만지는 건물 앞에 차를 댔다. "내가 머리를 하는 동안 덧신 구하는 걸 잊지 말아요." 그녀가 말했다.

"나는 덧신이 필요 없소." 미티가 말했다.

그녀는 손거울을 다시 백에 집어넣었다. "이미 다 끝낸 얘기예요."

그녀가 차에서 내리며 말했다. "이제는 당신도 젊은이가 아니라고요."
미티는 액셀러레이터를 조금 밟았다. "장갑은 어디에 있어요? 잃어버렸어요?"

월터 미티는 호주머니에 손을 넣어서 장갑을 꺼내 꼈다. 아내가 몸을 돌려 건물 안으로 사라진 후 차를 몰던 그는 신호등에 걸린 틈을 이용해 도로 장갑을 벗었다.

"꾸물대지 말고 빨리 움직여요."

신호등이 바뀌자 교통경찰이 딱딱거렸고 미티는 다시 서둘러 장갑을 낀 후 허둥지둥 앞으로 차를 몰았다. 그는 할 일 없이 시내를 돌아다니다가 병원을 지나쳐 주차장으로 향했다.

"……백만장자 은행가 웰링턴 맥밀런 씨가 입원했습니다." 예쁘장한 간호사가 말했다.

"그래요?" 월터 미티가 장갑을 벗으며 말했다. "누가 환자를 맡았죠?"

"렌쇼 박사님과 벤보 박사님입니다. 하지만 뉴욕에서 레밍턴 박사님과 런던에서 프리처드 미트포드 선생님, 두 분 전문가들도 와 계십니다. 프리처드 선생님은 런던에서 비행기로 오셨어요."

길고 썰렁한 복도 끝에서 렌쇼 박사가 문을 열고 나왔다. 심란하고 피곤에 지친 모습이었다.

"미티, 어서 와요." 그가 말했다. "지금 백만장자 은행가이자 루스벨트 대통령의 친한 친구인 맥밀런 씨하고 지옥 같은 시간을 보내는 중이에요. 내분비선골경화증*이에요. 그것도 3기죠. 한번 봐 주시면 좋

---

* 저자가 엉터리로 만든 병명.

겠어요."

"기꺼이." 미티가 말했다.

수술실에 들어서자 목소리를 낮추어 한 차례 인사가 돌았다. "레밍턴 박사님, 이쪽은 미티 박사입니다. 프리처드 미트포드 선생님, 미티 박사입니다."

"분기균감염증*에 대한 논문을 감명 깊게 읽었습니다." 프리처드 미트포드가 악수를 하면서 말했다. "굉장하더군요."

"감사합니다." 미티가 대답했다.

"당신이 미국에 있는 줄은 몰랐소, 미티." 레밍턴이 투덜거렸다. "당신이 여기 있는데 3기 치료를 위해 나와 미트포드를 여기까지 부르다니."

"와 줘서 고맙소." 미티가 답했다.

수술대와 연결된 거대하고 복잡해 보이는 기계에서 갑자기 이상한 잡음이 나기 시작했다. 기계에는 수많은 튜브와 전선들이 연결되어 있었다.

"새 마취 기계가 작동을 멈추고 있어요!" 인턴 한 명이 급박하게 소리를 질렀다. "미국 동부 지역에서는 이 기계를 고칠 사람이 없는데 어쩌죠?"

"조용히 하게!" 미티가 조용하고 침착한 목소리로 말했다. 그는 당장이라도 꺼질 듯 이상한 기계음을 내는 장비 앞으로 다가서서는 일련의 반짝이는 다이얼들을 섬세한 손길로 만지기 시작했다. "누가 만년필을 좀 갖다 주겠나?"

---

* streptothricosis. 말, 소, 양, 염소 등에서 발생하는 피부 감염.

누군가 그에게 만년필을 건네주었다. 그는 기계에서 망가진 피스톤을 끄집어낸 후 그 자리에 만년필을 집어넣었다. "이제 10분은 버틸 수 있을 걸세. 어서 수술을 서두르게."

그때 간호사가 허둥지둥 달려와서는 렌쇼 박사의 귀에 뭔가를 속삭였다. 미티는 박사의 얼굴이 하얗게 질리는 것을 보았다. "코레옵시스*가 시작되었어요." 렌쇼 박사가 초조한 목소리로 말했다. "미티, 대신 집도를 좀 맡아 줄 수 있나요?"

미티는 렌쇼와 술을 마신 듯한 벤보의 겁에 질린 모습과 위대한 두 전문가의 무거운, 그러나 확신이 없는 얼굴을 바라보았다. "그러시다면." 그가 대답했다. 간호사들이 미티에게 수술복을 입혀 주었다. 그는 마스크를 쓰고 얇은 장갑을 꼈다. 간호사들이 그에게 빛나는 수술 도구들……

"미티, 멈춰요! 뷰익이 나오고 있잖아요!" 월터 미티는 급하게 브레이크를 밟았다. "반대 차선으로 들어오면 어떻게 해요." 주차장 관리인이 미티를 유심히 쳐다보며 말했다.

"휴, 그러게나 말예요." 웅얼대듯 대꾸하면서 미티가 조심스레 차를 '출차 전용'이라고 쓰여 있는 차선을 따라 후진하기 시작했다.

"그냥 거기 세워 두세요." 관리인이 말했다. "제가 주차할게요." 미티는 차에서 내렸다. "키는 두고 내려야죠."

"아차."

미티가 건네준 키를 받아 든 주차장 관리인은 차에 뛰어들 듯 올라타서는 마치 주차는 이렇게 하는 거라고 과시라도 하듯 능숙한 솜씨

---

* coreopsis. 저자가 금계국金鷄菊 이름을 익살스럽게 사용한 것.

로 차를 제자리에 갖다 대었다.

그들은 너무 잘난 척하는 경향이 있어, 메인 가를 걸어가며 미티는 속으로 생각했다. 마치 모든 것을 다 알고 있기라도 하듯 말이야. 한번은 뉴밀퍼드 외곽에서 스노체인을 벗기려다가 결국은 차축에 체인이 휘감기도록 한 적이 있었다. 결국 견인차를 불러서 체인을 풀어야 했는데 그때도 차를 타고 온 젊은 친구가 다 이해한다는 듯 선웃음을 치는 게 눈에 거슬렸다. 그 이후로 체인을 풀 때는 아예 정비소로 가서 체인을 풀어 왔다. 다음번에 정비소를 갈 때는 오른팔에 깁스를 하고 가야겠어, 미티는 생각했다. 그러면 더 이상 쓸데없이 웃는 짓거리는 하지 않겠지. 오른팔에 깁스를 하고서 체인을 풀 수 있다고까지는 생각하지 않을 테니까 말이야. 그는 보도 가장자리에 쌓아 놓은 눈 더미를 발로 찼다. "참, 덧신이 있었군." 그는 신발 가게를 찾기 시작했다.

덧신이 든 상자를 한쪽 옆구리에 낀 채 거리로 나온 미티는 아내가 그에게 주문한 다른 물건들이 무엇이었는지 생각해 내려 애썼다. 워터베리에 있는 그들의 집을 출발하기 전에 아내는 그에게 두 번이나 당부한 터였다. 그는 매주 시내로 나오는 일이 꺼려졌다. 항상 무엇인가를 빠뜨렸기 때문이다. 화장지, 그는 생각하기 시작했다. 탤컴파우더*, 면도날? 아니, 그것들은 아냐. 치약, 칫솔, 베이킹소다, 탄화규소, 국민투표, 국민제안? 그는 마침내 포기했다. 아내는 틀림없이 잊지 않고 물을 것이다. "거시기는 어쨌어요? 설마 거시기를 잊어 먹었다고 말하려는 건 아니죠?" 신문팔이 소년이 워터베리 재판에 대해 뭔가를 외치며 지나갔다.

* 땀띠약으로 몸에 바르던 분.

"……이게 기억에 도움이 될 거요." 지방 검사가 묵직한 권총을 증인석에 조용히 앉아 있는 사람에게 내밀었다. 월터 미티는 총을 받아 들고 익숙한 손길로 그것을 살펴보았다.

"이건 내 웨블리 빅커스 50.80 권총입니다." 그가 차분한 목소리로 말했다. 갑자기 방청객들이 흥분한 듯 술렁거렸다. 재판관이 질서를 유지하기 위해 법봉을 두드렸다.

"당신은 어떤 종류의 총기로도 표적을 정확히 맞힐 수 있죠?" 지방 검사가 마치 그의 속을 떠보듯이 물었다.

"이의 있습니다." 미티의 변호사가 소리쳤다. "저희들은 이미 피고가 총을 사용할 수 없었음을 증명한 바 있습니다. 7월 14일에 피고의 오른팔은 깁스를 한 상태였습니다."

미티가 그의 손을 잠깐 들어서 변호사와 검사의 설전을 정지시켰다. "어떤 종류의 총기로든," 미티가 차분하게 말했다. "저는 왼손을 사용해서 그레고리 피저스트를 90미터 밖에서 살해할 수 있었을 겁니다."

방청석이 일순간에 벌집을 쑤신 듯 소란스러워졌다. 법정의 소란을 뚫고 갑자기 여자의 새된 비명 소리가 들린 후 방청객들은 아름다운 검은 머리의 여인이 미티의 팔에 쓰러져 있는 것을 보았다. 지방 검사가 여인을 인정사정없이 가격했다. 미티는 자리에서 채 일어서지도 않은 채 지방 검사의 턱에 정확히 주먹을 날렸다. "이 개만도 못한……!"

"강아지 과자." 월터 미티가 입을 열었다. 그는 걸음을 멈추고 법정 대신 그를 둘러싸고 있는 워터베리의 빌딩들을 쳐다봤다. 마침 그를 스쳐 지나가던 여인이 웃음을 터뜨렸다.

"저 아저씨가 갑자기 뭐라고 했는지 아니? '강아지 과자'." 그녀가 같이 걷고 있던 동료에게 말했다. "갑자기 '강아지 과자'라고 중얼거리지 뭐니."

월터 미티는 서둘러 자리를 떴다. 그는 첫 번째로 나타난 슈퍼마켓을 지나쳐 좀 더 떨어져 있는 슈퍼로 들어갔다.

"어린 강아지가 먹을 만한 비스킷이 있나요?" 그가 점원에게 물었다.

"따로 찾으시는 상표가 있나요?" 점원의 말에 세상에서 가장 뛰어난 권총 사수가 잠시 생각을 가다듬었다.

"'강아지가 찾는 맛'이라는 문구가 상자에 쓰여 있던데." 월터 미티가 말했다.

시계를 들여다본 미티는 15분 후면 아내가 미용실에서 나올 때가 되었다는 것을 알았다. 드라이가 제대로 된다면 말이다. 때때로 사람들은 그녀의 머리를 드라이하는 데 애를 먹었다. 그녀는 호텔에 먼저 도착하는 것을 싫어했다. 여느 때처럼 그가 그곳에서 자기를 기다리고 있기를 바랄 것이다. 그는 로비에서 큼지막한 가죽 쿠션의자를 발견하고 덧신과 개가 먹을 과자를 옆쪽의 바닥에 내려놓았다. 그는 《리버티》지 과월호를 집어 들고 의자에 깊숙이 몸을 묻었다. 「독일은 제공권으로 세계를 점령할 것인가?」. 그는 파괴된 거리들과 독일 폭격기들의 사진들을 들여다보았다.

"······계속되는 포격에 신병 롤리가 불안 증세를 보이고 있습니다." 상사가 보고했다.

미티는 헝클어진 머리카락 사이로 그를 올려다보았다. "좀 쉬게 하게." 그가 피로한 목소리로 말했다. "다른 대원들과 함께 말일세. 내가 혼자 조종을 맡지."

"하지만 그러실 수는 없어요." 상사가 초조하게 말했다. "폭격기를 조종하려면 두 사람이 필요한 데다 적이 대공 포화를 미친 듯 퍼부어 대고 있습니다. 여기서부터 사울리에까지는 붉은 남작*의 주 무대이기도 하고요."

"하지만 누군가는 그 탄약고를 해치워야만 해." 미티가 말했다. "그래서 내가 가겠다는 거지. 브랜디 한잔 하겠나?" 그가 상사에게 술을 한 잔 따라 주고는 자신도 한 잔 마셨다. 주위에서 포탄이 날아오는 소리 그리고 폭발음이 진지의 문을 두드렸다. 찢겨 나간 나무 파편들이 진지로 날아들었다. "꽤 가까이에 포탄이 떨어졌군." 미티 대위가 심드렁하게 말했다.

"적의 포위망이 좁혀 들고 있습니다." 상사가 말했다.

"한 번 죽지 두 번 죽겠나?" 대위의 얼굴에 희미한 미소가 보일 듯 사라졌다. "아니, 그 말은 사실일까?" 그는 브랜디 한 잔을 더 따라서는 입안에 털어 넣었다.

"전 대위님처럼 술을 잘 드시는 분은 처음 봤습니다."

"잠깐 실례하네." 대위가 자리에서 일어서서 그의 큼지막한 웨블리 빅커스 자동권총을 허리춤에 찼다.

"여기서부터 지옥 같은 40킬로미터를 비행해야 할 겁니다, 대위님." 상사가 말했다. 미티가 얼마 남지 않은 브랜디를 마저 비웠다.

"따지고 보면, 어디는 지옥이 아닌가?" 대포 소리가 점점 더 크게 들렸다. 콩을 볶는 듯한 기관단총 소리, 신형 화염방사기의 무시무시한

* 제1차 세계대전 때 독일 공군의 에이스 전투 조종사였던 만프레트 폰 리히트호펜.

발사음이 어딘가에서 들려왔다. 미티는 샹송 〈내 금발 여인의 곁에〉를 콧노래로 부르며 진지의 문 쪽으로 갔다. 문에 이른 그는 상사를 향해 몸을 돌리고 손을 흔들었다. "기운 내게!" 그가 말했다⋯⋯

무언가가 그의 어깨를 쳤다. "당신을 찾아 온 호텔을 헤맸잖아요." 미티 부인이 말했다. "왜 구석에 있는 낡은 의자에 앉아 있는 거예요? 어떻게 찾으라고."

"점점 좁혀 오고 있어." 월터 미티가 들릴 듯 말 듯 웅얼거렸다.

"뭐라고요? 그건 구했어요? 강아지 과자? 상자 안에 든 건 뭐예요?"

"덧신."

"가게에서 사서 신고 나오지 그랬어요?"

"내가 뭔가 생각을 하고 있었거든." 월터 미티가 말했다. "당신은 가끔 나도 생각할 게 있는 사람이라는 생각이 들기는 하오?"

그녀가 미티를 쳐다봤다. "집에 가면 열부터 재 봐야겠어요." 그녀가 대답했다.

그들은 회전문을 밀치고 밖으로 나왔다. 문에서는 조롱하는 휘파람 소리 같은 희미한 마찰음이 났다. 주차장까지는 두 블록 정도를 걸어야 했다. 약국 앞을 지날 무렵 아내가 말했다.

"여기서 잠깐만 기다려 줘요. 깜빡 잊은 게 있어요. 잠깐이면 돼요."

그녀는 들어간 지 꽤 시간이 지나도록 나올 기미가 없었다. 월터 미티는 담배에 불을 붙였다. 그는 약국 벽에 등을 기대고 담배를 피웠다⋯⋯ 그는 어깨를 펼치고 차렷 자세를 취했다.

"눈 따위는 가릴 필요가 없어." 그가 가소롭다는 듯 말했다. 그는 마지막 한 모금을 들이마신 뒤 담배꽁초를 튕겨 버렸다. 입가에 희미한 미소를 머금은 그는 자부심에 찬 모습으로 몸을 곧추세운 채 미동도 하지 않고 총살형 사격대를 경멸의 눈초리로 마주 보았다. 끝까지 이 해할 수 없는 불굴의 사나이 월터 미티였다.

그로비 선생님, 여기 잠들다
Here Lies Miss Groby

그로비 선생님은 30년 전 내게 글쓰기를 가르치셨다. 그녀는 글이 의미하는 바는 관심이 없었다. 글이 쓰인 방식이 그녀의 관심 대상이었다. 못이 박힌 듯 칠판에 쓰인 문장(그녀는 분해된 문장이라고 했다)을 보는 그녀의 눈에는 생기가 돌았다. 그녀는 봄에 소녀들이 흰제비꽃을 찾듯이 주제 문장들과 연결 문장들을 찾았다. 하지만 그녀가 가장 좋아했던 것은 수사법이었다. 여러분에게도 그런 선생님들이 있었을 것이다. 그런 선생님들의 영향은 세상에서 사라지지 않을 것이다. 어린 여학생 한 명이 내게 환유법의 예가 될 만한 문장을 하나 알려 줄 수 있느냐고 부탁한 적이 있었다. (여러 종류의 환유법이 있다는 것은 모두 알고들 있을 것이다. 하지만 제일 먼저 생각나는 것은 사물의 한 부분으로 그 사물의 전체를 나타내는 방법이다.) 여학생에게서 그 친숙한 말을 듣는 순간 그로비 선생님의 모습이 떠올랐다. 책상에 앉아서 묶고 있던 고무줄을 출석카드에서 뺀 후 고무줄을 오른쪽 손가락 끝으로 돌리며 마치 닭이 모이를 쪼아 먹듯 카드와 우리를 번갈아 쳐다보던 그녀의 모습이 눈에 선하다.

눈금이 닳은 T자형 자나 다른 눈금자들과 함께 그녀에 대한 기억은 선반 어느 한구석에 치워져 있었다. 그로비 선생님은 영문학 수업에 통찰력을 부여했다. 더 이상 호반시인들의 출생과 사망일들을 기억할 수 없게 되었을 때 그녀는 교장 선생님에게 사직서를 들고 갔을 것이다. 혹은 트렐로니가 죽어야만 한다고 맹세한 콘월 사람들의 수가 얼마나 되는지,* 하우스먼이 지은 시**에 나오는 젊은이는 앞으로 몇 해 동안 숲 속에서 눈송이처럼 탐스러운 벚꽃을 볼 수 있을지 기억하지 못하게 되었을 때일지도 모른다.

그로비 선생님은 특히 시를 좋아했는데 시의 다양한 형태와 내용이 그녀에게 더 넓은 탐색의 여지를 주었기 때문이다. 워즈워스가 루시에 관해 쓴 유명한 시도 다음처럼 쓰였다면 그녀는 더욱 기뻤을 것이다.

> 이끼 낀 바위 옆 제비꽃A violet by a mossy stone
> 눈에 잘 띄지는 않지만Half hidden from the eye,
> 별처럼 아름답다, 아흔여덟 개의 별이Fair as a star when ninety-eight
> 하늘에서 빛나고 있을 때Are shining in the sky.***

---

* 로버트 스티븐 호커가 쓴 시로 콘월 주의 주가州歌로 사용되는 〈서양인의 노래〉 내용.
** 영국 시인 A. E. 하우스먼이 1896년에 펴낸 서정시집 『슈롭셔의 젊은이』에 수록되었던 「가장 어여쁜 벚나무」.

나는 그로비 선생님이 어떤 문학작품이든 그 진정한 의미를 파악하기 위해 어느 정도 충분한 거리를 두고 그것들을 읽어 보는 모습은 상상할 수 없다. 그녀는 연필로 표시를 해 가면서 항상 글의 여백을 탐험하고, 문장 사이를 비집고 들어가며, 보석처럼 빛나는 문구들을 찾는다. 팔라메데스****가 괴수를 사냥하듯 선생님은 수사적인 표현들을 포획했다. 메아리가 울리는 셰익스피어의 홀들에서 월터 스콧의 녹음이 우거진 숲 속까지 그녀는 사냥을 멈추지 않았다.

매일 밤 우리는 『아이반호』나 『줄리어스 시저』를 읽고 직유, 은유, 환유, 활유, 돈호 등등을 찾아오라는 선생님의 숙제들을 해야 했다. 나중에는 책의 페이지를 펼치면 읽고 있는 소설이나 희곡의 내용이나 형식보다는 수사법부터 먼저 눈에 들어올 지경이 되었다. "친구들, 로마 시민들, 동포들이여, 내게 여러분의 귀를 빌려주십시오"*****라는 말을 예로 들어 보자. 약간 특이하기는 하지만 사물의 한 부분으로 그 사물의 전체를 나타내는 방식이 잘 나타나 있다. 앤터니의 장례식 연설을 주의를 기울여 읽지 않는다면—즉, 그 글의 의미를 파악하기 위해서 신경을 쓰며 읽는다면—사물의 한 부분으로 그 사물의 전체를 나타내는 수사법이 눈에 들어오지 않을 것이다. 앤터니는 사람들에게 그들의 귀를 베어 자기에게 달라는 의미에서 귀를 달라고 하는 것이

*** 영국 낭만파 시인 윌리엄 워즈워스가 1798년에서 1801년에 펴낸 연작시로, 워즈워스의 원문은 다음과 같다.

A violet by a mossy stone
Half hidden from the eye!
Fair as a star, when only one
Is shining in the sky.

**** 그리스 전설에 나오는 에우보이아 왕 나우플리우스의 아들이며, 트로이 전쟁의 영웅.
***** 셰익스피어의 『줄리어스 시저』에서 마크 앤터니(마르쿠스 안토니우스)가 시저의 장례식에서 행한 연설의 한 대목.

아니다. 그는 그들의 귀의 기능, 한마디로 하면 듣는 능력을 자기에게 기울여 달라고 하는 것이다.

나는 처음에는 셰익스피어와 스콧의 작품들에 등장하는 인물들이 모두 미친 사람들인 줄 알았다. 그들은 모두 원인과 결과, 상징과 그것을 나타내는 것들, 의미와 그것을 담고 있는 것들을 혼동하고 있었다. 하지만 얼마 후 나는 그들이 아니라 내가 미친 것은 아닐까 하는 생각이 들었다. 나는 나도 모르게 밤새 "사물과 전체를 나타내는 사물의 속성"이라는 말을 중얼거리고 있었다. 나는 그게 말이 되는지도 모르면서 정신을 차린답시고 천장을 뚫어지게 바라보며 이제까지와는 반대로 사물의 안에 포함된 의미가 그것을 담고 있는 것을 나타내는 예를 생각해 내려 애썼다. 그로비 선생님이 여태껏 이런 생각을 못 했다는 것이 이상스러웠다. 마침내 생각이 하나 떠올랐다. 어떤 여인이 A등급 우유를 한 병 집어 들고 남편에게 "어서 내게서 꺼져요. 그러지 않으면 우유로 당신을 후려갈기겠어요"라고 말을 한다면 그건 안에 포함된 의미가 그것을 담고 있는 것을 나타내는 좋은 예가 될 것이었다.

다음 날 수업 시간이 돌아왔을 때 나는 손을 들고 선생님과 급우들에게 내가 발견한 것을 말했다. 나는 아주 진지하고 열정적으로 발표했기에 아이들이 내 말을 우습게 생각할 줄은 몰랐다. 어이가 없는 표정으로 내 말을 듣던 반 아이들은 이내 배꼽을 잡고 한참을 웃었다. 아이들을 진정시킨 후 그로비 선생님은 좀 쌀쌀맞게 "그런 걸 웃음거리로 만들면 되겠니, 제임스?"라고 내게 말했다. 내가 10대 때는 그렇게 일들이 꼬이곤 했다.

몇 년 후 나는 농담이기는 하지만 그런 수사법의 더 좋은 예를 찾을 수 있었다. 유랑극단이나 만담(또는 라디오 방송)을 좋아하는 사람들에게는 친숙한 내용이기도 할 것이다. 다음과 같은 내용이다.

　　A : 왜 머리에는 붕대를 하셨소?

　　B : 토마토에 맞았어요.

　　C : 토마토에 맞았는데 그렇게 많이 다쳤어요?

　　D : 토마토가 캔에 들어 있었거든요.

　그로비 선생님이 이 이야기를 들었다면 어떻게 생각했을까?

　나는 지금도 가끔 내 영어 선생님 꿈을 꾼다. 우리는 언제나 셔우드의 숲에 있는데 멀리서 로빈 후드가 은으로 된 그의 뿔피리를 부는 소리가 들린다.

　"저 인간이 뿔피리를 가지고 저렇게 난리를 치는군!" 그로비 선생님이 고함을 지른다. "그 덕분에 아주 완벽한 환유법의 사례가 놀라서 도망을 갔어. 아주 훌륭하고 아름다운 것이었는데. 저치가 피리를 부는 순간 다시 문맥 속으로 뛰어 들어가 버렸어. 이 아덴 숲에서 내가 본 최고의 환유법의 사례였는데 말이야."

　"여긴 셔우드 숲이에요."

　"그건 어차피 내게는 크게 중요하지 않아."

　그 순간 나는 몸을 뒤척이며 소리를 지르다가 잠에서 깨어난다.

올림피와의 드라이브
A Ride with Olympy

올림피 세멘조프는 나를 '선생님Monsieur'이라고 불렀다. 내가 머무
르고 있던 타미지에 빌라에서 그가 정원사로 일했기 때문이다. 러시
아 사람인 그는 마리아라는 프랑스 관리인의 남편이기도 했다. 나도
올림피에게 선생이라고 불렀는데 그를 달리 어떻게 불러야 할지도 잘
모르겠던 데다 그에게서는 뭔가 구체제적인 분위기가 감돌아서였다.
그는 내가 내놓은 베네딕틴을 마시며 내 담배를 피웠고, 앞으로 이야
기하겠지만, 내 차를 몰기도 했다. 우리는 우리 두 사람 모두에게 외
국어인 프랑스어로 대화했지만 그의 프랑스어가 나보다는 좀 나았다.
그는 흥분하면 '왼쪽'이든 '오른쪽'이든 '고슈gauche'*라고 말하는 버릇

---

* '왼쪽'이라는 뜻의 프랑스어.

이 있었고 나는 흥분을 하면 상상력이 넘치는 표현을 만들어 내어 프랑스인들이 놀라서 눈을 휘둥그레하게 만들었다. 예를 들면, 한번은 내가 유리 조각에 손을 베였는데 나는 호텔 로비로 뛰어 들어가 "나는 칼이 걸렸어요!"라고 소리를 질렀다. 올림피라면 무슨 말을 해야 했을지 알았을 테고(물론 다친 손은 언제나 왼쪽이었을 것이다) 소리를 지르지도 않았을 것이다. 그가 말하는 단어들은 부드럽게 연결되어 나왔고 자갈돌 위를 흘러가는 시냇물처럼 듣기 좋았다. 종종 나는 그가 하는 말을 알아듣지 못했고, 그도 대부분의 경우 내가 하는 말을 이해하지 못했다. 러시아와 오하이오 출신의 사람들이 프랑스어를 사용해 의사소통을 하는 관계에는 뭔가 애매하고 현실과 동떨어진 느낌이 있었다. 이런 모든 상황을 고려할 때 올림피와 내가 겪은 사고가 재해의 수준에까지 미치지는 않았다는 게 기적처럼 느껴진다.

올림피와 마리아는 나와 아내가 카프 드 앙티브에 빌린 빌라에서 알게 된 사람들이었다. 마리아는 큰 가슴과 허리가 아름드리나무 같은 여인으로, 좋은 계절의 리비에라 날씨만큼이나 사근사근한 성격이었다. 그녀의 한결같은 기분에는 어떤 한파도 끼어들 여지가 없었다. 분명 마흔 중반은 넘겼을 나이지만 나무뿌리처럼 튼튼했다. 한번은 내가 포도주병에서 코르크를 빼지 못하고 쩔쩔매자 그녀가 넘겨받아서는 마치 고사리라도 뽑듯 코르크를 뽑아냈다. 앙티브의 병영에서 복무하던 그녀의 아들이 방문하는 일요일이면 우리는 한자리에 모여 백포도주를 마셨는데, 가끔은 세멘조프의 것을, 어떨 때는 우리 집 포도주를 마셨다. 열여덟 살이었던 그들의 아들은 산악 6연대 소속으로, 키가 크고 망토와 제복이 잘 어울리는 진지한 젊은이였다. 그는 마리아가 전 남편과의 사이에서 낳은 아이였다. 그녀가 처음으로 잠자리를 같이한 사람은 전쟁 동안 군화 수리를 담당했던 하사관으로 꽤 많은 돈을 저축하고 있었다. 전쟁이 끝난 후 군을 나온 그녀의 남편은 인도차이나의 정체를 알 수 없는 수상한 사업에 돈을 투자했다가 모두 날렸다. 그의 불운은 그의 건강에도 영향을 미쳤다. 마리아는 우리에게 "화병이었다"고 말했다. 그의 화병은 마침내 그의 머리에까지 올라왔고 결국 서른여덟 살을 일기로 그는 세상을 떠났다. 마리아는 세금을 내기 위해 집을 팔아 치운 뒤 일을 하기 시작했다.

마리아의 두 번째 남편인 올림피 세멘조프는 수줍음이 많았고 키도 별로 크지 않았으며 턱수염을 기르고 있었다. 작업복을 입은 그를 보면 그 밖에는 달리 특별한 점이 눈에 띄지 않았다. 일요일에 옷을 차려입고 있으면—그는 멋있는 더블브레스트 상의를 입었다—그가 섬세한 입을 가졌다는 것, 우수에 젖은 눈이 매력적이라는 것, 그의 수줍음에도 그만의 독특함이 있다는 것을 새삼 깨달을 수 있었다. 칸 근처의 선박 회사에서 근무한 그는—마리아의 말에 의하면 그는 선박 전문가라고 했다. 빌라 주위의 잡다한 일들은 그가 비번일 때 처리를 해주었다—아침 7시까지 출발해야 했기에 채 어둠이 가시기 전에 일찍 일어났다. 그는 어둠이 내린 후에야 다시 집으로 돌아왔다. 공장에서 그가 받는 급여는 믿을 수 없을 정도로 하찮았고 빌라의 일을 돌봐주는 대가로 매달 받는 돈도 얼마 되지 않았다. 우리 집의 고장 난 물건을 고쳐 준 대가로—그는 하수구부터 시계까지 모든 것을 고칠 줄 알았다—내가 100프랑을 주자 그는 "Oh, monsieur, c'est trop(오, 선생님, 이건 너무 많아요)!"라고 난색을 표했다. 나도 "Mais non, Monsieur. Ce n'est pas beaucoup(천만에요, 선생님. 얼마 안 돼요)"라고 대답을 한 후 한참을 서로에게 고개 숙여 인사를 하고 감사의 뜻을 표한 끝에야 그는 돈을 받았다.

우리에게 빌라를 빌려준 프랑스인의 나이 지긋한 부인은 은밀한 목소리로 올림피가 백계 러시아인*일지도 모른다며 그에게는 약간의 숨기고 있는 비밀이 있는 것 같다고 소곤거렸다. 그러나 우리는 그녀의 말을 유한계급의 할 일 없는 공상쯤으로 넘겨들었다. 마리아는 그녀의 남편에 대해 숨기는 것이 없었다. 혁명이 일어나는 바람에 올림피의 형제와 누이 대부분이 살해당했고 그만 간신히 도망을 쳤지만 망명자 신분이라서 고향에 돌아갈 수 없다는 것이었다. 하지만 그가 러시아에서 어떤 사람이었고 무슨 일을 했는지까지 그녀가 알고 있었는지는 모르겠지만 그 부분에 대해서는 그녀도 명확히 설명하지 않았다. 단지 그가 러시아에 살다가 도피를 했다는 것, 13년 전에 그와 결혼을 했다는 것, "그게 다예요!"라고 그녀는 말했다. 올림피에게 제정 러시아 황제의 피가 흐른다고 생각해 보는 것은 흥미 있는 일이기는 하겠지만, 전 세계로 뿔뿔이 흩어진 러시아 황제의 피붙이들이 택시 운전사로 연명하고 있다는 세간의 이야기에 비추어 볼 때 올림피는 러시아 황제와는 아무 관계가 없는 것이 분명하다. 그는 태어날 때부터 운전과는 거리가 먼 사람이었다. 그와 같이 자동차를 타고 나갔다가 나만 혼자—마리아에게는 안된 일이었지만—걸어서 돌아온 날 분명히 알게 된 사실이었다.

올림피 세멘조프는 바퀴와 엔진, 그 위에 씌워진 엉성한 구조물로 이루어진 탈것을 타고 출퇴근을 했다. 그런 일은 오직 프랑스에서만 가능했다. 그의 탈것은 얼핏 부서진 비행기의 조종실처럼 보였다. 하

* 러시아 밖에 거주하는 반反소비에트파 러시아인을 칭하는 말.

지만 바퀴 두 개가 제대로 달려 있는 앞쪽과는 달리 뒤쪽에는 바퀴가 한 개뿐이라는 사실이 눈에 들어온다. 엔진—마리아는 그것을 모건 자동차의 것이라고 했다—과 운전대, 타이어들을 제외한 나머지는 모두 직접 손으로 만든 것이었다. 선박 회사에서 일하는 올림피의 상사가 기계의 대부분을 만들었지만 올림피가 나무로 흙받기를 해서 붙였다. 자동차의 윗부분이라고 할 수 있는 이상한 모양의 조종실은 캔버스 천과 주방용 에이프런으로 만든 것처럼 보였는데 마리아의 자랑스러운 작품이었다. 운전석은 오른쪽에 있었고 바닥에 닿을 정도로 낮아서 운전석에 앉은 사람과 이야기를 하려면 몸을 구부려야 했다. 운전석 옆에는 조그만 공간이 있어서 다른 사람이 앉을—앉는다기보다는 쪼그린다는 표현이 맞는 말일 것 같았지만—수 있었다. 차 전체의 크기는 엎어 놓은 캐비닛 빅트롤러 축음기만 했다. 차는 마치 싸움을 하는 개처럼 요란하게 덜컹거리며 갔지만 최고 속력을 내면 시속 48 킬로미터로 달릴 수 있었다. 그것을 만들기 위해 올림피는 3,000프랑, 즉 100달러 정도를 지출해야 했다. 그는 그 장치를 3년째 몰고 있었고 그 기계만의 독특한 구조에 아주 익숙했다. 차를 움직이기 위해 그가 잡아당기고 밀어 넣는 계기판과 바닥의 장치들은 집게, 숟가락, 문고리로 이루어져 있었다. 정 급할 때는 마리아가 운전석 옆자리에 끼어 앉을 수도 있었지만 왜 그녀가 그 '모건' 차를 타고 니스 카니발에 가려 하지 않는지 나는 이해할 수 있었다. 나는 올림피에게 어느 날이고 내 포드 세단에 그녀를 태우고 다녀오라고 제안했다. 마리아는 자기 남편이 어떤 차든지 운전할 수 있고 마음만 먹는다면 훌륭한 자가용 기사가 될 수도 있을 거라고 우리에게 이야기했다. 내가 해야 할 일이라고는 올림피가 큰 차에 익숙해지도록 그를 데리고 동네 한 바퀴를 돌고 오는 게 다인 것 같았다. 그리하여 어느 날 점심 식사를 마친 후 우리는 차를 타고 출발을 했다.

앙티브를 1킬로미터쯤 벗어난 다음 나는 시동을 켠 채로 차를 멈추고 올림피와 자리를 바꿨다. 그는 자신에게 익숙한 운전대보다 훨씬 크고 멀리 있는 운전대를 꼭 움켜쥐었다. 그가 초조해한다는 것이 눈에 보였다. 그가 망설이듯 클러치에 발을 대고 "embrayage(클러치)?"라고 내게 물었다. 나로서는 속수무책의 질문이었다. 차에 관해 내가 알고 있는 프랑스어는 엉성하기 짝이 없었다. 나는 모른다고 대답할 수밖에 없었다. 나는 클러치라는 단어를 내 『운전자 안내서』에 적혀 있던 세 가지 언어, 즉 프랑스어, 이탈리아어, 독일어 어느 말로도 기억해 낼 수가 없었다. 어쩐지 앙브레야주embrayage는 클러치를 가리키는 말처럼 들리지가 않았다. 미국인 작가가 프랑스어를 사용해서 러시아인 선박 전문가에게 어떤 페달이 어떤 기능을 가지고 있는지 설명한다는 것은 거의 가망이 없는 일처럼 보였다. 사실 나는 아는 것도 없었다. 나는 왼쪽 발을 브레이크에 올려놓고 프랑스어로 말했다.

"Frein(브레이크요)."

"오." 올림피가 난처한 듯 대답을 했다. 그 장치가 수행하지 않는 기능을 시범으로 보여 주는 것으로 그것이 무슨 장치인지를 알려 주는 방식은 우리의 정신을 쏙 뺐다. 나는 발을 액셀러레이터로 옮기고—아니, 발가락을 그쪽으로 향하게 한 뒤—그게 무엇인지 말하려 했지만 액셀러레이터는커녕 가스라는 말조차 떠오르지 않았다. 나는 점점 더 초조해졌다.

"Benzina(가스요)." 마침내 나는 이탈리아어로 말했다.

"오?" 올림피가 반문했다. 애초에 우리가 현실을 한 꺼풀 외면한 상태에서 출발했다면 우리는 지금 둘, 아니 세 꺼풀 이상 현실에서 동떨어져 있었다. 정밀성이 필요한 가스엔진을 설명하는 데 다양한 언어들을 동원한다는 것은 애매하고도 위험한 발상이었다. 우리는 서로에 대한 신뢰를 잃어 가고 있었다. 우리는 그쯤에서 포기를 해야 했다. 하지만 우리는 그러지 않았다.

올림피는 다른 페달이 앙브레야주라고 결정을 내리고 중립 기어를 1단으로 변속한 뒤 차를 몰려 했지만 차는 밀밭에서 튀어나온 토끼처럼 깡충거리듯 앞으로 전진했다. 차에게나 사람에게나 무척 고역스러운 진행 방식이었다. 큰 목소리로 불평이라도 하듯 리드미컬한 굉음이 엔진에서 울려 나왔다. 올림피가 왼발을 스타터*에 올려놓자 다시 자동차가 항의라도 하는 듯 반응을 했다. 액셀러레이터를 밟고 있던 그의 오른발이 사시나무처럼 떨렸고 차는 아까보다 좀 더 긴 거리를 토끼처럼 나아갔다. 프랑스어로 스타터가 뭔지 떠올리려는 노력을 포기하고 나는 그의 왼쪽 무릎을 움켜쥐고 소리를 질렀다.

"Ça Commence(시작함)!"

올림피는 무엇이 시작된다는 것인지 당연히 알 수 없었을 것이다. 그가 창백한 얼굴로 나를 흘끗 쳐다봤다. 이 차만의 특이하고 조심해야 할 무엇이 있다는 뜻일까? 차의 시동을 끄고 우리들은 가쁜 숨을 쉬면서 스타터에 관한 대화를 나누었다. 마침내 그는 내 말을 이해한 듯했고 우리는 곧 다시 앞으로 휘청거리며 나아가기 시작했다. 올림피는 마치 헤드록을 당한 레슬링 선수처럼 기어를 1단에 붙들어 놓고 2단으로 올리기를 두려워했다. 마침내 그가 결심한 듯 2단으로 기어

---

* 당시의 자동차에 있던, 발로 밟아 시동을 거는 장치.

를 바꾸는 순간 차가 덜커덩거리며 요란한 소리와 함께 후진하기 시작했다. 하지만 차는 곧 고통에 몸부림치는 표범처럼 덜컹덜컹하다가는 이내 시동이 꺼졌다.

　나는 무슨 일이 벌어지는 것인지 알 수 없었고 두려운 마음도 들었다. 올림피도 마찬가지였다. 그러나 용감한 척하는 남자들의 어리석은 자만심이 우리를 중도에 포기하지 못하도록 만들었다. 나는 올림피에게 약간 오른쪽으로 기울이듯 기어를 바꾸어야 한다는 것을 시범으로 보였다. 그는 차에 시동을 걸었고 우리는 다시 앞으로 쏠리듯 덜커덕거리며 나아가기 시작했다. 마침내 그가 기어를 변경하는 순간 주물 공장에 번개가 떨어지는 듯한 소리와 함께 차가 오른쪽으로 쏠렸다. 우리는 아슬아슬하게 도랑과 가욋길 경계에 세워 놓은 화강암 기둥들을 피한 후 전신주를 스치듯 지나쳤다. 담벼락에 걸쳐진 포도 덩굴의 잎이 창문을 통해 내 뺨을 때렸다. 나는 입 밖으로 아무 소리도 낼 수 없었다. 얼어붙은 듯 꼼짝도 못 한 채 주마등처럼 머리를 스쳐 가는 임박한 재난들의 모습에 잠시 넋을 잃었던 나는 이내 시동 스위치를 찾으려 손을 더듬었지만 그만 옷소매가 경적 버튼에 걸려 버렸다. 내가 경적 버튼과 씨름하는 것을 눈치챈 올림피는 내 의도를 알았다는 듯 경적을 울렸다. 마침내 나는 간신히 시동 스위치를 눌러 도랑 가장자리를 달리던 차를 멈춰 세웠다. 왼쪽에 운전석이 있는 차에 익숙하지 않은 올림피는 내가 앉아 있는, 차의 오른쪽 부분을 까맣게 잊어 먹고 있는 듯했다. "A gauche, à gauche, toujours à gauche(왼쪽, 왼쪽, 항상 왼쪽)!"라고 내가 말하자 올림피는 "아!"라고 대답하기는 했지만 내가 하는 말을 딱히 알아들은 것 같지는 않았다. 그는 우리 차가 빌라벽의 포도 덩굴을 스치며 지나온 것도 모르는 눈치였다. 기어를 바꾸는 일에만 골몰한 나머지 차가 어디에 있는지, 내가 어디에 있는지 까맣게 잊고 있었음에 틀림없었다. 그의 눈이 결연한 빛을 띠었다. 다음 번 시도에서는 반드시 기어를 올리고야 말겠다는 다짐을 하는 것 같았다. 우리는 1단 기어로 1킬로미터 정도를 운전했다.

에든 록을 지나자 내리막길이 나타났다. 길 위쪽에서 무슨 일이 벌어지고 있는지 알 길이 없는 늙은 영국인 부부가 길을 걷고 있었다. 올림피는 다시 기어를 2단으로 올리고 마치 자전거를 타기라도 한 것처럼 운전대 위로 몸을 구부렸다. 나는 그에게 조심하라고 소리쳤고 그는 알았다고 대답을 했지만 우리가 탄 차는 늙은 남자와 그의 부인을 스치고 지나갔다. 놀란 내가 뒤를 돌아보자 역시 휘둥그레진 눈으로 입을 벌린 채 우리를 쳐다보고 있는 부부가 보였다. 두 사람은 얼어붙은 듯 비명조차 지르지 못하고 있었다. 올림피는 또 다른 위험을 향해 달려가고 있었다. 우리 앞에 나타난 U자형 굽이를 그는 별 실감 없이 달렸고 나는 비상용 브레이크를 꼭 붙들었다. 굽잇길을 지나자 나는 브레이크에서 손을 떼었고, 올림피는 꽃에 내려앉은 나비를 모자로 잡으려는 사람처럼 허겁지겁 기어를 다시 올렸다. 자동차가 날아가듯 달리기 시작했다. 그는 자동차의 속도가 그렇게 갑자기 빨라질 줄 몰랐던 것 같다. 우리는 닿을 듯 말 듯 앞차를 추월했다.

"Lentement(천천히)!" 내가 소리쳤다. "Gauche(왼쪽)!" 전신주와 벽들이 지나쳐 가는 소리가 다시 들려오자 내가 또 소리를 질렀다.

"Ça va mieux, maintenant(이제 괜찮아요)." 올림피가 프랑스어로 조용하게 말했다. 갑자기 옛날 러시아에서는 사람들이 이런 식으로 차를 몰았던 것이 아닐까 하는 황당한 생각이 머리를 스쳐 갔다.

이제 우리 앞에는 그곳에서 가장 위태로운 굽잇길들이 나타났다. 시야를 가리는 높은 돌담들을 따라 폭이 좁아지는 길들이 크로케 경기의 골대들처럼 구불거렸다. 다가오는 것들은 주로 길의 반대편에 있었기 때문에 이제는 "왼쪽!"이라고 소리를 지르는 것도 의미가 없었다. 우리는 모퉁이를 문제없이 잘 돌아 나왔다. 우리 앞으로 차가 다가왔지만 가장자리에 바짝 붙어 오고 있었기에 문제가 될 것은 없었다. 하지만 올림피의 생각은 달랐던 것 같다. 그는 갑자기 핸들을 오른쪽으로 꺾었고, 다시 방향을 조정하기도 전에 청동 조각상이 무너지는 듯한 요란한 충돌음이 들렸다. 흘낏 올림피 쪽을 보니 탁자 아래에서 무엇인가를 찾는 사람처럼 오른손을 요란하게 저어 대고 있는 모습이 보였다. 차는 어딘가가 떨어져 나가는 듯 요란한 소리를 내면서도 계속 움직였다. "Poussez le phare!" 나는 소리 질렀지만 "헤드라이트를 밟아요"라는 말이 도움이 될 리가 없었다. "아 아 아!" 올림피가 대답을 했다. 나는 시동을 끄고 핸드브레이크를 잡아당겼지만 차는 이미 멈춰 서 있었다. 차 밖으로 나온 우리는 들이받은 전신주와 우리 차를 번갈아 쳐다봤다. 차의 오른쪽 흙받기가 구겨진 채 찢겨 있었고 뒤쪽 흙받기도 파손되었지만 그 외에는 별다른 피해가 없었다. 나를 쳐다보는 올림피의 얼굴 표정이 너무 초췌해서 한마디 위로를 해야 할 것 같았다. "Il fait beau(좋은 날씨입니다)." 내가 생각할 수 있는 프랑스어는 그게 다였다.

나는 올림피가 잘 아는 정비소로 차를 몰았다. 첫 번째 사거리에서 그가 "Gauche(왼쪽)"라고 말을 해서 나는 좌회전을 했지만 그는 "Ah, non, Gauche(아니요, 왼쪽)"라고 하며 반대쪽을 가리켰다.

"오른쪽Droit을 말하는 거예요?"

"아!" 올림피가 대답했다. "C'est bien ça(그게 맞아요)!"

210

며칠 동안 애를 먹였던 말이 갑자기 생각난 듯 그가 탄성을 질렀다. 그날 벌어진 소동이 납득이 가기 시작했다.

　나는 올림피와 차를 정비소에 남겨 두고 먼저 집으로 향했다. 그는 걸어서 오겠다고 했다. 정비소에서 일하는 사람 한 명이 나를 주앙레팡까지 태워다 주었고 나머지는 걸어서 집으로 왔다. 집에 돌아온 나를 먼저 맞은 것은 마리아의 실망스러운 눈길이었다. 그녀가 보는 앞에서 둘이 나갔다가 나만 혼자 돌아온 것이다. 나는 그 생각은 미처 하지 못했다. 내가 허겁지겁 그녀에게 말했다.

　"Où est votre mari(우리 남편은 어디 있죠)?"

　상대를 안심시킨다고 한 말치고는 낭패가 아닐 수 없었다. 그녀가 할 질문을 내가 빼앗아 한 것이다. 그래서 나는 다시 대답을 했다.

　"산책을 하러 갔어요."

　나는 다시 그녀의 남편이 좋은bon 사람이라고 말하려다가 발음이 잘못 나와 'beau'이라고 발음해 결국 그녀의 남편이 잘생겼다고 말해 버렸다. 그녀는 아마 내가 그녀의 죽은 남편을 어디에다 묻고 왔다고 생각했을 것이다. 어깨를 축 늘어뜨린 올림피가 마침내 모습을 나타내기까지 잠깐 동안의 불편한 시간이 흘렀다. 그는 우울한 목소리로 포드 자동차의 기계 구조가 그의 모건 구조에 비해 너무 이상했다고 말했다. 나는 그의 말에 맞장구를 쳐 줬다. 그는 자동차의 수리비를 자신이 부담하겠다고 했지만 나와 마리아는 그의 말이 터무니없다고 대답했다. 마리아는 평소 내가 뉴욕 시로부터 엄청난 급여를 받고 있다고 생각했다. 반면 올림피는 선박 회사에서 하루 40프랑을 받을 뿐이었다.

　그날 저녁 시간에 마리아는 자기 남편이 집 뒤쪽에 있는 그들의 작은 침실을 다람쥐 쳇바퀴를 돌듯 돌고 있다고 말했다. 그는 분명 보통 때와는 달랐다. 나는 분을 이기지 못하고 죽은 군화 수선공처럼 그도 앓아눕지 않기만을 바랐다. 마리아가 일을 마치고 방으로 돌아갈 때 우리는 올림피에게 가져다주라고 담배와 베네딕틴을 한 잔 들려 보냈다. 다음 날 새벽에 나는 올림피가 만든 기계가 시동이 걸리면서 만들어 내는 예의 친숙한 한바탕의 난리 소리를 들었다. 그는 하루에 40프랑, 1달러 30센트를 벌기 위해 선박 회사로 출근을 하고 있었다. 흙받기를 고치는 비용을 지불하기 위해서 그는 2주일 치의 급여를 고스란히 내놓아야 했겠지만 그는 어떻게든 그 돈을 마련했을 것이다. 다음 날 아침 식사를 하기 위해 식탁에 앉았을 때 마리아가 주방에서 책 한 권을 들고 나타났다. 손때가 묻은 아주 두꺼운 책은 이곳저곳 제본도 풀어져 있었다. 그녀는 책을 내게 건네주었다. 책의 제목은 『미술관 : 19세기 프랑스와 해외 미술사의 개요와 걸작 전시장(도판 1,000장과 별도판 58장)』이었다. 올림피 세멘조프가 선생님께 선물로 주는 그 책에는 그의 헌사도 쓰여 있었다. 담배와 베네딕틴, 『미술관』이라는 제목의 책을 서로 선물로 주고받는 것으로 자동차 사건은 일단락되는 듯했다. 내게는 그게 그런 일들을 처리하는 당연한 방식으로 보였다. 아니, 어쩌면 올림피와 나는 시대를 앞선 사람들이었거나 그에 훨씬 뒤진 사람들이었을지도 모른다.

총아
Teacher's Pet

켈비는 스티븐슨의 집에서 벌어지는 칵테일파티에 가고 싶지 않았다. 저녁 외출을 하자는 아내의 요구가 있을 때마다 그는 지쳐서 그럴 힘이 없노라고 핑계를 대곤 했다. 아내는 그것에 대해 항상 불평했다. 하지만 이번에는 피곤 때문만은 아니었다. 일단 가기로 결정한 후, 그는 그것을 증명하기 위해 마을 공원을 지나 세 블록을 더 가야 하는 스티븐슨의 집까지 차를 타지 말고 걸어가자고 호기까지 부렸다. 그는 단지 집에서 조용하게 식사를 하고 술에 취하지 않은 맨정신으로 서재로 가서 뒤 노위*의 책을 읽고 싶을 뿐이었다. 엘리자베스는 오늘 아마도 세 잔의 마티니를 마실 것이다. 테라스 건너편으로 그녀를 쳐

---

* 프랑스 출신의 미국 과학자이자 철학자인 피에르 르콩트 뒤 노위.

다본 켈비는 그녀가 벌써 두 잔째 마티니를 마시고 있는 것을 보았다. 돌아가는 품새가 십중팔구 그녀는 집에 돌아가서 저녁 식사를 마친 후, 아니 식사 도중에 벨빌 호텔로 가서 술을 더 마시며 식사를 하자고 할 것 같았다. 호텔에서 그녀는 블레이크 부부에게 전화를 걸어서 본격적으로 판을 키울지도 모른다.

"아니, 그만할래요." 그가 칵테일 셰이커를 들고 온 집주인 스티븐슨에게 말했다. 하지만 그는 곧 다시, "좋아요, 까짓것. 한 잔 더 하죠"라고 말하며 그에게 잔을 내밀었다.

"한 잔 더 하는 게 몸에도 좋을 거예요." 밥 스티븐슨이 술을 따르며 말했다. "기운을 나게 해 주죠. 오늘 좀 지쳐 보이네요? 무슨 일이라도 있어요?"

"아뇨." 켈비가 인사치레로 미소를 띠며 말했다. "아무 문제 없어요. 괜찮아요."

사실 괜찮지는 않았다. 바로 전날 그는 거의 종교적이라고까지 할 만한 아주 음울한 경험을 한 터였다. 중년에 이른 남자들이 겪을 수 있는 신경증적 증상들과 불안을 다룬 글을 잡지에서 읽은 후 생긴 일이었다. 켈비는 세 달 전에 50세를 맞았다. 그가 읽었던 글은 중년을 맞은 남자들이 불현듯 죽음이라는 사실, 또 자신들도 머지않은 장래에 그것을 겪어야만 한다는 갑작스러운 사실을 인식한 후 큰 충격을 받는다는 내용이었다. 글에 의하면 여자들은 언젠가 그들의 생이 끝난다는 사실에 익숙하고 그런 것에 별다른 반응을 보이지 않지만 50대—혹은 그 전이라도—에 이른 남자들은 갑자기 코앞으로 다가온 죽음이라는 현실에 대경실색하고 이후 정신적, 심적 후유증을 겪는다고 했다.

켈비는 잡지를 내려놓으며 자신에게도 그런 끔찍한 충격이 40대에 닥쳐왔었지만 그것을 그동안 잊고 있었던 것은 아니었을까 생각해 봤다. 그는 그랬던 것으로 생각하기로 했다. 이미 전에 위기가 닥쳐왔었지만 자신처럼 생각이 깊은 학자는 그것을 잘 견뎌 내고 지금은 희미하게 잊어버리는 중이라고. 그런 만족할 만한 결론에 이른 그는 파이프에 불을 붙이기 위해 성냥에 불을 댕겼다. 그 순간, 아무 이상이 없는 성냥이었고 서재에도 바람 한 점 없었지만 성냥불이 홀연히, 마치 죽음처럼, 꺼졌다. 켈비는 그 순간이 의미하는 바를 깨달을 수 있었다. 그런 깨달음이 갑자기 그의 목을 졸라 숨을 쉴 수 없게 만들었고 심장의 박동이 불규칙해지며 방 안의 사물들이 아스라해지기 시작했다. 그는 파이프를 바닥에 떨어뜨렸지만 양손으로 의자의 팔걸이를 꽉 붙잡고 정신을 차리려 노력했다. 발작이 멈추었을 때는 이마와 팔목에 땀이 흥건히 솟아 있었다. 잠시 후 그는 다시 평소의 합리적인 자신으로 돌아왔다. 일순 멍청한 자기암시에 걸려 공황 상태에 빠졌을 뿐이었다는 생각이 들었다. 그는 미소까지 짓고 스스로에게 어이없다는 제스처를 취할 정도로 다시 자신을 회복했다.

하지만 결국 그가 겪었던 일은 그렇게 쉽게 일회성 사건으로 치워 버릴 수 있는 것이 아니었다. 이제까지 켈비가 약해질 때마다 그랬던 것처럼 그가 서재에서 경험한 일은 어릴 때부터 시작해 그가 겪어 온 모든 불편한 상황을 기억나게 했다. 그는 자신의 의지와 상관없이 제1차 세계대전 전 지크 레너드가 그를 괴롭혔던 때를 떠올렸다. 싸움 구경이라도 하게 될까 아이들이 둘러서서 지켜보는 가운데 지크는 그를 윽박질렀다. 켈비는 쉰이 된 나이에도 아직 그날의 기억을 지우지 못하고 있는 자신이 놀라웠다.

문제의 발단은 8학년 어느 날, 방과 후 레너드가 그를 "귀여운 윌버야!"라고 놀리기 시작한 데 있었다. 나중에 켈비가 엘리자베스에게 설명하였듯 레너드는 전형적인 투포환 선수의 몸집을 한 아이였다. 레너드는 프랭클린 거리와 파인 가가 만나는 곳까지 줄곧 따라오며 여자 목소리 같은 가성으로 그를 놀려 댔다. 윌버willber라는, L이 두 개나 든 멍청한 이름을 가지고 있다거나 그 이름으로 매일 아침 출석이 불린다는 것만으로도 모자란다는 듯 어느 날 하교 시간에 레머트 선생님이 지크 레너드와 다른 아이들이 듣는 곳에서 그를 "귀여운 윌버야"라고 부른 것이다. 선생님은 편지 심부름이나 다른 심부름을 시키려 윌버를 그렇게 부른 것이었지만 그로 인해 그는 최악의 알랑방귀쟁이로 아이들 사이에서 낙인찍히게 되었다. 윌버 켈비는 뷰캐넌 초등학교에서 가장 똑똑한 학생이었고 3학년 이후로는 선생님들도 그것을 공공연하게 인정했다. 운동선수에 적합한 두뇌를 가진 지크 레너드는 일곱 살 때부터 총명한 켈비를 미워했다. 그는 켈비의 비실비실한 몸, 그의 주장에 의하면 공부 외에는 할 줄 아는 게 아무것도 없는 켈비의 무능력을 미워했다.

37년 전 그날, 켈비는 지크에게 대들었지만 지크는 싱글거리는 얼굴로 구경하는 아이들에게 자랑이라도 하듯 한 손은 뒷짐을 진 채 그를 밀치고 뺨을 때리고 몸을 부딪고 발로 찼다. 켈비는 자기의 짧은 팔을 터무니도 없이 몇 번 휘둘러 봤지만 대부분은 쏟아지는 지크의 주먹을 막기 위해 얼굴을 가리고 있는 게 다였다. 마침내 그가 울음을 터뜨렸다. 둘러서 구경을 하던 아이들이 웃음을 터뜨리고 휘파람을 불며 야유하기 시작했다. "자 봐, 난 두 손을 뒷짐 지고 있잖아!" 지크의 야유를 뒤로하고 윌버 켈비는 울면서 도망쳤다.

"정신 차려요." 밥 스티븐슨의 호탕한 목소리가 켈비의 회상 속으로 들어왔다. "혼자 회의라도 하고 있는 거요? 자, 한 잔 더 해요, 윌."

"고마워요." 켈비가 마티니 한 잔을 더 받았다.

"이제까지 한번 이야기를 나눌 기회도 없었네요, 켈비 씨." 처음 보는 여인 한 명이 그의 옆 의자에 앉았다. "엘리자베스와는 안 지가 꽤 오래되지만 당신은 항상 혼자만의 생각에 잠겨 있는 것 같더군요, 아무도 당신의 생각을 방해하지 않기를 바라는 것처럼 말이죠. 하지만 오늘은 제가 반갑든 그렇지 않든 용기를 내어 이 자리에 앉았어요. 도대체 무슨 생각을 하시는 건지 알아보려고 말이에요. 켈비 씨, 도대체 혼자서 무슨 생각을 하시는 거죠?"

켈비는 눈살이 찌푸려지는 것을 억지로 참으며 다리를 다시 꼬아 앉았다. 주위에서 들려오는 재담들에 빠져 있었노라고 대답하려던 그는 좀 과했던 술 때문이었는지 그만 마음속 사실대로 털어놓고 말았다. "어릴 때 지크 레너드라는 애한테 두들겨 맞았던 일을 생각하고 있었어요. 내가 선생님의 귀여움을 받는다는 이유로 얻어맞았죠."

"세상에!" 그녀가 소리를 높였다. "도대체 그게 무슨 일이었대요?"

"선생님의 귀여움을 받는 애는 다른 이유가 필요 없어요." 켈비가 대답했다. "그냥 걔가 존재한다는 이유만으로 멍청하고 힘이 센 애들의 밥이 되는 거죠. 약하고 예민하고 똑똑한 사람들을 파괴하고 싶어 하는 사람들은 언제나 존재하거든요." 말을 하면서 자신도 모르게 그의 시선이 마티니를 만들고 있던 집주인에게로 향했음이 분명하다.

"밥 스티븐슨 같은 부류의 사람들을 말씀하시나요?" 여인이 그의 귀에다 비밀이라도 이야기하듯 속삭였다. 말을 마친 여인은 다시 이전의 목소리로 돌아갔다. "무슨 말씀이신지 저도 잘 알아요. 우리도 앨버트 때문에 아주 골치가 아프거든요. 우리 애지만 정말 민감한 애죠. 나이 많은 애들한테 항상 시달림을 당하고 있어요." 여인이 다시 목소리를 낮추었다. "그중에서도 밥 스티븐슨의 아들이 제일 심하게 괴롭힌대요. 앨버트를 괴롭히는 게 그냥 그렇게 좋은가 봐요. 전 언젠가 앨버트가 걔한테 당당하게 맞섰으면 좋겠어요. 저희 남편은 아들이 제 주장을 못 한다고 속을 끓이죠. 그런 애들이 결국 그런 상황을 극복하게 되나요?"

켈비는 다른 곳에 관심을 팔고 있었다. "한번 풀백*이면 영원한 풀백이죠." 그가 말했다.

"아뇨, 제 말은 그, 왜, 선생님의 귀여움을 받는 애들 말이에요." 그녀가 설명을 했다. "앨버트는 정말 똑똑해요. 학교 전체에서 제일 영리할 거예요. 전 켈비 씨가 우리 애하고 한번 이야기를 해 주시면 좋을 것 같아요. 그러면 정말 큰 도움이 될 텐데. 우리 가족은 이곳 우드빌에서 겨울을 날 거예요. 앨버트는 이제 중학교에 진학할 거고요. 새로운 학교에 적응하는 건 항상 무척 힘든 일이죠."

켈비는 여인이야 떠들건 말건 자기만의 생각에 잠겨 있었다. 세 잔째 술을 마신 그는 슬슬 술기운이 올라 이유 없이 부아가 치밀기 시작했고 여인이 지껄이는 소리가 귀에 거슬리게 들렸다. "나는 앨버트 같은 애들에 대해 잘 알아요." 그가 작은 목소리로 말했다. "걔도 다른 애들과 마찬가지예요. 그들은 나이 들어 가고 늙어 죽죠. 운이 좋으면 묘

* 미식축구에서 골키퍼 앞, 즉 가장 끝에 있는 수비 포지션.

지에 묻히겠죠. 그런 애들은 변하지 않아요. 그런 애들이 유리한 점이라면 대개의 경우 멍청하고 힘이 센 애들보다 더 오래 산다는 점이랄까. 대단한 것은 아니지만 그래도 무시할 만한 것은 아니죠. 걔네들은 그 건장하던 놈들이 사망을 했다는 부고를 신문에서 읽으면서 킥킥 웃을 수 있을 거예요. 그게 걔네들에게 가능하고 유일한 육체적인 승리죠."

"하지만 그런 애들이 겁쟁이는 아니에요." 여자가 마치 그들을 변호하듯 급하게 말했다. "적어도, 저는 우리 애가 겁쟁이가 아니라는 것은 알아요."

켈비는 들고 있던 잔을 돌리기 시작했다. "마음을 편하게 해 주는 완곡한 표현들이 많이 있죠. 우리 애는 극도로 예민해, 평화를 사랑하고 내향적이야. 아무거나 마음에 드는 것을 하나 골라요."

여인은 대화가 흘러가는 방향이 마음에 들지 않는 눈치였다. 여인이 막 자리에서 일어서려는 순간 칸막이 문을 요란하게 닫으면서 로버트 스티븐슨 주니어가 들어왔다. 아이는 들어오자마자 손님들은 아랑곳하지 않고 곧바로 자기 엄마에게 걸어갔다. "엄마, 밥 좀 줘요. 오늘은 왜 이렇게 저녁이 늦어요?"

손님 두 명이 아이의 말을 듣고 힌트라도 얻은 듯 자리에서 일어섰지만 샐리 스티븐슨이 손짓으로 그들을 다시 자리에 앉혔다. "일어나실 필요 없어요, 괜찮아요. 우리는 7시 반이나 되어야 식사를 하거든요."

"엄마, 뭔 소리예요!" 밥이 따지고 들었다.

"손님들에게 인사부터 해야지, 로버트." 그녀가 아들에게 말했다. "모두 전에 뵈었던 분들이잖니." 아이는 손님들이 앉아 있는 자리를 돌아다니며 마지못해 인사를 했다.

"쟤가 요새는 큰사슴처럼 먹어요." 켈비가 술을 가지고 오자 아이 아버지가 말했다. "쟤 먹는 걸 보고 있자면 마치 여물을 먹는 것 같죠. 하지만 몸에 좋은 것들만 먹느냐? 그걸 누가 알겠어요. 당신은 무얼 먹고 자랐나요, 윌— 마시멜로?"

"맞아요." 켈비가 대답을 했다. "주로 구워 먹었죠." 스티븐슨이 호탕하게 웃음을 터뜨렸다. 빈 술잔을 손으로 덮어 막고 있던 켈비가 갑자기 잔을 앞으로 내밀었다.

"좋았어요!" 스티븐슨이 잔을 채우며 껄껄 웃었다.

"너무 무리하지 말아요, 윌!" 엘리자베스가 테라스 건너편에서 그를 향해 말했다. 비록 다정하게 웃으며 하는 말이었지만 다른 여인들과 켈비는 그 속뜻을 눈치챘다.

그는 아내에게 반항이라도 하듯 잔을 들어 올리며 말했다. "주인장의 주니어를 위하여. 세상에서 제일 뛰어난 풀백이 되기를!"

"풀백이 아니라 태클*이라고 빌어 줘요." 아이의 아버지가 말했다. "밥은 태클이 되고 싶어 해요."

"우리는 걔를 주니어라고 불러 본 적이 없어요." 밥의 엄마가 끼어들었다.

"당신도 잘 알면서 왜 그래요." 엘리자베스가 핀잔을 주듯 말했다.

"좋아요, 그러면 태클이라고 하죠." 켈비가 남은 반 잔의 마티니를 한 번에 들이켰다.

"가만있자, 깜빡 잊고 있었네." 밥 스티븐슨이 말하면서 테라스에 모

---

* 미식축구의 공격수.

여 있는 사람들에게 건너가서는 그의 친구 중 한 명이 처한 난처한 상황을 요란하게 떠들어 대기 시작했다.

그의 말에 관심이 없는 켈비는 대신 잔디에 털썩 주저앉아 우울한 얼굴로 풀잎을 하나 떼어 씹으며 자기 아버지를 쳐다보고 있는 밥을 자세히 바라보았다. 아이는 먼 과거에 자신에게 치욕을 안겨 주었을 때의 지크 레너드와 같은 나이인 열세 살이었다. 그는 레너드와 비슷한 구석이 많았다. 넓은 어깨, 근육질의 팔, 늘씬한 허리, 쉴 새 없이 그러나 기민하게 움직이는 몸놀림, 이유 없이 찌푸리고 있는 얼굴, 뿌루퉁한 아랫입술. 켈비는 역겨울 정도로 아이가 미웠다. 그는 자신이 다시 열세 살의 나이로 돌아가 이 덩치 크고 미련한 놈과 맞서는 것을 상상했다. 밥의 턱에 정통으로 한 방 주먹을 먹여서 놈이 비틀거리며 뒤로 자빠지는 달콤한 광경을 상상하느라 그는 들고 있던 잔의 술을 조금 흘리기까지 했다. 켈비는 억지로 즐거운 상상을 멈추고 잔을 마저 비우고는 자리에서 일어섰다.

"길 떠나기 전에 한 잔, 어때요?" 스티븐슨이 말했다. 그는 손님들의 동정을 면밀히 살피는 훌륭한 주인이었다.

"아뇨, 그만할게요. 오늘 밤에 해야 할 일이 좀 있어서요." 켈비는 파티에 참석한 사람들 가운데 그가 좋아하는 유일한 부부에게 건너가 악수를 하고 나머지 사람들을 향해 날렵하게 경례 동작을 취해 보인 후 안주인에게는 허리를 굽혀 인사를 했다. 엘리자베스는 그가 조금만 더 취하면 술주정을 할 단계에 있다는 것을 눈치채고는 황급히 주위 사람들에게 인사하고 그를 따라나섰다.

"마시멜로 너무 많이 먹지 마요!" 켈비 부부가 집의 현관 쪽으로 돌아서는 순간 스티븐슨이 그의 등 뒤에 대고 소리를 질렀다.

엘리자베스는 사람들이 떠드는 소리가 들리지 않을 만큼 걸어왔을 때 그에게 물었다. "마시멜로를 조심하라니, 아까 그 사람이 한 말이 무슨 뜻이에요?" 그녀가 자못 의심스럽다는 듯 물었다.

켈비는 어깨를 으쓱했다. "한번 풀백이면 영원한 풀백인 거야. 그걸 못 벗어나지."

"그 사람이 무슨 말을 한 거예요?" 그녀가 집요하게 다시 물었다.

켈비가 그녀에게로 몸을 돌렸다. "그 사람은 마시멜로가 좋대!" 그가 소리쳤다. "자기는 그게 너무 좋대. 환장할 정도로. 마시멜로 덕에 멋있는 몸을 가지게 되었고 곤죽 같은 뇌를 얻었다는 거야. 당신은 그것도 몰랐어?"

엘리자베스는 얼마 동안 잠자코 발걸음을 옮겼다. "이런 식으로 행동하면 당신과 말하지 않겠어요." 그녀가 예의 냉랭한 어조로 말했다. 거의 공원에 이를 무렵까지 그녀는 자신의 말을 지켰다. "나는 이제껏 밥 스티븐슨이 마시멜로를 먹는 걸 한 번도 본 적이 없어요." 그녀가 잘라 말했다.

켈비는 그녀의 말을 듣고 있지 않았다. 그는 다시 제1차 세계대전 전 학창 시절의 어느 날 오후로 돌아가 있었다. 그들이 집에 다다랐을 무렵 그는 지크 레너드의 눈에 강력한 주먹을 한 방 갈겼다.

엘리자베스는 켈비가 눈을 번득이며 주먹을 쥐고 있는 것을 눈치챘다. "도대체 무슨 일이에요?"

"아무 일도 아냐." 켈비가 대답했다. "블레이크 부부에게 전화해서 벨빌 호텔로 한 잔 더 하러 갈까?"

"오늘은 그러고 싶지 않아요." 엘리자베스가 말했다. "집에 맛있는 양고기 로스트도 있고, 그냥 집에서 저녁을 먹어요. 오늘 같은 날 밥을 먹으러 나가면 당신은 틀림없이 샘하고 말도 안 되는 말싸움을 벌일 게 뻔하기도 하고요. 무슨 재미로 그런 일을 벌이겠어요?"

"그럼 저녁 먹기 전에 한 잔 더 하지." 켈비가 말하고는 아내의 입에서 막 항의의 말이 나오려는 것을 눈치챘다. "한 잔 더 하자니까!" 그가 고함을 지르듯 되풀이했다. 그녀는 그와 더 이상 말다툼을 해 봤자 의미가 없다고 결론을 내렸다.

이틀 후, 일요일에 산책을 나간 켈비는 엘름 가에서 밥 스티븐슨이 앨버트를 뒤쫓고 있는 광경을 목격하게 되었다. 눈치를 챈 앨버트가 발걸음을 빨리할수록 그도 속도를 높여 앨버트를 바짝 뒤따르고 있었다. 거의 강아지가 뛰는 속도로 켈비를 지나치는 앨버트의 얼굴은 창백했고 눈에는 공포의 기미가 어려 있었다.

"야, 엘라!" 밥이 작은 소년을 계속 부르며 쫓아갔다.

켈비는 처음엔 밥을 불러 세워서 따끔하게 혼을 내 줄 참이었다. 하지만 갑자기 그의 안에서 무엇인가가 밥을 혼내 주는 대신 그의 뒤를 쫓아가도록 만들었다. 밥은 켈비를 알아보지도 못한 채 한 옥타브 높여 놀리는 목소리로 "야, 엘라!"를 연신 외치며 그를 지나쳤다. 켈비도 몸을 돌려 아이들의 속도보다 조금 늦은 속도로 그들을 쫓기 시작했다. 그의 눈에 밥이 메이플 가에서 자신의 먹잇감을 붙들어 몸을 돌려 세우는 것이 들어왔다. 켈비가 그들에게 다가가는 순간 그에게 등을 돌리고 있던 밥이 앨버트의 모자를 가볍게 낚아채 땅에 던졌다. "자, 어쩔래?" 밥이 시비를 걸고 있었다. 앨버트는 숨을 헐떡이며 모자를 향해 손을 뻗었다. "그대로 내버려 둬!" 밥이 저지하며 어린 소년의 머리를 왼손으로 헝클어뜨렸다. 미래의 미식축구 공격수는 모자가 있는 곳으로 걸어가 모자를 거리 쪽으로 찼다. 그 후 교통신호를 위반한 운전자에게 다가가는 경찰처럼 여유작작한 걸음으로 다시 앨버트 쪽으로 걸어갔다. 그가 천천히 손을 내밀어 앨버트의 코를 쥐었다.

켈비는 성큼 두 걸음을 내딛어 밥의 어깨를 붙들고는 과격하게 그를 돌려세웠다.

"이거 놔요!" 밥이 말했다.

"집으로 가거라!" 켈비가 매섭게 명령했다. "어서!"

밥이 아랫입술을 비죽 내밀고 인상을 썼다. 잠깐 동안 그는 마치 눈싸움이라도 하려는 듯 켈비를 노려보았다. 그는 이내 어깨를 으쓱하고는 입술로 알 수 없는 소리를 낸 후 그곳을 떠나려 했다.

"잠깐 거기 서!" 켈비가 냉엄한 어조로 말했다. 밥이 놀라서 몸을 돌이켰다. "모자를 집어서 쟤한테 가져다줘." 켈비가 말했다.

밥이 그를 째려보았다. "쟤보고 가져다 쓰라고 해요." 밥이 거부했다. "내 모자도 아니잖아요."

"집어 와!" 켈비가 소리쳤다. "안 그러면 너를 거꾸로 들어서 네 입으로 모자를 물어 올리도록 만들겠다!"

밥의 눈썹이 위로 올라갔다. 그는 켈비의 얼굴을 한번 쳐다본 후 고개를 돌렸다. 그는 거리에 던져진 모자 쪽으로 천천히 걸어가서는 모자 바로 옆에다 침을 뱉은 후 오른손으로 모자를 집어 들었다. 밥이 모자를 앨버트에게 던져 줬지만 앨버트는 모자를 놓쳤다. "엘라, 또 보자." 밥이 말했다. "앞으로 조심해." 그가 휘파람을 불면서 거리를 따라 걸어갔다.

앨버트는 모자가 그의 머리에서 벗겨진 이후로 얼어붙은 듯 제자리에 서 있었다. 그는 훌쩍거렸다. "뚝 그치지 못해!" 켈비가 그에게 소리쳤다. "뚝 그치라고!" 하지만 아이는 울음을 멈추지 않았다. 아이의 떨리는 아랫입술과 경련을 일으키듯 급하게 요동치는 배가 켈비의 눈에 들어왔다. 아이는 최대한 울음을 참으려 노력하는 듯했지만 어느 순간 걷잡을 수 없이 울음을 터뜨렸다. 켈비가 갑자기 아이를 움켜쥐듯 붙들었다. 그는 아이의 머리가 앞뒤로 까딱일 정도로 과격하게 아이를 흔들었다. 아이의 왼쪽 어깨에서 손을 뗀 그는 아이의 뺨을 때렸다. "이 못난 놈!" 켈비가 흐느꼈다. "이 빌어먹을 겁쟁이 자식!"

마침 모퉁이를 돌아오던 레이놀즈 씨는 간신히 어른을 아이에게서 떼어 놓았다.

"이제껏 아이를 괴롭히는 불량아들을 많이 보긴 했지만," 레이놀즈 씨는 후에 스티븐슨에게 말했다. "내가 그때 본 모습 같은 건 처음이었어요."

스티븐슨은 성냥불로 천천히 담배에 불을 붙였다. 그는 머리를 한쪽으로 기울이며 깊은 상념에 젖은 표정을 지었다. "우리 아들 밥도 그에게 협박을 받았다고 하더군요." 그는 길게 담배 연기를 빨아들인 후 천천히 연기를 내뿜으며 연기가 만들어 내는 모양을 지켜보았다. "사람 속은 알 수가 없어요, 레이놀즈." 그가 말했다. "누가 알았겠어요."

916호실에 투숙한 신사

The Gentleman in 916

내가 데리고 있던 기억에 남을 만한 흑인 하녀들 중 한 명이 얼마 전에 편지 한 통을 보냈다. 메이지라는 이름의 여자였는데 몇 년 전 음울한 11월 저녁, 피곤해서 잔뜩 신경이 곤두선 채 퇴근한 나에게 부엌에 있는 '죽음의 형상'을 띤 것이 문제가 있는 것 같다고 말하는 바람에 내 간담을 서늘하게 만든 적이 있다. 알고 보니 그 끔찍한 물건은 전기 아이스박스 위에 설치된 종 모양*의 장치였다. 하지만 그때는 이미 내가 혼비백산을 하고 난 다음이었다.

메이지는 편지의 무려 두 문단 가까이를 그녀와 그녀 가족들이 앓고 있는 모든 질환을 열거하는 데 할애했지만 내 머리를 다시 곤두서

---

* 하녀가 종 모양dome-shaped을 죽음의 형상doom-shaped이라고 발음한 것.

게 할 만한 내용은 없었다. 그러던 중 나를 깜짝 놀라게 할 만한 문장 하나가 눈에 띄었다.

"저는 주인님을 12월에 찾아뵈려고 했었어요. 하지만 시간 관리자가 주인님은 플로리다에 계신다고 하더군요."

내 시간을 관리하는 누군가가 있다는 것은 그때 처음 들은 이야기였다. '죽음의 형상'처럼 생긴 두려움이 다시 내게 몰려왔다. 물론 12월에 나는 플로리다에 있지도 않았지만 그게 큰 위안이 되지는 못했다. 내 모래시계를 지켜보는 누군가가 제대로 일을 하고 있지 않았던 것일지도 몰랐다.

'제깟 놈이 어디에 있건 무슨 큰 차이가 있겠어?' 그는 이렇게 생각하고 있었을지도 모른다. '어차피 몇 시간 남지도 않은 인간을 내가 뭐하러 일일이 쫓아다녀. 여기 앉아서 모래시계나 들여다보고 있으면 될걸.'

하지만 그가 내 옆에서 꼼꼼히 내 시간을 챙기고 있다는 느낌을 받을 때도 있다. 난생처음으로 시력이 정상 시력의 5분의 1로 떨어져서 나는 그를 볼 수 없다. 그러나 들을 수는 있다. 장님은 엘크하운드*의 청력을 갖게 된다는 말은 과장이 아니다. 나는 카펫에 바늘이 떨어지는 소리를 들을 수 있다. 그때는 두 가지의 소리가 난다. 바늘이 처음 카펫에 부딪칠 때 나는 다소 또렷한 소리 다음에는 튀어 오른 바늘이 다시 바닥에 닿을 때 좀 더 희미한 소리가 또 들린다. 예민한 청력 덕분에 나는 내 시간 관리자의 존재를 귀로 들을 수 있다. 아니 듣는다고 생각을 한다. 이런 일은 언제나 내가 홀로 방에 있을 때, 또는 그렇다

---

* 노르웨이 원산의 사슴 사냥개.

고 생각을 할 때, 일어난다. 듣고 있던 라디오를 갑자기 끄면 그가 카펫 위를 스치는 소리를 들을 수 있다. 바늘이 떨어질 때 나는 소리의 세 배쯤 되는 소리다.

"안녕하쇼." 내가 인사를 건네도 그는 대답하는 법이 없다. 때로는 나도 몰래 내 방에 들어와 있던 웨이터나 벨보이, 하녀가 대답을 하는 경우도 있다. 그런 경우 시간 관리자는 옷장이나 침대 밑으로 재빨리 몸을 감춘다. 하지만 나는 벨보이나 하녀에게 그를 찾아보라고 시키지는 않는다. 생각해 보라, 얼마나 우스꽝스럽게 들리겠는가?

"웨이터?"

"예, 선생님?"

"미안하지만 침대 밑을 좀 살펴봐 줄래요? 거기 시간 관리자가 있을 것 같아서."

"시간 관리자라고요? 죄송합니다만 선생님, 제가 지금 시간 관리자라고 들은 게 맞나요?"

"맞아요, 시간 관리자. 이 방 어딘가에 시간 관리자가 숨어 있어요. 소리가 나지 않게 운동화를 신고 벽지와 같은 무늬의 옷을 입었을 거예요."

"실례지만, 의사를 불러 드릴까요?"

"아니, 됐어요. 괜찮아요. 그냥 없던 얘기로 합시다."

아직 누구에게도 의사를 불러 달라는 심부름을 시킨 적은 없지만 조만간 그렇게 할 사람을 한 명 마음에 두고 있기는 하다. 헤이스트라는 이름을 가진 웨이터가 바로 그다. 항상 엉뚱한 주문을 가져오는가 하면 문 밑으로 메뉴를 밀어 넣는 것도 그 친구다. 다른 사람들에게는 문 밑으로 메뉴가 들이밀어져도 별일이 아니겠지만 나한테는 누군가

장바구니를 밟고 올라서는 듯한 소리로 들려서 깜짝 놀라고는 한다.

조만간 나는 헤이스트로 하여금 의사에게 전화를 걸게 할 것이다. 그가 의사에게 "916호실의 손님방에 시간 관리자가 있다고 하네요, 선생님"이라고 말하면 어떤 일이 벌어질지 눈앞에 그려진다. 해가 지기 전에 그는 정신병원행일 것이다.

시간 관리자는 누구에게 급여를 받고 있을까? 어쩌면 나일지도 모른다. 수표를 끊어 준 기록이 없는 것으로 보아 무의식중에 지불을 하고 있는 것일 수도 있다. 그가 소리를 내지 않는 시계를 들고 다니는 것은 참으로 분별 있는 행동이라 할 수 있다. 밤중에 소리가 나는 시계를 들고 그가 내 발치에 앉아 있으면 나는 밤새 잠을 자지 못할 것이다. 손목시계에서 나는 바늘 소리에도 나는 잠을 이루지 못하는데 마치 두 사람이 기관차에 매달려 바퀴를 떼어 내려고 하는 소리처럼 들리기 때문이다. 귀마개를 하면 소란이 좀 잠잠해진다. 그런 뒤 바늘 소리는 점점 더 희미해져서 불도그가 깔고 앉은 깔개를 빼내려는 두 사람이 만드는 소음처럼 비교적 편안한 지경에까지 이르게 되는 것이다.

흑백사진 속의 여인
Daguerreotype of a Lady

내가 내 세계에 처음 올브라이트 여사를 들여놓은 것은 서너 살쯤 되었을 때였다. 당시 그녀는 거의 일흔에 가까운 나이로, 마치 아이들의 눈에 신기하게 비쳐진 후 그들의 의식 속에 계속 남아 있기 위해 의도적으로 고안된 인물 같았다. 마저리 이모라고 사람들에게 불린 그녀는 뼈대가 굵고 뚱뚱했는데 그녀의 친구들은 그녀를 양배추처럼 땅에 붙은 체형이라고 말했다. 어릴 때 입은 부상이 그녀의 키를 더 작아 보이게 만들었다. 10대 후반이었을 때 얼음판에서 넘어지는 바람에 오른쪽 무릎뼈를 다친 후 그녀의 다리는 구부러진 상태로 낫지를 않았다. 서 있을 때는 마치 신발 끈을 묶기라도 하려는 듯 몸을 앞으로 구부린 모습이었고, 걸을 때는 오래된 회중시계의 진자처럼 몸이 좌우로 흔들렸다. 어른들은 그녀의 걷는 모습을 보고 딱하게 여겼지만 아이들의 눈에는 그녀가 신기하게만 보였다. 나는 해 질 무렵 그녀가 한 손에는 호미를, 한 손에는 물뿌리개를 들고 정원에서 용케 균형을 잡으면서 절뚝이며 돌아다니는 모습을 신기하게 바라보곤 했다. 무릎이 쑤실 때면 그녀는 눈을 지그시 감았다. 그녀는 지팡이를 마다했다. 지팡이는 60대에 들어서면 비실비실해져서 걸음도 제대로 걷지 못하는 남자들이나 짚는 것이었다. 자기 집 2층으로 올라가는 짧은 계단을 오르는 데만 10분 이상이 걸렸지만, 한 손으로는 난간을 잡고 다른 손으로는 불편한 다리를 성한 다리 쪽으로 끌어 올리면서 용케 오르내렸다. 몇 계단마다 숨을 고르기 위해 멈춰 서 쉬어야 했다. 하지만 계단을 내려올 때는 등을 돌린 채 거꾸로 내려와야 했기 때문에 훨씬 더 힘이 들었다. 그녀는 일요일을 제외하고는 1년 내내 매일 아침 동이 트기 전에 일어나서 밤 10시 이전에는 잠자리에 드는 법이 없었다.

마저리 이모는 일을 제대로 해내는 적극적인 여인이었고 자신의 일을 체념한 자세로 차분하게 하는 타입도 아니었다. 말을 삼가는 여인네들이 그녀가 자신의 고장 난 다리에 퍼붓는 욕을 들었다면 기함할 만큼 입도 걸었다. 길고 고단한 인생을 사는 와중에 모처럼 만에 휴식을 취하고 있을 때의 그녀가 짓는 부드러운 표정과 머리 가운데로 가르마를 탄 백발을 보면 사람들은 그녀의 체력과 강한 정신을 가늠할 수도 없었을 것이다. 하지만 다른 여인네들이 감당하기 어려운 일이나 보통의 남자들조차 다루기를 두려워하는 일들을 맡아 처리해 달라는 부탁을 받으면 그녀는 결연한 눈으로 입을 앙다물고 자신의 장애조차 잊어버리는 듯했다. 가족이 아프거나 출산이 임박했을 때, 부러진 뼈를 맞춰야 할 때 등 이웃들은 위기에 처하면 종종 그녀를 청하곤 했다. 그녀는 타고난 치료사였다. 그녀의 솜씨, 지혜, 그리고 앞으로도 언급되겠지만, 다양한 민간요법과 실질적인 치료법은 주위에 널리 신망을 얻었다.

120년 전, 여인들이 아직 용기 있고 자립심이 있던 시대에 마저리 댕글러라는 이름으로 태어난 올브라이트 여사는 마틴 밴 뷰런*이 대통령이던 시절, 그녀가 아홉 살 때 아버지가 모는 포장마차를 타고 서부로 왔다. 서쪽으로 이주하기 전에 댕글러 가문은 뉴저지의 롱브랜치에 살았다. 그들은 잠시 인디애나 주의 코코모에 머물다가 다시 오하이오로 거슬러 가서 워런 카운티의 레버넌, 로건 카운티의 디그래프, 다크 카운티의 아케이넘과 그린빌에 정착했다. (스테이시 테일러 판사**도 레버넌에 살았지만 댕글러 가문이 그 작은 마을에 도착했을 때는 이미 다른 곳으로 떠난 지 15년이나 지난 후였다.) 남북전쟁 직후 올브라이트 여사는 콜럼버스로 이사를 왔고 그 후 나머지 반평생을 5번가와 월넛 앨리가 만나는 모퉁이의 집에서 살았다. 그녀는 두 가구가 살도록 지어진 목조 골재 집의 북쪽 칸에 거주했다. 그녀의 남편은 전쟁이 끝나던 해 그린빌에서 사망했기에 그녀는 딸인 벨과 함께 지냈다. 내가 처음 그 동네에 살기 시작한 1900년경에는 5번가가 포석으로 덮여 있었고 시의회도 꽤 관대해서 그녀의 집 앞 보도블록 한복판에 서 있는 커다란 플라타너스 나무가 때가 되면 둥그런 열매들을 뚝뚝 떨어뜨리도록 내버려 두었다. 길 건너편에 있던 '거룩한 십자가 교회'의 첨탑에는 깊은 울림을 지닌 시계가 있었는데 그녀의 반평생을 15분 간격으로 구분해 주었다. 당시까지만 해도 아직 그쪽 동

---

* 미국 제8대 대통령으로, 1837~1841년에 재임했다.
** 제임스 서버의 외증조부.

네는 한적한 편이었고, 그녀의 집은 비록 초라하고 낡았지만 내 유년의 기억에는 평화롭고도 큰 건물로 남아 있다.

올브라이트 여사와 그녀의 딸은 가난했다. 삯을 받고 바느질, 빨래, 다리미질을 맡아 했고, 2층에는 항상 하숙인을 들였지만 매달 초 직접 집세를 받기 위해 걸어서 찾아오는 자수성가의 주인공, 집주인 라일 씨에게 10달러를 맞춰 내기가 빠듯했다. 거실의 카펫은 색이 바랬고 난로에서 달궈진 석탄이 떨어진 곳은 덧대어졌다. 지하실에 있는 부엌의 석탄 스토브에 물을 올려 데우지 않는 한 따뜻한 물을 사용할 수도 없었고, 집 안의 조명은 올브라이트 여사가 석탄 기름 램프라고 부르던 것들이 다였다. 그녀의 낡은 집은 벌겋게 단 석탄, 점점 시력이 떨어져 가는 여인네들이 들고 다니는 램프 등 불이 나기 쉬운 요인들이 많았지만 어린아이들에게는 금전 문제만큼이나 상관이 없는 문제들이다. 나는 어릴 때 그 집에서 많은 시간을 보냈는데 서로 엇비슷한 다른 여염집들과는 다른 점이 많기 때문이었고 그런 차이점들이 내 눈에는 모두 흥미롭게만 보였다. 집의 바닥은 울퉁불퉁했고 문들이 닫히지 않도록 받쳐 두는 물건들도 들에서 주워 온 돌, 올브라이트 여사가 카펫 조각으로 덮어씌운 보도블록, 귀에 갖다 대면 거친 파도 소리가 들리는 커다란 고둥 껍질 등 모두 다양했다. 집 안의 모든 거울은 표면이 고르지 못한 유리로 만들어져 거울에 비추어지는 모습들을 재미있게 일그러뜨렸다. 석탄 창고에는 야외 화장실을 안으로 들여놓은 듯한 화장실이 있었는데 신기하게도 시의 정화 시스템과 연결되어 있었다. 거실의 창문들 가운데 하나는 창틀이 바닥에 닿도록 나 있어서 번개가 치는 것이나 눈이 오는 광경을 지켜보기에 좋았다. 짐 웨스트의 말 보관소의 동쪽 벽이 올브라이트 여사의 뒷문에서 5미터도 떨어져 있지 않았는데 그 벽에 기대어 세워진 격자 시렁을 밤나팔꽃이 타고 올라가서는 여름의 황혼 무렵이면 작은 낙하산 같은 꽃들을 활짝 피웠다. 격자와 뒷문 사이에는 두레박으로 물을 길어 올릴 수 있는 우물도 있었다. 이 모든 것들을 아서 왕의 어머니라고 해도 어울릴, 아니 『리버티 보이스 76』*의 대위와 중위였던 딕 슬레이터와 밥 에스터브룩의 어머니라고 해도 부족함이 없을 위대한 여인이 관장하고 있었다.

나는 얼마 전 에머슨이 쓴 「아니카, 사사프러스, 페니로열은 어디에서 자라는지 아는 사람이 마을에 있다면 얼마나 편리할까?」라는 글을 읽고 올브라이트 여사가 떠올랐다. 올브라이트 여사는 숲과 들판에 나는 약초들에 대해 해박한 지식을 가지고 있었다. 구토에서 위경련까지, 모든 고통에 효험이 있는 수십여 가지의 나무뿌리들과 잎들, 껍질들을 알았을 뿐만 아니라 콩코드 지역의 야외에서 천식을 포함한 기타 기관지 질환을 치료할 수 있는 적절한 식물들을 용케도 찾아내었다. 벨라도나, 흰독말풀, 디기탈리스를 모아서 그릇에 넣고 질산칼륨 용액을 부은 다음 불을 지핀 후 환자를 그릇 위에 몸을 굽히고 연기를 들이마시게 했다. 그녀는 소화불량일 때 씹으면 좋은 풀, 콧물을 흘릴 때 좋은 민트, 벌써 100여 년 동안 목이 아플 때나 기타 염증의 진통제로 사용되어 온 향기로운 슬립퍼리엘름**의 속껍질을 어디에서 구할 수 있는지 꿰뚫고 있었다.

올브라이트 여사의 거실에서는 종종 장뇌 냄새가 풍겼다. 장뇌는 가벼운 베인 상처(화상에는 축축한 베이킹파우더나 으깬 감자를 차갑게

---

* 미국 독립전쟁을 무대로 한 100명의 소년 용사들의 활약을 그린 소설.
** 북미 동부산 느릅나무의 일종.

해서 붙였다)에 바르기도 했지만 머리가 아플 때는 앞이마에 써도 좋았다. 묽게 타서 입을 헹구는 데도 사용했는데 아무리 물을 많이 넣어도 내게는 전혀 묽게 느껴지지 않았다. 어지럼증이나 자주 정신을 잃을 때는 환자들에게 장뇌의 냄새를 맡게 했다. 올브라이트 여사도 가끔 그런 증상들을 겪었지만 보통 다른 여인들이 겪는 우울증 같은 이유 때문이 아니라 수면 부족이나 과로가 원인이었다. 손등에 장뇌를 약간 발라 두면 주인의 손을 핥는 버릇이 있는 개의 습관을 완전히 고칠 수도 있었다. 마저리 이모는 아주 오랫동안 주인을 잘 따르는 개들을 길러 왔다. 그중의 첫 번째는 튜니(그녀의 동생인 튜니스의 이름을 따라 붙였는데 그는 실로에서 한 신경질적인 남부 농장 일꾼이 자신의 머스켓 총을 손질하다가 실수로 발사해 버린 꽂을대에 맞아 죽었다)로, 댕글러 가문을 따라 롱브랜치에서 포장마차를 타고 온 놈이었다. 가장 마지막으로 기른 개는 캡이라는 이름으로 불렸는데 얼룩무늬가 있는 잡종이었다. 낡아 빠진 여행 가방처럼 생겼던 개는 안주인의 불굴의 생명력을 닮기라도 한 듯 열여섯 살까지 살았다. 마음은 슬펐지만 차분한 손길로 마저리 이모는 고통스러운 말년을 보내던 캡에게 마취제를 처방해서 잠들게 했다. 바로 그해 올브라이트 여사는 갓 태어난 생쥐 한 마리를 애완용으로 기르기 시작했는데 놈의 어미가 내가 이제껏 본 쥐들 중 가장 큰 놈을 잡았던 지하실의 쥐덫에 걸려 참담한 죽음을 당해서였다. 참담하다는 표현을 쓴 이유는 히코리 널판과 두툼한 용수철로 만들어진 덫은 고양이가 걸리더라도 죽을 만큼 강력했기 때문이다. 한번은 올브라이트 여사가 쥐들의 두목 격인 노회한 놈을 지하실 구석으로 몬 적이 있었다. 덫에 걸리지 않게 치즈만 빼어 먹는 법까지 터득한 놈이었지만 결국은 그녀가 던진 석탄 덩어리에 맞아 죽었다.

올브라이트 여사의 거실, 손이 닿기 쉬운 곳에 달려 있는 선반들에는 다양한 약들이 비치되어 있었다. 궤양을 치료하기 위한 명반, 가슴 치료에 쓰이는 카카오 버터, 배앓이와 설사 치료제인 파레고릭*, 고통을 잊게 하기 위한 아편정기, 찜질용 여주, 변비 치료를 위한 비스무트, 제산제나 가벼운 변비약으로 쓰이던, 푸른 종이에 싸인 가볍고 백묵 가루 모양의 탄산마그네슘, 그중에서도 감홍**과 청괴***는 마저리이모 세대의 여인들에게는 간장을 확실하게 조절해 주는 약으로 정평이 나 있었다. 청괴는 알약의 형태로 판매가 되었는데 그녀는 금속 수은을 장미 사탕과 섞어 환처럼 빚어냈다. 올브라이트 여사 때처럼 감홍과 청괴를 집에 비치하는 가정은 이제 없을 것이다. 아편을 묽게 한 약들인 파레고릭이나 아편정기를 함부로 사용하는 것은 이미 오래전부터 의사들이 금기시해 왔다. 약사들은 여주에 대해 들어 보기는 했을지 모르지만 꽤 나이가 많은 축이 아니면 실제로 그것을 본 사람은 드물 것이다. 오늘날의 습포제들에는 촉촉하면서도 연한 적색에서 오렌지색까지 다양한 색상을 지녔던 오이 모양의 여주들처럼 매력적인 재료들을 더 이상 사용하지 않을 것이다. 100년도 더 오랜 이전에는 초록색에서 빨간색으로 익어 가는 토마토와 함께 여주가 창가에 심기는 관상용 식물로 애용되었다. 일설에 의하면 미국에서 토마토를 식용으로 사용한 것은 1820년 뉴저지의 살렘에 사는 남자가 처음이었다고 하는데 당시로서는 무모하리만치 놀라운 일이었다고 한다. 그로

* 장뇌를 알코올에 녹인 마약성 치료제.
** 염화제일수은. 설사약이나 살충제에 사용한다.
*** 수은을 글리세린이나 밀랍으로 개서 만든 것.

부터 10년 뒤 그곳에서 멀지 않은 롱브랜치에서 올브라이트가 태어났다. 나는 코네티컷 주 리치필드에 있는 내 단골 약국인 크러치 앤드 맥도널드의 약사 블레이클리에게서 아직도 시골 작은 마을들에서는 목감기를 치료하기 위해 슬립퍼리엘름을 사용한다는 이야기를 듣고 무척 반가웠다. 지금은 올브라이트 여사처럼 약으로 쓰기 위해 나무껍질을 벗기는 아낙네들은 없을 것이다. 하지만 아직도 춥고 눅눅한 겨울날에는 벌써 90년 전의 처방에 따라 헨리세이어 사가 제조해 판매하는 슬립퍼리엘름 사탕을 많은 사람들이 구입하고 있다. 나도 블레이클리의 약국에서 한 상자 사서 몇 개 먹어 보았다. 내 도회적인 코에는 좀 비료 냄새가 나는 것 같았지만 맛은 별 역겨운 느낌 없이 무난했다. 충분히 쓰린 목을 가라앉힐 수 있을 만했다. 블레이클리의 말에 따르면 70세 이상의 고령자들이 간장이 애를 먹인다며 가끔 파란 알약을 구하러 들르곤 한다고 했다. 여주에 대해서 들어 본 적이 있느냐고 묻자 그는 그게 뭔지는 알지만 실제로 본 적은 없다고 털어놓았다. 그의 대답을 듣자 갑자기 내가 자신이 유효한 시대를 넘어 아직도 살아남은 현대판 마저리 이모처럼 느껴졌다.

마저리 이모는 차가운 커피(냉커피가 아니라 그냥 실온의 커피)가 나른하거나 기분이 가라앉을 때, 피로할 때 좋다고 말했다. 그녀는 비위가 약한 사람들을 위해 피마자기름에 커피를 섞기도 했지만 정작 자신은 피마자기름을 병째로 꿀꺽꿀꺽 마셨다. 내가 아직도 지니고 있는 유년의 소름 끼치는 기억들 중의 하나이다. 배에 가스가 차거나 전날 밤 병을 가져다 맡긴 남자들을 위해서 그녀는 식초와 설탕, 베이킹소다를 섞은 약을 만들기도 했다. 물에 적신 소다크래커들은 거머리나 사혈을 할 만큼 위중하지 않은 경우 피를 묽게 하는 데 사용되었다. 넘어져서 팔꿈치나 무릎에 상처가 생기면 그녀는 튀어나온 살의 모양을 주의 깊게 살폈다. 총상이나 도끼에 의한 상처처럼 큰 상처에는 흑사병을 조심해야 한다. 이 끔찍한 병은 괴저로 착각하기가 아주 쉽다. 하지만 '푸른 멧돼지'*가 무엇인지 알게 되었을 때 나는 이미 10대를 한참 벗어난 터였다. 올브라이트 여사는 그것을 '뭉친 사타구니'라고 설명했는데 그것이 흑사병의 전형적인 증상이었다. 그녀도 언젠가 여행 중 그 병에 걸렸지만 살아남았다. 그 병의 정식 이름은 '서혜 임파선종'으로, 그것에서 '가래톳'이라는 말이 나왔다. 웹스터 사전에도 그 병을 설명하면서 뭉친 사타구니라는 올브라이트 여사의 묘사를 똑같이 이용하고 있다. 콜레라도 빼놓을 수 없는데 후진국에서나 찾아볼 수 있을 법한 치명적인 병처럼 들리지만 일전에 조사를 해 본 바로는 여름에 풋사과를 먹고 배앓이를 하는 것보다 별로 심각한 병은 아니었다. 참을 수 없는 치통에는 씹는담배만큼 효과가 있는 것도 없다. 그녀는 열여섯 살 때 오브리 호그우드라는 우울한 이름의 청년과 말을 타고 교외로 나갔다가 치통 때문에 고생한 일이 있었다. 갑자기 덮친, 안장에 앉아 있기도 힘들 정도로 고통스러운 치통에 시달리던 그녀가 옆에서 어쩔 줄 모르고 지켜보고 있던 호그우드에게 씹는담배 주머니를 건네 달라고 부탁했다. 창백한 얼굴의 청년이 말을 더듬으며 담배쌈지를 넘겨주었다. ("내가 그에게 말했지, '호그우드 씨, 담배 자루를 이리 줘 봐요.'") 그녀는 담배를 듬뿍 집어서는 질겅질겅 씹기 시작했다. 치통은 곧 사라졌지만 청년도 그녀에게서 사라졌다. 비위가

---

* Blue Boar. 성병의 옛말.

약한 나약한 낭만주의자는 현실적인 처녀의 삶에 끼어들 여지가 없었다. 그 후 얼마 지나지 않아 다크 카운티의 그린빌에서 그녀는 존 올브라이트라는 한 농부를 만나서 결혼했다. 끔찍한 열병에서 그녀가 살려 내게 될 사람이었다.

어느 날 올브라이트(그의 아내는 그를 항상 성姓으로 불렀다)가 해쓱하고 수척한 모습으로 밭에서 비틀거리며 돌아왔다. 곧 침대에 드러누운 그는 어마어마한 고열과 오한에 시달렸다. 얼마나 몸을 떠는지 찬장의 접시들이 덜그럭거릴 정도였다. 그녀는 그때 아직 서른이 안 된 나이였지만 이미 인근에서는 경험이 많은 치료사로 인정받고 있었는데, 환자나 산모들 곁에서 침착하게 일을 처리하는 능력으로 소문이 자자했다. 그녀는 이전에도 남편의 심한 황달을 고친 적이 있었다. 그러나 열과 오한에 효과가 있다고 널리 인정받고 있던 그녀가 만든 약도 올브라이트에게는 소용이 없었다. 후에 그가 세상을 떠난 지 50년이 더 지나서 그녀는 내게도 그 약을 처방한 일이 있었다. 세상에서 제일 쓴맛이 나는 나무뿌리들에 키니네까지 섞어 만든 아주 역겨운 맛의 액체는 목에서 위장으로 넘어가는 동안 불덩이를 삼킨 느낌을 들게 했고 눈에서는 눈물이 줄줄 흘렀다. 마저리 이모는 몇 번이나 남편에게 그 약을 먹였지만 그의 이마는 다리미 바닥처럼 펄펄 끓기만 할 뿐이었다. 이제는 그녀조차도 남편이 병에서 회복하고 다시 자리에서 일어설 수 있을지 확신할 수 없었다. 밤새 몸을 비틀며 앓는 소리를 낸 올브라이트는 아침이 되어도 차도가 없었다. 그녀는 남편의 이마를 손바닥으로 만져 봤다. 그녀는 체온계를 불신했다. 그녀에게 체온계는 설명이 궁한 의사들이 그럴듯한 말을 생각해 내는 동안 환자들의 입을 다물게 하기 위해 입에 물려 놓는 유리 조각일 뿐이었다. 그녀는 대부분의 의사가 교육받은 바보들이라고 생각했다. 그들은 공연히 환자 주위에서 소란을 떨어 그들을 불안하게 만들고 몸이 스스로 회복하는 것을 방해만 할 뿐이었다. 그녀는 유식한 척하는 의사들을 고름 주머니라고 불렀고, 화려한 언변으로 환자들을 주무르는 의사들은 허풍선이라고 했다.

남편이 열병으로 누운 지 이틀째가 되자 존 올브라이트의 아내는 자기가 할 수 있는 일이 한 가지밖에 남지 않았음을 알았다. 목장으로 나간 그녀는 양들의 똥(그녀는 에둘러 표현하지 않았다)을 양동이 가득 주워 모았다. 올브라이트 여사가 치료사로서의 그녀의 일을 위해 들판과 가축들의 우리에서 모은 것은 양들의 똥만이 아니었다. 난산으로 고생하는 임신부를 위해서는 닭의 깃털들을 주워서 깃대 안에 가루담배를 집어넣은 후 임부의 콧구멍에 불어 넣었다. 임부의 심한 재채기는 아무리 고집 센 아기도 엄마의 배에서 나오게 했다. 침대에서 앓는 소리를 하며 누워 있던 올브라이트도 아내가 무엇을 하려는지 이미 알고 있었기 때문에 그 끔찍한 처방이 부엌 스토브에서 끓기도 전에 이미 오장육부가 뒤집혔지만 올브라이트 여사는 그가 꼼짝없이 약을 먹게끔 만들었다. 아마도 한쪽 무릎으로 그의 배를 누르고 힘센 손으로 그의 목을 붙들어서 억지로 삼키게 했을 것이다. 나는 그녀가 자랑스럽게 그 이야기를 하는 것을 수십 번은 들었다. 올브라이트는 약을 먹지 않겠다고 저항하거나 먹은 약을 토하며 며칠을 더 병석에서 보냈지만, 그 주가 다 지나가기 전에 다시 들판에 나가서 일할 수 있었다. 그는 몇 년 후 신장결석 때문에 사망했다. 아주 뾰족한 결석이어서 치료가 불가능했다는 게 올브라이트 여사의 주장이었다. 딸과 함께 콜럼버스로 이사한 후, 사라진 지 오래되어 지금은 아무도 기억을 못 하지만, 아메리칸 하우스라는 호텔에서 잡역부로 일하기도 했다. 그녀는 만나 본 손님들 중 가장 깔끔했던 "존경할 만한 스티븐 A. 더글러스"라는 사람에 대해 자주 이야기를 했다. 그는 항상 방을 말끔한 상태로 유지했고 침대 정리조차 자신이 하곤 했다. 하지만 가끔 얼빠진 짓을 저지르기도 했는데 가령 호텔 투숙을 끝내면서 방에다 책을 한 권 두고 갔다고 한다. 그녀는 책의 제목이 무엇이었는지, 그 책을 어떻게 했는지까지는 기억이 나지 않는다고 말했다.

마저리 올브라이트는 본인도 여자였다는 점을 감안하더라도 철저히 여자 편이었다. 대부분의 남자들에게서는 성실성이나 책임감을 기대할 수 없다는 것이 그녀의 지론이었다. 농부건 의사건 남자들은 그녀의 신랄한 조소의 대상이 되기 쉬웠고 그중에서도 특히 말만 번지르르한 사람, 어린 내게는 수수께끼처럼 들렸지만, 스토턴 약병처럼 빈둥거리기 좋아하는 게으르고 따분하고 어리석은 남자들은 그녀에게 최악의 인간들이었다. 다행스럽게도 나는 스토턴 박사와 그의 약병들에 관한 내용을 웹스터 영어사전의 오래된 숙어들의 유래에서 찾을 수 있었다. 무니언 박사*나 파더 존**이 나오기 전 활동했던 스토턴 박사는 쑥, 개불알꽃, 루바브, 오렌지와 카스카릴라 나무의 껍질, 알로에를 섞어 만병통치약을 만들었다. 그 약은 알코올음료에 맛을 내기 위한 첨가제로 쓰이거나 긴 겨울을 보낸 사람들이 봄에 활력을 얻기 위해 강장제로 복용을 했는데, 단지처럼 납작하고 무거운 병에 담겨져 판매가 되었던 것 같다. 하지만 유감스럽게도, 숙어 표현에 언급되

---

* 동종요법 치료제로 유명한 인물.
** 감기약 이름.

기까지 했지만 정작 병의 모양은 웹스터 사전에도 실려 있지 않다. 사전에는 단지 '스토턴병처럼 앉거나 서다 : 둔감하고 말없이 앉거나 서다'라는 항목만이 있을 뿐이다. 그러나 올브라이트 여사는 그 표현에 허풍스럽다는 자기만의 의미를 더했고, 그 표현의 적용 대상이 되지 않을 만큼 기민하고 효율적인 남성은 손에 꼽을 정도였다.

셀 수 없이 많은 청과와 감홍을 먹었지만 그녀는 88세까지 장수했다. 그녀는 1년에 한 번은 주체할 수 없이 침이 흐른다고 고백했다. 내 단골 약사에 따르면 감홍을 무분별하게 사용해서 걸린 수은 중독의 전형적인 증상이었다. 하지만 그 모든 것에도 불구하고 그녀는 마지막 순간까지 힘과 활기가 넘쳤다. 그녀는 죽을 때까지 단 한 번도 의사가 자기를 진찰하도록 허락하지 않았다. 그녀의 딸인 벨은 의사들에 관한 한 어머니보다 덜 부정적이었고, 열다섯 살 때는 몇 달 동안 앓던 병 때문에 인근의 의사를 찾아간 적도 있었다. 그녀를 진찰한 의사는 그녀의 상태가 아주 위중하다고 판단하고 동료 의사를 한 명 더 불러 협진했다. 그들이 내린 결론은 정말로 음울한 것이었다. 그들은 벨이 1년도 살지 못할 것이라고 진단을 내렸다. 그 이야기를 들은 올브라이트 여사는 앉아 있던 안락의자를 박차고 일어나 의사들에게 욕을 퍼부으며 방 안을 휘젓고 다녔는데, 얼마나 격렬하게 화를 냈던지 다리가 플라밍고의 다리처럼 뒤편으로 접히는 바람에 사람들이 그녀를 부축해서 다시 안락의자에 데려다 놓아야 했다. 그녀가 앓고 있던 병이 무엇이었든 벨은 그것에서 회복했고, 그녀에게 시한부 인생을 선고했던 두 의사보다 15년을 더 살고는 어머니와 같은 88세를 일기로 세상을 떴다. 올브라이트 여사는 의사들의 실수를 절대로 잊지 않았고 빈번히 언급했다. 가끔, 아무 맥락도 없이 그녀는 그들에게 중얼중얼 욕을 했다. 그녀에게 존경 비슷한 것을 받은 의사는 단 두 명뿐이었다. 그녀는 환자들을 치료하는 과정에서 이들 의사를 만나면 공기와 물이 눈에 보이지 않는 병원균으로 가득하다는 서양의학의 주장을 붙잡고 늘어지곤 했다. 그것은 목장과 축사에서 얻어지는 치료제들을 사용하는, 간단하기 그지없는 기술들을 연마한 자연요법 치료사들에게는 특히 말도 안 되는 주장이었기 때문이다.

랭킨 박사가 한번은 그녀에게 물었다. "그러면 댁은 전염병이 어떻게 퍼진다고 생각하오?"

"그건 접촉에 의해서 옮겨지는 것뿐이에요." 그녀가 대답했다.

의사는 잠시 고개를 숙이고 생각에 잠겼다. "우리 둘의 주장이 다 맞을 수도 있소."

그녀가 좋아하던(너무 과한 표현을 쓰는 것일 수도 있지만) 다른 의사 중의 한 명인 던햄 박사는 1894년 12월 8일, 오후 느지막이 파슨스 거리에 있는 한 산모의 집을 찾아온 적이 있었다. 나는 올브라이트 여사 덕분에 그 집에 먼저 도착해 있었다.

"공연히 말만 고생시키셨구려." 그녀가 마침내 나타난 의사에게 쏘아붙이듯 말했다. "당신이 오지 않았어도 잘 처리했어요." 하지만 그녀는 한 가지 미심쩍은 점이 있었는데 그것을 의사에게 물어보기로 했다. "사내 아기치고는 머리에 너무 숱이 많던데 그런 애들이 좀 지능이 떨어진다는 말이 사실인가요?"

던햄 박사는 언제나처럼 그 문제를 잠시 신중하게 고려해 보는 것 같았다. "내 생각엔 이 아기의 경우보다 관자놀이 쪽에 난 머리털이 더 두꺼운 경우에만 그 이야기가 맞는다고 봐요." 박사가 말했다. "하지만 나라면 아기 엄마한테는 이런 이야기를 안 할 거요." 그가 덧붙였다.

다행스럽게도 강보에 싸여 누워 있던 나는 그들의 대화를 엿들었다 해도 아직 이해를 못 했을 것이다. 적당한 시기가 오면 내가 모국어로 제대로 말을 할 수 있을 것이고 너무 과도한 노력을 기울이지 않고도 사물의 이치를 깨달을 수 있을 것이 분명해졌기 때문에 마저리 올브라이트에게는 아주 만족스러운 대답이었다. 하지만 나는 그런 예측에 회의를 가진 적이 있다. 마흔세 살 때였을 것이다. 작은 협탁 위에 놓인 램프 쪽으로 내 거대한 침대를 옮기기 위해 나는 땀을 뻘뻘 흘리며 용을 쓰고 있었다. 그저 작은 협탁을 들어 침대 쪽으로 가져오면 해결되었을 일을 말이다. 그 외에 다른 사례들도 많이 있지만 지금은 올브라이트 여사의 이야기를 하는 중임으로 각설하겠다.

1905년 우리 아버지가 죽어 간다는 의사들의 주장을 듣고 누군가 분별 있는 사람이 마저리 이모를 불러 왔다. 그녀를 데려오기 위해 우리는 할아버지의 사륜마차를 보냈다. 오랜 목판화 같은 아침 풍경이었다. 자신이 가진 가장 좋은 검정 스커트와 퍼케일 천으로 된 블라우스를 입고 벚나무 틀의 타원형 거울을 들여다보면서 오래된 보닛의 벨벳 끈을 턱 밑으로 묶고 있던 그녀의 모습이 생각난다. 우리가 그녀를 인도로 부축해 데리고 나오자 사람들은 마치 링컨 시대의 사람을 쳐다보기라도 하듯 그녀를 바라보았다. 무릎이 시원찮은 마저리 이모를 괭이의 날만큼이나 폭이 좁은 마차 계단을 밟고 마차로 올라가게 하기 위해 한바탕 소동을 치러야 했다. 집 밖으로 나와 본 지 몇 년 만의 첫 외출이었지만 그녀는 4월 아침의 그 여행길이 반갑지 않아 보였다. 아버지는 그녀가 좋아하는 몇 안 되는 사람 중의 한 명이었고, 그가 죽어 간다는 이야기를 듣고는 따라나선 길이었다. 올브라이트 여사와 아버지를 간호하던 정식 간호사 윌슨 양의 첫 만남은 거의 역사의 이정표가 될 만한 사건이었다. 적어도 내게는 그렇게 느껴졌다. 빳빳하게 풀을 먹인 간호사복을 입은 젊은 여자와 검은 옷차림의 등이 굽은 노파의 만남은 현재와 과거의 만남, 신식과 구식, 의례와 본능의 만남이었고, 적대적인 사상 체계들이 차가운 불꽃을 튀기며 부닥치는 현장이었다. 윌슨 양은 도도하게 상대를 무시하려 했고 올브라이트 여사는 그런 그녀의 냉소적인 태도를 미워했다. 믿을 수 없을 만큼 수척해진 환자는 마저리 이모를 알아보았고 그녀는 곧 익숙한 방식으로 현장을 장악하기 시작했다. 정점은 사흘째 되던 날 발생했다. 점심을 먹고 온 윌슨 양은 환자가 햇살이 환한 창문 아래 베개에 기댄 채 의자에 똑바로 앉아 있는 것을 목격했다. 더군다나 환자는 올브라이트 여사가 입에 대 준 차가운 커피를 마시는 중이었다. 올브라이트 여사는 환자를 자리에서 일어나게 하는 것이 중요하다고 굳게 믿었다.

후에 마저리 이모는 항상 그때를 회상하면서 윌슨 양이 주먹 쥔 손을 흔들며 날카로운 목소리로 "이건 있을 수 없는 일이에요!"라고 외치던 모습을 과장스럽게 흉내 내곤 했다. 그녀는 불편한 무릎을 움켜쥐고 자리에 앉아야 할 때까지 흉내를 반복하다가는 만족한 미소를 지었다. 물론 마저리 이모가 그 대결에서 승리했다. 몇 주일 동안 누워 있기만 했던 환자가 차도를 보이기 시작했기 때문이다. 의사들은 놀라며 기뻐했고 윌슨 양은 입을 꼭 다물고 아무 말이 없었지만 올브라이트 여사는 그 모든 것을 대수롭지 않게 여겼다. 환자가 혼자서 옷을 챙겨 입고 거동할 수 있게 되자 그녀는 다시 마차를 타고 집으로 향했다. 이번에는 마차 여행길이 즐거운 모양이었는지 가는 길에 S. B. 하트먼 박사가 지은 대리석 저택을 구경할 수 있도록 그 앞에 잠시 마차를 세워 달라고 마부에게 부탁까지 했다. 비록 스토턴 박사의 강장제처럼 웹스터 사전에는 실리지 못했지만 하트먼 박사가 만든 강장제인 퍼루나는 스토턴 박사의 제품보다 훨씬 인기 있었는데 거기서 나온 수익금으로 그는 워싱턴 앤드 타운에 저택을 지었다.

콜럼버스의 낡은 목조 골재 집과 그것에 그늘을 제공하던 플라타너스 나무는 사라진 지 오래고, 5번가와 월넛 앨리가 만나는 북쪽 모퉁이에는 주유소가 자리를 잡았다. 올브라이트 여사의 정원이 있던 자리에는 자동차 바닥을 검사하기 위한 구덩이가 파여 있다. 낯익은 지형지물이라고는 길 건너에 있는 교회 첨탑에서 15분마다 깊은 울림으로 시간의 진행을 알려 주는 시계뿐이다. 1937년 벨이 5번가에 있는 다른 집에서 세상을 떠났을 때 그녀가 가진 소유물들은 모두 만년에 그녀를 돌봐 주었던 친지들 사이로 흩어졌다. 내게 주마고 했던 사진 앨범은 누구에게 흘러갔을까 궁금하다. 남북전쟁 이전에 1달러나 2달러를 주고 산 카드테이블은 지금 분명히 값어치가 나가는 골동품 대접을 받을 것이다. 올브라이트 여사의 침실 벽난로 양쪽에 세워져 있던 석고로 만든 갈색 스패니얼 개의 조각들, 침몰해 가는 배에서 사람들을 구하기 위해 노란 등대를 뒤로하고 바다를 향하는 그레이스 달링*의 용감하고 굳센 모습을 담은 흐릿한 컬러사진. 카펫 조각으로 감싼 벽돌, 들판에서 주워 온 돌덩이, 마저리 이모가 단추통으로 사용했던 초록색 양철 담배통, 그녀의 기묘한 조각 이불의 재료가 될 비단 천 자락을 모아 놓던 천 가방. 분명 이들 중 일부는 길가에 버려졌을 것이다. 뉴욕에 사는 작가가 이런 물건들, 아니 하다못해 형태가 똑바로 보

---

* 영국 북동부 해안 뱀브러 지역의 등대지기의 딸로, 1838년 9월 난파된 배에 있던 13명을 아버지와 함께 구조하여 영웅으로 기려졌다.

이지도 않는 울퉁불퉁한 거울이나 바닥과 높이가 같은 창문틀이라도 감사하게 받았을 거라고 누가 어림짐작이나 하겠는가?

마저리 이모가 살았을 때 그 집을 빈번히 찾아오던 사람들은 다 어떻게 되었을까? 그 집 2층에 하숙을 살던 사람들이 지금도 모두 기억난다. 가게 점원이었던 버니, 밴드에 성냥을 꽂은 카우보이모자를 쓰고 다니며 연고를 팔았던 희대의 닥 말로, 우아한 옷차림에 짙은 향수 냄새를 풍기며 다니던 신비에 싸인 금발 여인 레인 부인, 방 안에 권총을 가지고 있던 교도소 간수 리처드슨, 호리호리한 몸매에 말이 없었고 항상 미소를 띤 얼굴이었지만 자신이 무슨 일을 하는지 알려 주지 않았던 사내. 그는 결국 2주일 치 숙박료도 내지 않고 도망가 버렸다. 두 가구가 살도록 지어진 집의 다른 한편에서 오랫동안 살았던 노동자의 두 딸 도러와 세라 쿤츠도, 이따금 들르곤 하던 손님들도 내 기억에 남아 있다. 여름날 저녁이면 카드게임을 하러 놀러 오던 페퍼 씨와 딸 돌리, 항상 자기 딸들에 관해 이야기를 그치지 않던 스트라우브 부인, 보트의 정박을 돕기 위해 밧줄을 던지는 일을 하던 멕시코인 조 치카릴리, 스토턴 약병의 이미지에 정확히 맞아떨어지던 인물 필즈 교수. 그는 밴조 연주를 할 줄 알았고 올브라이트 여사와 벨이 병에 담아 준 약을 닥 말로가 팔러 나가면 쫓아가 그를 돕기도 했다. 호킹 밸리에 살던 감마딩거와 그의 가족들도 자주 찾아오는 손님들이었다. 대부분 이런저런 사정으로 어려울 때 그녀에게 도움을 받았던 이들로 모두 그녀를 좋아했다.

마저리 이모가 마지막으로 자리에 누운 날(그녀의 침대는 1층 현관 쪽에 있었다. 그녀는 창밖의 거리에서 사람들이 만들어 내는 소리를 듣는 것을 좋아했다) 그녀는 벨에게 자기의 목숨을 유지시키려 노력하지 말라고 엄명을 내렸다. 그런 일이라면 이미 지겨울 만큼 지켜보았고, 거의 90년에 걸친 충만하고 바빴던 삶이 자연스럽게 끝나려는 시점에 새삼 호들갑을 떨지 않고 조용히 죽고 싶다는 것이었다. 더 이상 사람이 할 수 있는 일이 없으니 아무도 부르지 말라고 했다. 어차피 그럴 여유도 없었지만 의사를 불러 봤자 자기를 더 괴롭게만 할 것이라고도 말했다. 1년에 1달러씩 불입해서 그린론 공동묘지에 준비해 둔 묏자리가 있다는 것이 그녀에게는 큰 위안거리였다. 묘비를 만들 돈도 몰래 충분히 모아 놓은 터였다. 올브라이트 여사는 벨로 하여금 돈을 숨긴 장소를 자신을 따라 반복하게 한 다음 몇 가지 마지막 당부를 마친 후 자리에서 몸을 돌아눕고 불편한 다리를 편하게 자리 잡게 했다.

"뚝 그치지 못하겠니?" 그녀의 딸이 울기 시작하자 그녀가 쏘아붙였다. "맘 편히 죽지도 못하겠구나."

곧 죽을 여자들은 언제나 자신들의 쇠약해지는 기력으로는 감당하지 못할 이상한 일들을 하려 한다고 마저리 이모가 내게 말해 준 적이 있다. 여인들은 베르디의 비올레타*처럼 새로운 생명력이 넘치도록 충만한 기세로 자신들에게 돌아오고 있다고 착각한다. 자리에서 일어나 머리를 빗거나 옷을 수선하고, 고양이를 목욕시키고 잼 단지들에 붙은 이름들을 갈기도 하지만 모두 마지막이 머지않았다는 표시이다. 도지어 부인은 피아노로 가서 〈나와 함께하소서〉를 연주하겠다고 고집부린 후 불협화음을 내며 피아노 건반에 무너지듯 쓰러졌고 다시

---

* 주세페 베르디의 오페라 〈라 트라비아타〉의 여주인공.

침대에 옮겨 오기 전에 숨을 거두었다. 올브라이트 여사의 마지막 충동은 아마도 그녀의 정원을 돌아보는 것이었으리라. 여름이 다가오고 있었으므로 꽃들은 항상 손길을 필요로 했다. 가끔 시골에서 퍼 온 흙으로 힘을 북돋워 준 그녀의 좁은 정원에는 허술한 담장 앞에 심긴 알로카시아 오도라에서 시작해 짐 웨스트의 마구간 벽 격자를 탄 밤나팔꽃 덩굴까지 다채로운 꽃들이 심겨 있었다. 그녀의 정원은 그녀 자신의 집 그림자와 담장 제작자의 집 그늘에 가려져 있어서 햇빛이 거의 미치지 못했다. 하지만 그런 곳에 정원이 가능할까 의심의 눈길을 던지는 사람들에게 보란 듯 사십 해의 여름 동안 그녀의 정원은 초롱꽃, 히아신스, 금낭화, 푸크시아, 과꽃 등으로 흐드러졌다. 장식용으로 길게 키우던 아스파라거스, 2미터 높이의 피마자(마저리 이모는 비위가 약한 사람들에게는 커피에다 피마자기름을 넣어 마시게 했지만 자신은 병째로 마셨다. 피마자기름을 스스로 제조해 사용했다고는 생각하지 않지만 마음만 먹었으면 얼마든지 그렇게 할 수도 있었을 것이다)도 정원에서 눈에 띄었다.

"이 정원은 믿음이 이루어 낼 수 있는 일들의 증거입니다." 근처 감리교회 목사였던 스파크스 박사가 어느 날 정원을 바라보며 한 말이다.

"믿음도 필요하지만 땀도 들어가고 아주 질이 좋은 퇴비도 필요하죠." 올브라이트 여사가 대답했다. 그녀는 그 시대에 가장 뛰어난 퇴비 전문가이기도 했다.

어쨌든 영결식은 행해야겠기에 그녀도 목사를 부르는 것에 동의했겠지만 형식을 싫어한 그녀답게 하찮은 일이라도 일기와 상관없이 말을 타고 도움을 주러 오는 조그만 시골 교회 목사를 골랐을 것이다. 올브라이트 여사는 일상에서 자신의 몫을 감당할 줄 알고 암퇘지sow와 톱질 받침대sawbuck를 구별할 줄 아는 대장부 타입의 남자를 좋아했다. 그녀의 생각에 따르면 도시의 목사들은 하느님의 뜻, 삶과 죽음의 신비를 가지고 장난질을 하는 약골들이었다. 하느님께서 자신의 뜻을 사람들에게 나타내시고자 한다면 그들을 통하시지 않고도 얼마든지 스스로 그렇게 하셨을 것이었다. 그녀는 도회의 목사들이 항상 공부만 하는 습관 때문에 정신이 이상해지기 쉽다고도 했다. 그녀에게 있어서 공부란 눈동자를 위로 올린 채 명상에 잠기는 것을 의미했다. 그러다가 그들의 눈동자가 천천히 방 안을 배회하고 천장과 벽이 만나는 곳을 따라가는 증상을 보이면 얼마 지나지 않아 발광한다는 조짐이었다. 공부를 했건 안 했건 그런 목사들은 그녀를 불안하게 만들었다. 단지 우리 엄마의 사촌이었던 스테이시 매트니 목사만이 그녀에게 예외였다. 페어필드 카운티의 농장에서 태어난 그는 말을 수레에 맬 줄 알았고, 담장을 만들기 위해 나무를 켤 줄도 알았으며, 어치jaybird와 구둣주걱bootjack도 구별할 줄 알았다. 올브라이트 여사는 그가 자신의 장례식을 진행하기를 원했는데 그가 과묵한 사람인 점도 마음에 들었고 그러면 쓸데없이 사람들을 오후 내내 붙들어 두지 않고 빨리 장례식을 끝낼 것 같아서였다. 마저리 이모는 나에게나 다른 누구에게나 종교에 관한 문제를 논한 적이 없었다. 그녀는 하느님께서 평생을 선행에 힘써 온 여인들에게 알맞은 자리를 천국에 준비해 주실 것이라고 생각하는 선에서 만족했다. 남자들은 자신들의 영혼을 구하기 위해서 각자가 알아서 노력해야 할 것이고 나쁜 짓을 한 순서대로 악마들에게 붙들려 갈 것이었다.

스테이시 매트니 목사는 고인이 된 마저리 올브라이트를 『잠언』에 나오는, 새벽에 자리에서 일어나고 두 손으로 부지런히 수고하여 게으름의 빵을 먹지 않는 현숙한 여인들에 비교했다. 물론 성서에서 칭송을 받은 여인들은 올브라이트 여사보다 훨씬 많은 세상의 물질들을 가졌을 것이다. 그녀의 옷은 비단도 아니었고 화려하지도 않았다. 하지만 보기 드문 성정과 수고, 자질이란 면에 있어서는 그들 모두 공히 고귀한 여성들이었다. 나는 그녀를 잘 아는 사람들 중 누군가가 영결식 순서에 애도사를 할 기회가 주어졌으면 하고 바랐다. 물론 올브라이트 여사는 그 엄숙한 예식이나 친구들, 이웃들의 슬픈 얼굴이 모두 마음에 들지 않았을 테지만 누군가 일어서서 어느 날 말벌 한 마리가 잠든 아기의 머리에 내려앉았을 때 그녀가 어떻게 주저 없이 가위를 집어 들어 말벌을 두 조각 내었는지, 암탉들을 해치고 아이들을 공격하고, 무엇보다도 여환자의 잠을 방해하는 못된 야생 고양이를 어떻게 도끼로 때려 죽였는지, 마구간에 불이 났을 때 남자들은 멀리 떨어져서 구경하고 있었지만 그녀가 입고 있던 사라사 블라우스를 벗어 놀란 말의 눈을 가리고 안전하게 밖으로 끌어내었는지, 그때 사람들이 한편으로는 그녀의 속옷을 보고 웃으면서도 그녀의 용기를 칭찬했는지 이야기했어야 했다. 하지만 올브라이트 여사의 무용담을 비슷하게라도 늘어놓으려면 오후 내내 시간을 할애해도 부족했을 것이다. 120년도 더 전에 마저리 댕글러라는 이름으로 뉴저지 주 롱브랜치에서 태어난 여사는 1918년 6월 6일, 부활과 영생을 믿으면서 이 세상을 떠났다. 그 오래된 목조 골재 집의 어두컴컴한 응접실에 앉아 있던 나는 비처럼 중요한 무엇인가가 대지에서 사라진 것처럼 느껴졌다.

오하이오 주의 중년의 감리교회 여신도 두 명만이 눈물을 흘리며 찬송 〈그곳에 밤은 없습니다〉를 부르는 방식―처음부터 끝까지 비음이 섞인 떨리는 목소리로 고음만 사용해서―으로 장례식은 끝났다. 밤이 없다는 천국을 올브라이트 여사가 좋아할 것 같다는 생각이 들었다. 영원히 대낮만 있는 그곳에서 그녀는 남들을 돌보며 일을 하는 데 더 많은 시간을 쓸 수 있을 것이다. 한참 세월이 흐른 지금도 나는 천국의 보화들도 더러워져 세탁을 해야 하고, 어설픈 천사가 날다가 떨어져 날개를 부러뜨리는 일이 있었으면 바라곤 한다. 더 이상 할 일이 없이 하늘나라의 영광과 영화만 누리는 것은 올브라이트 여사를 불편하고 슬프게 만들 것이다. 하느님도 이 점을 잘 알고 계시리라 믿는다.

말해야 하는 무언가
Something to Say

휴 킹스밀과 나는 서로를 극도로 자극한 나머지 처음 만남 이후 그는
정신착란을 일으켰고 나는 뜬눈으로 밤을 지새우다가 아침이면 신경쇠
약에 걸릴 지경이 되었다.

　　　　　　　　―윌리엄 제르하르디, 『어느 다국어 사용자의 회고록』*에서

엘리엇 베레커는 언제나 내 삶을 제멋대로 드나들었다. 그는 나를
끊임없이 자극해서 신경쇠약에 걸릴 지경으로 만든 유일한 인물이
었다. 나는 1927년 독립 기념일에 뉴욕의 아마워크에서 열린 파티에
서 그를 처음으로 만났다. 정오쯤 구식 마차를 타고 나타난 그는 검은

---

* 영국 소설가이자 극작가인 윌리엄 제르하르디가 1931년에 발표한 자서전.

벨벳 의상을 입은 여인을 동반하고 있었다. 그는 여인을 "내 질녀, 올가 네더솔"이라고 소개했지만 알고 보니 그녀는 그의 질녀도 아니었고 이름도 올가 네더솔이 아니었다. 베레커는 작가였다. 그는 매일 밤 잠을 자지 않고 떠들어 대느라 야위고 핼쑥했다. 해군 제독에게서 슬쩍했다는 모자를 쓴 그는 낡은 글래드스톤 여행 가방을 가지고 다녔는데 거기에는 필라멘트가 타 버린 전구들이 가득 들어 있었다. 아무도 예상치 못하고 있을 때 집들의 외벽이나 방 안 벽에다가 전구들을 던지는 것이 그의 즐거움이었다. 전구가 터지면서 나는 '퍽' 하는 소리와 유리 조각들이 쏟아지는 소리가 듣기 좋은 모양이었다. 그는 소리들의 잔향殘響을 무척이나 마음에 들어 했다. 그는 어디에서든 우렁우렁하는 목소리로 크게 "안녕하쇼!" 하고 인사를 했다. 대초원에서도 메아리를 만들었을 만한 소리였다. 어린이와 얘기하거나 교구 목사의 누이와 대화할 때처럼 가장 어울리지 않는 순간에도 그는 서슴지 않고 육두문자를 내뱉곤 했다. 그에게는 존경심이나 타인에 대한 배려 같은 것은 없었다. 집에 찾아오면 함부로 담배꽁초를 던져서 침대보와 카펫을 태우고 당신이 가장 아끼는 귀중한 책들 서너 권과 넥타이들, 그것도 모자라 당신의 연인까지 꾀어 달아날 인간이었다. 그는 다른 사람들의 축음기를 고장 내고 레코드판을 부수기를 즐겼다. 침대시트와 베갯잇을 찢어 놓기도 했고 출입이 어렵도록 문손잡이들을 떼어 놓기도 했다. 하지만 그는 진정한 예술적인 열정에 불타오르는 사람이었고 천재들에게서만 볼 수 있는 모습을 갖춘 인물이었다. 그를 처음 만났을 때 그는 『당신이 이미 본 수Sue You Have Seen』라는 소설을 쓰고 있었다. 그는 무슨 이유에서인지는 모르겠지만 "곧 다시 봅시다 See you soon"라는 흔한 인사말로부터 그 소설을 착상해 내었다고 했다. 결국 그 소설은 완성되지 못했다. 아니, 작품에 관한 한, 그는 완성은커녕 진득하게 어느 정도 분량까지 집필하는 일이 드물었다. 그럼에도 우리 모두 그가 우리 시대의 가장 독창적인 작가들 중 하나라고 믿었다. 그의 행동을 볼 때 분명히 그는 '뭔가 할 이야기'가 있는 사람이라고 여겨졌다.

베레커는 프루스트, 괴테, 볼테르, 휘트먼 등 문학적인 주제들에 관해 화려한 언변을 뽐냈다. 보통은 그들에 대해 어느 정도 존경심을 가지고 있는 것 같았지만 때로는, 특히 술에 취해 있을 때는, 영락없이 그들을 깔보고 그들의 업적을 통렬한 말들로 업신여기곤 했다. 나중에 알고 보면 그는 프루스트를 읽은 적도 없었지만 이제껏 내가 알던 어떤 사람보다 나로 하여금 프루스트를 잘 이해한 듯한 기분이 들게 했고 동시에 그를 하찮아 보이게 만들었다. 베레커는 말하는 동안 선풍기를 틀어 놓고 신문지를 접어 선풍기 날개에 닿게 해서 기관총을 발사하는 소리가 나게 하곤 했다. 그 소리를 들으면 그나 나, 둘 다 신이 났지만 나보다는 그가 그 소리를 더 좋아했던 것 같다. 그는 내가 미처 느끼지 못하는 어떤 즐거움을 거기서 얻는 것 같았다. 그는 그 시끄러운 소리를 뚫고 내게 말하기 위해 목청을 높이곤 했다. 그럼에도 때로 나는 그의 말을 놓쳤다. "뭐라고?" 나도 큰 소리로 되묻곤 했다. "이미 말했잖아!" 기분이 좋던 그는 갑자기 화를 내면서 고함을 질렀다.

물론 나는 그의 말을 전혀 듣지 못했다. 하지만 그와는 논리적으로 대화를 하는 것도, 설득을 하는 것도 불가능했다. 선풍기 날개에서 나던 기관총 같은 소리가 아직도 내 귀에 생생하다. 그 소리들은 내게 뭔가 영향을 미쳤다. 하지만 베레커와 그에게 잠재된 가능성을 위해서라면 우리는 많은 것을 참을 수 있었다.

그는 삶에 관련되는 흥미로운 점들, 욕망과 그것의 실현의 우연성, 예술과 현실의 배후에 있는 상징들에 대해 이야기하곤 했다. 술에 취해 있지 않을 때 그는 산타야나*를 즐겨 인용했다.

그는 술을 마시면서 이런 말을 했다. "산타야나는 무게가 있어. 1톤 무게의 깃털이랄까." 그러고는 큰 소리로 웃었다. 토니 레스토랑에 가면 그는 주방으로 비틀거리며 들어가서는 그곳에 누가 있건 그 말을 되풀이해 들려준 후 요란하게 다시 자리로 돌아왔다. 물론 중간에 마주치는 영화 비평가들을 모욕하는 일도 잊지 않았다.

베레커는 소파에 몸을 던지고는 소파 발치 쪽을 차 버리거나 부실한 의자에 지친 사냥개처럼 털썩 앉아서 금이 가게 만들었다. 그는 그

---

* 스페인 태생의 미국 철학자, 비평가, 시인인 조지 산타야나.

런 자신의 행동에 전혀 신경을 쓰지 않는 것 같았다. 당신이 그를 집으로 식사 초대를 하면, 아니 그가 불쑥 나타나는 일이 더 흔했지만, 당신이 주방에서 칵테일을 만드는 동안 그는 어디론가 사라질 것이었다. 2층으로 올라가서 벽에서 욕조를 떼어 내거나(그는 한번은 "납으로 된 수도파이프를 깨뜨리는 건 정말로 매력적인 모험이라고 할 수 있지"라고 말했다) 무엇 때문인지 화가 나서 그저 다른 곳으로 가 버린 것일 수도 있었다. 하지만 우리는 그런 일들을 그가 괴팍한 천재임을 보여 주는 징후로 생각했다. 그랬다가 새벽 2시쯤 그는 끔찍한 여자들을 데리고 다시 돌아오곤 했다. 그는 불을 다시 피우고 밤새 이야기를 하면서 식탁 위의 물건들을 바닥으로 떨어뜨리고 노래를 하거나 수를 셌다. 한번은 소파에 눈을 감고 누워서 무언가에 화가 난 듯한 목소리로 으르렁대며 하나씩 수를 세어서 2만 4,000까지 세는 것도 본 적이 있다. 그것은 기계화된 세상의 정형화에 대한 항의의 표시였다. 그는 "발전이란 어리석은 인간들의 황철광*일 뿐이야"라는 말을 즐겨 했다. 그는 인류를 위해서나 혹은 다른 개인들을 위해 어떤 일을 하거나 마무리하는 일을 의미가 없다고 여겼다. 그가 철학적인 나태함을 고수하지 않았다면 그는 정말 훌륭한 소설들을 썼을 것이다. 우리 모두 그런 사실들을 알고 있었고, 비록 지금은 그가 가고 없지만, 아주 기쁜 마음으로 존경심을 가지고 그를 대했다.

언젠가 베레커가 집으로 나를 초대한 적이 있었다. 어떤 여인이 이혼하기 위해 파리로 가면서 그에게 맡겼던 집이었다. (그녀는 후에 베

---

* fool's gold. 색깔 때문에 종종 금과 혼동하게 되는 데서 지어진 이름.

레커와 결혼할 생각이었지만 그는 그녀와 결혼을 하려고도, 그녀가 맡긴 집에서 나가려고도 하지 않았다. 할 수 없이 그녀는 법적인 절차를 밟아야 했다. 베레커는 이런 말도 자주 했다. "미국 여자들은 미국 대학들 같아. 교수진의 정신은 반쯤 죽은 상태 같거든.") 내가 그의 집에 도착했을 때 그는 나를 알아보지 못하는 척했다. 마침 그가 기분이 좋지 않을 때여서 그 상황을 잘 벗어나기가 어려웠다. 바로 그런 상황을 그는 글로 써야 했다. 결코 그런 일은 없었지만. 대신에 그는 다른 작가들에 대해 입심 좋게 떠들어 대기 시작했다.

"괴테는 건초를 채워 넣은 밀랍인형 같은 사람이었지. 프루스트가 병약했다고 하지 않나? 결국 그게 그 사람에 대해 할 수 있는 얘기의 거의 다이지. 셰익스피어는 멍청이였어. 만약 볼테르가 존재하지 않았다면 굳이 그런 사람을 만들어 낼 필요가 없었을 거야."

나는 주말 동안 지냈다 가라고 초대를 받았고 또 그럴 생각이었다. 그가 그렇게 기분이 좋지 않은 것을 알아챈 사람들은 누구든지 그를 혼자 남겨 두려 하지 않았다. 그는 자주 자살을 하겠다고 위협했고 실제로 예닐곱 번 시도를 하기도 했지만 공교롭게도 그때마다 그를 제지할 누군가가 곁에 있었다. 내가 기억하기로는 늦은 밤에 내 아파트에서 잠들어 있는 나를 그가 깨운 적도 한 번 있었다.

"이번엔 정말 끝내 버리겠어."

그는 이 말을 내뱉고 화장실로 돌진했다. 그곳 약품 진열장을 열어 뭔가를 꺼낼 모양이었는데 마침 그곳에는 아무런 약병도 들어 있지 않았다. 나는 그를 따라 들어가 그에게 사정했다.

"자네는 아직 할 일이 많지 않은가?"

"맞네. 아직 모욕을 줄 사람들도 많지."

그는 밤새 입심 좋게 떠들어 대면서 내가 아버지에게 드리려고 사 놓았던 코냑 한 병을 다 비웠다.

그가 여자 친구의 집으로 나를 초대한 날, 샤워를 하러 화장실에 들 어갔을 때였다. 그가 나를 따라 화장실로 들어오더니 "당장 욕조에서 나오지 못해? 이 주거 침입범아!"라고 소리쳤다. 당장 나오지 않으면 경찰을 부르겠다는 협박도 했다. 그 말을 들은 나는 당연히 실소를 터 뜨릴 수밖에 없었다. 샤워를 마친 내가 수건으로 몸을 말리고 있을 때 경찰들이 들이닥쳤다. 베레커가 진짜로 경찰들을 불렀던 것이다. 그는 배우가 되었더라도 좋았을 것이다. 눈 하나 깜짝하지 않고 나를 처음 본 사람이라고 경찰들을 믿게 한 덕에 나는 체포가 되어 끌려가 하룻 밤을 유치장에서 보내야 했다. 며칠 후 나는 베레커에게서 편지를 받았 다. "지난 토요일에 내가 한 짓을 고려할 때 다시는 자네를 우리 집으로 부르지는 못하겠네." 그의 참회는 비록 엉뚱하기는 했지만 애초에 그런 참회를 하게 만든 괴상한 짓거리들만큼이나 완벽했다. 예측 불허에다 가 때로는 같이 지내기 어려웠지만 그는 언제나 아주 흥미로운 사람이 었다. 때로 그는 사람들을 더 이상 불안할 수 없게 하기도 했다.

베레커는 아슬아슬하게 죽음과의 조우를 비껴간 일이 있었다. 나는 그 일을 결코 잊지 못할 것이다. 유명한 기업가 한 명이 많은 미국 작 가와 미국을 방문 중인 영국 문인들을 롱아일랜드에 있는 그의 집으 로 초대했다. 우리는 특별히 그 행사를 위해 대여한 커다란 버스를 타 고 그의 집으로 갈 예정이었다. 베레커도 우리와 함께 그곳에 갔는데 버스가 롱아일랜드에 도착했을 무렵 자기가 운전해 보겠다고 고집을 부렸다. 밤이 되면서 얼음이 얼어 길이 미끄러웠지만 그가 굽잇길마다 브레이크를 밟아 대는 바람에 그 육중한 차량이 심하게 미끄러졌다. 우리는 여러 차례 위험할 정도로 도랑 쪽으로 치우쳤고, 한번은 커다란 나무를 성냥처럼 부러뜨리기도 했다. 버스에는 H. G. 베넷 장군, 아널드 웰스, 시트웰 자매들, 워라는 이름을 가진 네댓 명의 작가가 함께 타고 있었다. 그들 중 한 사람이 마침내 차의 시동을 껐고, 다른 사람은 크랭크로 베레커의 머리를 내려쳤다. 베레커의 친구들은 노발대발했다. 차가 멈추었을 때 우리는 그를 밖으로 데리고 나가 차갑고 딱딱한 땅에 뉘었다. 비평가인 마빈 딘이 심하게 피를 흘리고 있는 베레커의 머리를 자기 무릎에 뉘고 버스에 타고 있는 작가들을 쳐다보며 외쳤다.

"당신들이 이 사람을 죽일 뻔했어요! 이 사람은 당신들 누구보다도 위대한 천재라고요!"

정말 당당한 모습이었다. 그때 놀랍게도 베레커가 눈을 떴다.

"그건 나도 동감일세." 그 말을 한 후 그는 다시 눈을 감았다.

우리는 서둘러 그를 병원으로 데리고 갔다. 이틀이 지나자 그는 거동할 수 있을 정도로 회복되었다. 하지만 그는 아무에게도 알리지 않고 병원을 떠나 버렸고 우리는 돈을 모아서 병원비를 지불했다. 당시 그는 어머니가 준 돈을 조금 지니고 있었지만 그는 그 돈은 따로 쓸 곳이 있다고 말했다.

"일어나서 운신을 할 수 있게 되어서 정말 다행이에요." 내가 그를 담당했던 간호사에게 말하자 그녀는 "저도 마찬가지예요"라고 대답했다. 베레커는 모든 사람에게 같은 마음을 품게 만드는 사람이었다.

그로부터 얼마 후 우리는 돈을 모아서 베레커가 유럽에 가서 글을 쓰게 해 주자고 결정을 내렸다. 그때까지 그가 쓴 글이라고는 원고지 20~30매가 전부였다. 그나마 둥그런 술잔의 자국이 남아 있는 것들이 대부분이었다. 그중의 한 장은 거트루드 스타인풍으로 쓰인 연극의 도입부로, 그때까지 내가 보았던 어떤 작품에도 뒤지지 않을 만했다.

우리는 1,500달러 정도의 돈을 모았고 사람들은 내게 눈치껏 그에게 돈을 전하라고 했다. 우리는 그가 재능을 낭비하면서 지내는 것이 옳지 않다고 여겼다. 몇 주 동안 그는 아주 저기압이었다. 그는 사람들을 불쑥 찾아가 그 집의 술을 다 마셔 버렸고, 벽에서 전등을 떼어 내는가 하면 그의 친구들과 널리 인정을 받고 있는 문학계의 거장들에게 재기 넘치는 야유를 퍼부어 댔다. 베레커는 그들의 천박성을 누구보다 명확하게 간파하고 있었다. 그는 마지막에는 눈물을 쏟곤 했다. 그리고 이렇게 소리를 질렀다. "하느님의 은혜와는 상관없이 여기 역사상 가장 위대한 작가가 여러분 앞에 있는 거야." 베레커가 술에 취해 좀 과장되게 말하기는 했지만 그의 말에는 일말의 진실이 들어 있었다. 베레커에게서 불타오르는 천재성을 우리는 다른 그 누구에게서도 본 적이 없었다. 밖으로 드러내 보이는 천재성에 관해서 말을 하자면 말이다.

그는 구겐하임 펠로십*을 한 번도 신청하지 않았다. "줄을 벗어나지 마라, 이 소인배들아!'라는 명령을 따르는 구겐하임의 양 떼들**이라도 되라는 건가?" 그는 으르렁거렸다. "내 앞에서 그런 연구비 따위는 말도 꺼내지 말라고!" 그는 불꽃을 튀기며 한 시간 동안을 지껄여 대다

---

* 1925년부터 존 사이먼 구겐하임 기념재단이 뛰어난 능력이나 창의력을 지닌 연구자들에게 매년 지급하고 있는 연구 지원금.
** Guggenheim follow-sheep. 발음이 비슷한 Guggenheim Fellowship을 말장난한 것.

가는 결국 성질을 이기지 못하고 그곳이 누구의 집이든 15분 안에 쑥대밭으로 만들어 놨다.

베레커는 천만다행으로 별 험한 모습을 연출하지 않고 1,500달러를 받았다. 우리를 싸잡아 비난하거나 돈을 공박하는 통렬한 연설을 시작하거나 몇 달 동안 잠잠했던 자살 위협을 다시 꺼내지 않을까 나는 내심 걱정한 터였다. 물론 그는 조금 투덜거리기는 했지만 돈을 받았다. 그리고 "이 돈의 두 배를 받아도 내 가치에는 못 미치겠지만"이라고 말했다.

그렇게 많은 돈을 가져 본 적이 없던 베레커에게 한꺼번에 돈을 준 것은 우리의 실수였다. 내게 돈을 받은 날 그는 할렘과 웨스트사이드에 있는 싸구려 나이트클럽들을 전전하면서 사람들의 이목을 끌었고, 300달러나 되는 돈을 다 써 버렸는가 하면, 여러 여인을 모욕했고, 경찰관한 명, 택시 운전사 두 사람, 두 명의 남편과 주먹다짐을 벌였으며 그때마다 두들겨 맞았다. 우리는 즉시 그를 사흘 후 셰르부르*로 보내기 위한 배편을 마련했고, 출발하는 날 밤까지 얌전히 지내도록 붙들어 맸다. 마빈 딘의 집에서 베풀어진 환송 파티에는 진 터니**, 허버트 윌킨스 경***, 펠릭스 폰 루크너 백작****, 에드워드 L. 버네이즈*****와 문학계, 예술계 인사들이 모두 참석했다. 코가 비뚤어지도록 술에 취한 베레커는 휴 월폴, 조지프 콘래드, 스티븐 크레인, 헨리 제임스, 토머스

---

* 프랑스 북부 바스노르망디 주에 있는 도시.
** 1926~1928년 헤비급 세계 챔피언을 지낸 프로 권투선수.
*** 오스트레일리아 출신의 미국 탐험가.
**** 독일 군인. 나치즘에 반발해 협력을 거부했고, 훗날 미국 명예시민이 되었다.
***** 미국 광고의 아버지라 불리던 마케팅 전문가.

하디, 제임스 메러디스를 비롯해 파티에 참석한 사람들 모두를 비난했다. 그는 『무명의 주드Jude the Obscure』라는 제목을 곱씹었다. "무명의 주드, 음란한 주드Jude the Obscene, 모호한 유월June the Obscude, 달무리에 가려진 유월의 달Obs the June Moon……" 그는 자신의 예리한 비평 감각, 뛰어난 창의력으로 루이스 캐럴에 버금가는 독특한 환상의 세계를 꾸며 낸 것이었다. 내가 그에게 그런 말을 하자 그는 "네 할머니한테나 버금간다고 해!"라고 소리를 질렀다. 그는 감성이 예민한 사람이어서 면전에서 자기를 칭찬하는 사람을 증오했다. 물론, 캐럴의 작품들도 경멸하고 있었다.

파티는 그렇게 진행되었다. 모두가 넋을 잃고 엘리엇 베레커의 말을 듣고 있었다. 누구도 그의 힘찬 주장을 무시할 수 없었다. 그는 언제나 좌중을 휘어잡았다. 11시쯤이 되자 나는 파티를 끝내고 베레커를 배로 데리고 가야 할 것 같았다. 배는 자정에 출항할 예정이었다. 하지만 어느 곳에서도 베레커를 찾을 수가 없었다. 놀란 우리는 방들을 뒤지고 침대 밑, 옷장을 살펴보았지만 그는 사라지고 없었다. 우리 중 일부는 밖으로 달려 나가서 택시 기사들과 행인들에게 키가 크고 수척한 남자가 몹시 흥분해서 지나가는 것을 보지 못했느냐고 물었다. 아무도 그를 본 사람이 없었다. 11시 30분쯤이 되었을 때 누군가가 지붕을 살펴보자고 제안했다. 지붕으로 올라가기 위해서는 사다리로 천장에 난 문을 통과해야 했다. 베레커는 그곳에 얼굴을 바닥으로 한 채 뻗어 있었다. 머리 뒤쪽에는 병 같은 둔기로 맞은 듯한 상처가 나 있었다. 그는 회생의 가능성이 없어 보였다.

"이 세상에는 큰 손실이지만 지옥은 그만큼 풍요해지겠지."

얼마 전까지만 해도 우리 모두에게 친구가 되는 영광을 베풀어 주었던 딱한 유해를 바라보며 딘이 중얼거렸다.

아마 그 자리에 모인 사람은 모두 그렇게 생각했을 것이다.

혼자인 사람은 방랑자

One Is a Wanderer

  질척질척한 인도를 따라 축축한 5번가를 걸으면서 그는 지치고 말
았다. 2월의 일요일 저녁은 어둠이 빨리 내렸다. 그는 마음이 불편했
다. 그는 '집'으로 돌아가기 싫어서 밖을 헤매고 있었다. 호텔 방은 우
중충하고 갑갑할 것이다. 더러운 셔츠들이 그가 지난 몇 주일 동안 던
져 놓은 대로, 지난 몇 달 동안 던져 놓은 대로 옷장 바닥에 쌓여 있
을 테고 신문들이 탁자들과 책상 위에 어지럽게 흩어져 있을 것이다.
얼마 동안 작심을 하고 사용했지만 결국은 흐지부지 다시 담배를 피
우게 되면서 내던져 버린 파이프들이 여기저기 나뒹굴 것이다. 호텔
로 이어지는 길로 접어든 그는 걸음을 늦추고 그날 밤을 어떻게 지낼
지 생각하려 했다. 그는 너무 많은 밤을 혼자 지냈다. 한때는 혼자 있
는 것이 좋은 때도 있었다. 하지만 지금은 혼자 있기가 힘들다. 그는

더 이상 밤에 책을 읽거나 글을 쓸 수가 없다. 책은 신경질적으로 책장들을 넘기며 대충 살펴본 후에 휙 던져 버리기 일쑤였다. 글은 써 봤자 나선형으로 맴돌다가 원이나 사각형 모양이 되었다가 공허한 얼굴들로 바뀌었다.

잠깐 들렀다가 메시지가 와 있는지만 확인하는 거야, 그는 생각했다. 혹시 전화 온 게 있었는지만 물어보자고. 그는 호텔을 거의, 그러니까 다섯 시간 동안 떠나 있었다. 그저 호텔 밖을 배회하고 있었다. 메시지가 와 있을지도 몰랐다. 잠깐 들어가서 확인만 해 보는 거야. 들어간 김에 브랜디를 한잔할 수도 있겠지. 아니, 다시는 로비에 앉아 브랜디를 마시고 싶지는 않아. 그건 싫어.

그는 결국 호텔의 회전문을 통과하지 않았다. 호텔을 지나쳐 브로드웨이까지 죽 걸어갔다. 한 남자가 그에게 돈을 구걸했다. 초라한 옷을 걸친 여자가 혼잣말을 하며 그를 지나쳤다. 흔히 뉴욕 입이라 불리는, 냉혹하고 꽉 다문, 어딘가 부자연스럽고 불평이 가득한, 고통과 불만족을 이야기하는 듯한 입을 가진 여자였다. 그는 지팡이와 우산을 파는 가게와 싸구려 식당 창문 안을 들여다봤다. 창문 너머로 가짜 파이와 케이크, 차가운 커피 한 잔, 가짜 채소 한 접시가 차려져 있었다. 그는 서로를 밀치고 떠밀면서 가다 서다를 반복하는 브로드웨이의 느린 인파 속으로 들어갔다. 커다란 덩치의 혈색 좋은 경관 하나가 자신의 양손을 서로 부딪치면서 보행 신호가 떨어질 때까지 잡아 둔 서너 명의 소녀와 농담을 하고 있었다. 홀쭉한 오버코트를 걸친 야윈 사내가 아무 감정이 비치지 않는 눈으로 그들을 쳐다보았다.

45번가와 브로드웨이가 만나는 곳에 있는 약국의 한 귀퉁이 서적 코너에 서서 오래된 인기 서적들의 싸구려 보급판이나 최근 베스트셀러들의 영화판 소설들을 지켜보는 것은 잠깐이나마 소일거리가 되었다. 몇 권의 책을 집어서 내용을 훑어보았지만 아무런 흥미를 느낄 수 없어서 다시 내려놓았다. 그는 음료수 코너로 가서 코코아를 주문했다. 몸이 좀 따뜻해진 그는 파라마운트 영화관으로 가서 영화를 한 편 볼까 생각했다. 총과 비행기들, 머나 로이*가 등장하는 가벼운 액션 영화였다. 극장까지 걸어간 그는 몇 분간 그 앞에 서 있다가 결국 표는 사지 않았다. 사실, 이미 낮에 영화를 한 편 봤기 때문이다. 그는 사무실에 들러 볼까 생각했다. 지금쯤이면 아무도 없어 조용할 것이다. 일을 좀 하는 것도 괜찮을 듯했다. 아주 오랫동안 답장을 미루고 있던 편지들에 답장을 할 수도 있을 것이다.

사무실은 우울하고 외롭게 느껴졌다. 사무실을 잠시 둘러본 그는 타자기 앞에 자리를 잡고 앉아서 알파벳을 몇 자 쳐 보고 종이 클립을 집어서 직선으로 편 다음 타자기의 'e'와 'o'를 청소한 후 덮개를 씌웠다. 그는 저녁에 퇴근하면서 타자기에 덮개를 씌우는 일을 항상 잊어버리곤 했다. 사실, 나는 기억을 하는 일들이 별로 없지, 그는 생각했다. 기억을 하지 않으려고 하니까. 나는 아무거라도 기억을 하지 않으려고 애써 왔어. 공허하고 비겁한 일이지, 기억을 하지 않으려고 하는 것 말이야. 그럼 결국 어떤 해결책이 나타나리라고 생각을 하는 거지. 하지만 아냐, 그건 결국 나를 제자리에 멈춰 서게 할 뿐이야. 아무 곳에도 이르지 못하게 말이야. 결국 기억에서 모든 것이 나오는 것이니까. 기억에서 많은 것들이 생기지. 아무것도 기억을 하지 못하도록 막

---

* 영화, 텔레비전, 연극 무대 등에서 활약한 여배우.

는다면 아무 일도 할 수 없게 되는 거야. 뭔가 막 떠오르려 했기 때문에 그는 휘파람을 불기 시작했다. 그는 그것들이 무엇에 관한 기억들인지 알 수 있었다. 그의 입을 삐죽이고 눈살을 찌푸리게 만들 기억들, 오래된 문장들의 불편한 조각들, 오래전의 장면들과 몸짓들, 시간들, 방들, 말의 음조들, 외치는 소리. 외치는 목소리들은 다 다르다. 똑같은 고함 소리들은 존재하지 않는다. 그들은 마치 발자국이나 지문, 친구들의 얼굴들 같다……

그는 자기가 휘파람으로 부르고 있는 노래에 생각이 미쳤다. 타자기 앞에 놓인 의자에서 일어선 그는 전등을 끄고 사무실을 나가 엘리베이터 쪽으로 갔다. 엘리베이터를 기다리면서 그는 노래의 나머지 부분을 부르기 시작했다. "내 잠자리를 펴 주고 불을 켜 주오, 나는 오늘 밤 늦을 거예요, 찌르레기야, 안녕." 그는 축축하고 음울한 진창길을 걸어서 호텔로 가서는 외투도 벗지 않고 로비의 의자에 앉았다. 오래 있을 작정이 아니었다.

"어서 오세요." 로비에서 손님을 맞는 웨이터가 인사를 했다.

"브랜디 한 잔 주게. 물 한 잔하고." 그가 주문했다.

브랜디를 몇 잔 마시는 동안 그는 로비에서 아는 사람을 한 명도 만날 수 없었다. 일요일 저녁이니까 갈 데들이 많을 것이다. 그는 호텔로 들어오면서 접수대 뒤의 편지함을 살펴보지 않은 터였다. 브랜디를 한 잔 마시기 전에는 편지함을 살펴보지 않는 것, 그건 일종의 자신과의 게임이었다. 그는 브랜디를 한 잔 더 마신 후에 편지함을 들여다보기로 했다. "아무 편지도 온 게 없군요." 접수대 직원도 같이 편지함을 들여다보며 말했다.

다시 로비의 자리로 돌아온 그는 전화를 걸 만한 사람들을 생각하기 시작했다. 그레이슨 부부는 어떨까? 그는 그레이슨 부부가 그들의 아파트에서 포근하게 붙어 앉아 있는 것을 상상했다. 물론 이 시간에 그들이 집에 있을 리는 없을 것이다. 하지만 그와 리디아가 몇 해 전 그들 부부를 만났을 때를 생각해 보면 그런 모습이 먼저 떠오른다. 그들 네 명은 휴가를 같이 가서 즐거운 시간을 보낸 적이 있었다. 그는 그때의 다양한 태도들과 관점들, 빛과 색깔들이 떠올랐다. 서로 좋아하고 잘 어울리는 네 사람, 두 커플에게는 뭔가 특별한 것이 있다. 그들은 정말 근사한 시간을 보냈다. 서로를 더 잘 알게 되었고 이해하게 되었다. 그들의 삶은 둘의, 그리고 네 명의 삶으로 이루어졌다. 그레이슨 부부는 둘씩, 넷씩의 배열들로 이루어지는 삶을 이해하고 있었다. 두 사람은 동행이 될 수 있고 네 사람은 파티를 할 수 있지만 세 사람은 군중에 불과했다. 혼자인 사람은 방랑자였다.

아니, 그레이슨 부부에게 전화하는 것은 좋은 생각이 아닐 것이다. 일요일 저녁인 만큼 누가 초대를 받아 와 있을지도 모른다. 어떤 부부, 혹은 그냥 두 사람일지도 모른다. 그도 알고 그들도 알아 온 어떤 사람들 말이다. 그게 삶이 배치되는 방식이다. 어떤 사람—아니, 두 사람—은 그들의 삶을 배치한다, 두 사람, 네 사람, 여섯 사람으로. 결혼은 두 사람을 하나로 만들지 않는다. 두 사람을 둘로 만들 뿐이다. 그게 더 즐겁고 더 간단하다. 웨이터를 손짓으로 부르면서 그는 자신이 부질없고 감상적인 생각에 빠져 있는지도 모른다고 생각했다. 바보같고 우울한 생각들조차 모두 직관적인 깨달음으로, 흠잡을 데 없이 독창적인 아이디어와 이론들로 느껴지는 단계까지 취해서는 안 돼, 그는 스스로에게 주의를 주었다. 내가 기억해야 할 것은 그런 생각들은 감상적이고 지루하고 할 일이 없어 드는 생각, 브랜디를 너무 마셔

드는 생각이라는 거야. 그걸 기억해야만 해. 파티를 열기 위해서는 네 명이 필요하다든가, 살림을 꾸리기 위해서는 두 사람이 필요하다든가 하는 생각들은 기억해 봐야 아무 소용이 없어.

어쨌건, 혼자 사는 사람들이 훨씬 많은 일들을 성취해 왔잖아. 가만, 혼자 사는 사람들이 해 온 일이 뭐가 있었지? 사랑은 물론 아닐 거고. 하지만 그 밖의 많은 훌륭한 일이 있잖아. 예를 들면 금전적인 성취도 있을 수 있고 백지 위의 검은 표시*들일 수도 있을 것이다. "브랜디 더 블로 한 잔 더 부탁하네." 그가 웨이터에게 말했다. 가만있어 보자, 내가 아는 사람들 중에 뭔가를 홀로 이룬 사람이 누가 있었던가? 내가 아는 사람들 중에 말이야. 로버트 브라우닝? 아냐, 로버트 브라우닝은 아냐. 이상하군. 왜 그가 처음으로 떠올랐지? "내가 노래를 연주하는 것을 한 곡이라도 들어 보았다면, 창문에서 나를 바라보았다면, 그런 기억이 다른 것들과 함께 그렇게 쉽게 사라지지는 않았을 텐데."** 그는 리디아를 위해 브라우닝의 시 한 구절을 책에 써넣은 적이 있었다. 아니, 리디아가 그를 위해 책에 그 구절을 써 놓았던가? 혹은 두 사람 모두 서로를 위해 책 속에 그 시구를 써넣었을지도 모른다. "그런 기억이 다른 것들과 함께 그렇게 쉽게 사라지지는 않았을 텐데." 어쩌면 그는 그 구절을 제대로 기억하지 못하고 있을지도 모른다. 그렇게 세월이 지난 지금 제대로 기억을 하는 것은 쉽지 않다. 하지만 상관없다. "그런 기억이 다른 것들과 함께 그렇게 쉽게 사라지지는 않았을 텐데." 중요한 것은 모든 것들은 잊힌다는 것이다. 둘씩, 넷씩, 모든 빛났던 기억들, 모든 태도와 관점들, 빛과 색깔들, 친밀감과 이해가 더해 가는

---

* 시詩를 암시한다.
** 로버트 브라우닝의 시 「부부Any Wife To Any Husband」의 한 구절.

272

모든 것들은.

　브래들리 부부를 부르면 어떨까, 그는 자리에서 일어서며 생각했다. 안 돼, 취한 눈이 아니라고 말할 생각은 하지도 말아, 그는 잠깐 자리에 서서 자신에게 말했다, 지금 분명 눈이 풀려 있으니까. 오늘 아침에 일어날 때만 해도, 오렌지 주스와 커피를 마시며 오늘은 일을 좀 해야겠다고 결심을 할 때만 해도 이렇게 되지는 않으려고 작정했지만 말이야. 하지만 말은 그렇게 했지만 마음속으로는 이미 이렇게 될 줄 알고 있었지.

　애써 전화박스를 외면하며, 가판대에 놓인 신문들의 제목을 흘끔흘끔 쳐다보면서, 로비를 천천히 빠져나오던 그는, 제기랄, 브래들리 부부는 그 네 제곱, 두 제곱의 것들을 가지고 있다고 생각했다. 그는 전에 그런 내용을 단편소설에서 읽은 적이 있었다. 그런 집, 그런 사람들이 있는 곳에 들어갔을 때 손에 잡힐 듯 생생하게 느껴지는 친밀감, 따뜻한 바닷물에 들어갔을 때처럼 푸근해지고 기분 좋은 느낌. 약간 오글거리기는 하지만, 맞아, 정말 오글거리지. 그는 그런 따뜻한 분위기에 끼얹을 찬물을 가지고 들어갈 것이다. 그게 내가 그런 곳에 가지고 들어갈 거야, 찬물, 그는 중얼거렸다. 그들도 그것을 알고 있었다. 여기 커크가 다시 찬물을 들고 나타났군. 내가 엄청 불행하기 때문은 아냐―나는 그렇게 불행하지는 않아―다만 그들이 너무 행복해하는 게 문제지, 염병할 인간들. 왜 그들은 그것을 깨닫지 못하는 거지? 왜 그것에 대해 뭔가 조치를 취하지 않으려는 거야? 도대체 무슨 권리로 그들은 내 앞에서 그것들을 보란 듯이 펼쳐 보이는 거야…… 잠깐만, 이보라고, 그는 자신에게 말했다. 넌 지금 눈이 완전히 풀렸어, 지금 그런 상태가 되어 가고 있다고, 사람들이 자네 곁에 있기를 꺼리는 그런 상태…… 메리앤, 그는 생각했다. 그는 자신의 자리로 돌아가서 브랜디 한 잔을 더 주문했다. 그는 메리앤에 대해 떠올렸다.

그녀는 내가 하루를 어떻게 시작하는지 모르지, 그는 생각했다. 내가 하루를 어떻게 마감하는지만 알 뿐. 내가 삶을 어떻게 시작했는지조차도 몰라. 밤이 돌아와야만 나를 알 뿐이야. 그녀가 원하는 모습으로 될 수만 있다면, 그러면 괜찮을 텐데, 그녀가 원하는 사람이 되는 거야. 가게에서 새 옷을 사는 것처럼 말이야, 아무도 입지 않았던 새 옷을, 너 외에는 아무도 입지 않을 새 옷을 말이지. 아무것도 아닌 일에 갑자기 화를 내지도 않고. 아무것도 아닌 일에 갑자기 자리를 박차고 일어나지도 않고 말이지. 좋은 사람들에게 으르렁거리지도 않고. 그녀가 말하는 어떤 말에도 화를 내지 않고. '같이 있기 힘든' 사람이 되지 않는 거야. "같이 있기 힘든"이라고 그녀는 말했다. 여자들이 사용하는 말이다. 고양이 같은 여자. 그녀의 말은 맞다. 나는 같이 지내기 힘든 사람이지.

"조지." 그가 웨이터에게 말했다. "나는 같이 지내기 힘든 사람이라네, 그걸 알고 있었나?"

"아뇨, 처음 듣는 말씀인데요." 웨이터가 대답했다. "저라면 선생님을 전혀 같이 지내기 힘들다고 말하지 않을 겁니다."

"자네가 잘 모르고 하는 말일세, 조지. 나는 같이 지내기 힘들다네. 그냥 사실이 그렇지. 말하자면 긴 이야기라네."

"네." 웨이터가 대답했다.

모턴 부부를 부를 수도 있을 거야, 그는 생각했다. 그들도 둘과 넷들을 가지고 있겠지. 하지만 그들이라면 참아 줄 수 없을 만큼 행복에 겨운 꼴은 보이지 않을 테니까. 모턴 부부 정도라면 괜찮지. 모턴 부부는 그에게 말했다. 당신과 메리앤이 다툼과 논쟁을 멈춘다면, 자신들과 모든 것들을 끊임없이 분석하는 일을 그만둔다면 두 사람은 문제가 없을 거예요. 그냥 결혼을 하고 입을 닥치고 살면 되는 거죠, 그냥 닥치고 결혼을 하라고요. 그러면 모든 게 괜찮을 거예요. 사실이죠. 그러면 모든 게 해결될 거예요. 그냥 입을 닫고 결혼을 하세요. 결혼을 하고 입을 닫으라고요. 그건 모든 사람이 다 아는 사실이에요. 세상에서 제일 간단한 일…… 그럴지도 모르지. 만약 내가 스물다섯이라면 말이야. 마흔이 아니라.

"조지." 웨이터가 그의 빈 잔을 치우러 왔을 때 그가 말했다. "이번 11월이면 나는 마흔하나가 된다네."

"아직 한창이시네요, 아직 갈 길이 머세요." 조지가 말했다.

"아니, 그건 맞는 말이 아닐세. 거의 다 온 거야. 마흔둘, 마흔셋, 쉰도 마찬가지지. 그런데 나는 이 나이에— 자네는 내가 뭐가 되려고 하는지 아나? 나는 행복한 사람이 되려 하고 있다네."

"모두가 행복해지기를 원하죠. 저도 선생님이 행복해지시길 바랍니다."

"그러리라 믿네." 그가 말했다. "그럴 거야, 조지. 하지만 그렇게 되려면 한 가지 간단한 방법이 있네. 입을 닥치고 결혼을 하는 거지. 하지만, 조지, 나는 분석을 하는 사람이지. 나는 쉽게 잊어버리지도 않네. 나는 한 주머니 가득 이미 사용한 세월들도 가지고 있지. 이것들을 모두 하나로 쓸어 모으면 로비에 앉아 바보 같은 소리나 하며 늙어 가는 사람이 되는 걸세."

"유감입니다, 선생님." 조지가 말했다.

"한 잔만 더 주게나, 조지." 그가 돌아선 웨이터를 불러 주문했다.

술을 한 잔 더 마신 후 로비의 시계를 보니 아직 9시 반이었다. 졸음을 느끼며 방으로 올라간 그는 불도 끄지 않은 채 침대에 누웠다. 잠에서 깨어 손목시계를 들여다보니 12시 반이었다. 자리에서 일어난 그는 세면을 하고 깨끗한 셔츠와 양복으로 갈아입은 뒤 신문들로 어지럽혀져 있는 탁자들과 책상을 외면하고 다시 로비로 내려갔다. 그는 식당에서 수프와 양갈비를 먹고 우유 한 잔을 마셨다. 식당에는 아는 사람이 한 명도 없었다. 그는 누군가 아는 사람들을 만나야만 한다는 생각이 들었다. 계산을 하고 나온 그는 길로 나와서 택시를 잡아타고 53번가에 있는 주소를 불러 주었다.

딕 앤드 조에는 그와 안면이 있는 사람이 몇 명 있었다. 우선 주인들인 딕과 조 두 사람, 아니 한 사람이라고 하는 게 맞을 것 같았다. 그는 언제나 두 사람을 한 사람으로 생각하고 있었다. 그는 두 사람을 구별할 수가 없었다. 빌 바든과 메리 웰스도 보였다. 두 사람은 약간 취한 듯 무척 즐거워 보였다. 두 사람과 특별히 친하지는 않았지만 같이 합석할 정도의 사이는 되었다……

그곳을 나와서 택시를 탔을 때는 새벽 3시쯤이 되었다.

"커크 씨, 안녕하세요?" 택시 운전사가 인사했다. 운전사의 이름은 윌리였다.

"나는 잘 지내요, 윌리." 그가 말했다.

"어디, 다른 곳으로 가고 싶으세요?" 윌리가 물었다.

"오늘 밤은 됐어요, 윌리. 그냥 집으로 갈래요."

"맞는 말씀이에요, 커크 씨. 잘 생각하신 거예요. 이런 곳들도 그런

대로 좋죠. 제 말뜻 아시죠? 들어가서 얼마 동안 시간을 보내기엔 좋은 곳이죠. 친구들과 대여섯 잔 술도 마시고 하면서 말이죠. 하지만 결국은 집이 가장 좋은 곳이죠. 저를 예로 들자면, 저는 지난 10년 동안 주로 이 부근에서 일을 해 왔죠. 왜냐고요? 여기 있는 사람들은 전부 저를 알기 때문이죠. 아시겠지만, 저도 당신처럼 이런 곳에 들어갈 수 있죠. 딕 앤드 조에서 몇 잔 마시거나 토니 또는 아무 곳이나 제가 가고 싶은 곳에 가서 말이에요. 사실, 당신과 몇 잔 마신 적도 있죠. 지난 크리스마스 저녁처럼 말이죠. 기억나시나요, 커크 씨? 하지만 저에게는 브루클린의 집에 아내와 애들이 기다리고 있죠. 정말이지 거기가 제일 좋은 곳이에요. 무슨 말씀인지 아시죠?"

"당신 말이 맞아요, 윌리." 그가 말했다. "당신 말이 백번 맞아요."

"제가 너무 제 자랑을 하나 보네요." 윌리가 말했다. "몇 잔 걸치거나 친구들하고 끈끈한 정을 쌓는 데는 이런 곳들이 안성맞춤이죠. 그런 건 다 좋아요—"

"친구들하고 유대를 돈독히 하는 건 나도 좋아요."

"하지만 그런 일에도 싫증이 나면 그땐 집 생각이 나죠. 그렇지 않나요, 커크 씨?"

"당신 말이 꼭 맞아요, 윌리. 그땐 집에 가고 싶죠."

"자, 다 왔습니다, 커크 씨. 집 앞입니다."

그는 택시에서 내려서 운전사에게 1달러를 주고는 잔돈은 됐다고 말한 뒤 호텔 로비로 들어왔다. 당번 직원이 그에게 열쇠를 주었고 편지 상자함에 손가락들을 넣어 본 후 말했다. "아무것도 없네요."

방에 돌아온 그는 침대에 누운 채로 담배를 한 대 태웠다. 노곤한 느낌이 들자 그는 자리에서 일어났다. 이유를 알 수 없는 만족스러운 피곤함을 느끼며 그는 옷을 벗기 시작했다. 그는 다시 노래를 불렀다. 하지만 목소리를 높이지는 않았다. 711호실의 남자가 접수대에 항의할지 몰랐기 때문이다. 711호실에 혼자 사는 남자는 백발의…… 분석을 하기 좋아하고…… 모든 것을 잘 잊지 않는 사람이었다……

"내 잠자리를 펴 주고 불을 켜 주오, 나는 오늘 밤 늦을 거예요……"

제임스 서버의 고단한 생활
My Life and Hard Times

침대가 떨어진 밤
The Night the Bed Fell

오하이오 주 콜럼버스에서 살았던 유년 시절의 절정은 아버지가 침대에 깔린 사건이었다. 그 일은 글로 쓰는 것보다는 말로 하는 것이 훨씬 어울리는데(대여섯 번이나 그 이야기를 들은 내 친구들은 생각이 다르겠지만), 그 엄청난 이야기를 비슷하게나마 제대로 설명하려면 가구들을 집어 던지고 문짝들을 흔들고 개처럼 짖는 소리를 내야 하기 때문이다. 어쨌건 그 사건은 분명히 일어난 일이다.

어느 날 밤, 아버지가 생각할 게 있다며 다락방에서 혼자 잠을 자겠다고 결심한 날 그 일은 벌어졌다. 엄마는 아버지의 생각에 강력하게 반대했는데 그곳의 낡은 침대가 안전하지 않다는 이유에서였다. 금방이라도 주저앉을 것처럼 흔들리는 침대의 머리맡 나무판이 아버지에게 떨어지기라도 한다면 아버지가 살아남기 힘들리라는 것이었다. 하지만 엄마도 아버지를 설득할 수는 없었고 밤 10시 15분쯤이 되자 아버지는 다락방으로 통하는 문을 닫고 좁은 계단을 올라갔다. 얼마 후 아버지가 침대로 올라가는지 침대가 불안하게 삐걱거리는 소리가 들렸다. 우리 집에 머물 때는 늘 그 침대에서 주무시던 외할아버지는 며칠 전에 어디론가 사라졌다. (할아버지는 한번 나가면 엿새에서 여드레 동안 소식이 없었고, 집에 돌아오실 때는 언제나 북군의 지휘부가 멍청이들이어서 포토맥군*이 이길 가능성은 눈곱만큼도 없다는 둥 불평을 늘어놓으며 화를 냈다.)

집에는 신경 불안 증세가 있는 사촌 브리그스 벨이 와 있었는데 그는 자기가 잠을 자는 중에 숨을 멈출까 봐 걱정이 이만저만이 아니었다. 자다가 매시간 일어나지 않는다면 질식해서 죽을지도 모른다고 생각한 그는 아침에 일어날 때까지 매시간 잠이 깨도록 알람 시계를 맞추어 놓는 습관이 있었다. 그와 한 방을 썼던 나는 그에게 그럴 필요가 없다고, 나는 잠귀가 아주 밝아서 같은 방에 있는 사람이 숨을 쉬지 않는다면 바로 잠을 깰 거라고 그를 설득했다. 그는 과연 내 말에 신빙성이 있는지 그날 밤 테스트를 했고—나도 그럴 줄 짐작하고 있었다—잠자리에 든 내가 고른 호흡 소리를 내자 잠이 들었다고 확신한 그는 자신의 숨을 참았다. 잠든 척하고 있던 나는 곧바로 그를 깨워 주었다. 테스트 결과에 조금 안심하는 눈치기는 했지만 그는 그래도 조심을 한답시고 침대 머리 곁에다 장뇌 기름을 한 병 가져다 놓았다. 거의 숨이 넘어갈 때까지 내가 자신을 깨우지 못했을 경우 장뇌유 냄새를 맡으면 정신을 차릴 수 있을 것이라는 생각이었다.

---

* 미국 남북전쟁 시기 동부 전선에서 주로 활약한 북군의 주력군. 할아버지는 자신이 사는 시대를 착각하고 있다.

그의 집 사람들 중 그런 엉뚱한 생각을 가지고 있던 것은 브리그스 뿐만이 아니었다. 멜리사 벨 이모(그녀는 손가락을 입에 대고 남자들처럼 휘파람을 불 수 있었다)는 자기가 결국 사우스하이 가에서 죽을 거라는 예감에 괴로워했다. 자신이 사우스하이 가에서 태어났고 결혼도 그곳에서 했다는 이유 때문이었다. 세라 소프 이모도 잠자리에 들 때마다 도둑이 침입해서 침실 문 밑으로 마취가스를 불어 넣으리라는 공포에 떨곤 했다. 그런 일을 당하지 않기 위해서—그녀는 재산을 잃는 것보다 마취제에 대한 공포가 더 컸다—이모는 침실 바로 바깥에 돈과 은 식기, 그 밖에 귀중품들을 깔끔하게 쌓아 놓고는 그 위에 메모를 붙여 놓았다.

"이게 내가 가진 전부예요. 이걸 가져가고 마취제만은 사용하지 말아 줘요."

그레이시 소프 이모도 도둑에 대한 공포심이 있었지만 훨씬 의연하게 대처했다. 그녀는 지난 40년 동안 매일 밤 도둑들이 자신의 집에 들어왔다고 확신했다. 잃은 물건이 아무것도 없다는 사실도 그녀의 의심을 조금도 누그러뜨리지 못했다. 도둑들이 물건을 훔쳐 가기 전에 자신이 복도 쪽으로 구두를 던져서 그들을 놀라게 해 쫓아냈다는 것이 그녀의 주장이었다. 잠자리에 들 때면 그녀는 손이 쉽게 닿는 곳에 집에 있는 신발이란 신발은 모두 가져다 쌓아 놓았다. 불을 끄고 잠자리에 든 지 5분이 지나면 그녀는 일어나 앉아서 "무슨 소리 안 들려요?"라고 말하곤 했다. 벌써 1903년부터 그런 상황을 무시하는 법을 배운 이모부는 이미 깊이 잠들어 있거나 잠들어 있는 척했다. 그는 아내가 아무리 끌어당기고 난리를 쳐도 대꾸하지 않았고, 결국 혼자 자리에서 일어선 이모는 까치발을 들고 살금살금 문으로 다가가서는 문

어떤 날은 신발들을 모두 던졌다

을 빠끔히 열고 복도로 신발을 한 짝 집어 던진 뒤 나머지 한 짝은 반
대쪽으로 집어 던졌다. 어떤 날은 신발들을 모두 던지기도 했고, 어떤
때는 한 켤레만 던지는 날들도 있었다.

　밤중에 아버지가 침대에 깔린 일을 이야기하려다가 잠깐 옆으로 샜
다. 그날 자정쯤 우리는 모두 잠자리에 든 터였다. 다음에 벌어질 일들
을 제대로 이해하려면 우리 집 방들의 위치와 방 주인들의 성격을 알
아 둘 필요가 있다. 2층 앞방(아버지의 다락방 침실 바로 아래)에는

엄마와 허먼 형이 잠을 자고 있었다. 허먼 형은 자면서 가끔 〈조지아를 가로질러 행군을〉 또는 〈전진하라, 기독교도 병사들이여〉 같은 노래들을 잠꼬대로 부르곤 했다. 그 옆방에는 브리그스 벨과 내가 잠을 잤다. 로이는 거실 건너편 방에서, 우리 집 불테리어 개 렉스는 거실에서 잠들었다.

내 침대는 군용 침대로 조립을 하면 편안히 자기에 충분할 만큼 넓었다. 침대 가운데는 평평했고, 양쪽은 평상시에는 아래로 내려져 있었다. 양쪽을 올린 상태에서 너무 가장자리 쪽으로 몸을 굴리면 요란한 소리와 함께 침대가 홀라당 뒤집혀 잠을 자던 사람이 깔리는 일이 벌어졌다. 그날 새벽 2시에 바로 그 일이 일어났다. (그날 벌어진 일을 회상하면서 엄마가 처음으로 "네 아버지가 침대에 깔린 날"이라는 말을 사용했다.)

잠이 들면 세상이 떠나가도 모르고 일단 깨어도 바로 정신이 돌아오지 않는 나는(물론 나는 브리그스에게 거짓말을 했다) 내 쇠 침대가 뒤집혀서 나를 덮쳤을 때 무슨 일이 벌어진 것인지 한참 동안 깨닫지 못했다. 침대가 내 위에 지붕처럼 걸쳐져 있었기 때문에 나는 아무 데도 다친 곳 없이 포근하게 침구에 둘러싸인 채였다. 잠깐 정신이 들려던 나는 다시 잠 속으로 빠져들었다. 하지만 옆방에서 깜짝 놀라 일어난 어머니는 걱정하던 일이 일어났다고 결론을 내렸다. 틀림없이 다락방의 무거운 나무 침대가 아버지를 덮쳤다고 생각한 것이다. 어머니는 "가엾은 네 아버지를 구하러 가자!"라고 소리를 질렀다. 내 침대가 무너지는 소리가 아니라 엄마의 고함 소리에 잠을 깬 허먼 형은 무슨 이유에선지 엄마가 히스테리 발작을 일으킨 줄 알고는 "괜찮아요, 엄마. 안심하세요!"라고 맞고함을 치며 엄마를 진정시키기 위해 애썼다. 두 사람은 한참 동안을 "가엾은 네 아버지를 구하러 가자!" "괜찮아요, 엄마. 안심하세요!"를 서로에게 소리 질렀고, 이번에는 그 소리를 들은 사촌 브리그스가 잠에서 깼다. 그쯤에는 나도 잠이 깨서 무슨 일이 벌어지고 있는 것인지 희미하게나마 머릿속에 들어오기 시작했지만, 아직도 내가 침대 위가 아니라 침대 밑에 깔려 있다는 것조차 깨닫지 못하고 있었다. 두려움과 걱정이 섞인 사람들의 고함 소리에 잠이 깬 브리그스는 자신이 질식해 죽어 가고, 우리가 그를 구하기 위해 난리법석을 치고 있다고 착각했다. 신음 소리를 내면서 그는 침대 머리맡의 장뇌유 병을 낚아채서는 냄새를 맡는 것이 아니라 머리에 들이부었다. 방 안이 장뇌유 냄새로 가득해졌다. 독한 액체를 머리에 쏟아부어 거의 숨을 쉴 수 없게 된 브리그스가 "헉, 헉," 마치 물에 빠진 사람처럼 숨넘어가는 소리를 냈다. 자리에서 벌떡 일어선 그가 비틀거리며 창문으로 갔지만 마침 닫힌 창문이었다. 그는 맨주먹으로 창문 유리를 깼다. 나는 깨진 유리가 아래쪽 골목으로 떨어져 내리는 소리를 들을 수 있었다. 자리에서 일어나려던 나는 내 침대가 내 위에 있다는 이상한 기분을 느꼈다! 아직 잠기운에 빠져 있던 나는 아주 위급한 상황에 처한 나를 구출하기 위해서 사람들이 미친 듯이 뛰어다니는 거라고 생각했다.

"어서 나를 여기서 구해 줘요!" 나는 소리를 질렀다. "어서 꺼내 달라고요!" 갱도에 산 채로 묻혀 있는 듯한 악몽 같은 상황을 상상하고 있었던 것 같다. "헉, 헉," 장뇌유의 충격에서 벗어나지 못한 브리그스는 아직 숨을 몰아쉬고 있었다.

여전히 고함을 질러 대고 있던 엄마는 역시 여전히 고함을 질러 대는 허먼 형을 대동하고 침대 더미에 깔린 아버지를 구하고자 다락으

브리그스는 자신이 질식하고 있다고 생각했다

로 올라가는 문을 열려 애를 쓰고 있었다. 하지만 문은 잠겨서 꼼짝하지 않았다. 문을 열기 위해 미친 듯 문고리를 잡아당기는 요란한 소리는 혼란을 더할 뿐이었다. 로이와 렉스까지 일어나서 로이는 무슨 일이냐고 질문을 해 댔고 한 놈은 짖어 대기 시작했다.

그 모든 소동에서 떨어진 채 깊은 잠에 빠져 있던 아버지도 결국은 다락문을 잡아 흔드는 요란한 소리에 잠을 깼다. 아버지는 집에 불이 난 모양이라고 생각했다.

"가요, 갑니다!"

아버지는 잠에 겨운 목소리로 대답하기는 했지만 제대로 정신이 들기까지는 시간이 좀 더 걸렸다. 아직도 아버지가 침대에 깔려 있다고 믿고 있던 엄마는 아버지가 "갑니다!"라고 대답하는 소리를 곧 조물주를 만날 준비를 하는 사람의 우울한 체념의 목소리로 들었다.

"너희 아버지가 죽어 가고 있어!" 그녀가 소리쳤다.

"전 괜찮아요!" 브리그스가 엄마를 안심시키기 위해 소리를 질렀다. "전 괜찮아요!" 그는 그때까지도 엄마가 자신이 죽을까 봐 걱정하는 것으로 오해하고 있었다.

마침내 내 방의 전등 스위치를 찾은 나는 브리그스와 함께 방문을 열고 나가서 다락방 문 앞에 모여 있는 다른 사람들과 합류했다. 처음 부터 브리그스를 좋아하지 않던 개, 렉스가 브리그스를 그 난리법석 을 일으킨 주범이라고 확신하고 덤벼들자 로이는 할 수 없이 놈을 집 어 던지듯 떼어 내서 붙들고 있어야 했다. 우리는 위층에서 아버지가

로이는 렉스를 집어 던져야 했다

침대에서 일어나는 소리를 들었다. 로이가 다락방 문을 강제로 비틀 어 열자 아버지가 아직 졸린 눈으로 짜증이 난 듯 계단을 내려왔다. 아 버지는 무사했다. 엄마는 아버지가 무사한 것을 보자 눈물을 흘리기 시작했다. 렉스도 따라 짖었다.

"대체 이게 무슨 소동이지?" 아버지가 물었다.

마침내 커다란 조각 퍼즐처럼 일의 전후가 파악되었고, 아버지는 맨

발로 다니다가 감기에 걸렸다. 하지만 그 밖에 불미스러운 일은 없었다. 모든 일을 긍정적으로 생각하는 엄마가 말했다. "마침 너희 할아버지가 계시지 않아서 정말 다행이야."

밀어야 가던 차
The Car We Had to Push

링컨 스테펀스*와 거트루드 애서턴**을 포함한 많은 전기 작가들은
자신들의 가족이 겪은 지진에 대한 이야기들을 기록해 놓았다. 우리
가족은 지진을 겪어 본 적이 없기 때문에 내게는 그것이 불가능한 일
이지만 그래도 우리들은 콜럼버스에 살 때 지진에 버금갈 만한 많은
일을 경험했다. 특별히 우리 집에 있던 낡은 레오 자동차에 대한 기억
들이 새롭다. 그 차는 한참을 밀고 가다 갑자기 클러치를 떼어야 시동
이 걸렸다. 물론 한때는 시동 핸들을 돌리는 것만으로도 쉽게 시동이
걸렸던 적도 있지만 오랜 세월을 우리와 함께한 차는 마침내 한참을

---

* 미국 캘리포니아 주 출신의 언론인이자 사회 평론가.《맥클루어 매거진》편집자로 정재계
  의 부정부패를 폭로하는 연작 기사를 냈고, 이들을 엮어 1904년『도시의 수치』라는 책을 펴
  냈다.
** 미국 여류 작가로, 자신의 고향인 캘리포니아 주를 배경으로 많은 작품을 썼다.

밀다가 클러치를 떼어야 시동이 걸리는 형편에 이르렀다. 혼자 차를 미는 것은 불가능했고 차도의 질이나 땅의 상태에 따라 어떤 때는 대여섯 명의 사람이 달려들어야 했다. 그 차는 희한하게도 클러치와 브레이크가 같은 페달에 연결되어 있었고, 그래서 일단 시동이 걸린 후에도 다시 엔진이 꺼지는 일이 왕왕 벌어져서 다시 차를 밀어야 했다.

때로는 대여섯 명의 사람이 차를 밀어야 했다

아버지는 차를 밀다가 복통을 일으키곤 하는 바람에 자주 회사에 결근했다. 아버지는 차의 상태가 좋았을 때도 차를 좋아하지 않았다. 아버지를 닮아서인지 나도 20년이 넘도록 자동차들에 대해 아는 것도 별로 없을뿐더러 자동차들을 믿지 못하는 경향이 있다. 나와 같이 학교를 다니던 친구들은 토머스 플라이어, 파이어스톤 콜럼버스, 스티븐스 듀리에, 램블러, 윈턴, 화이트 스티머 등등 등굣길에 지나치는 차들을 모두 알아보았다. 나로서는 불가능한 일이었다. 내가 유일하게 관심을 가지고 있던 차는 말세 아저씨*가 타고 다니던 커다란 레드 데빌이었는데 뒤쪽에 문이 달려 있었다. 말세 아저씨는 흐트러진 매무새

292

의 호리호리한 노인으로, 초점이 없는 눈을 한 채 돌아다니면서 깊은 저음의 목소리로 세상의 종말을 준비하라고 확성기로 외치고 다녔다.

"준비를 하세요! 준비를 해요!" 그는 호통을 치듯 소리쳤다. "세상의 종말이 다가오고 있어요."

그의 호소는 여름날의 마른번개처럼 가장 예기치 않은 장소, 가장 예기치 못한 시간에 들려와서 사람들을 깜짝 놀라게 했다. 한번은 콜로니얼 극장에서 맨텔이 연출한 〈리어 왕〉을 보고 있을 때였다. 에드거가 비명을 지르고 리어 왕이 고함을 치고 광대가 지껄이는 중에 갑자기 말세 아저씨의 쩌렁쩌렁한 목소리가 발코니 객석 어디쯤에서 함께 들려왔다.

에드거 톰은 추워요. 덜, 덜, 덜, 회오리바람, 별의 저주, 귀신의 홀림으로부터 저만은 신의 축복을 받아 벗어나게 해 주소서! 악마에게 사로잡혀 있는 불쌍한 톰에게 적선하세요. 이번만은 그놈을 붙잡을 수 있었는데. 저기, 또 저기, 그리고 저기서.

(천둥 사라짐)

리어 뭐야! 저 사람도 제 딸년 때문에 저 지경이 되었다고?

말세 아저씨 준비를 하세요! 세상의 종말이 다가옵니다!

에드거 필리콕(펠리컨)이 필리콕 산에 앉았구나. (매를 부르듯) 허이, 허이, 어어이, 어어이!

(번개가 번쩍인다)

말세 아저씨 세상의 종말이 다가옵니다!

---

* 원문의 Get-Ready Man을 여기서는 '말세末世 아저씨'로 옮겼다.

광대 이토록 추운 밤에는 너 나 할 것 없이 모두 바보가 되지 않으면 미쳐 버리지.

에드거 악마 놈을 조심하세요. 양친에게 복종하세요. 약속을 반드시 지키세요. 맹세를 하지 마세요. 유부녀와 간통하지 마세요. 애인을 치장에 정신 팔리게 하지 마세요.

말세 아저씨 준비하세요!

에드거 톰은 추워요.

말세 아저씨 세상의 조용말이 다가옵니다!

말세 아저씨다!

　그들은 마침내 그를 찾아내서 극장에서 내쫓았다. 그는 쫓겨나면서도 소리를 질렀다. 우리 시절에는 극장에서 가끔 그런 일들이 일어났다.

　다시 자동차 이야기를 계속하자면, 차와 얽힌 가장 즐거운 기억들 중의 하나는 차를 산 지 8년째 되던 해 있었던 일이다. 한번은 로이가 주방에서 부엌 용품들을 쓸어 모아 보자기에 싼 뒤 차 밑에 매달고, 끈을 잡아당기면 보자기가 펼쳐지면서 안에 있던 쇠나 양철로 된 용품들이 요란한 소리를 내며 차도로 떨어지게 장치했다. 언젠가 차가 폭발할 거라고 믿고 있던 아버지를 놀래려고 꾸민 그 일은 아주 완벽하게 먹혀들었다. 벌써 25년 전의 일이지만 내가 인생에서 다시 살고 싶은 순간이 있다면 바로 그때이다. 물론 그럴 수는 없겠지만 말이다. 어느 기분좋은 오후, 18번가 근처의 브라이든 거리를 달리다가 로이는 보자기의 끈을 잡아당겼다. 아버지는 눈을 감고 모자도 벗은 채 시원한 바람을 즐기고 있었다. 아스팔트에서 갑자기 들려온 엄청난 소음은 아주 효과 만점이었다. 칼과 포크들, 통조림 따개, 파이 굽는 팬, 솥뚜껑, 비스킷 커터, 달걀 거품기 등이 한참 동안 요란한 소리를 냈다.

"차를 멈춰라!" 아버지가 소리쳤다.

"그럴 수가 없어요." 로이가 대답했다. "엔진이 떨어져 나갔어요."

"오, 하느님!" 아버지는 로이의 말이 무슨 뜻인지 알기라도 하는 사람처럼 말했다.

물론 결말은 해피엔드라고 할 수 없었다. 우리는 왔던 길을 다시 거꾸로 가면서 우리가 떨어뜨린 물건들을 다 주워야 했다. 아무리 그런 일에는 무관심한 아버지라도 결국 자동차의 부품들과 부엌에서 사용되는 도구들을 구분할 수는 있었다. 하지만 엄마라면 얘기가 다르다. 외할머니도 마찬가지였다. 예를 들면 엄마는 휘발유를 넣지 않고 차를 몰고 다니는 것이 위험하다고 생각— 아니 확신을 하고 있었다. 그러면 밸브나 다른 부품들이 탄다고 믿었다.

"기름도 넣지 않고 시내를 차로 돌아다닐 생각일랑 절대로 하지 마라."

우리가 차를 타고 나갈 때면 어머니는 꼭 이렇게 말했다. 그녀에게는 휘발, 기름, 물이 서로 대동소이했고, 덕분에 혼란스럽고 위험한 일들을 겪기도 했다. 엄마가 가장 두려워했던 것은 축음기였는데— 우리 집에 있던 축음기는 아주 초창기 모델로 〈조세핀, 나와 함께 날 틀을 타요〉*라는 노래가 유행하던 시절에 나온 것이었다—그녀는 축음기가 폭발할지도 모른다고 겁을 먹었다. 축음기는 휘발유나 전기를 사용하지 않는다고 설명해 주었지만 엄마는 안심은커녕 오히려 더 놀라는 눈치였다. 그러면 언제 폭발할지도 모르는, 아직 검증도 되지 않은 이상한 신식 기관 나부랭이에 의해 축음기가 작동하는 것 아니냐며 엄마는 미치광이 같은 에디슨의 위험한 발명에 우리 모두가 희생되거나 순교자가 될까 봐 걱정했다. 상대적으로 안심을 하고 사용하던 전화도, 무슨 이유에선지는 모르겠지만, 폭풍우가 치는 날이면 수화기를 전화기에서 내려놓곤 했다. 그런 식의 근거 없는 두려움은 외할머니에게서 자연스럽게 물려받은 것으로, 외할머니는 말년을 새어나온 전기가 온 집 안에 눈에 보이지 않게 흐른다는 공포 속에서 보내셨다. 할머니는 전기 스위치를 켜 놓으면 벽에 있는 빈 소켓들로부터 전기가 새어 나온다고 주장했다. 할머니는 집 안을 돌아다니며 빈 소켓에 전구를 끼워 넣은 후 불이 들어오는 것을 확인하고는 바로 조심스럽게 전구를 껐다. 비싼 전기를 절약했을 뿐만 아니라 위험한 누전도 막았다고 만족감을 느끼며 할머니는 안심하고 《피어슨》이나 《에브리바디》 같은 잡지들을 읽었다.

우리 집의 낡은 레오 자동차는 결국 끔찍한 최후를 맞았다. 전차 선로가 있는 거리의 도로 경계석에서 너무 멀리 차를 세워 두는 바람에 벌어진 일이었다. 그때는 늦은 밤이었고 길은 어두웠다. 첫 시내 전차

---

* 프레드 피셔가 1910년에 발표한 노래로 그해 레코드로 취입되었다.

전기가 온 집 안에 새어 나오고 있었다

는 우리 차를 피해 지나갈 수 없었다. 마치 테리어 사냥개가 토끼를 물고 가듯 전차는 잔혹하게 자동차를 끌고 가다가 잠깐 자동차를 놓치는 듯하더니 다시 자동차를 잡아챘다. 타이어들에서 바람이 빠지는 요란한 소리들과 함께 펜더들이 긁히는 소리가 들렸고, 운전대가 유령처럼 솟아올랐다가 불꽃놀이를 하듯 볼트들과 부품들을 튕겨 내면서 처량한 휘파람 같은 소리를 남기고 프랭클린 거리 쪽으로 사라졌다. 굉장한 광경이었지만 모두에게(물론 화난 전차 운전사를 제외하고) 슬픈 모습이기도 했다. 누군가 감정을 주체하지 못하고 우는 사람도 있었다. 아마 그 울음소리가 할아버지의 정신을 그렇게 갑자기 흐려 놓았을 것이다. 할아버지는 모든 시대를 혼동하기 시작했다. 자동차 같은 것들은 본 기억도 없다고 했다. 사람들의 흥분된 대화와 울음소리를 들은 할아버지는 누군가 죽었다고 생각했음에 틀림없다. 그는 그 망상에서 벗어나지를 못했다. 다음 한 주일 동안 우리는 할아버지의 생각을 다른 곳으로 돌리려고 온갖 애를 썼지만 그는 장례를 더 이상 미루는 것은 죄일뿐더러 우리 집안의 수치라고 주장했다.

"아무도 죽은 사람이 없어요! 자동차가 박살 난 것뿐이라고요!" 아버지가 할아버지를 이해시키려고 서른 번은 큰 소리로 말해 주었어도 할아버지는 딴소리만 했다.

"그가 취해 있던?" 할아버지가 엄한 목소리로 아버지에게 물었다.

"누구 말씀이세요?" 아버지가 되물었다.

"제나스 말이야."

할아버지는 이제 송장의 이름까지 정해 놓으셨다. 제나스는 할아버지의 동생으로, 사실 돌아가신 분이기도 했다. 하지만 술에 취해 자동차를 몰다 돌아가신 것은 아니었다. 제나스 할아버지는 1866년에 세상을 떠났다. 남북전쟁이 벌어졌을 때 섬세하고 시적인 성정의 스물한 살 청년이었던 제나스 할아버지는 남미로 떠났다(그가 보낸 편지에는 "전쟁이 모두 지나갈 때까지만" 남미에 머물겠다고 쓰여 있었다). 전쟁이 끝난 뒤 미국으로 돌아온 그는 당시 밤나무들만이 걸리던 전염병에 걸려서 사망했다. 나무를 고치는 사람을 불러 사람에게 약을 살포하게 한 역사상 처음이자 마지막 사례였다. 우리 집안은 그 사건을 아주 예민하게 받아들였다. 미국에서 그 병에 걸린 사람은 아무도 없었다. 일부 사람들은 그 일을 일종의 인과응보라고 여겼다.

이제, 말하자면, 누가 죽었는지까지 알게 된 할아버지와 마치 아무 일도 없는 듯이 한집에 사는 것은 점점 더 힘든 일이 되었다. 할아버지는 당장이라도 장례를 치르지 않으면 보건부에 고발하겠다며 길길이 날뛰었다. 우리 가족은 무슨 수를 내야만 하리라는 것을 깨달았다. 결국 우

제나스 할아버지는 밤나무들을 해치는 전염병에 걸렸다

리는 할아버지의 마음을 진정시키기 위해 아버지의 친구분인 조지 마틴 씨에게 부탁해서 1860년대의 복장을 입힌 후 제나스 할아버지인 척 연기하게 했다. 구레나룻을 기른 채 비버 해트까지 쓴 가짜 할아버지는 앨범에 있는 제나스 할아버지의 은판사진과 비교해도 무척 닮아 보였다. 나는 저녁 식사가 끝난 뒤 제나스 할아버지가 거실로 걸어 들어온 때를 잊을 수 없다. 키가 큰 매부리코의 할아버지는 날뛰면서 욕을 퍼붓고 있었다. 방 안에 들어온 제나스 할아버지가 양손을 내밀었다.

"클렘!" 그가 할아버지 이름을 큰 목소리로 불렀다. 천천히 몸을 돌려 새로 나타난 사내를 쳐다본 할아버지는 콧방귀를 뀌었다.

"누구요?" 할아버지가 깊고 울리는 목소리로 물었다.

"나 제나스예요!" 마틴 씨가 큰 소리로 대답했다. "형 동생 제나스가 이렇게 생생하게 형을 찾아왔잖아요!"

"제나스는 개뿔! 제나스는 1866년 밤나무줄기마름병에 걸려 죽었어!"

할아버지의 정신은 갑자기 아주 맑아질 때가 있었다. 하지만 그런 때가 오히려 다른 때들보다 더 당황스러웠다. 잠자리에 들기 전에 할아버지는 자동차가 파괴되었다는 것, 그래서 그 때문에 한바탕 집안에 난리가 났었다는 사실을 이해하게 되었다.

"산산조각이 나서 사방으로 부속이 날았어요, 아빠." 어머니가 그 사건을 눈에 보이듯 할아버지에게 설명했다.

"그럴 줄 알았어." 할아버지가 불만스러운 목소리로 말했다. "그러게 그 차가 아니라 포프 털리도*를 사라고 했잖아."

---

* 1903년경 포프 사에서 제조한 자동차.

댐이 무너진 날
The Day the Dam Broke

1913년 오하이오 홍수 때 겪은 일을 잊을 수만 있다면 나와 우리 가족은 기꺼이 그렇게 할 것이다. 하지만 우리가 견뎌 내야 했던 어려움, 우리가 경험했던 소동이나 혼란에도 불구하고 내가 태어난 주와 도시에 대한 마음은 변치 않는다. 나는 꽤 형편이 좋은 지금, 이곳이 콜럼버스라면 좋겠다. 하지만 지옥의 한복판에 있는 도시를 경험하고 싶은 사람이 있다면 1913년 댐이 무너진 그날 오후, 아니 더 정확히 이야기하자면 댐이 무너졌다고 모두가 생각했던 날 오후의 콜럼버스가 바로 그런 도시였다. 그 경험은 우리를 고귀하게 만드는 한편으로 사기가 떨어지게도 했다. 특별히 할아버지가 보여 준 놀라운 기상은, 비록 오해에서 비롯된 것이기는 했지만, 내 마음속에서 영원히 빛을 잃지 않을 것이다. 할아버지는 그날의 우리가 마주했던 위협이 포러스

2,000명의 사람들이 놀라서 도망을 쳤다

트 장군*의 기병대가 쳐들어온 데서 비롯되었다고 확신했다. 그날 우
리가 할 수 있는 유일한 일은 집을 버리고 도망치는 것이었지만 할아
버지는 군도軍刀를 꺼내 휘두르면서 우리의 퇴로를 막았다.

"어디 그 개― 들을 한번 올 테면 오라고 해 봐!" 할아버지가 고함을
질렀다.

그 시각에도 많은 사람이 "동쪽으로, 동쪽으로 가야 해요!"를 외치며
물밀 듯 우리 집을 지나치고 있었다. 우리는 다리미판으로 할아버지
를 기절시켜야 했다. 축 늘어진 노인네 탓에―할아버지는 180센티미
터가 넘는 키에 몸무게도 80킬로그램에 육박했다―우리는 그 도시에
있는 모든 사람의 피난 행렬 거의 끝 쪽에 있을 수밖에 없었다. 파슨스

* 남북전쟁 시기 남부군 기병 장군이었던 네이선 베드퍼드 포러스트.

거리와 타운 가가 만나는 곳에서 할아버지가 정신이 돌아오지 않았다면 우리는 우리 뒤를 사납게 덮쳐 오는 파도에 삼켜졌을 것이다(만약 진짜 덮쳐 오는 파도가 있었다면 말이다). 나중에 소동이 가라앉고 사람들이 겸연쩍은 표정으로 다시 각자의 집과 직장으로 돌아가면서 자기들이 도망쳐 온 거리를 줄이고 자기들이 줄행랑을 친 데 대해 다양한 구실을 대고 있을 때, 토목공학 기사들은 실제로 댐이 무너졌다 하더라도 웨스트사이드 쪽에 물이 5센티미터 정도 넘치는 것으로 끝났을 것이라고 발표했다. 20년 전 봄 대장마 때 오하이오 주의 강변에 있던 모든 마을처럼 웨스트사이드도 9미터 깊이의 물에 잠긴 일이 있었다. 하지만 당시 우리가 살고 있었던, 그리고 그 소동이 일어났던 이스트사이드는 그런 위험에 처한 적이 한 번도 없었다. 웨스트사이드와 이스트사이드를 가르는 하이 가를 물이 넘어오려면 30미터 정도로 불어야 했다.

실제로는 우리가 부뚜막 아래의 고양이처럼 안전했다는 사실은 댐이 무너졌다는 비명 소리가 들판의 불길처럼 번져 가던 날, 이스트사이드 주민들의 마음을 사로잡은 순전한 좌절감과 엄청난 절망감을 조금도 줄이지 못했다. 시내에서 가장 점잖고 존경할 만한 사람들, 남의 말을 잘 믿지 않고 명석한 사고력을 자랑하던 사람들도 그날은 그들의 아내들과 그들의 말을 받아 적던 속기사들 그리고 집과 사무실을 뒤로한 채 동쪽으로 달아나기 바빴다. "댐이 무너졌다!"라는 말보다 사람들을 더 공포에 사로잡히게 하는 말은 없을 것이다. 댐에서 800킬로미터나 떨어진 마을에서 그런 다급한 전갈이 귀청을 때릴 때 멈춰 서서 차분하게 생각을 해 볼 만큼 이성적인 사람들은 거의 없었다.

돌이켜 보건대 오하이오 주 콜럼버스에서 댐이 붕괴되었다는 소문이 퍼지기 시작한 것은 1913년 3월 12일 정오 무렵이었다. 시내의 상업 지역인 하이 가는 평소와 다름없이 흥정을 하고 셈을 하고 감언이설을 늘어놓고 가격을 제시하고 거절을 하고 타협을 하는 장사꾼들과 함께 차분한 가운데서도 분주하게 돌아가고 있었다. 미국 중서부 지방 최초의 기업 담당 변호사였던 대리어스 코닝웨이는 공공요금운영위원회를 앞에 앉혀 놓고 자신의 마음을 돌리려는 것보다는 북극성을 움직이기가 쉬울 것이라며 마치 카이사르처럼 웅변을 토하고 있었다. 다른 사람들도 각기 나름대로의 자랑거리들과 이런저런 일들로 바빴다. 그때 갑자기 누군가 거리를 달려가는 사람이 있었다. 하지만 그 사람은 아내와의 점심 약속을 까맣게 잊고 있다가 시간이 한참 지난 후에야 갑자기 생각난 사람일 수도 있었다. 무슨 이유에서건 그는 브로드 가를 따라서 동쪽으로(아마도 남편들이 아내를 만날 때 흔히 이용하는 마라모 레스토랑 쪽으로) 달려갔다. 얼마 후 또 다른 사람이 거리를 달리는 모습이 눈에 띄었다. 그는 기운이 넘치는 신문 배달부일지도 몰랐다. 다음에는 뚱뚱한 상인 한 명도 갑자기 달리기 시작했다. 그로부터 10분이 지나자 유니언 철물점부터 법원에 근무하는 사람들까지 하이 가의 모든 사람이 달음박질을 하고 있었다. 각양각색, 중구난방으로 떠드는 사람들의 소리가 점차 하나의 단어로 집약되었다.

"댐."

"댐이 무너졌다!"

사람들의 공포가 처음으로 말로 표현된 것은 전차를 타고 가던 노파에 의해서였을 수도 있고 교통순경, 혹은 작은 꼬마에 의해서였을 수도 있다. 누가 그 말을 시작한 것인지는 분명치 않았고 중요치도 않았다. 중요한 것은 2,000명의 사람이 갑자기 줄행랑을 치고 있다는 사

304

실이었다. 사람들은 외쳤다─

"동쪽으로 가세요!"

강에서부터 멀어지는 동쪽, 안전한 동쪽이 그들이 달려가는 곳이었다.

"동쪽으로 가세요! 동쪽으로 가야 해요! 동쪽으로 가요!"

동쪽으로 향한 모든 길에 사람들의 검은 물결이 넘쳤다. 인파의 수원지는 건어물 상점, 사무실 빌딩, 마구 상점, 영화관들이었지만 사람들의 물결이 지나치는 집들로부터 주부들과 아이들, 불구자들, 하인들, 개들, 고양이들도 나와 고함을 지르고 비명을 토해 내며 무리에 합류했다. 요리를 하던 중이라 불도 켜 놓은 채 문도 활짝 열어 놓고 사람들은 거리로 달려 나왔다. 하지만 우리 어머니는 부엌의 불들을 모두 끈 후 한 타스의 달걀과 빵 두 덩이를 들고 나왔다. 두 블록 떨어진 참전 용사 빌딩으로 가서 참전 용사들이 모임을 갖거나 전투 깃발들과 무대 배경 장치들을 모아 두는 먼지 덮인 꼭대기 층의 방 하나를 잡아 임시 거처로 삼겠다는 것이 엄마의 계획이었다. 하지만 "동쪽으로 가야 해요!"라고 외쳐 대는 흥분한 군중들에 휩쓸려 엄마와 우리도 동쪽으로 달리기 시작했다. 파슨스 거리에서 정신이 든 할아버지는 마치 복수심에 불타는 예언자라도 된 듯, "진용을 갖추고 반역도당들에 맞서자"고 도망치는 사람들을 향해 외치기 시작했다. 하지만, 무슨 이유에선지, 댐이 무너졌다는 것을 이해하게 된 할아버지는 쩌렁쩌렁한 목소리로 "동쪽으로 가자!"라고 외치면서 한 손에는 조그만 아이 하나를, 다른 손에는 마흔두 살쯤 되었을 왜소한 점원 타입의 남자를 들쳐 안았다. 우리는 앞서간 사람들을 서서히 따라잡기 시작했다.

소방대원, 우체부, 정복을 입은 장교들─시의 북쪽에 있는 포트헤이스 기지에서 사열이 있었다—이 점점 늘어 가는 인파에 이채를 더했다.

"동쪽으로 가요!"

현관에 앉아 졸고 있는 육군 중령을 지나치며 꼬마 소녀가 앳된 목소리로 소리쳤다. 신속한 결정을 내리는 데 익숙하고, 망설이지 않고 복종하도록 훈련받은 그는 현관에서 뛰어 내려와서 전속력으로 달리기 시작했다. 그는 곧 소녀를 따라잡으며 큰 소리로 외쳤다.

"동쪽으로!"

두 사람은 그들이 있던 작은 거리의 집들을 돌아다니며 사람들을 피난시켰다.

"뭐예요? 무슨 일이에요?" 뚱뚱한 사내 한 명이 뒤뚱거리며 중령에게 물었다. 중령이 달음박질을 멈추고 소녀에게 무슨 일이 벌어진 것인지 물었다.

"댐이 무너졌어요!" 소녀가 헐떡이며 말했다.

"댐이 무너졌대요!" 중령이 소리를 질렀다. "동쪽으로! 동쪽으로!"

곧 그는 지친 소녀를 품에 안은 채 거실, 가게, 차고, 뒤뜰, 지하실에서 뛰어나온 300여 명의 사람들을 진두지휘하여 동쪽으로 뛰기 시작했다.

1913년에 벌어진 그 엄청난 대탈주에 얼마나 많은 사람이 연관되었는지는 아무도 정확히 계산할 수 없을 것이다. 왜냐하면 남쪽의 윈슬로 병입 공장에서 시작해 그곳으로부터 10킬로미터쯤 떨어진 클린턴빌에까지 미쳤던 공황 상태는 그것이 시작될 때만큼이나 갑자기 끝났기 때문이다. 오합지졸처럼 혼란스러운 군중이 스러지기 시작했고, 사람들은 각자 슬그머니 집으로 돌아갔다. 사람들이 떠난 거리에는 다시 평화가 찾아왔다. 서로 얽혀 흐느끼며 고함을 지르던 정신없던 피난 행렬은 다 해서 두 시간 정도 지속되었다. 일부 사람들은 20킬로미터 떨어진 레이놀즈버그까지도 갔고, 50명이 넘는 사람이 13킬로미터쯤 떨어진 컨트리클럽으로 가기도 했다. 나머지 사람들은 지쳐 중도에서 포기하거나 6~7킬로미터 밖의 프랭클린 공원 나무들 위로 올라가기도 했다. 자경단원들이 트럭을 타고 다니며 확성기로 "댐은 무너지지 않았습니다!"라고 안내한 뒤에야 마침내 사람들의 공포심이 사라지고 질서가 온전히 회복되었다. 안내 활동은 처음에는 혼란과 공포를 부추겼다. 도망을 치던 사람들은 자경단원들이 "댐이 무너졌습니다!"라며 재난에 대해 공식적인 선언을 하고 다니는 것으로 오해했기 때문이다.

소동이 벌어지는 내내 햇빛만 조용히 내리쬘 뿐 홍수가 임박했다는 징후는 어느 곳에서도 찾아볼 수 없었다. 만약 비행기에 탄 사람이 무엇에인가 동요되어 군중이 느릿느릿 지상에서 움직이는 모습을 보았더라면 도대체 이유가 뭔지 생각하느라 애를 먹었을 것이다. 그의 눈에는 아래에서 펼쳐지는 광경이, 주방에서는 조리를 하기 위한 불이 평화롭게 타고 있고 갑판에는 한가로운 햇살을 받으며 표류하고 있던 메리 셀레스트호*를 보는 느낌이었을 것이다.

이디스 테일러 이모는 하이 가에 있는 극장에서 영화를 보고 있었는데 피아노 소리를 뚫고—윌리엄 S. 하트**의 영화가 상영 중이었다—사람들이 뛰는 소리가 점점 크게 들리기 시작했다고 한다. 그들

* 1872년에 메리 셀레스트호는 뉴욕에서 출발한 지 얼마 되지 않아 아조레스 제도 부근에서 선원들이 모두 실종된 채 발견되었다.
** 무성영화 시대 때 서부 영화에 출연했던 배우.

이 외치는 소리들도 들려왔다. 이모 옆에 앉아 있던 나이 지긋한 부인이 뭔가를 중얼거리더니 자리에서 일어서서 복도를 따라 종종걸음을 쳤고, 그녀를 본 사람들은 모두 그녀를 따랐다. 순식간에 복도는 사람들로 꽉 들어찼다. 항상 극장에서 불에 타 죽는 것을 두려워해 온 여인 하나가 "불이야!" 하고 소리를 질렀지만 그때쯤에는 이미 바깥에서 들려오는 소리가 더 크고 설득력이 있었다.

"댐이 무너졌대요!" 누군가 소리쳤다.

"그럼 동쪽으로 가야 해요!" 이모 앞의 자그마한 여인이 역시 소리를 쳤다.

여자와 아이들을 넘어뜨리며 서로 밀고 할퀴면서 극장 밖으로 나온 사람들은 온통 흐트러진 옷매무새로 동쪽을 향했다. 극장 안에서는 윌리엄 S. 하트가 악당에게 먼저 총을 뽑으라고 무언으로 말하고 있었고, 피아노 앞에 앉은 용감한 여인은 〈노를 저어라〉, 다음에는 〈내 할렘에서〉를 크게 연주했다. 밖에서는 남자들이 주 의회 마당을 가로질러 뛰어갔고, 나무들 위로 올라가기도 했다. 어떤 여인은 '얘들이 내 보석이에요'* 동상에까지 올라갔다. 코르넬리아 밑에 놓인 셔먼, 스탠턴, 그랜트, 셰리든의 동상들은 도시가 무너져 가는 모습을 무심하게 내려다보았다.

"나는 남쪽의 스테이트 가 쪽으로 달려온 후 동쪽으로 방향을 틀어 3번가로 가서는 다시 남쪽의 타운 쪽으로 갔다가 거기서 동쪽으로 갔

---

* 그라쿠스 형제의 어머니로, 고대 로마 여성의 완벽한 표상으로 여겨지는 코르넬리아 아프리카나가 자신의 아이들을 향해 한 말. 1894년 오하이오 주 의회 앞에는 이 문구가 새겨진 대리석 기둥 위에 선 코르넬리아의 발치 아래 남북전쟁의 영웅인 윌리엄 셔먼 장군, 에드윈 스탠턴 장관, 율리시스 S. 그랜트와 필립 셰리든 장군 등 '일곱 개의 보물'을 상징하는 일곱 남자의 동상이 세워졌다.

어." 이디스 이모는 편지에 썼다. "단호한 눈매에 고집스러울 것 같은 턱을 가진 여인이 나를 지나쳐서 길 한가운데로 달려가더구나. 주위에서 온통 난리가 났지만 나는 그때까지도 무슨 일이 벌어지고 있는지 잘 알지 못했어. 50대 후반에 들어선 것 같았지만 그 여자는 달리는 폼이 제대로였지. 아주 체력이 좋은 사람처럼 보였어. 나는 애써 그녀를 따라잡고 물었지. '도대체 이게 무슨 일이에요?' 그녀는 나를 흘끗 쳐다보더니 다시 시선을 앞으로 돌린 채 속도를 세 배로 올리더구나. '나한테 물어보지 말고 하느님에게 물어봐요!' 그녀가 한 말이었어.

"이미 늦었어!" 그가 소리쳤다

내가 그랜트 거리에 이르렀을 때 나는 아주 지쳐 있었기 때문에 조금 전 내가 앞질렀던 맬로리 박사—너도 기억하지? 로버트 브라우닝 닮은 하얀 턱수염을 기른 분 말이야—가 나를 다시 앞질렀지. '이미 늦었어!' 하고 그가 소리를 치더구나. 나는 그가 말하는 게 무슨 뜻이건 그의 말이 평소에 지니던 무게를 고려해 볼 때 이미 모든 기회는 사라졌다고 확신을 했단다. 그의 말이 무슨 뜻이었는지는 조금 후에 알게 되었지만. 그의 뒤를 따라서 아이 하나가 롤러스케이트를 타고 달리고 있었던 거야. 박사는 스케이트에서 나는 소리를 물이 덮쳐 오는 소리로 오해했던 거고. 박사는 파슨스 거리와 타운 가가 만나는 콜럼버스 여학교까지 간 다음 지쳐 쓰러졌단다. 그이는 사이오터 강의 거품 낀 물이 자기를 곧 쓸어 가리라 생각했지. 뒤에 오던 소년이 그를 피해서 지나가자 그제야 박사는 자신이 무엇으로부터 도망치고 있었는지 깨달은 눈치였단다. 뒤를 돌아다봤지만 물이 다가오는 기미 같은 것은 찾아볼 수 없었거든. 하지만 몇 분간 휴식을 취한 뒤 그는 다시 달리기 시작하더구나. 오하이오 거리에서 박사는 나를 다시 따라잡았고 우리 둘은 그곳에서 같이 휴식을 취했어. 그동안 약 700명의 사람이 우리를 지나쳐 달려갔지. 웃기는 건 모두가 자신의 두 다리로 도망을 하고 있었다는 거야. 아무도 잠시 멈춰 서서 자기 자동차에 시동을 걸 만큼의 용기도 없었던 거지. 하지만 지금 다시 생각해 보면 당시는 모두 자동차를 크랭크로 시동을 걸어야 했기 때문에 그랬을지도 모르겠구나."

다음 날, 도시는 마치 아무 일도 없었다는 듯 평소의 모습으로 돌아갔지만 아무도 그 일을 가지고 농담하는 사람은 없었다. 댐이 터진 사건에 대해 가볍게라도 농담을 하기까지는 2년 정도의 시간이 흘러야 했다. 20여 년이 지난 지금도 그때 일을 화제로 올리면 맬로리 박사처럼 입을 닫는 사람들도 있다.

유령 소동

The Night the Ghost Got In

1915년 11월 17일, 우리 집에 들어온 유령은 엄청난 오해를 일으켰다. 나는 차라리 유령들이 계속 돌아다니도록 내버려 두고 잠이나 잤어야 했다. 유령의 출몰은 어머니로 하여금 옆집 창문에 신발을 던지도록 했고 결국 할아버지가 순찰을 온 경관에게 총을 쏘도록 만들었다. 다시 말하지만, 그 발자국 소리에 나는 신경을 쓰지 말았어야 했다.

발자국 소리들은 새벽 1시 15분부터 들리기 시작했다. 리듬감 있는 빠른 발소리들이 식탁 주위를 돌고 있었다. 엄마와 허먼 형은 2층 방들에서 자고 있었고 할아버지는 다락방의 낡은 호두나무 침대에서 주무시고 계셨다. 혹시 기억이 날지 모르지만 아버지가 깔렸던 침대 말이다. 욕조에서 막 나왔던 나는 부지런히 수건으로 몸을 말리고 있다가 발자국 소리들을 들었다. 욕실의 전등 빛이 계단을 지나 아래층 식당까지 비추고 있었다. 선반들 위에 얹힌 접시들이 희미하게 빛났지만 식탁은 보이지 않았다. 발자국 소리들은 식탁 주위를 계속 돌았다. 일정한 간격으로 마룻바닥의 판자가 삐걱거리는 소리도 들렸다. 처음에 나는 인디애나폴리스로 떠났던 아버지나 로이가 돌아온 줄로 알았다. 집에 올 때가 거의 되었기 때문이다. 그다음에는 혹시 도둑이 아닐까 하는 생각도 들었다. 유령에 생각이 미친 것은 한참 후였다.

발자국 소리가 3분쯤 지속된 후 나는 까치발로 허먼 형의 방으로 갔다.

"형!" 나는 어둠 속에서 그를 조용히 깨웠다.

"끄응." 자신은 언젠가 자다가 무슨 일을 당할 거라는 의심을 품고 있던 형이 좌절한 비글처럼 기운 없는 소리를 냈다.

"형, 나야. 아래층에 뭔가가 있어."

형은 일어나서 나를 따라 계단 쪽으로 왔다. 우리는 귀를 기울였지만 아무 소리도 들려오지 않았다. 발걸음 소리도 사라졌다. 나를 쳐다본 형의 눈이 휘둥그레졌다. 내가 허리에만 목욕 타월을 두른 차림이었기 때문이다. 도로 잠자리로 가려는 형을 내가 붙들었다.

"들어 봐, 아래 뭔가 있잖아!"

식탁 주위를 달리는 듯한 사람들의 발자국 소리가 다시 들렸다. 발자국은 한 번에 두 계단씩 2층으로 올라오기 시작했다. 전등 빛이 여전히 계단을 비추고 있었지만 우리 눈에는 아무것도 들어오지 않았다. 단지 발자국 소리만 들려올 뿐이었다. 형은 자기 방으로 서둘러 들어간 후 문을 요란하게 닫았다. 나도 계단 꼭대기에 있는 문을 꼭 닫고는 문이 열리지 않도록 무릎으로 버텼다. 한참 시간이 흐른 후 나는 문을 열어 봤지만 계단에는 아무것도 없었다. 들리는 소리도 없었다. 우리 중 누구도 다시는 유령의 소리를 듣지 못했다.

형은 항상 자다가 무슨 일을 당할지도 모른다는 의심을 품고 있었다

문을 닫는 소리에 잠을 깬 엄마가 문을 열고 내다봤다. "도대체 무슨 짓들이니?" 형이 용기를 내어 방에서 나왔다.

"아무것도 아니에요." 형은 퉁명스럽게 대답했지만 얼굴은 퍼렇게 질린 모습이었다.

"아래층에서는 누가 그렇게 뛰어다닌 거야?" 엄마도 그 소란을 들은 것임에 틀림없었다. 우리는 그저 엄마의 얼굴만을 쳐다보고 서 있을 수밖에 없었다. "도둑들이구나!" 엄마가 직감으로 알았다는 듯 소리를 질렀다. 나는 아무렇지도 않은 듯 계단을 내려가는 것으로 엄마를 안심시키려 했다.

"같이 가 보자, 형."

"난 엄마랑 있을게. 엄마가 너무 흥분하신 것 같아." 형이 대답했다.

나는 다시 계단을 내려가려고 발을 옮겼다.

"너희 둘 다 한 발자국도 떼지 말고 그대로 있어." 엄마가 말했다. "경찰을 부를 테니까." 전화기는 아래층에 있는데 어떻게 전화를 걸겠다는 것인지—나는 경찰이 오는 것도 달갑지 않았다—알 수 없었다. 하지만 엄마는 언제나 그렇듯, 아주 재치 있고 훌륭한 방법을 생각해 냈다. 침실의 창문을 활짝 열어젖힌 그녀는 신발을 집어 들어서는 가까운 거리에 마주 보이는 이웃집 침실 유리창을 향해 집어 던졌다. 은퇴한 판화가 보드웰 씨와 그의 아내가 자고 있는 방 안으로 유리창이 깨지며 쏟아졌다. 보드웰 씨는 몇 년째 몸이 좋지 않았다. 위중하지는 않았지만 이곳저곳이 항상 아팠다. 우리가 알고 있던 사람들, 혹은 우리 주위에 살고 있던 사람들은 모두 어딘가가 아프다고 했다.

달도 없는 밤의 새벽 2시쯤이었다. 하늘에는 검은 구름이 낮게 드리워 있었다. 즉시 건너편 창문에 보드웰 씨의 모습이 나타났다. 그는 주먹을 흔들며 거품을 조금 입에 문 채 소리를 질러 댔다. "집을 팔아 치우고 피오리아로 돌아갑시다!"라고 말하는 그의 부인 목소리가 들렸다. 무슨 일이 벌어진 것인지 보드웰 씨가 알아듣게 만드는 데는 시간이 걸렸다.

"도둑이에요!" 엄마가 소리를 질렀다. "도둑들이 들어왔어요!"

엄마는 도둑들보다 유령을 더 무서워했으므로 우리는 엄마에게 사실을 말할 수도 없었다. 보드웰 씨는 처음에는 자기네 집에 도둑이 들었다고 엄마가 알려 주는 것으로 착각했지만 마침내 진정하고는 우리를 위해 침대 옆의 전화기로 경찰에 신고해 주었다. 그가 창문에서 모습을 감추자 엄마는 갑자기 반대편 신발짝을 집어 들어서 또 던지려고 했다. 나중에 우리에게 말해 준 그 이유는, 딱히 그래야 할 일이 있어서였다기보다는 신발을 들어 건너편 유리창을 깨뜨리는 것이 너무 재미있어서였다는 것이었다. 나는 엄마를 말렸다.

칭찬을 받아 마땅할 만큼 빠른 시간 안에 경찰들이 도착했다. 포드 세단 순찰차에 가득 탄 경찰 한 무리와 오토바이를 탄 경찰이 두 명, 호송차를 탄 경찰이 여덟 명에다가 기자들도 몇 명 쫓아왔다. 그들은 우리 현관문을 두들겨 댔다. 전등불의 광선이 벽들을 훑었고 뜰을 가로질러 우리 집과 보드웰 씨네 사이의 길을 비추었다.

"문 열어요!" 목쉰 소리가 외쳤다. "경찰서에서 나왔어요!"

그들이 도착했으니 내려가서 문을 열어 주고 싶었지만 엄마가 말렸다.

"넌 지금 실오라기 하나 걸치고 있지 않잖아?" 엄마가 지적했다. "독감에 걸려 죽고 싶니?" 나는 타월을 다시 한 번 둘러 감았다. 결국 경찰들은 두꺼운 장식 유리가 달린 무거운 현관문을 어깨로 밀쳐 부수고 집 안으로 들어왔다. 나무가 갈라지고 유리창이 깨져 거실 바닥으로 쏟아지는 소리가 들렸다. 경찰들이 비추는 불빛이 거실 여기저기에 번뜩였고 식당을 신경질적으로 훑듯이 비춘 후 복도들 안쪽도 살폈다. 경찰들은 마침내 앞쪽 계단을 거쳐 뒤쪽의 계단 위를 비추었다. 그들은 계단 위쪽에 타월을 두른 채 서 있는 나를 발견했다. 육중한 몸집의 경찰이 계단을 뛰어 올라왔다.

"넌 누구냐?" 그가 물었다.

"여기 사는 사람인데요?" 내가 대답했다.

"그래? 그런데 무슨 일이지? 더워서 어쩔 줄 모르겠다는 건가?" 그가 물었다. 사실 실내는 꽤 추웠다. 나는 방으로 돌아가서 바지를 입었다. 밖으로 다시 나오자 다른 경찰 한 명이 내 옆구리에 총구를 들이밀었다.

"여기서 뭐 하는 거지?" 그가 딱딱거렸다.

"저는 여기 살아요." 내가 말했다.

우두머리 격인 경찰이 엄마에게 말했다. "외부인의 흔적은 찾아볼 수 없습니다, 부인. 도망친 게 틀림없어요. 범인이 어떻게 생겼죠?"

"두세 명쯤인 것 같았어요. 소리를 지르고 문들을 요란하게 닫으면서 난리법석을 피웠죠." 엄마가 대답했다.

"그것참 이상하군요. 댁의 창문들과 문들은 모두 안쪽에서 꼭 잠겨 있던데."

아래층에서는 다른 경찰들이 부산스럽게 돌아다니는 소리가 들려왔다. 온 사방에 경찰들이 깔려 있었다. 문들이 열어젖혀지고 서랍들이 끌어내졌고, 창문들이 열었다 닫히고 가구들은 육중한 소리를 내며 쓰러졌다. 2층 현관에 대여섯 명의 경찰이 어둠 속에서 나타났다. 그들은 바닥을 살피고, 침대들을 벽에서 떼어 내고, 옷장에서 옷들을 꺼내고, 선반에서 가방들과 상자들을 끄집어냈다. 경찰들 가운데 한 명이 로이가 수영대회에서 상으로 받은 치터*를 발견했다.

"이것 좀 보게, 조." 그가 커다란 손으로 줄을 튕기며 동료에게 말했다. 조라고 불린 경찰은 악기를 받아서 훑어보았다.

"이게 뭐지?" 조가 나에게 물었다.

"우리 기니피그가 잠을 자던 오래된 치터예요." 내가 대답했다. 그 말은 사실이었다. 우리가 한때 기르던 애완용 기니피그는 다른 장소

* 평평한 공명 상자에 30~45개의 현이 달려 있는 현악기.

들은 거부하고 꼭 치터 안에서만 잠을 자려 했다. 하지만 나는 곧 그 말을 공연히 했다는 후회가 들었다. 조와 다른 경관은 아무 말 없이 한참 동안 나를 쳐다봤다. 그들은 치터를 다시 선반에 올려놓았다.

"역시 아무런 흔적도 없어." 엄마에게 설명했던 경관이 입을 열었다. "이 친구는 알몸이었지." 그가 엄지손가락으로 나를 가리키며 말했다. "저 부인은 히스테리를 일으키고 있는 것 같고 말이야." 그가 말하자 다른 경관들 모두 아무 말 없이 나를 쳐다보며 머리를 끄덕였다. 잠깐 사람들이 침묵을 유지하는 가운데 다락방에서 삐걱거리는 소리가 들려왔다. 할아버지가 침대에서 몸을 뒤척이는 소리였다.

"저게 무슨 소리지?" 조가 내뱉듯 말했다.

내가 채 설명하기도 전에 대여섯 명의 경찰이 다락문 쪽으로 뛰어 갔다. 아무런 경고도 없이 할아버지 방으로 뛰어 들어가는 것은 위험한 일이었다. 경고를 하고 가도 마찬가지였겠지만. 당시 할아버지는 북부군 미드 장군의 휘하 병사들이 스톤월 잭슨*의 지속적인 공격을 받아 퇴각을 하거나 심지어 탈영하고 있다는 착각 속에 빠져 있었다.

내가 도착했을 때 다락방은 이미 혼란의 복판에 있었다. 할아버지는 경찰들을 보고 미드 장군의 부대에서 탈영한 병사들이 자신의 다락방에 은신하려는 것으로 이미 결론을 내린 듯했다. 긴 모직 잠옷 위에 플란넬 나이트가운을 걸치고 취침용 모자를 쓴 할아버지는 가슴에 가죽 재킷을 두르고 침대에서 뛰어내렸다. 경찰들은 그 성난 노인이 이 집에 사는 사람임을 바로 알아챘을 것이다. 하지만 미처 그런 사실을 입에 올릴 시간도 없었다.

* 남북전쟁 시기 남부 연합의 장군.

경찰들이 집 안 사방에 흩어져 있었다

"물러서지 못할까, 이 비겁한 개들!" 할아버지가 쩌렁쩌렁한 목소리로 외쳤다. "어서 다시 대오에 합류하란 말이다, 이 간이 콩알만 한 짐승들아!"

그 말과 함께 할아버지는 치터를 발견했던 경찰의 뺨을 손바닥으로 갈겼고, 경찰은 뻗고 말았다. 다른 경찰들은 방에서 퇴각하려 했지만 할아버지보다 빠르지 못했다. 할아버지는 자빠진 경찰의 권총집에서 총을 꺼내 한 방 쏘았다. 총소리가 얼마나 컸던지 서까래에 금이 갈 정도였고, 방 안이 연기로 가득해졌다. 경찰 한 명이 욕을 했다가 팔에 총을 맞았다. 우리는 간신히 아래층으로 내려와서 할아버지가 나오지 못하도록 문을 잠갔다. 할아버지는 어둠 속에서 한두 방 더 총을 쏘고는 다시 잠을 자러 갔다.

"우리 할아버지세요." 내가 조에게 숨 가쁘게 설명했다. "할아버지는 아저씨들을 탈영병으로 생각해요."

"틀림없이 그런 것 같군." 조가 말했다.

경찰들은 할아버지를 제외하곤 우리 식구들 중 한 사람도 그냥 넘어가려 하지 않았다. 그날 밤은 분명히 그들에게는 패배의 밤이었다. 그들은 그 밤의 형국이 마음에 들지 않았다. 뭔가 속는 기분이 들었던 모양이다. 그 점은 나도 이해할 만했다. 그들은 조사를 재개했다. 왜소한 체격에 야윈 얼굴을 한 기자 한 명이 내게 다가왔다. 나는 걸칠 만한 마땅한 다른 것을 찾지 못해서 엄마의 블라우스를 입고 있었다. 기자는 나를 호기심과 의심이 섞인 눈으로 쳐다봤다.

"도대체 무슨 일이 벌어지고 있는 거지, 친구? 솔직히 얘기를 좀 해줄 수 있나?"

나는 그에게 솔직히 털어놓기로 했다.

"유령이 들어왔었어요."

그는 마치 동전을 집어넣었지만 아무 반응을 보이지 않는 슬롯머신을 보듯 나를 한참 쳐다보더니 자리를 떴다. 경찰관들이 그를 따라갔다. 할아버지에게 총을 맞은 경찰관은 팔에 붕대를 감고 있었다. 그들은 욕을 퍼부었다.

"저 노인네에게 가서 내 총을 찾아오겠어." 치터를 발견했던 경관이 말했다.

"그래." 조가 말했다. "그럼 네가 가야지 누가 가겠어?"

나는 그들에게 내가 다음 날 경찰서로 총을 가져다주겠노라고 말했다.

"경찰관 한 명은 무슨 일을 당한 거니?" 경찰관들이 돌아간 후 엄마가 물었다.

"할아버지가 총으로 쏘았어요." 내가 대답했다.

"뭐 때문에?" 엄마가 다시 물었다.

나는 그가 탈영병이었다고 설명했다.

"하필 웬 탈영병이라니!" 엄마가 말했다. "아주 참하게 생긴 젊은이가 말이지."

다음 날 아침 식사 시간에 할아버지는 아주 생기 있는 모습으로 농담을 늘어놨다. 우리는 처음에는 할아버지가 간밤의 일들을 모두 잊은 줄로 알았다. 하지만 우리가 틀렸다. 세 잔째 커피를 마시면서 할아버지는 허먼 형과 나를 노려보며 말했다.

"어젯밤에 경찰들은 도대체 무슨 생각으로 우리 집에서 난리들을 친 게냐?"

할아버지는 모든 걸 알고 있었다.

한밤중의 경고음들
More Alarms at Night

    내가 유년 시절을 기억할 때마다 떠오르는 일 중의 하나는 아버지가 "벅을 데려오라고 위협을 받은" 날 밤이다. 이야기를 들어 보면 알겠지만 실상은 그와 꽤 달랐다. 그러나 나를 포함한 가족들이 모두 그렇게 보이도록 공모했다. 당시 우리 가족은 오하이오 주 콜럼버스의 렉싱턴 거리 77번지에 있는 낡은 집에 살고 있었다. 19세기 초에 콜럼버스는 랭커스터를 한 표 차로 누르고 주의 수도首都가 되었다. 그때 이후로 콜럼버스는 항상 무엇인가에 바짝 쫓긴다는 환각 상태에 빠져 있는 것 같았는데 그런 분위기는 그 안에 살던 사람들에게도 영향을 미쳤다. 콜럼버스는 무슨 일이든 일어날 수 있을 것 같은 곳이었고 또 실제로 그런 일들이 일어났다.

    아버지는 2층 맨 앞방에서 주무셨다. 바로 옆방에는 당시 열여섯쯤 되었던 로이가 있었다. 아버지는 보통 9시 반이면 잠자리에 들었다가 10시 반쯤, 우리 삼 형제가 반복해서 돌리던 빅트롤러 전축 판, 즉 냇 윌스*가 낭독한 〈별일 없어요, 뭣 때문에 개가 죽었는지만 빼고는요〉 소리에 잠을 못 자겠다고 야단을 치러 일어났다. 전축 판은 너무 오래 돌아 홈이 깊이 파이는 바람에 바늘이 같은 곳을 계속해서 회전하면서 "탄 말고기를 조금 먹었어, 탄 말고기를 조금 먹었어, 탄 말고기를 조금 먹었어"처럼 같은 말을 반복했다. 보통 아버지는 똑같은 말이 계속되는 부분을 견디지 못하고 일어났다.

문제의 날 밤, 우리 식구들은 거의 같은 시간에 얌전하게 잠자리에 든 터였다. 사실 로이는 몸에 좀 열이 많았다. 환각 증상을 겪을 정도로 고열은 아니었고, 세상 사람들이 다 환각을 겪는다 해도 로이는 그런 것에 영향을 받을 사람이 아니었다. 하지만 그는 잠자리에 들기 전에 자신이 열에 들떠서 헛소리를 할지도 모르겠다고 경고한 참이었다.

새벽 3시쯤 잠이 깬 로이는 열 때문에 헛소리를 하는 척해 보기로 했다. 나중에 한 말에 따르면 그저 장난을 좀 치고 싶었다고 한다. 침대에서 일어난 그는 아버지의 침실로 가서 아버지를 흔들어 깨웠다.

"벅, 당신의 때가 다 되었어!"

아버지의 이름은 벅이 아니고 찰스였다. 아버지는 키가 컸고 신경이 약간 예민했지만 성격이 온순한 신사였다. 취미도 요란스럽지 않았고 모든 일이 물 흐르듯 순탄하게 진행되는 것을 좋아했다.

"뭐라고?" 아버지가 잠이 깨지 않은 목소리로 물었다.

"일어나게, 벅." 로이가 차가운 목소리로 눈을 번뜩이며 말했다. 자

* 미국의 유명한 뮤지컬 예술가로, 20세기 초 녹음 전문가로 이름을 떨쳤다.

리에서 벌떡 일어서서 아들의 반대쪽으로 침대에서 내려온 아버지는 쏜살같이 방에서 나간 후 문을 잠그고 사람들을 소리쳐 깨웠다.

평소 조용하고 차분한 성격의 로이가 뜻도 알 수 없는 이상한 말로 아버지를 깨웠다는 증언을 우리는 당연히 믿으려 들지 않았다. 큰형 허먼은 아무 말도 없이 자신의 방으로 되돌아갔다.

"악몽을 꾼 모양이에요." 엄마가 아버지에게 말했다.

그 말을 들은 아버지는 짜증을 냈다. "분명히 나를 벅이라고 부르면서 때가 다 되었다고 말했단 말이오."

우리는 아버지의 방으로 가서 문을 열고 까치발로 로이의 방으로 갔다. 그는 침대에 누워 깊이 잠든 듯 고른 숨소리를 내고 있었다. 첫눈에 보아도 열에 들뜬 모습은 아니었다. 엄마가 아버지를 향해 힐난하는 눈초리를 보냈다.

"분명히 애가 나한테 그랬다고." 아버지가 목소리를 낮춰 말했다.

우리의 인기척에 잠을 깬 듯 로이가 일어났다. 로이는 (나중에 알게 된 바에 의하면 그는 연기를 하고 있었다) 어리둥절한 모양이었다. "무슨 일이에요?" 로이가 물었다.

"아무 일도 아니란다." 엄마가 대답했다. "너희 아버지가 악몽을 꾸신 모양이야."

"악몽을 꾼 게 아니라고." 아버지가 천천히 그러나 결연한 목소리로 말했다. 아버지는 옆이 트인 구식 잠옷을 입고 있었는데 키만 컸지 살집도 없는 사람이 그 옷을 입으니 좀 우스워 보였다. 우리 집에서 그런 상황들이 벌어지면 대개의 경우 빨리 정리되기보다는 더 복잡하게 엉켜 가는 경향이 있었다. 로이가 무슨 일이 벌어진 거냐고 재차 캐묻자 엄마는 아버지가 한 말을 엉성하게 되풀이했다. 그때 로이의 눈이 반짝 빛났다.

"아버지는 거꾸로 알고 계신 거예요." 그는 사실은 아버지가 잠자리에서 일어나더니 자신에게 "내가 맡을게. 벅이 아래층에 있거든"이라고 소리를 쳤다고 말했다.

"도대체 벅이 누구예요?" 엄마가 아버지에게 따지듯 물었다.

"나는 벅이란 사람은 알지도 못하고 그런 말을 한 적도 없어." 아버지가 발끈해서 주장했다. 하지만 우리 중 누구도 (물론 로이만 제외하고) 그의 말을 믿는 사람이 없었다.

"당신이 꿈을 꾼 거예요." 엄마가 말했다. "주위에서 이런 이야기들 많이 들어 봤잖아요?"

"나는 꿈을 꾸지 않았어." 그때쯤 아버지는 꽤 짜증이 나 있었다. 그는 벌떡 일어나더니 거울 앞에 서서 군용 빗으로 머리를 빗기 시작했다. 아버지가 불안할 때 자신을 진정하기 위해 하는 일이었다. 엄마는 어른이 되어 가지고(아버지를 말하는 것이었다) 잠자리에 들었다 악몽을 꾼 뒤 아픈 아이를 깨우는 것은 "죄이고 수치스러운 일"이라고 단호하게 말했다. 아버지는 사실 꽤 자주 악몽을 꾸곤 했다. 아버지는 꿈속에서 자주 릴리언 러셀*과 클리블랜드 대통령**에게 쫓긴다고 했다.

우리는 그 후로도 30분 동안 설전을 벌이다가 엄마가 아버지를 자신의 방으로 데려가는 것으로 끝을 맺었다. "이제는 너희 모두 편안하게 잠을 잘 수 있을 거야." 엄마가 문을 닫으며 단호한 목소리로 말했다. 하지만 엄마가 가끔 한마디 통박을 주는 소리와 함께 아버지가 구

---

* 미국의 가수이자 배우. 1890년 그레이엄 벨이 새로 발명한 장거리 전화기를 최초로 테스트한 사람으로도 잘 알려져 있다.
** 미국 제22대, 제24대 대통령.

시렁대는 소리가 한참 동안 그 방에서 들려왔다.

여섯 달이 지난 뒤 아버지는 다시 나를 상대로 비슷한 경험을 겪었다. 그때는 아버지가 내 옆방에서 주무셨다. 나는 그날 오후 내내 퍼스앰보이*라는 지명을 떠올리려 애를 썼다. 지금 생각하면 참 기억하기 쉬운 이름이지만 그날은 내가 알고 있는 모든 도시의 이름을 다 떠올려 보고 나중에는 테라코타, 월라월라, 선하증권, 바이스 버사, 오이티토이티, 팔몰, 보들리헤드, 슈만하잉크 등 비슷하지도 않은 이름들까지 다 끄집어내 봤다. 그중에는 테라코타가 그나마 제일 비슷한 것 같았지만 여전히 퍼스앰보이하고는 동떨어진 이름이었다.

잠자리에 든 뒤에도 나는 그 문제와 씨름하고 있었다. 침대에 누워서 나는 가령, 그런 마을이 원래 존재하지 않았거나 뉴저지라는 주조차 없지 않을까 하는 말도 안 되는 상상들을 하기 시작했다. 바보 같은, 의미 없는 짓으로 느껴질 때까지 '저지'라는 단어를 계속해서 되뇌었다. 잠자리에 누워서 같은 말을 수천만, 수십억 번 해 본 사람이라면 당시 내 기분이 어땠는지를 짐작할 수 있을 것이다. 나중에는 이 세상에는 나밖에 존재하는 사람이 없다는 등 터무니없는 몽상을 하게 되었고, 점차 나는 슬슬 겁이 나기 시작했다. '테라 피르마 피글리 위글리 고르곤졸라 프레스터 존 개선문 이런! 가정의 수호신들'** 같은 쓸데없는 것들의 의미를 찾는 사소한 심리적 강박증이 결국은 사람들을 돌게 하는 게 아닐까 하는 생각이 들었다. 나는 갑자기 대화할 사람이 절실히 필요했다. 바보 같고 엉망진창 뒤죽박죽인 생각을 이미 너무도가 지나치도록 오래 했던 것이다. 뉴저지에 있는 그 도시 이름을 빨

---

* 미국 뉴저지 주의 도시.
** 단어들을 아무 의미 없이 연결해 놓은 것.

리 알아낸 후 잠자리에 들지 않으면 정신착란을 일으킬 것만 같았다. 그래서 나는 침대에서 일어나 아버지가 자고 있는 방으로 가 그를 흔들어 깨웠다.

"왜?" 아버지는 중얼거릴 뿐 잠에서 깨지 않았다. 나는 다시 더 세게 아버지를 흔들었고 마침내 아버지가 아직 꿈을 꾸는 듯 멍한, 그러나 한구석에 불안함이 느껴지는 눈으로 일어났다. "왜 그러니?" 아버지가 침대 반대편으로 도망갈 준비를 하며 잠긴 목소리로 말했다. 자기 아들들이 모두 미쳤거나 미치려는 중이라는 생각이 마음 한구석에 자리 잡고 있었음에 틀림없었다. 지금 생각해 보면 분명하지만 그때는 그런 생각이 떠오르지 않았다. 그때 나는 이미 로이의 '벽 사건'을 까맣게 잊고 있었고, 로이가 아버지를 벽이라고 부르며 때가 다 되었노라고 말했을 때의 모습과 그때 내 모습이 얼마나 비슷한지도 깨닫지 못했다.

"아버지, 뉴저지에 있는 도시들의 이름을 빨리 좀 말해 보세요!" 아마 새벽 3시쯤 되었을 것이다. 자리에서 일어선 아버지는 나와 침대를 사이에 두고 바지를 챙겨 입기 시작했다. "옷까지 입으실 필요는 없어요." 내가 말했다. "뉴저지에 있는 도시들의 이름만 대 보시라니까요." 서둘러 옷들을 입으면서―양말도 신지 않고 맨발에 구두를 신던 모습이 기억난다―아버지는 불안한 목소리로 뉴저지 주 도시들의 이름을 대기 시작했다. 나는 아직도 아버지가 내게서 눈을 떼지 않은 채 자신의 상의를 향해 손을 뻗던 모습이 선하다.

"뉴어크." 그가 말했다. "저지시티, 애틀랜틱시티, 엘리자베스, 패터슨, 퍼세익, 트렌턴, 저지시티, 트렌턴, 패터슨―"

"두 개의 이름으로 되어 있는 도시들요." 내가 쏘아붙이듯 말했다.

"엘리자베스와 패터슨."

"아니, 그게 아니고요! 제 말은 이름 하나를 가진 한 도시 말이에요. 그런데 이름이 두 단어로 되어 있다는 거고요. '허둥지둥'이란 뜻처럼 요."

"허둥지둥이라." 아버지가 나를 바라보며 비위를 맞추려는 듯 어색하고 애매한 웃음을 띤 얼굴로 천천히 방문 쪽으로 몸을 움직였다. 그때는 아버지가 왜 그러는지 알지 못했지만 지금은 이유를 알 수 있다. 문 앞으로 몇 발자국 거리까지 간 아버지는 거의 몸을 날리다시피 빠른 동작으로 문을 빠져나갔고, 옷자락과 신발 끈이 휘날리도록 복도를 따라 달렸다. 나는 아버지가 내 눈앞에서 탈출하는 것을 보고 충격을 받았다. 아버지가 나를 정신이 이상해진 것으로 생각하고 있었다니. 나야말로 아버지가 정신이 이상해졌거나 잠이 덜 깨어서 꿈속인 줄 알고 달리기를 하는 것으로 생각을 했다. 나는 아버지를 쫓아가 엄마 방 문지방에서 그를 낚아챘다. 왜 달아났는지 이유를 알기 위해서였다. 나는 잠을 깨운다고 아버지를 붙잡고 조금 흔들었다.

"메리! 로이! 허먼!" 아버지가 소리를 질렀다.

나도 형제들과 엄마를 불렀다. 엄마가 방문을 즉시 열었고, 문 앞에는 양말과 셔츠도 입지 않은 아버지와 파자마만 걸친 내가 새벽 3시 반에 다시 소리를 지르고 서로를 밀고 당기며 난리를 피우고 있었다.

"오늘은 도대체 또 무슨 일이에요?" 엄마가 우리 두 사람을 떼어 놓으며 엄한 목소리로 말했다. 엄마는 다툼을 벌이는 식구들은 누구든지 떼어 놓을 수가 있었고 우리의 어떤 말이나 행동에도 놀라는 법이 없었다.

"제이미를 조심해!" 아버지가 엄마에게 말했다(아버지는 흥분하면 나를 제이미라고 부르곤 했다). 엄마가 나를 쳐다봤다.

"아버지가 왜 이러시니?" 엄마가 물었다. 나는 나도 모르겠다고, 아버지가 별안간 벌떡 일어나서 옷을 입고는 방 밖으로 뛰어나가는 것을 봤을 뿐이라고 설명했다.

"어디로 가고 계셨던 거예요?" 엄마가 차가운 목소리로 아버지에게 물었다. 아버지는 나를 쳐다봤다. 우리는 서로를 바라보며 숨을 씨근거렸지만 조금 전보다는 약간 진정이 되었다.

"이런 말도 안 되는 시간에 쟤가 뉴저지에 대해서 헛소리를 지껄였어." 아버지가 말했다. "내 방으로 오더니 뉴저지에 있는 도시들 이름을 대라는 거야." 엄마가 나를 쳐다봤다.

"그냥 질문을 했을 뿐이에요." 내가 변명했다. "아무리 머리를 굴려도 기억이 나지 않아서 잠을 잘 수가 없었어요."

"쟤 말 들었지?" 아버지가 기고만장해서 말했다. 하지만 엄마는 아버지에게 눈길조차 주지 않았다.

"두 사람 다 침대로 가요. 두 사람 다 더 이상 아무 말도 하지 말아요. 이 밤에 정장을 입고 복도를 이리저리 뛰어다니다니!" 엄마는 다시 자기 방으로 들어가 문을 닫았다. 아버지와 나는 각자의 침대로 돌아갔다.

"괜찮니?" 아버지가 내게 물었다.

"아버지는요?" 나도 되물었다.

"음, 글쎄다. 잘 자렴."

"주무세요."

엄마는 다음 날 아침 식사 시간에 전날 밤의 이야기는 꺼내지도 못하게 했다. 허먼 형이 간밤에 대체 무슨 난리가 난 거냐고 물었다.

"우리, 좀 더 격이 있는 이야기를 하자꾸나." 엄마가 말했다.

가정부들 이야기
A Sequence of Servants

　내가 아직 고향 집에서 살던 시절, 엄마가 고용했던 하인들 가운데 열두어 명은 분명히 기억난다(우리는 모두 162명의 하인을 고용했지만 특별히 기억에 남는 사람은 거의 없다). 가장 잊히지 않는 사람들 중에 도러 켓이라는, 말수 없고 수줍음 많은 서른두 살 된 여인이 있었다. 어느 날 밤, 그녀가 자신의 방에서 남자에게 총을 쏘는 바람에 집 안에 유령이 들어온 날만큼이나 큰 소동이 벌어졌다. 아무도 그녀의 애인이었던 뚱한 자동차 정비공이 어떻게 집 안에 들어왔는지 몰랐지만 그가 나가는 것은 집 근처 두 블록 안에 사는 모든 사람이 알 수 있었다. 도러는 그와의 만남을 위해 연보랏빛 이브닝 가운을 입고 보석으로 치장을 했다. 보석들의 일부에는 엄마의 보석도 포함되어 있었다. 그녀는 총을 쏜 후 계속 셰익스피어가 쓴 글귀─무슨 내용이었는지는 잊었다—를 외치며 남자를 쫓아 다락방에서 아래층으로 내려왔다. 2층에 내려온 남자는 아버지의 방으로 뛰어들었다. 한번 잠들면 좀처럼 깨지 않는 아버지는 총소리와 고함 소리를 듣고도 계속 잠을 자다가 남자가 방으로 뛰어드는 바람에 잠에서 깼다.

"절 좀 여기서 내보내 주세요!" 남자가 소리쳤다. 상황은 즉시 우리 가족이 특히 불운하게도 재능이 있는 분야, 즉 종잡을 수 없는 아수라장으로 바뀌어 갔다. 경찰들이 도착했을 때 도러는 거실의 가스등을 쏘고 있었고 그녀의 남자 친구는 이미 도망친 후였다. 아침에 동이 틀 무렵에는 다시 집 안이 조용해졌다.

다른 사람들도 있었다. 커다란 덩치에 혈색 좋은 얼굴로 항상 명랑했던 거티 스트라우브도 그중 한 명이었다. 그녀는 호밀로 만든 위스키를 모아 두고 있었는데(그녀가 우리 집을 떠난 후에야 알게 된 사실이다), 어느 날 밤 벅아이 레이크의 댄스파티에 갔다가 새벽 2시에 들어온 그녀가 가구들에 몸을 부딪치며 쓰러뜨리는 바람에 식구들을 잠에서 깨웠다.

"아래층에 누가 왔어요?" 엄마가 위층에서 소리를 질렀다.

"자기, 나예요. 거티 스트라우브."

"지금 뭐 하는 거지?" 엄마가 물었다.

"먼지를 떨고 있어요." 거티가 대답했다.

후아네마 크레이머도 내가 좋아했던 하인들 중의 한 명이었다. 그녀의 어머니는 후아니타라는 이름이 너무 마음에 든 나머지 딸들의 이름 앞에 모두 그 이름을 붙였다. (후아니타라는 이름이 붙은) 그녀들의 이름은 각각 후아네마, 후안헬렌, 후안그레이스였다. 후아네마는 마르고 신경이 예민한 하녀로 항상 최면에 빠질까 봐 두려워했다.

"먼지를 떨고 있어요." 거티가 대답했다

그녀의 그런 걱정은 전혀 엉뚱한 것은 아니었다. 실제로 그녀는 최면에 아주 잘 걸렸다. 어느 날 벤저민 프랭클린 키스 극장에서 최면술사가 관객 한 사람을 불러내 스스로를 닭이라고 믿도록 최면을 거는 공연을 구경하던 후아네마는 자신도 모르게 덩달아 최면에 걸려 꼬꼬댁 소리를 내면서 통로로 푸드덕거리며 나갔다. 덕분에 최면술 공연은 일찍 막을 내리고 장내에 질서를 유지하기 위해 급히 실로폰 연주자들이 무대로 불려 올라갔다. 어느 날 밤, 온 집 안이 깊은 잠에 빠져 있을 때 후아네마는 잠을 자다가 최면에 빠졌다. 그녀는 어떤 사람이 자신에게 최면을 거는 꿈을 꿨는데 자기를 최면에서 깨워 주지도 않고 사라졌다고 했다. 이런 설명도 우리가 연락을 해서 불러온 경찰병원 의사가—그는 우리가 새벽 1시에 불러올 수 있었던 유일한 의사였다—그녀의 뺨을 때려 정신을 차리게 한 뒤에야 들을 수 있었다. 나중에는 웅웅거리는 소리나 기계가 돌아가는 소리, 빛을 내는 물건들도 후아네마를 최면에 빠뜨렸다. 우리는 할 수 없이 그녀를 내보내야 했다. 나는 최근 〈라스푸틴과 여제〉*를 보다가 그녀가 생각이 났다. 영화에는 부정한 성직자 역을 맡은 라이어널 배리모어**가 반짝이는 시계를 눈앞에 흔들어서 러시아의 황태자를 최면에 빠지게 하는 장면이 나왔다. 만약 후아네마가 영화관에 있었다면 틀림없이 곧바로 최면에 걸렸을 것이다. 하지만 다행스럽게도 그녀는 그 영화를 보지 않은 것 같다. 만약 그녀가 영화를 보았더라면 그녀를 최면에서 깨어나게 하기 위해서 배리모어가 다시 라스푸틴으로 분장(그 모습을 다시는 보고 싶지 않다)하고 그녀가 있는 곳까지 찾아가야 했을 것이다. 광고를 위해서는 좋은 일일지는 몰라도 무척 성가실 것이다.

배슈티에 관해 이야기하기 전에(성은 기억나지 않는다) 우리 집에 있었던 또 다른 백인 하녀 한 명에 대해 잠깐 말하겠다. 벨 기딘은 최면에 잘 빠지던 후아네마나 아무 데나 총질을 해 댔던 도러 겟처럼 큰 소동을 일으키지는 않았지만 한 가지 행동이 특히 기억에 남는다. 어느 오후, 약장수들의 텐트에서 50센트를 주고 산 진통제의 효능을 알

* 1932년에 개봉한 대중영화.
** 미국의 영화, 연극, 라디오 등에서 활약한 배우이자 감독으로 1931년 아카데미 남우주연상을 수상했다. 미국에서 유명한 배우 집안 출신으로, 〈미녀 삼총사〉 등에 출연한 여배우 드루 배리모어의 큰할아버지이기도 하다.

아보고자 그녀는 일부러 자신의 손가락을 끓는 냄비의 수증기에 가져다 대어 꽤 심한 화상을 입었다. 약의 효능은 그럭저럭 괜찮았다.

배슈티는 거의 전설적인 존재로 남게 되었다. 그녀는 예쁘장하지만 음울한 흑인 처녀로, 엄마가 잃어버린 물건들을 용하게 찾아오곤 했다. "내 석류석 반지가 어딜 갔나 모르겠네," 어느 날 엄마가 이런 말을 하면 배슈티가 "야, 마님" 하고 대답한다. 30분 정도가 지나면 그녀는 물건을 찾아왔다. "도대체 그걸 어디서 찾아온 거니?" 하고 엄마가 물으면 그녀는 "마당에서유. 개가 물어다 놨나 봐유"라고 말했다.

배슈티는 찰리라는 이름의 젊은 흑인 운전사와 사랑에 빠졌지만 그녀의 의붓아버지도 그녀에게 흑심을 품고 있었다. 우리 식구들 가운데 아무도 그녀의 의붓아버지를 본 사람은 없었지만 그녀에 따르면 조지아 출신의 잘생긴 난봉꾼으로, 북쪽으로 와서 배슈티의 엄마와 결혼을 했는데 오로지 배슈티 근처에 있고 싶은 이유에서였다고 한다. 그녀의 애인인 찰리는 의붓아버지를 없애 버리겠다고 했지만 우리는 그보다는 다른 곳으로 둘이 도망을 가서 살라고 충고했다. 하지만 그럴 때마다 배슈티는 울음을 터뜨리고 찬송을 불렀고, 자기는 절대로 우리 집을 떠나지 않을 거라고 말했다. 그녀는 자기 몫의 십자가를 지고 가는 것을 즐기는 듯 보였다. 우리는 모두 위기감을 느끼며 살았다. 배슈티와 찰리, 배슈티의 의붓아버지가 우리 집 주방에서 끝장을 볼 날이 머지않은 것처럼 느껴졌기 때문이다. 어느 날 자정이 다 되어 커피를 마시러 주방으로 간 적이 있었다. 뒷마당을 내다보고 서 있는 찰리 옆에서 배슈티가 불안한 듯 눈을 휘둥그레 뜨고 있었다.

"그 사람이 와요! 그 사람이!" 그녀가 신음했다. 하지만 그녀의 의붓아버지는 결국 나타나지 않았다.

찰리는 마침내 배슈티를 데리고 떠나기에 충분한 27달러를 모았다. 하지만 그는 그녀와 다른 곳으로 떠나는 대신 충동적으로 자개 장식이 된 손잡이가 있는 22구경 권총을 구입했다. 그는 배슈티에게 그녀의 엄마와 아버지가 사는 곳을 대라고 윽박질렀다.

"가면 안 돼유, 거기가 어디라구유!" 배슈티가 만류했다. "울 엄니도 그 사람만큼이나 한성깔 하는구면유!"

하지만 찰리는 뜻을 굽히지 않았다. 결국 배슈티에게 의붓아버지가 없다는 사실이 드러났다. 그런 사람은 원래부터 존재하지 않았다. 찰리는 배슈티를 버리고 낸시라는 동양 여자에게로 갔다. 찰리는 자신의 삶에서 배슈티보다 더 큰 의미로 자리 잡은 위협이 사라지자 배슈티를 용서할 수가 없었다. 그 일이 있고 난 후 배슈티에게 그녀의 의붓아버지나 찰리에 대해 질문을 하면 그녀는 거만하게, 마치 세상에 닳고 닳은 여자이기라도 한 것처럼 이렇게 말했다. "두 인간 다 이제는 나한테 함부로 굴지 못해유."

집채만 한 몸집에 중년의 부인이었던 두디 여사는 흠이라고 할 만큼 종교적이었는데 마치 혜성처럼 우리 집을 지나갔다. 우리 집에 온 지 둘째 날 밤, 설거지를 하던 그녀는 갑자기 우리 아버지가 적그리스도*라며 2층으로 이어지는 앞뒤 계단을 몇 차례나 오르내리며 아버지를 쫓아다녔다. 그녀가 부엌에서 불쑥 식빵을 자르는 칼을 휘두르며 뛰어나왔을 때 아버지는 거실에서 커피를 마시며 조용히 앉아 있었을 뿐이다. 결국 허먼 형이 엄마가 혼수품으로 장만해 온 크리스털 그릇으로 그녀를 쓰러뜨렸다. 그때 뭔가를 찾으러 다락방에 올라가 있던

* 기독교에서 말하는 세계 종말의 날 직전에 나타난다는 악마.

"어느 날 밤 설거지를 하다가……"

엄마는 한창 소동이 벌어지는 도중에 나타나서는 아버지가 두디 여사를 쫓아다니고 있는 것으로 착각했다.

로버트슨 여사는 뚱뚱하고 단순한 성품의 흑인 여인이었다. 예순 살이라고 해도 믿을 수 있을 것 같았고 백 살이라고 해도 통할 법한 여인은 우리 집에서 세탁 일을 하는 동안 집을 두어 번 뒤집어 놓았다. 그녀는 남부 지방에서 노예 생활을 했는데 그곳에서 병사들이 "파란색 군복을 입은 무리로, 회색 군복을 입은 무리로" 행진들을 하는 것을 보았다고 한다.

"그 사람들은 무엇 때문에 서로 싸웠대요?" 한번은 우리 엄마가 그녀에게 물어보았다.

"그야, 전 모르쥬." 그녀가 대답했다.

그녀는 항상 무슨 일이 벌어질 거라는 두려움 속에 살았다. 옷이 가득 담긴 바구니를 들고 지하에서 뒤뚱거리며 올라와서는 주방 한가운데 갑자기 멈춰 서던 그녀의 모습이 지금도 눈에 선하다. "저 소리 좀 들어 봐유!" 그녀는 저음의 거친 목소리로 이렇게 말하곤 했다. 그녀의 말을 듣고 우리는 모두 귀를 쫑긋 세웠지만 별다른 소리가 들린 적은 없었다. 그녀가 "저기 좀 봐유!" 하고 떨리는 손가락으로 창문을 가리킬 때도 우리는 결코 아무것도 볼 수 없었다. 아버지는 로버트슨 여사가 자신의 주위에 있는 것을 견딜 수 없다고 몇 번이나 불평했지만 엄마는 그녀를 해고하려 하지 않았다. 엄마에게는 보석 같은 존재였던 것 같다. 한번은 그녀가 물을 짜낸 빨랫감을 대야 가득 한쪽 팔 아래 끼고 아버지 서재로 불쑥 들어온 적이 있었다고 한다. 무엇인가 계산에 열중해 있던 아버지가 고개를 들어 그녀를 쳐다보자 그녀는 한참 동안 조용히 아버지를 쳐다보다가는 "조심해유!"라는 말을 던지고서 나갔다고 한다.

어느 흐린 겨울 날 오후, 지하실 계단을 허둥지둥 올라온 그녀가 숨을 헐떡이며 주방 안으로 뛰어들었다. 아버지는 부엌에서 블랙커피를 마시고 있었는데 이빨 하나를 뽑은 후 신경과민이 되어 하루 종일 침대에 누워 있다 막 나온 참이었다.

"저기 지하실에 죽음의 시계가 있슈!" 천둥 같은 목소리로 그녀가 떠들었다. 알고 보니 그녀가 지하실의 난로 뒤쪽에서 벌레가 우는 듯한 이상한 소리를 들은 것이 발단이었다.

"그건 귀뚜라미였을 거예요." 아버지가 말했다.

"아뉴." 로버트슨 여사가 말했다. "그건, 어, 분명 죽음의 시계였슈!" 그 말과 함께 그녀는 모자를 쓰고 집을 나갔다. 하지만 집을 나가기 전 그녀가 뒷문에 서서 아버지에게 음울한 목소리로 "방법이 없슈!"라고 하는 바람에 아버지는 며칠 동안을 불안에 떨어야 했다.

내가 아는 한 로버트슨 여사가 제일 신났던 순간은 잭 존슨*이 1910년 7월 4일, 제프리 '선생님'을 꺾은 날이었다. 그녀는 그날 밤 사우스 엔드에서 벌어진 흑인들의 행진에 밴조로 스페인 무곡을 연주하며 참여했다. 그날의 행진은 그녀가 다니던 교회의 목사가 인도했는데 그는 잭이 제프리를 이긴 것이 "흑인의 종으로서의 우수성"을 증명해 준 것이라고 설명했다고 한다.

"그게 무슨 말이에요?" 엄마가 로버트슨 여사에게 물어보았다.

"그건 저두 모르쥬." 그녀가 대답했다.

다른 하인들은 뚜렷하게 기억나는 이들이 없다. 다만 우리 집에 불을 질렀던 사람(그녀의 이름도 생각나지 않는다)과 에다 밀모스 정도가 다이다. 에다는 언제나 좀 뚱한 타입이었지만 우리와 함께 지낸 몇 달 동안 말없이 자신이 할 일을 효율적으로 처리했다. 하지만 아버지가 자신이 품은 꿈을 이루는 데 큰 영향력을 미칠 수 있는 카슨 블레어 씨와 F. R 가디너 씨를 집으로 초대한 날, 음식을 나르던 그녀는 갑자기 들고 있던 모든 것을 바닥에 떨어뜨리고는 떨리는 손으로 아버지를 가리키며 그가 뉴욕의 트리니티 교회 부지에 대한 자신의 권리를 주장할 수 없게 만들었다고 장황하게 떠들어 댔다. 가디너 씨는 발작을 일으켰고 그날 오후는 엉망이 되어 버렸다.

---

* 흑인 권투선수. 1910년 백인 제임스 제프리를 꺾고 헤비웨이트급 세계 챔피언이 되었다.

개 조심
The Dog That Bit People

아마도 내가 길렀던 것보다 더 많은 개를 기르는 것은 누구에게든 권할 만한 일이 아니다. 하지만 나는 개들을 기르면서 괴로움보다는 즐거움을 훨씬 많이 누렸다. 먹스라는 이름을 붙인 에어데일종의 개 한 마리는 예외였지만. 놈 외에 내가 길렀던 쉰너덧 마리의 개들이 일으켰던 문제들을 다 합친 것보다 놈이 더 큰 골칫덩이였다. 물론, 개를 키우면서 더 당혹스러웠던 순간은 따로 있었다. 뉴욕의 4층 아파트에서 키우던 스카치 테리어 지니가 옷방에 여섯 마리의 새끼를 낳은 후 밖으로 나가겠다고 하도 보채는 바람에 산책을 데리고 나갔을 때였다. 11번가와 5번가가 만나는 곳에서 지니는 갑자기 생각지도 못했던 일곱 번째 새끼를 낳았다. 아니, 난처한 순간은 또 있었다. 상까지 탄 프렌치 푸들이 한 마리 있었다. 보통 푸들 하면 생각하기 쉬운 작고 흰, 말썽과는 상관이 없는 개가 아니라 거대한 몸집에 검은색의 푸들이었다. 나와 함께 그리니치 개 품평회에 가던 놈이 차의 꽁무니 좌석에 앉아 있다가 멀미를 하기 시작했다. 그래서 나는 개에게 빨간색 고무 턱받이를 해 줬다. 브롱크스로 가던 길의 중간쯤에 폭풍을 만난 나는 비가 들이치자 우산이라기보다는 양산에 가까운 작은 초록색 우산을 놈의 머리에 씌워 줘야 했다. 비의 기세가 맹렬해지자 운전사가 갑자기 자동차 수리공들로 가득한 정비소로 차를 몰고 갔다. 갑자기 벌어진 일이라 나는 우산을 접는 것도 잊어버린 채 정비소로 들어갔다. 우리에게 용건을 묻기 위해 다가온 무뚝뚝한 정비공 한 명이 개와 나를 바라보고 얼굴에 떠올린 놀라움과 혐오가 섞인 표정은 내게 영원히 고통스러운 기억으로 남아 있을 것이다. 정비공들이나 그들 부류의 완고한 사람들은 유별나게 털을 깎아 놓은 푸들, 특히 상을 받기 위해 예쁘게 한답시고 엉덩이 부분에 공처럼 털을 남겨 놓은 푸들을 싫어한다.

하지만 그 에어데일종의 개야말로 내가 길렀던 개들 중 최악이었다. 놈은 사실 내 개도 아니었다. 방학을 마치고 집에 돌아와 보니 내가 집을 비운 사이에 로이가 개를 한 마리 사다 놓았다. 크고 몸집이 좋았지만 성마른 놈은 내가 마치 가족의 일원이 아닌 것처럼 굴었다. 놈에게 가족으로 인정을 받아서 좋은 점은 외부인들보다는 조금 덜 깨물린다는 것 정도였지만. 우리가 놈을 길렀던 몇 년 동안 엄마만 제외하고는 놈에게 물리지 않은 사람이 한 명도 없었다. 한번은 엄마까지 물려고 했지만 실패로 돌아갔을 뿐이다. 집 안에 갑자기 쥐가 나타났을 무렵이었는데 먹스는 그 문제에 대해 전혀 신경을 쓰려 하지 않았다. 우리 집에 나타난 쥐들은 좀 특이했다. 놈들은 마치 누군가에 의해 조련을 받은 애완용 쥐들 같았다. 놈들은 아주 우호적이어서 아버지와 엄마가 20년 동안 회원이었던 프리멀리라스 클럽 회원들을 저녁 식사에 초대한 날 밤, 엄마는 작은 접시들 위에 음식을 담아 식품 저장실 바닥에 놓아두었다. 그 음식들을 먹고 배가 부르면 쥐들이 식당에까지 오지 않으리라는 생각에서였다. 식품 저장실 바닥에 누워 쥐들과 함께 있던 먹스는 쥐들이 아니라 옆방에 있는 사람들을 물지 못하는 것이 불만인 듯 스스로에게 으르렁거리고 있었다. 식사 중 별일이 없는지 확인을 하러 잠깐 식품 저장실에 들른 엄마는 자기에게 쥐들이 달려와도 눈 하나 깜짝하지 않고 누워 있는 먹스를 보자 화가 나서 손바닥으로 놈을 한 대 때렸다. 놈은 즉시 엄마를 깨물려고 했지만 성공하지는 못했다. 엄마는 먹스가 곧바로 자신이 한 짓을 후회했다고 말했다. 엄마에 따르면 먹스는 누군가를 물자마자 후회를 한다고 했지만 놈이 후회를 하는지 안 하는지 엄마가 어떻게 알 수 있다는 것인지 우리는 요령부득이었다. 우리가 보기에 놈은 전혀 후회하는 것처럼 보이지 않았다.

엄마는 크리스마스가 되면 에어데일이 물었던 사람들에게 과자 상자를 보냈다. 마지막에는 40명이 넘는 사람에게 과자를 보내야 했다. 사람들은 왜 우리가 그 개를 계속 기르는지 이해하지 못했다. 나도 그 이유를 잘 알 수 없었지만 어쨌든 우리 집은 놈을 없애지 않았다. 내 생각엔 두어 명의 사람이 놈을 독살하려 했던 것 같다. 몇 번 독약을 먹은 것처럼 행동했으니까. 모벌리 소령이 이스트브로드 거리에 있는 세네카 호텔에서 권총으로 먹스를 쏜 적도 있었다. 하지만 놈은 거의 열한 살이 되도록 살았고, 고령으로 잘 거동할 수 없게 되었을 때조차도 사업상의 업무로 아버지를 찾아온 상원 의원을 물었다. 엄마는 평소 그 상원 의원을 싫어했다. 그의 별자리를 보면 그가 믿을 수 없는 사람이라는 것이었다(그는 달이 처녀자리에 있을 때의 토성이었다). 그럼에도 엄마는 크리스마스 때 그에게 과자 상자를 보냈는데 상자는 곧바로 반송되어 왔다. 아마도 상대는 우리가 자기를 골탕 먹이려는 짓인 줄 알았던 것 같다. 비록 아버지는 그 일로 중요한 사업상의 인맥을 잃었지만 엄마는 먹스가 그를 문 것이 결국은 잘된 일이라고 합리화했다. 엄마는 "나는 그런 사람하고는 친분을 유지하고 싶지 않다"면서 "먹스가 그의 사람됨을 제대로 알아본 거지"라고 말했다.

아무도 놈이 왜 그런지 아는 사람이 없었다

우리들은 먹스에게 번갈아 먹이를 주며 비위를 맞추려 했지만 항상 효과가 있는 것은 아니었다. 녀석은 배가 불러도 기분이 푸근할 때가 없었다. 도대체 뭐 때문에 그런지는 알 수 없었지만 먹스는 아침이면 더 성질이 고약했다. 로이 역시 아침이면 기분이 가라앉아 있었는데 특히 공복일 때 더 그랬다. 어느 날 아침 아래층으로 내려온 로이는 먹스가 조간신문을 씹어 놓은 것을 보고 녀석의 얼굴을 자몽으로 때리고는 얼른 식탁 위로 뛰어 올라갔다. 그 바람에 접시며 은 식기가 바닥으로 떨어져 내렸고 커피 잔이 엎어졌다. 먹스도 로이를 쫓아 뛰어

올랐지만 식탁을 가로질러 미끄러져 가스 오븐 앞의 놋쇠 철망 정면으로 떨어졌다. 하지만 바로 다시 일어서서 로이를 공격했고, 결국 한쪽 다리를 꽤 심하게 물었다. 그러고는 문제가 다 해결되었다고 생각하는 것 같았다. 놈은 누구든지 한 번에 한 번만 물었다. 엄마는 놈의 그런 점을 녀석을 옹호하기 위한 논거로 들었다. 먹스가 성질은 불같지만 뒤끝이 없다는 것이었다. 엄마는 언제나 먹스 편이었다. 아마도 녀석의 건강이 좋지 않아서 엄마는 녀석의 편을 들어 주었던 것 같다. "쟤는 비실비실해"라고 엄마는 가엾다는 투로 말하곤 했다. 하지만 그건 엄마가 뭘 모르고 하는 말이었다. 녀석이 최상의 상태는 아니었을지 모르지만 그럼에도 놈은 아주 강한 개였다.

엄마가 치텐든 호텔로 기 치료사를 찾아간 적이 있었다. 그녀는 콜럼버스에서 '조화로운 기'라는 주제로 강연하는 중이었다. 엄마는 개에게도 조화로운 기를 불어넣을 수 있는지 알고 싶었다.

"커다란 황갈색의 에어데일이에요." 엄마가 설명했다.

치료사는 이제껏 개를 치료해 본 적은 없다고 말했다. 하지만 그녀는 엄마에게 당신의 개가 이제껏 사람을 물지 않았고 앞으로도 물지 않을 거라는 생각을 계속 품고 있으라고 충고해 줬다.

엄마는 다음 날 아침 먹스가 얼음을 배달하러 온 사람의 다리를 물 때도 그 생각을 하고 있었다. 엄마는 잘못이 얼음 배달부에게 있다고 말했다.

"녀석이 물 거라는 생각을 하지 않았다면 물리지 않았을 거예요." 엄마가 그에게 말했다.

얼음 배달부는 엄청나게 부조화로운 기를 내뿜으며 씩씩대면서 가 버렸다.

어느 날 아침, 먹스가 나를 건성인 양 물었을 때 나는 녀석의 뭉툭한 꼬리를 잡아 공중으로 들어 올렸다. 무모한 짓이었다. 지난번에 엄마를 뵈었을 때 엄마는 도대체 그날 내가 무슨 생각으로 그런 짓을 한 것인지 이해가 되지 않는다고 말했다. 그날 내가 엄청나게 화가 나 있었다는 점만 빼고는 그건 나도 마찬가지다. 내가 녀석의 꼬리를 잡아 공중에 들고 있는 동안 먹스는 나를 공격할 수가 없었다. 하지만 놈은 몸을 비틀고 용틀임을 하면서 이를 드러내고 짖어 댔기 때문에 그런 식으로 오래 버틸 수는 없었다. 나는 먹스를 주방으로 들고 가서는 바닥에 던져 넣고 놈이 달려 나오는 순간 문을 닫아 버렸다. 하지만 나는 주방에 후미 계단이 있다는 사실을 잊고 있었다. 먹스는 후미 계단을 뛰어 올라가서는 앞 계단으로 달려 내려와 나를 거실 구석으로 몰았다. 나는 벽난로 위의 선반으로 올라갔지만 무게를 지탱하지 못한 선반이 무너져 내렸고, 커다란 대리석 시계, 몇 개의 화병과 함께 그만 바닥으로 떨어졌다. 요란한 소리에 놀랐는지 내가 몸을 일으켰을 때 먹스는 어디론가 사라지고 없었다. 휘파람을 부르고 이름을 외쳐도 데트와일러 부인이 저녁 식사 후 방문했을 때까지도 놈은 나타나지 않았다. 녀석에게 다리를 한 번 물린 적이 있던 부인은 우리들이 개가 없다고 안심을 시켜야 거실에 들어오곤 했다. 그녀가 소파에 자리를 잡고 앉았을 때 갑자기 먹스가 으르렁거리며 그때까지 꼼짝 않고 숨어 있던 소파 밑에서 허우적거리며 나타나서는 데트와일러 부인을 또 물었다. 엄마는 물린 상처를 살펴보고는 부인에게 그저 타박상일 뿐이라면 아르니카*를 발라주었다. "녀석하고 그저 부딪쳤을 뿐이에요"

---

* 아르니카 식물에서 채취하는 외상용 약물.

라고 엄마가 말했지만 데트와일러 부인은 불쾌해하며 집을 떠났다.

　많은 사람이 우리 집 에어데일을 경찰에 신고했지만 당시 아버지가 시청에 근무하고 있었기 때문에 경찰들과 친분이 있었다. 그럼에도 몇 번 경찰들이 출동했는데 가령 먹스가 루퍼스 스터트밴트 부인과 부지사인 맬로이 씨를 물었을 때였다. 하지만 엄마는 먹스보다는 물린 사람들에게 책임이 있다고 주장했다.

　"다가가기만 했을 뿐인데 사람들이 비명을 질러서 그래요." 엄마가 설명했다. "그러면 쟤가 흥분하거든요."

　경찰들은 개를 묶어 두는 것이 어떠냐고 충고했지만 엄마는 개가 묶여 있는 것을 너무 싫어할 뿐만 아니라 묶어 놓으면 밥도 먹지 않는다고 토로했다.

많은 사람이 우리 개를 경찰에 신고했다

먹스가 밥을 먹는 모습도 볼만한 광경이었다. 녀석의 앞에다 밥그릇을 내려놓다가는 손을 물리기 십상이므로 우리는 낡은 식탁 위에 먹이를 놓아두고 옆에 의자를 가져다 놓았다. 그러면 먹스가 의자 위로 올라와서 먹이를 먹었다. 엄마의 삼촌인 호레이쇼 할아버지는 자신이 미셔너리 리지*를 세 번째로 올라간 사람이라고 자랑하시곤 했다. 그분은 우리 집 사람들이 개 앞에 밥그릇을 놓기가 무서워 개를 식탁 위에서 밥을 먹도록 하는 것을 보고는 화가 나서 어쩔 줄 몰라 했다. 자신은 개 따위는 두렵지 않고 지금이라도 당장 자기에게 개밥그릇을 준다면 놈의 코앞에다 가져다 놓을 수 있다고 호언했다. 로이는 호레이쇼 할아버지가 전투를 시작하기 전에 먹스의 코앞에 먹이를 가져다 놓았다면 미셔너리 고지를 일등으로 올라갈 수 있었을 것이라고 말했다. 이 말을 들은 할아버지는 노기가 등등해서 큰 소리를 쳤다.

"데려와! 개를 데려오라고! 내가 그 XXX를 바닥에서 밥을 먹도록 만들 테니."

로이는 할아버지에게 기회를 주고 싶어 했지만 엄마는 그의 주장을 일축했다. 할 수 없이 로이는 먹스에게 이미 밥을 주었다고 말했다.

"그래도 나는 다시 먹이를 줄 수 있어!" 할아버지가 호통쳤다. 우리는 그를 진정시키느라 애를 먹었다.

말년에 이르러서 먹스는 하루의 대부분을 밖에서 보냈다. 무슨 이유에선지—아마도 좋지 않은 추억이 너무 많아서였을까?—집에 있는 것을 싫어했다. 녀석이 좀처럼 집에 들어오려 하지 않았기 때문에 청소부, 얼음 배달부, 세탁소 종업원들이 집 근처에 올 수가 없었다. 우

---

* 미국 조지아 주 서북부에서 테네시 주 동남부에 이르는 산맥으로, 1863년 남북 간의 전투가 이곳에서 벌어졌다.

먹스가 밥을 먹는 모습도 장관이었다

리는 쓰레기를 길모퉁이까지 내다 놓아야 했고 세탁물도 직접 날라야
했다. 얼음도 집에서 한 블록이나 떨어진 곳까지 가서 받아 왔다. 얼마
동안 이렇게 불편하게 지내던 우리들은 가령 검침원이 가스계량기를
읽는 동안 녀석을 집 안에 가두어 둘 묘안을 생각해 내기에 이르렀다.
먹스는 벼락을 동반한 폭풍을 무서워했다. 천둥이 울리고 번개가 치
면 놈은 혼비백산을 하고는 집 안으로 뛰어 들어와 침대 밑이나 옷장
안에 숨곤 했다(내가 벽난로 위에서 떨어진 날도 녀석은 폭풍이 덮친
줄로 알았을 것이다). 우리는 흔들면 천둥처럼 소리가 나는 긴 철판의
한쪽 끝에 손잡이를 만들어 붙였다. 먹스를 집 안으로 불러들일 일이
있으면 엄마는 철판을 힘차게 흔들었다. 천둥과 아주 비슷한 소리가
나기는 했지만 가사를 돌보는 방법치고는 참 희한한 일이었다. 엄마
는 무척 힘겨워했다.

　죽기 몇 달 전부터 먹스는 헛것을 보는 것 같았다. 낮은 목소리로 으

르렁거리며 누웠던 자리에서 서서히 몸을 일으키고는 뻣뻣한 다리를 이끌며 위협적인 태도로 아무것도 없는 곳으로 걸어가곤 했다. 때로 그의 목표는 집을 찾아오는 사람들의 바로 오른쪽이나 왼쪽에 있었기 때문에 풀러 칫솔 외판원이 경기를 일으키기도 했다. 먹스는 마치 아버지의 유령을 따르는 햄릿처럼 시선을 외판원의 왼쪽에 고정한 채 거실 안으로 들어왔다. 먹스가 천천히 세 발 앞으로 다가올 때까지 얼어붙어 있던 외판원은 갑자기 비명을 질러 대기 시작했다. 구시렁거리듯 낮게 으르렁거리며 먹스가 비척거리는 걸음으로 그를 지나쳐 복도 쪽으로 가 버렸지만 외판원은 비명을 그치지 않았다. 엄마가 차가운 물을 끼얹은 후에야 그가 비명을 멈추었던 것으로 기억한다. 우리 형제들이 싸움을 벌일 때 엄마가 쓰던 방법이었다.

먹스는 어느 날 밤 갑자기 죽었다. 엄마는 '네 편한 안식을 위해 천사들의 무리가 노래를'이라고 새겨진 대리석 비석과 함께 가족 묘지에 무덤을 만들어 주려 했지만 우리는 그런 일은 법에 위배된다고 간신히 그녀를 설득했다. 결국 우리는 인적이 드문 길가에 나무로 묘비를 해 먹스를 묻어 주었다. 묘비에는 지워지지 않는 필기구로 '개 조심'이라는 말을 라틴어로 써넣었다. 그 소박한 라틴어 묘비명의 고전적인 품격에 엄마도 만족하는 눈치였다.

대학에서의 날들
University Days

　대학교를 다니면서 다른 모든 과목은 별문제 없었지만 식물학은 통과할 수가 없었다. 문제는 그 과목의 수강생들은 일주일에 몇 시간을 실험실에서 현미경을 통해 식물세포를 쳐다보며 보내야 하는데 내 눈에는 아무것도 보이지 않는다는 것이었다. 나는 현미경을 통해서 한 번도 세포를 보지 못했다. 이런 나를 보고 지도 교수는 화를 냈다. 다른 학생들이 현미경으로 꽃의 흥미로운 세포들의 구조—그들의 말에 따르면—를 들여다보며 공책에 그림을 그리는 동안 그는 흡족한 모습으로 실험실을 돌아다녔다. 하지만 멀뚱멀뚱 서 있는 나에게 오면 사정이 달라졌다.

　"제 눈에는 아무것도 보이지 않아요."

　내가 이런 말을 하면 그는 참을성 있게 다른 모든 학생처럼 나도 볼 수 있을 것이라고 설명했다. 하지만 결국에는 내가 현미경을 통해 관찰할 수 있으면서도 그러지 못하는 척하는 거라며 분통을 터뜨렸다. 나는 그에게 "이렇게 보는 것은 꽃의 아름다움을 제대로 볼 수 없게 만든다"고 말하곤 했다.

"이 과목은 아름다움과는 아무 상관도 없어." 그가 말했다. "우리는 그저 소위 꽃들의 구조에 관심을 가지고 있을 뿐이라고."

"어쨌든, 제 눈에는 아무것도 보이지 않아요."

"다시 한 번만 더 시도를 해 보게."

나는 다시 눈을 현미경에 가져다 대었지만 여전히 가끔 보이는 희뿌연 우유 같은 형상—현미경의 초점을 잘못 맞추면 보이는 모습이라고 했다—을 제외하면 아무것도 보이지 않았다. 내 눈에는 마땅히 생생하고 선명한 식물세포의 정교한 구조가 보여야 했다.

"우유가 엄청 많이 있는 모습이 보여요."

교수는 내가 초점을 잘 맞추지 못해서라며 자신이 나를 위해—혹은 자신을 위해—현미경의 초점을 맞춰 주곤 했다. 하지만 다시 들여다봐도 내 눈에는 우유밖에 아무것도 보이지 않았다.

나는 결국 그 과목을 유급해서 1년 후 재수강을 해야 했다(생명과학 학과목 한 가지를 수강하지 않으면 졸업장을 받을 수 없었다). 여름방학을 즐겁게 보내고 검게 그을린 얼굴로 돌아온 교수는 새로운 학생들을 맞아 의욕이 충만해 보였다. 학기 첫 시간에 실험실에서 나를 만난 교수는 명랑하게 말했다. "이번 학기에는 분명 세포들을 볼 수 있을 걸세, 그렇지 않나?"

"예, 맞아요, 선생님." 나는 대답을 했다. 내 왼쪽, 오른쪽, 앞쪽에 있는 학생들은 세포들의 모습을 보면서 공책에다가 그림을 그리기 시작했다. 물론 내 눈에는 아무것도 들어오는 것이 없었다.

교수가 엄숙한 얼굴로 내게 말했다. "가능한 모든 방식으로 현미경을 조정해 보세. 신에게 맹세하는 바지만 나는 현미경의 렌즈들을 조정해서 자네가 기필코 세포들을 볼 수 있도록 해 주겠네. 아니면 내가 교직을 포기하지. 22년간 식물학을 연구해 왔지만 나는一" 그는 갑자기 말을 멈추고 라이어널 배리모어처럼 온몸을 사시나무 떨듯 하기 시작했다. 그가 온 힘을 다해 화를 억제하는 모습이 역력했다. 그에게는 나와 함께 있는 것이 엄청난 노력이 필요한 일이었다.

그는 라이어널 배리모어처럼 온몸을 사시나무처럼 떨듯 하기 시작했다

우리는 인간이 할 수 있는 모든 방식으로 렌즈들을 조정했다. 과연 그 조합들 중 하나에서 나는 깜깜한 어둠이나 자주 봐 왔던 뿌연 우유 같은 그림이 아닌 얼룩이나 반점, 점들이 다양한 모습으로 모여 있는 모양을 볼 수 있었다. 나는 급히 그림을 그렸다. 옆 학생들 자리에 서 있다가 내 행동을 눈치챈 교수가 기대에 찬 얼굴로 미소를 머금고 눈 썹을 치켜세운 채 다가왔다.

"무슨 모양을 보고 있는 거지?" 흥분을 한 듯 새된 소리까지 나는 목소리로 그가 물었다.

"이게 제가 본 거예요." 내가 그림을 내밀었다.

"아냐, 그건 아냐. 그건 아니라고." 그가 그림을 보자마자 화를 내며 말했다. 그는 즉시 머리를 숙이고 현미경을 들여다봤다. 그가 번쩍 머리를 쳐들었다. "렌즈를 거꾸로 해 놓아서 자네의 눈이 반사되도록 만들었잖아! 자네는 자네 눈을 그린 거라고!"

역시 싫기는 마찬가지였지만 그래도 그럭저럭 통과한 과목으로 경제학이 있었다. 식물학 수업이 끝난 후 바로 시작되는 수업이었는데 그런 시간 배정은 가뜩이나 이해되지 않는 과목들을 더욱 어렵게 만들었다. 나는 두 과목을 혼동하고는 했다. 하지만 그나마 물리학 실험실에서 수업을 끝내자마자 경제학을 들으러 오는 학생보다는 좀 나았을 것이다. 그는 볼렌시에웩스라는 이름의 학교 미식축구부 수비수였다. 당시 오하이오 주립대학에는 전국에서 제일 강한 미식축구부가 있었는데 그는 그중에서도 뛰어난 선수였다. 그가 계속 선수로 활동하기 위해서는 수업도 병행해야 했지만 그에게는 아주 어려운 일이었다. 왜냐하면 그는 황소보다 우둔하다고는 할 수 없었으나 그렇다고 그보다 훨씬 똑똑하지도 않았다. 그가 수업을 듣는 과목의 교수들은 그에게 아주 관대했고, 그가 진도를 따라오도록 도와주었다. 하지만 바섬이란 이름의, 경제학을 담당했던 소심하고 빼빼 마른 교수만큼 쉬운 문제들과 힌트들로 그를 도와준 사람도 드물 것이다. 어느 날 우리는 교통과 물류라는 주제로 수업을 하고 있었고 볼렌시에웩스가 대답할 차례가 되었다.

"교통수단의 예를 하나만 들어 봐요." 교수가 그에게 말했다. 하지만 볼렌시에웩스의 눈은 불 나간 집 창문처럼 아무 미동도 없었다. "아무 교통수단이라도 좋아요." 교수가 다시 말했다. 볼렌시에웩스는 앉은 자리에서 교수를 빤히 쳐다보았다. "그러니까, 어떤 장소에서 다른 장소로 가기 위한 아무런 수단이나 방법, 도구라도 좋아요." 교수가 부연했다. 볼렌시에웩스는 마치 형장으로 끌려가는 사람의 표정을 지었다. "증기기관이나 말이 끄는 탈것, 또는 전기로 움직이는 탈것들 중에서 고르면 돼요." 교수가 말했다. "대륙을 가로질러 긴 여행을 할 때 우리가 보통 타는 게 무엇일까요?"

볼렌시에웩스와 바섬 교수를 포함해서 교실 안의 모든 사람에게 불편한 침묵이 내려앉았다. 놀랍게도 교수가 갑자기 정적을 깨고 음향 효과를 냈다.

"칙칙폭폭."

그는 저음으로 소리를 내고 얼굴을 붉혔다. 그가 호소하는 눈빛으로 교실 안을 둘러보았다. 물론 우리도 모두 볼렌시에웩스가 경제학 진도를 제대로 나가고 그래서 일주일 앞으로 다가온, 그 시즌에 가장 중요하고 어려운 일리노이 주 경기에 나갈 수 있기를 교수만큼이나 간절히 바라고 있었다.

"뛰뛰빵빵." 저음으로 어떤 학생이 신음하듯 말했다. 우리는 모두 볼

볼렌시에웩스는 골똘히 생각에 잠겼다

렌시에웩스의 얼굴을 기대에 차서 바라보았다. 어떤 학생이 다시 기관차가 김을 내뿜는 소리를 그럴듯하게 흉내 냈다. 바섬 교수가 마지막으로 다시 흉내를 냈다.

"칙폭칙폭."

하지만 볼렌시에웩스는 바닥만 쳐다보며 벌게진 얼굴로 미간에 잔뜩 주름을 잡고 커다란 양손을 서로 비비고 있었다.

"볼렌시에웩스 군, 학교를 어떻게 왔지?" 교수가 물었다. "칙칙폭폭 칙칙폭폭."

"아버지가 가라고 해서 왔쥬." 미식 축구선수가 대답했다.

"무엇에 의해?"

"용돈을 준다구 했시유." 낮고 거친 목소리로 창피한 듯 그가 말했다.

"아니, 아니, 그게 아니라." 바섬 교수가 말했다. "교통수단을 말하는 걸세. 여기에 무엇을 타고 왔나?"

"기차요." 볼렌시에웩스가 대답했다.

"아주 좋네. 자, 볼렌시에웩스 군, 그러면 방금 말한—"

식물학과 경제학이 괴로운 수업이었다면 실내 체육 시간은 다른 이유로 더욱 괴로웠다. 그 수업에 대해서는 생각조차 하기 싫을 정도다. 그저 게임이나 하고 있도록 내버려 두지도 않았을뿐더러 안경을 끼고 수업에 들어오지도 못하게 했다. 나는 안경을 벗으면 아무것도 볼 수가 없었다. 덕분에 나는 교수들, 평행봉, 농과대 학생들, 링 체조 손잡이들에 계속 부딪쳐야 했다. 앞이 보이지 않으니 항상 당하는 입장이었고 공격도 하지 못했다. 실내 체육을 통과하려면(졸업을 위해서는 필수 과목이었다) 수영도 할 줄 알아야 했다. 나는 풀장이 싫었고 수영을 하는 것도, 수영 강사도 싫었다. 세월이 지난 지금도 그것은 변함이 없다. 결국 나는 다른 학생에게 내 번호(978번)를 붙이고 나 대신 헤엄쳐 풀장을 가로질러 가게 해서 실내 체육을 통과했다. 그(473번)는 상냥한 금발 소년으로, 할 수만 있었다면 나 대신 현미경도 들여다봐 주었을 것이다. 하지만 그것은 불가능한 일이었다. 실내 체육이 마음에 들지 않았던 또 다른 이유는 등록하는 날 옷을 홀딱 벗어야 했다는 것이다. 실오라기 하나 걸치지 않은 상태로 많은 질문을 받으면서 행복할 수는 없는 일이었다. 하지만 나 바로 이전에 등록을 했던 호리호리한 농과대학 학생은 나보다 더 심한 대질신문을 받았다. 그들은 각 학생들에게 어느 대학에 소속되어 있느냐고 질문을 던졌다. 예술대학, 공과대학, 상업대학, 농업대학 등 자신이 소속된 단과대학을 대라는 질문이었다.

"어느 대학 소속이지?" 교수가 윽박지르듯 내 앞에 서 있던 학생에게 물었다.

"오하이오 주립대학입니다." 그가 준비라도 한 듯 바로 대답했다.

그 농대 학생은 아니었지만 농대생들 가운데 그와 아주 비슷한 많은 학생이 언론 관련 과목들을 수강했다. 아마도 농사를 망쳤을 때 기댈 대안으로 신문사에서 일하는 것을 생각한 모양이었다. 아마도 그들은 자신들의 생각이 목수들의 도구에 몸을 기대는 것만큼이나 위험한 것임을 깨닫지 못한 듯했다. 해스킨스는 아무리 봐도 언론과는 상관이 없는 인물처럼 보였다. 수줍어서 남들과 이야기도 잘하지 못했고 타이프라이터도 사용할 줄 몰랐다. 하지만 대학신문의 편집장은 그에게 소나 양들의 우리, 말 전시장을 포함한 축산 관련 학과들에 관련된 기사를 맡겼다. 그것은 아주 큰 취재원이어서 가령 인문대학에 비교를 하자면 다섯 배가 넘는 면적에 열 배가 넘는 예산을 배정받는 곳이었다. 물론 그 농대생은 동물들에 대해서는 잘 알고 있었지만 그의 기사는 지루했고, 아무 특색이 없었다. 기사 하나를 작성하는 데도 반나절이 꼬박 걸렸는데 타이프라이터에서 철자들을 일일이 찾아야 했기 때문이다. 특히 그중에서도 그의 눈에 가장 들어오지 않는 'C'와 'L'을 찾기 위해서 번번이 그는 사람들의 도움을 받아야 했다. 편집장은 농대 학생 기자의 글이 너무 흥미가 없다고 짜증을 냈다. 어느 날 그가 따끔하게 이야기했다.

"나 좀 보자고, 해스킨스. 왜 말 전시장에 관해서 아무런 재미있는 기사가 나오지 않는 거지? 우리 학교 캠퍼스에 200두가 넘는 말이 있는데 이건 퍼듀 대학을 제외하면 서부에 있는 학교들 중에 가장 큰 규모야. 하지만 너는 이제껏 거기서 아무런 제대로 된 기사를 건져 온 적이 없어. 마구간에 가서 뭔가 좀 생생한 기사를 하나 써 봐." 내키지 않는 듯 밖으로 나갔던 해스킨스가 한 시간 정도가 지나자 기삿거리가 생겼다며 돌아왔다. "그럼 바로 쓰기 시작하라고." 편집장이 말했다. "사람들이 읽을 만한 기사를 말이야."

글을 쓰기 시작한 해스킨스는 몇 시간 후에 한 장의 타이핑된 종이를 편집장에게 가져왔다. 말들 사이에 번지고 있는 병에 관한 200단어짜리 원고였다. 첫 문장은 간단했지만 사람들의 이목을 끌 만했다. "축산업 건물에 있는 말들의 머리에 난 종기를 알아본 사람은 누구인가?"

오하이오 주립대학은 나라의 지원을 받아 설립된 공립대학이었기 때문에 학생들은 2년간 의무로 군사훈련을 받아야 했다. 우리는 구식 스프링필드 장총을 가지고 훈련을 받았고, 제2차 세계대전이 진행되고 있었음에도 남북전쟁 시대의 전략들을 공부했다. 매일 아침 11시면 수천 명의 1, 2학년 학생들이 캠퍼스 전역에 배치되어서 우울한 얼굴로 오래된 화학과 건물 같은 곳을 향해 포복으로 접근하곤 했다. 샤일로* 같은 곳에서는 유용하게 쓰일 훈련이었지만 당시 유럽에서 벌어지는 전쟁과는 아무런 관련도 없는 것이었다. 이런 일들의 배후에는 독일의 금전 지원이 있음에 틀림없다고 사람들은 수군댔지만 아무도 공공연히 그런 이야기를 하지는 않았다. 독일 스파이로 몰려 감옥에 갈 수 있다는 이유에서였다. 혼란한 시대였고 아마도 미국 중서부 지방에서 고등교육이 몰락하기 시작한 시점이 바로 그때였을 것이다.

병사로서 나는 아무 쓸모가 없었다. 대부분의 병사들도 우울한 얼굴로 심드렁하니 훈련에 참가했지만 나는 그중에도 최악이었다. 어느

---

* 미국 남북전쟁 당시 두 번째로 큰 전투가 벌어졌던 곳.

날, 제식훈련을 받던 중에 학생 훈련단의 지휘관이었던 리틀필드 장군이 내 앞에 멈춰 서서 으르렁거렸다.

"자네는 이 학교의 제일 큰 문제야!"

나는 그가 나 같은 유형이 학교에 큰 문제라는 뜻으로 한 말이겠거니 생각하지만 어쩌면 나에게 개인적으로 한 말일지도 몰랐다. 나는 별로 훌륭한 훈련병이 아니었으니까. 적어도 졸업반까지는 그랬다. 4학년이 되었을 때 나는 서부에 있는 대학교의 학생들 중에서 누구보다 많은 훈련을 받은 학생이었을 것이다. 매 학년 말 군사학 시험에서 낙제를 한 결과였다. 나는 그때까지 제복을 입어야 했던 유일한 4학년생이었다. 제복이 아직 새것이었을 때는 대도시 사이를 운행하는 철도의 차장처럼 보였지만, 졸업반이 되어 낡고 꼭 끼게 된 제복을 입고 있던 나는 벨보이를 연기하는 버트 윌리엄스*처럼 보였다. 이런 일이 내 사기에 좋을 리는 없었지만 오랜 훈련을 받은 결과로 나는 분대 전투에 있어 뛰어난 기량을 보이게 되었다.

어느 날 리틀필드 장군은 내가 속한 중대를 지목해서 오른팔 간격, 왼팔 간격, 우향우, 뒤로 돌아, 좌향좌 등등 우리가 미처 실행에 옮길 새도 없이 명령을 내리며 우리의 대오를 흩뜨려 놓으려 했다. 3분 정도가 지나자 109명의 병사가 한방향을 향해 가고 있었고 나만 홀로 45도의 각도로 그들과 멀어지고 있었다.

"중대, 제자리!" 리틀필드 장군이 명령을 내렸다. "저 병사 혼자만 내 명령을 제대로 들었다!" 나는 그 일 덕분에 상병으로 진급을 했다.

다음 날, 리틀필드 장군이 나를 자기 사무실로 불렀다. 내가 그의 방

---

* 미국의 유명 흑인 코미디언.

으로 들어갔을 때 그는 파리채로 파리들을 잡고 있었다. 나는 아무 말도 하지 않았고 그도 한참 동안 침묵을 유지했다. 아마도 내가 누구인지 기억을 못 하거나 나를 왜 불렀는지 생각이 나지 않는 모양이었지만 그는 그런 사실을 인정하려 들지 않았다. 그는 눈을 갸름하게 뜨고 파리를 쳐다보다가 계속 파리채를 휘둘러 몇 마리를 더 잡았다.

"코트의 단추를 채운다!" 그가 명령을 내렸다. 지금 생각하니 그가 비록 파리들을 보고 있었지만 그는 내게 명령한 것이었는데, 나는 멀뚱멀뚱 그저 그 자리에 계속 그대로 서 있었다. 또 다른 파리 한 마리가 장군 앞에 있는 종이에 내려앉아서는 뒷다리 두 개를 서로 비비기 시작했다. 장군이 파리채를 들어 올리는 순간 내가 몸을 뒤치락거렸고 그 바람에 파리가 날아가 버렸다. "자네가 파리를 놀라게 했어!" 나를 노려보며 리틀필드 장군이 소리쳤다. 나는 죄송하다고 했다. "그래 봤자 상황이 바뀌지는 않아!" 장군이 엄정한 군사 논리를 적용해 자르듯 말했다. 파리 몇 마리를 장군의 책상 쪽으로 몰아 주는 것 외에는 내가 할 수 있는 일이 없었다. 하지만 나는 입을 닫고 있었다. 그는 창밖으로 멀리 캠퍼스를 가로질러 도서관을 향해 걸어가는 여학생들의 모습을 내다보았다. 마침내 그가 내게 가도 좋다고 말했다. 나는 그의 방을 나왔다. 그는 내가 누구인지, 아니면 무슨 일로 나를 보자고 했는지 잊어 먹은 게 분명했다. 어쩌면 나를 학교의 가장 큰 문제라고 말한 것에 대해 사과하려고 했을지도 모른다. 아니면 그 전날 내가 보여 준 놀라운 훈련 시범에 대해 칭찬을 하려다가 마지막 순간에 철회했을지도 모른다. 어느 것이 답인지 나는 모른다. 그런 일에 대해서는 더 이상 별로 생각하지도 않는다.

징병검사
Draft Board Nights

나는 1918년 6월에 대학을 졸업했지만 시력 때문에 군에 입대할 수 없었고, 할아버지는 노령 때문에 입대가 불가능했다. 할아버지는 벌써 여러 번 입대 신청을 한 터였고 그때마다 그가 너무 나이가 들어 불가능하다는 판정을 내리는 인간을 혼내 주겠다며 코트를 벗어 던지곤 했다. 독일에 갈 수 없다는 실망감(그는 왜 모든 사람이 프랑스 전선으로 가야 하느냐고 생각했다)과 영향력 있는 사람들을 찾아다니던 노고가 겹쳐서 결국 할아버지는 몸져누웠다. 그는 참전해서 사단을 이끌고 싶어 했지만 이등병으로도 받아 주지 않자 화병이 난 것이다. 옷도 걸치지 않고 할아버지가 다시 집을 나갈까 봐 온 가족은 걱정했고, 결국 당신보다 열다섯 살 아래인 할아버지의 동생, 제이크 할아버지가 밤새 곁에서 그를 감시하기로 했다. 할아버지는 제이크 할아버지가 자신을 감시하는 것이 멍청한 짓거리라며 불만이었다. 하지만 제이크 할아버지는 지난 28년간 밤에 잠을 자 본 적이 없었기 때문에 그런 밤샘 업무에는 제격이었다.

사흘째 밤, 할아버지는 주무시지 않았다. 그는 눈을 뜨고 동생을 쳐다보다가는 인상을 찌푸리고 다시 눈을 감았다. 동생이 하는 질문에도 대답을 하지 않았다. 4시쯤 그는 동생이 침대 곁의 커다란 가죽의자에서 세상모르고 곯아떨어져 있는 것을 발견했다. 제이크 할아버지는 잠이 들면 세상이 떠나가도 몰랐다. 할아버지는 일어나서 옷을 입고 동생을 깨우지 않도록 침대에 뉘었다. 플로렌스 고모가 아침 7시에 방에 들어왔을 때 할아버지는 의자에 앉아서 그랜트 장군의 회고록을 읽고 있었고 작은할아버지는 침대에 잠든 채였다.

"내가 잠자는 동안 쟤가 나를 지켜봤잖아." 할아버지가 말했다. "이

새벽 4시쯤 할아버지는 동생이 잠들어 있는 것을 발견했다

제 재가 자니까 내가 재를 지켜봐야지." 맞는 말 같았다.

할아버지가 밤중에 방황할까 봐 우리 가족이 걱정하는 이유는 그가 이전에 몇 차례 언급했던 이야기 때문이었다. 할아버지는 고향인 랭커스터로 가서 자신의 문제를 역시 랭커스터 출신이었던 컴프, 즉 윌리엄 테쿰세 셔먼 장군에게 털어놓겠다고 말한 적이 있었다. 그곳에 가서 셔먼 장군을 찾지 못하면 할아버지의 상태가 더 나빠질까 봐 우리는 염려스러웠고, 또 그곳에 간다고 우리가 할머니에게 사 드렸던 조그만 전기 자동차를 할아버지가 타고 나갈까 봐도 걱정이 되었다. 뜻밖에도 할머니는 운전에 꽤 익숙해져서 차를 타고 능숙하게 마을을 돌아다녔다. 할아버지는 할머니가 그 기계장치에 올라타고서 수월하게 시동을 걸고 출발하는 것을 보고서 놀라는 한편 동시에 무척 분한 것 같았다. 50여 년의 결혼 생활 동안 처음으로 할머니가 탈것 분야에서 할아버지를 제치는 순간이었다. 할아버지는 그 물건을 다루는 법을 자신도 배우겠다고 결심했다. 말을 잘 타기로 유명했던 할아버지는 야생마를 다룰 때처럼 자동차도 다루려 했다. 인상을 험하게 쓴 채 자동차에 욕을 퍼부었고, 재빨리 올라타지 않으면 자동차가 도망이라도 갈 듯 급하게 좌석에 올랐다. 처음 몇 차례 운전을 하는 동안 할아버지는 작은 원을 그리며 빨리 돌다가 인도를 건너 잔디밭으로 돌진하곤 했다. 우리는 할아버지에게 운전을 포기하라고 설득했지만 할아버지는 기세등등했다.

"저 망할 놈의 기계를 당장 다시 도로에 가져다 놓지 못해?"

할아버지는 근엄하게 말했다. 할 수 없이 우리가 차를 거리에 가져다 놓으면 할아버지는 다시 운전석에 올랐다. 자동차를 혼내 준답시고 가이드바를 너무 세게 잡아당기는 탓에 자동차는 원을 그리며 돌았지만,

긴장을 풀고 느긋해져야 빨리 운전을 배울 수 있다고 할아버지를 이해시킬 수가 없었다. 할아버지는 자동차를 꼭 붙들고 있지 않으면 자동차가 자기를 던져 버릴 것이라고 생각했다. (본인의 말에 의하면) 다섯 살 때 말 네 마리가 끄는 맥코믹 수확기를 끌었던 할아버지는 전기 따위로 움직이는 기계 나부랭이에게 질 마음이 전혀 없었다.

　도저히 할아버지가 운전을 포기하게끔 설득할 수 없었던 우리는 차도가 넓고 인적도 드문 프랭클린 공원으로 할아버지와 함께 가서 말이나 마차를 모는 것과 차를 운전하는 것의 차이를 설명하려 애썼다. 운전석에 앉으면 왜 자동차가 말처럼 귀를 옆으로 눕히지 않는지 그는 이해할 수 없었다. 하지만 몇 주가 지난 뒤에는 꽤 반듯하게 100여 미터를 운전해 갈 수 있을 정도가 되었다. 문제는 굽잇길을 돌 때마다 할아버지가 가이드바를 너무 빨리, 세게 잡아당겨서 차가 나무를 받거나 화단으로 뛰어들었다는 것이다. 누군가 항상 할아버지 곁에 머물면서 차가 공원을 벗어나지 않도록 지켜봐야 했다.

　어느 날 아침, 할머니가 장에 갈 채비를 하고 차고에 차를 대령하라고 말하자 할아버지가 먼저 차를 가지고 나갔다는 대답이 돌아왔다. 그때부터 한바탕 소동이 벌어졌다. 우리는 윌 삼촌에게 전화를 걸어 자동차를 가져오게 한 뒤 할아버지를 찾아 나섰다. 다행히 아직 아침 7시밖에 되지 않은 터라 나와 있는 차들이 별로 없었다. 우리는 프랭클린 공원에서 할아버지가 자동차의 기를 꺾으려 하고 있을지도 모른다고 생각하고 공원 쪽으로 출발했다. 가는 길에 몇 명의 행인으로부터 흰 수염을 기른 키 큰 노인이 욕을 하면서 차를 몰고 가더라는 이야기를 들었다. 우리는 굽잇길을 따라가다가 마침내 셰퍼드 마을에서 6킬로미터쯤 떨어진 넬슨 도로에서 할아버지와 차를 발견했다. 할아버지는 길 한

복판에 서서 소리를 지르고 있었고, 차는 뒷바퀴가 철조망에 엉망으로 엉켜 있었다. 두 사람의 인부와 농부 한 명이 차를 풀어내려 애를 쓰고 있었다. 할아버지는 자동차에 대해 엄청나게 노한 상태였다. "저 XXX 가 내 말을 듣지 않고 멋대로 후진을 했단 말이다!" 그가 말했다.

엄청난 소동이 벌어졌다

다시 전쟁 이야기로 돌아가 보자. 콜럼버스 시 징병 위원회는 결코 할아버지에게 현역으로 복무하라는 연락을 하지 않았다. 그것은 그들에게는 다행스러운 일이었는데 만약 연락했더라면 할아버지를 정말로 데려가야 했을 것이기 때문이다. 종종 당시의 혼란한 상황 때문에 80, 90세의 노인들에게 현역 입영 통지서가 배달되었다는 이야기가 들렸지만 우리 할아버지에게는 그런 기회가 오지 않았다. 할아버지는 매일같이 전갈이 오기를 기다렸지만 아무 소용이 없었다. 하지만 내 경우는 전혀 이야기가 달랐다. 나는 첫 번째 신체검사 시에 면제 처분을 받았지만 매주 신체검사를 받으라는 통지서가 또 날아왔다. 징병

검사를 받은 사람이 본인이라는 확신이 없어서인지 행정상의 착오인지는 알 수 없었다. 어쨌든 월요일이면 수요일 아침 9시에 현충기념관 2층에 가서 신체검사를 받으라는 통지서가 내게 배달되곤 했다. 두 번째로 신검을 받으러 갔을 때 나는 그곳에 있는 의사들 가운데 한 명에게 내가 이미 면제를 받았다고 설명하려 했다.

"내 눈엔 당신이 전혀 보이지 않거든요." 나는 안경을 벗고 그에게 이야기했다. 하지만 의사는 내가 자신을 모욕했다고 생각한 것 같았다.

"너 따위는 내게 아무것도 아냐." 그가 쏘아붙이듯 말했다.

나는 매번 옷을 벗고 짐꾼들, 은행 총재들의 아들들, 점원들, 시인들과 함께 건물 안을 뛰어다녀야 했다. 심장과 폐 검사를 마치면 발 검사, 마지막으로 눈 검사를 했다. 항상 눈 검사가 마지막이었다. 내 차례가 되면 안과 전문의는 언제나 "이런 시력으로는 복무할 수 없네"라고 말했고, 나는 "저도 알아요" 하고 대답을 했다. 하지만 그로부터 1, 2주 뒤면 나는 또다시 신체검사 통지서를 받고 똑같은 절차를 반복해야 했다. 아홉 번인가 열 번쯤 신체검사를 받게 되었을 때 나는 호기심에 책상 위에 놓여 있는 청진기를 집어 들었다가 갑자기 수검자가 아니라 의사들의 열에 끼게 되었다.

"안녕하세요, 선생님." 의사 한 명이 내게 인사했다. 물론 그때는 아직 탈의를 하기 전이었다. 탈의를 한 상태였다면 그런 오해가 생길 수 없었을 것이다. 나는 흉곽 파트로 배정, 아니 떠밀려 갔다. 그곳에서 나는 수검자들을 진찰하며 리지웨이 박사의 업무량을 반으로 줄여 주었다.

"당신이 있어서 참 다행이에요, 닥터." 그가 말했다.

나는 내게 온 장정들은 대부분 합격시켰다. 하지만 혹시 몰라서 가끔 한 명씩은 면제 처분을 내렸다. 나는 수검자들에게 숨을 멈추었다가 "미, 미, 미, 미"라고 말하며 숨을 내쉬게 했다. 그러나 어느 순간 리지웨이 박사가 나를 이상한 눈으로 바라보고 있는 것을 느꼈다. 내가 관찰해 본 결과 그는 수검자들에게 "후—" 하고 숨을 내뿜게 하거나 그냥 편하게 숨을 쉬게 하고 있었다. 한번은 시계를 삼킨 수검자를 한 명 만났다. 몸에 뭔가 이상이 있는 것처럼 의사들을 속이기 위한 짓이었다(그런 사기는 흔했다. 몇몇 사람들은 면제 처분을 받으려고 못, 머리핀, 잉크 등을 삼키고 왔다). 청진기에서 어떤 소리가 들려야 하는지 나는 알지 못했기 때문에 그의 배 속에서 시계가 째깍거리는 소리를 들었을 때도 별로 놀라지 않았다. 하지만 이제까지는 배에서 그런 소리가 난 사람이 없었으므로 나는 리지웨이 박사에게 자문을 구했다.

"이 사람에게서 째깍거리는 소리가 나는데요?" 내가 말했다.

그는 나를 놀란 눈으로 바라봤지만 아무 말도 하지 않았다. 그는 수검자를 타진해 본 뒤 귀를 가슴에 대 보았다가 마침내 청진기를 가슴에 대고 소리를 들었다.

"아주 건강한데?" 그가 말했다.

"조금 아래쪽을 들어 보세요." 내가 말했다. 수검자도 자신의 배 쪽을 가리켰다. 리지웨이는 그에게 불쾌하다는 표정을 거만하게 지어 보였다. "거기는 복부를 담당하는 의사가 진찰해야 해요"라고 그는 말하고 자리를 떴다.

몇 분 후에 블라이드 밸로미 박사가 그 남자를 진찰했다. 그는 눈 하나 깜짝 않고 엄숙한 얼굴로 배 속의 소리를 들은 후 딱 잘라 말했다. "자네는 시계를 삼켰군." 수검자는 얼굴이 벌게진 채 당황해서 무슨 말을 해야 할지 모르는 것 같았다.

걱정하는 복강 담당 의사

"고의로 그런 건가?" 박사가 물었다. "그건 알 수 없군." 박사가 제 말에 대답하고 자리를 떠났다.

　나는 징병검사 위원회와 네 달 정도 같이 일했다. 신체검사 통지서가 계속 집으로 오는 한 나는 외지로 갈 수도 없었다. 어쨌든 통지서가 오는 대로 검사장에 출두해서 장정들을 검사하는 한 나는 엄밀한 의미에서 병역 의무를 다하고 있는 것이었다. 그 외의 시간 동안에는 놀이공원의 홍보부에서 일을 했는데 바이런 랜디스라는 이름의 키가 크고 엉뚱한 젊은이가 그곳의 책임자로 있었다. 몇 해 전 그는 의사당 부속 건물의 남자 휴게실을 장난삼아 다이너마이트로 폭파한 일이 있었다. 잠자는 사람들에게 양동이로 물을 끼얹는가 하면 콜럼버스 트랜스퍼 사 빌딩에서 자신이 만든 낙하산을 지고 뛰어내렸다가 체포될 뻔하기도 했다.

어느 날 아침, 그는 내게 경사가 아주 급하고 회전율도 심한 새 롤러코스터, 스칼릿 토네이도를 타 보고 싶지 않느냐고 물었다. 별로 그러고 싶은 마음은 없었지만 겁쟁이로 생각할까 봐 그러겠다고 대답을 하고 그를 따라갔다. 아침 10시쯤이어서 공원에는 셔츠 바람의 인부들과 종업원들, 매점 직원들 외에 일반 관람객은 없었다. 기구에 올라탄 후 기계를 작동할 사람이 누구인지 둘러보는 사이에 기구가 움직이기 시작했다. 알고 보니 랜디스가 스스로 기구를 작동하고 있었다. 하지만 기구에서 내리기에는 이미 때가 늦었다. 우리가 탄 기구는 삐걱거리는 소리를 내며 급한 경사를 올라가더니 시속 130킬로미터의 속도로 반대쪽으로 떨어져 내렸다. 60도의 경사로 위로 던져져서 허공으로 회전을 하며 나는 큰 목소리로 그에게 "나는 네가 이걸 작동할 수 있는지 몰랐어!"라고 외쳤다. 그는 "나도 내가 이걸 운전할 수 있다는 걸 몰랐어!" 하고 외쳤다. 엄청난 굉음과 바람을 맞으며 우리는 어둠의 계곡을 지났고 모노한의 도약 지점을 통과했다. 롤러코스터가 완성되는 동안 레일 위에서 작업을 하고 있던 모노한이라는 인부가 자기를 향해 양쪽에서 달려오는 두 개의 시운전용 기구들을 보고 뛰어내린 곳에 붙여진 이름이었다. 무사히 끝나기는 했지만 그 경험은 나에게 깊은 영향을 끼쳤다. 내 인생을 흥미 있게 만들었다고 할까? 자다가 고함을 지르거나 엘리베이터 탑승을 거부하고, 다른 사람들이 운전하는 차를 타면 계속 브레이크를 밟는 동작을 하는 것도, 침대에 누우면 얼마 동안 하늘을 나는 새 같은 느낌이 들거나 몇 달씩 구역질을 하는 것도 모두 그 때문이다.

　장정들을 진찰하는 일에 무료해진 나는 마지막 몇 번의 신체검사들은 다시 수검자로 검사를 받았다. 리지웨이 박사를 비롯해서 얼마 전까지 내 동료였던 의사들은 나를 전혀 알아보지 못했다. 그가 내 가슴을 마지막으로 진찰했을 때 나는 그를 도와주던 의사가 한 명 있지 않았느냐고 박사에게 물었다. 그는 내 말이 맞는다고 했다.

　"혹시 그 사람이 저하고 비슷하지 않았나요?" 내가 물었다.

　리지웨이 박사는 나를 유심히 쳐다봤다. "그런 것 같지는 않소. 그 사람은 당신보다 키가 컸거든." (나는 그가 진찰하는 동안 신발을 벗고 있었다.) "가슴 진찰을 정말 잘했지." 박사가 덧붙였다. "당신 친척이었소?"

　그의 질문에 나는 그렇다고 대답을 해 두었다. 그는 나를 큄비 박사에게 보냈다. 그는 내 눈을 열댓 번 진찰한 사람이었다. 간단한 시력검사를 한 뒤 그가 말했다. "이런 눈으로는 도저히 병역을 감당할 수 없을 거요."

　"저도 알아요." 내가 대답했다.

　어느 날 늦은 아침, 내가 신체검사를 마쳤을 때 갑자기 종들과 경적소리가 울렸다. 소리들은 점점 더 커졌다. 휴전을 알리는 소리였다.

공상과 현실의 경계에서 꿈의 이면을 관찰한 작가

제임스 서버의 작품들에는 환상이나 공상, 꿈에 얽힌 이야기들이 자주 등장한다. 어릴 적 사고로 한쪽 눈을 잃었고 나머지 한쪽 눈도 시력이 나빠 평생 고통을 받았던 데 대한 보상 심리에서였을까? 아니, 어쩌면 시력이 약했던 작가에게는 현실과 환상의 경계가 그리 분명하지 않았을지도 모르겠다. 좀 의미를 넓히면, 무엇인가를 잘못 보거나 오해하는 데서 비롯되는 얘기들로 그의 이야기들을 특징지을 수 있을 것 같다. 그의 주인공들은 현실과는 다른 세상을 본다. 얼마 전 〈월터의 상상은 현실이 된다〉라는 제목으로 영화화된 바 있는 그의 대표작 「월터 미티의 이중생활」이야말로 이런 의미에서 공상과 현실을 넘나드는 서버의 작품 세계를 가장 잘 보여 주는 작품이라 할 수 있다.

그간 할리우드는 「월터 미티의 이중생활」을 두 번 영화로 내놓았다. 1947년에 대니 케이를 주연으로 만든 영화에서는 미티를 보석 도둑들과 얽히게 함으로써 그의 소시민적인 공상에 액션을 더하려 했지만, 결국 원작의 의미를 제대로 구현하지 못한 작품이라는 평을 받아야 했다. 2013년에 벤 스틸러가 연기한 미티는 주인공으로 하여금 공상을 떨쳐 버리고 인디애나 존스식 모험을 떠나게 만듦으로써 자아실현이 주제인 듯한 애매한 영화를 만들어 서버의 원작에서 한층 더 벗어 나가는 행적을 보였다.

소설을 읽지 않고 두 영화를 보는 것만으로는 도저히 원작을 상상할 수 없다는 많은 이들의 주장은 감독들의 역량을 의심하는 당연한 수순을 넘어 혹여 원작이 영화라는 미디어로 담아 낼 수 없는 의미를 지니고 있지는 않을까 생각하게 한다. 즉 그저 삶에 지친 무료한 소시민이 영웅을 꿈꾸는 공상이라는, 영화가 탐낼 만한 기본적인 설정 외에 영화가 온전히 놓치고 있는 무엇인가가 원작에는 있다고 상정하게 만드는 것이다.

미티의 공상들은 영화들에서처럼 두루뭉술한 하나의 플롯이 아닌, 그 자체가 하나의 완성된 예술작품들이다. 각각의 공상은 그저 현실에서의 도피라는 염원을 넘어서는 생생하고 흥미진진한 작은 소품들이다. 미티는 단순히 헛된 망상으로 시간을 때우는 것이 아니라 창의적인 작품들을 만들어 내고 있는 것이다. 서버에게 상상이란 하늘에서 내려 준 생명줄과 같았다. 그는 자신의 기발한 마음을 통해 오하이오에서 보낸 유년 시절을 포함하여 말년의 암울한 현실들에 의미를 부여했다.

「월터 미티의 이중생활」은 패러디 작가로서의 미티의 능력을 더할 수 없이 온전히 보여 준다. 영화 대본의 가능성을 의식하고 쓴 것은 아닐까 싶을 정도로 생생한 묘사가 돋보인다.

"뚫고 나가자!" 중령의 목소리는 살얼음이 깨지는 소리처럼 들렸다. 그는 정복 차림이었고 화려하게 수놓인 모자를 비스듬하게 쓰고 있어서 한쪽 눈이 보이지 않았다.

"제 생각엔 불가능합니다, 중령님. 허리케인을 정면으로 돌파하는 것과 마찬가지입니다."

"버그 중위, 난 귀관의 의견을 물은 적이 없네." 중령이 말했다. "조명을 더 강하게! 8,500까지 올리도록! 우리는 뚫고 나간다!"

배의 엔진 속도가 빨라졌다. 쿵쿵 쿵칙 쿵칙 쿵칙칙 쿵칙칙. 중령은 조타실의 유리창에 성에가 끼는 것을 쳐다보았다. 그는 계기판으로 가서 복잡한 다이얼들을 조절했다. "8번 보조엔진 가동!" 그가 소리쳤다.

"8번 보조엔진 가동!" 버그 중위가 반복했다.

"3번 포탑 장전!" 중령이 다시 소리를 질렀다.

"3번 포탑 장전!"

허공을 가르는 거대한 8엔진 수상 비행정에서 각자의 임무에 분주하던 승무원들은 서로를 쳐다보며 미소를 지었다. "저 노장이 우리를 잘 이끌어 줄 거야." 그들은 서로의 용기를 북돋웠다. "노장은 두려움이 전혀 없거든⋯⋯!"

엔터프라이즈호의 피카드 선장이 눈에 선연히 그려지는 듯하지 않은가?

서버의 글에서 사실적이고 생생한 공상과 함께 자주 눈에 띄는 것이 꿈이라는 요소이다. 그가 묘사하는 꿈은 현실과 초현실의 경계를 넘나든다. 서버는 종종 우리의 마음이 현실을 어떻게 빚어내는지 고려해 보라고 주문을 한다. 아버지가 갑자기 돌아가셨다며 이웃을 휩쓸고 다니는 펠프스 여사는 몽유夢遊를 한 것일까? 혹은 스토크스 여사와 노튼 여사가 펠프스 여사의 유령을 본 것일까? 서버의 1936년 작품인 「펠프스 여사」를 읽으면 언뜻 헨리 제임스의 『나사의 회전』(1898)이 떠오른다. 그가 제임스의 열렬한 팬이었다는 것도 우연이 아닐 것이다. 비록 제임스의 문체는 쉽사리 번역할 수 없을 만큼 애매모호하고, 길고 복잡한 것으로 유명한 반면 서버의 글은 간단하고 꾸밈이 없는 평서문체였지만 두 사람이 그리고자, 이해하고자 했던 사람들의 모습은 상당 부분 겹치는 곳이 많아 보인다. 우리 스스로도 이해할 수 없는 행동을 하게 만드는 무의식과 꿈의 이면, 서버는 그것을 때로는 위트 넘치는 유머로, 담백한 글과 쓱쓱 그린 듯한 그림들로 묘사해 냈다.

요새는 안경을 벗고 다니는 게 더 편하다. 큰 붓으로 대충 스케치해 넣은 것 같은 뿌연 거리나 바로 코앞으로 오기 전까지는 알아볼 수 없는 윤곽의 사람들이 더 편하게 느껴진다. 필요하면 나머지는 서버처럼 생생한 상상이 채워 넣어 줄 수도 있을 것이다.

안경을 벗으면 더 편하게 느껴지는 생각의 이면에는 정보를 차단하는 데서 오는 편안함도 있을 것 같다. 정신을 산란하게 어지럽히고 정작 봐야 할 것을 놓치게 만드는, 불필요한 디테일의 제거…… 선명한 시각은 동공에 면도날로 새겨 넣어지는 윤곽들처럼 부담스러울 때가 있다. 세부가 삶을 재미있고 시간 가는 줄 모르게 하기도 하지만 때론

일일이 따라가기 힘에 부치고, 심지어는 큰 흐름과 별로 무관하다는 것을 깨닫는 때가 점점 많아진다.

잘 보이지 않아서 더 풍요하게 볼 수 있었던 한 작가를 생각한다.

1894   12월 8일, 오하이오 주 콜럼버스에서 찰스 L. 서버와 메리 애그니
                스 서버 사이에서 삼 형제 중 둘째로 태어남. 본명은 제임스 그로
                버 서버.

1902   정치인의 보좌관으로 일하게 된 아버지를 따라 가족이 모두 버지
                니아로 이사. 형제들과 놀던 중 형이 쏜 화살에 맞아 왼쪽 눈을 실
                명, 이후 나머지 한쪽 눈의 시력조차 좋지 않아 평생토록 고통받
                는다.

1903   아버지를 고용했던 의원이 재선에서 패배한 후 다시 온 가족이 오
                하이오 주로 돌아옴.

1913~14 고등학교를 우등생으로 졸업한 후 오하이오 주립대학에 입학하나 따돌림을 받는 등 불행한 학창생활을 보냄. 2학년에 진급하면서 1년간 학교에 출석하지 않음.

1915~17 학교에 복학하지만 시력 문제 탓에 체육 수업과 군사훈련을 받지 못하여 2학기 등록이 거부됨. 법에 호소, 다시 학교생활을 시작한 후 배우 엘리엇 누전트와 절친한 사이가 되면서 그의 도움으로 남학생 클럽에 가입, 대학신문과 연극반 등에서 활발한 활동을 하게 됨.

1918 전쟁에 힘을 보태고자 대학을 중퇴하고 워싱턴으로 가 암호 해독 훈련을 받음. 제1차 세계대전이 끝난 직후 파리에 도착.

1920 콜럼버스로 돌아와 《콜럼버스 디스패치》 신입 기자로 채용됨.

1922 그의 작품에 자주 나오는 드센 여인들의 이미지 형성에 영향을 미친 것으로 여겨지는 앨시아 애덤스와 첫 번째 결혼을 함.

1924 아내의 권유로 《콜럼버스 디스패치》를 사직하고 창작에 전념하나, 고작 한 작품만이 출판사에 받아들여짐. 《콜럼버스 디스패치》에 복직을 시도하나 거절당함.

1925 작품을 쓰고자 아내와 프랑스로 건너감.

1926   가정불화로 혼자 뉴욕에 돌아와 그리니치빌리지에 정착.《뉴요
커》지에 여러 작품을 보내나 모두 퇴짜를 맞음. 프랑스에서 돌아
온 아내와 다시 합침.《뉴욕 이브닝 포스트》지에 채용됨.

1927   단편「아메리칸 로맨스An American Romance」가 처음으로《뉴요커》에
발표됨.《뉴요커》에서 일하던 E. B. 화이트와 친구가 됨. 화이트
의 소개로《뉴요커》를 창간한 해럴드 W. 로스를 만나 행정직으로
채용되나, 적성에 맞지 않아 몇 달 후 편집자로 자리를 옮김.

1929   화이트와 함께 첫 산문집『섹스는 필요한가?*Is Sex Necessary?*』를 출
간.

1930   화이트의 권유로《뉴요커》에 삽화를 그리기 시작.

1933   서른아홉 살에 자서전『제임스 서버의 고단한 생활』출간. 베스트
셀러에 오름.

1935   불안과 지나친 음주로 요양원에 입원. 애덤스와 이혼 후 출판사
편집자 헬렌 위즈머와 결혼.『공중그네를 탄 중년 남자*The Middle-
Aged Man on the Flying Trapeze*』출간.

1937   백내장으로 시력이 더욱 약해지기 시작하나 수술을 미룸. 프랑스
로 가 어니스트 헤밍웨이, 도러시 파커 등과 만남. 유머 에세이와
단편소설 등이 수록된『내 마음은 내버려 둬!*Let Your Mind Alone! and*

Other More or Less Inspirational Pieces』 출간.

1939 《뉴요커》에 「월터 미티의 이중생활」 발표. 반전反戰에 대한 우화 『마지막 꽃*The Last Flower*』 출간, 알베르 카뮈가 프랑스어판으로 번역하다.

1940 많은 각색 작업을 거친 끝에 연극 〈수컷*The Male Animal*〉을 브로드웨이에 올려 대성공을 거둠. 백내장 수술을 받았으나 시력이 계속 나빠짐. 『우리 시대의 우화*Fables for Our Time*』 출간.

1941 여러 차례 안과 수술을 받았으나 사실상 실명 상태에 빠짐. 시인 마크 밴 도런과 친구가 됨. 《뉴요커》에 「쏙독새」 발표.

1942 「월터 미티의 이중생활」 「쏙독새」 등 주요 작품들이 수록된 단편집 『제임스 서버의 세계에 오신 걸 환영합니다*My world — And Welcome to It*』 출간.

1943 군수공장에서 사용하는 특수 확대경을 사용하여 계속 그림을 그림. 삽화집 『남자, 여자 그리고 개*Men, Women and Dogs*』 출간.

1944 폐렴을 앓고 맹장염으로 응급 수술을 받음.

1945 자신의 작품 선집 『서버 카니발*The Thurber Carnival*』 출간. 베스트셀러에 오름.

1947	「월터 미티의 이중생활」이 영화화됨.
1950	동화『13개의 시계 *The 13 Clocks*』출간.
1952	자신이 만나 온 사람들에 대한 회고가 담긴『서버 앨범 *The Thurber Album*』출간.
1956	미국도서관협회로부터 '자유, 정의, 공명정대한 행동'의 정신을 드높인 공로로 5,000달러의 상금을 받음.
1957	동화『원더풀 O *The Wonderful O*』출간.
1958	《뉴요커》 창업주 해럴드 로스에 관해 쓴 글 때문에 화이트와의 오랜 우정에 종지부를 찍음.
1961	뮤지컬 〈서버 카니발〉로 토니상을 수상. 파티장을 떠나다 졸도, 병원으로 실려 가 뇌종양 수술을 받음. 11월 2일 사망, 콜럼버스에 안장되다.

세계문학 단편선을 펴내며

세상의 모든 이야기는 단편으로 시작되었다. 성서와 그리스 신화를 비롯해 인류의 많은 신화와 설화는 단편의 형식으로 사물의 기원, 제도와 금기의 탄생, 운명이라는 이름의 삶의 보편적 형식을 설명했다.

〈세계문학 단편선〉은 모든 산문의 형식 중 가장 응축적이고 예술성이 높은 단편소설에 포커스를 맞추어 세계문학을 바라보는 새로운 관점을 제시하고자 한다. 단편소설을 언급할 때 빼놓을 수 없는 작가들의 작품들은 물론이고, 한두 편의 장편소설로만 우리에게 알려진 세계적 작가들이 남긴 주옥같은 단편들을 통해 대가의 진면모를 총체적으로 바라볼 수 있게 할 것이다. 또한 우리에게 문학의 변방으로 여겨져 왔던 나라들의 대표적 단편 작가들도 활발히 소개할 것이며 이미 순문학과의 경계가 불분명해진 장르문학의 형성과 발전에 크게 기여한 작가들의 작품 역시 새롭게 조명해 나갈 것이다.

에드거 앨런 포는 문학작품은 독자가 앉은자리에서 다 읽을 수 있을 정도로 짧아야 한다고 했다. 바쁜 일상의 삶을 사는 현대인들에게 〈세계문학 단편선〉은 삶과 사회, 나아가 세계를 바라볼 수 있게 하는 더할 나위 없이 좋은 친구가 될 것이라 확신한다.

21세기인 현재에 이르기까지 단편소설은 그리스 신화가 그러했듯이 삶의 불변하는 조건들을 응축된 예술적 형식으로 꾸준히 생산해 왔다. 그리고 새로운 문학적 기법과 실험적 시도를 통해 단편소설은 현재도 계속 진화, 확장되고 있다. 작가의 치열한 예술적 열정이 가장 뜨겁게 반영된 다양한 개성으로 빛나는 정교한 단편들을 통해 문학의 진정한 존재 이유를 독자들이 느낄 수 있기를 소망하며 이번 〈세계문학 단편선〉을 펴낸다.

현대문학 편집부

제임스 서버

초판 1쇄 펴낸날 2015년 8월 31일
초판 2쇄 펴낸날 2019년 3월 8일

지은이 제임스 서버
옮긴이 오세원
펴낸이 김영정

펴낸곳 (주)현대문학
등록번호 제1-452호
주소 06532 서울시 서초구 신반포로 321(잠원동, 미래엔)
전화 02-2017-0280
팩스 02-516-5433
홈페이지 www.hdmh.co.kr

© 2015, 현대문학

ISBN 978-89-7275-724-5 04840
세트 978-89-7275-672-9